U0468536

有爱的青春陪伴者

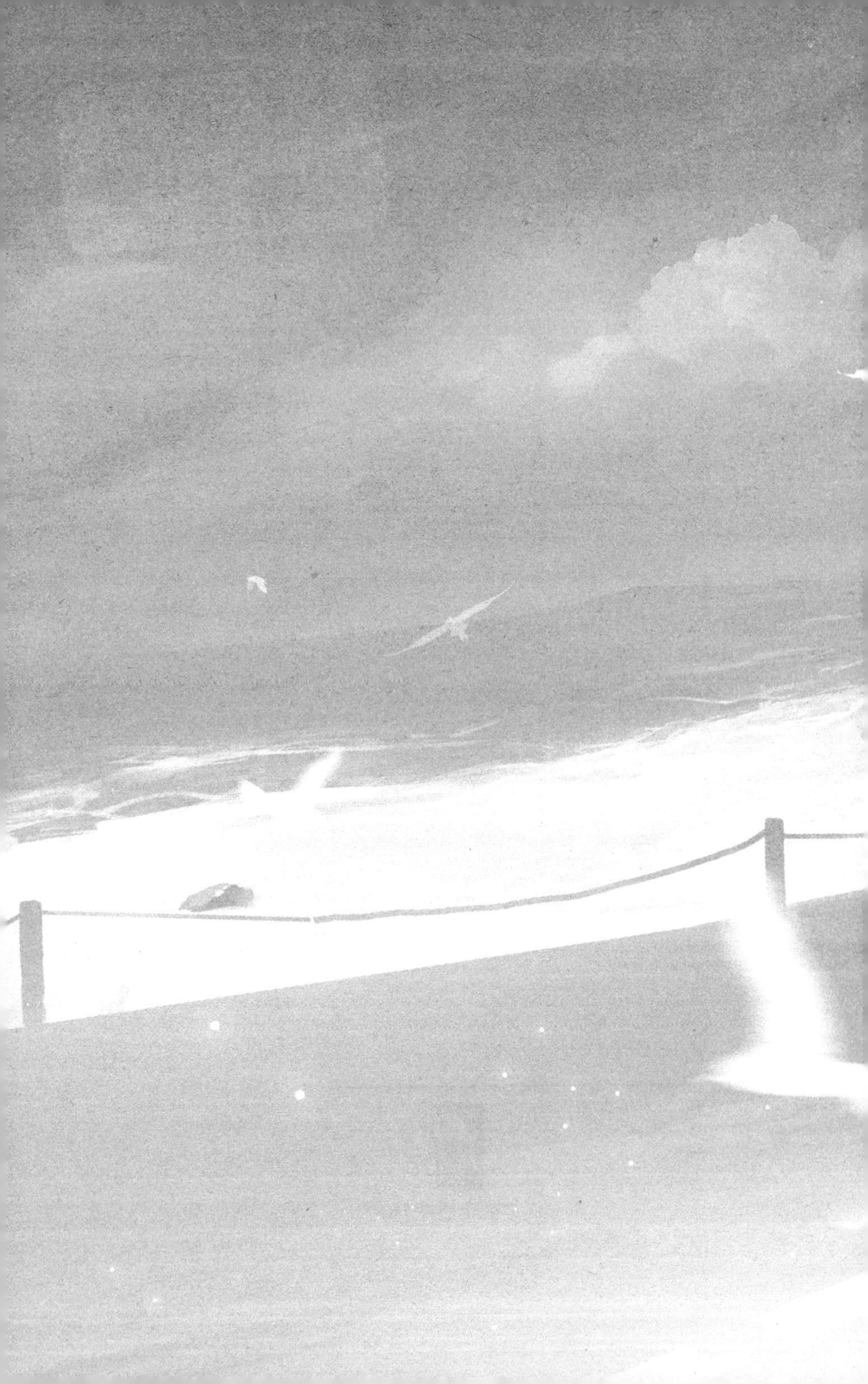

园岛庞不能缺失爱

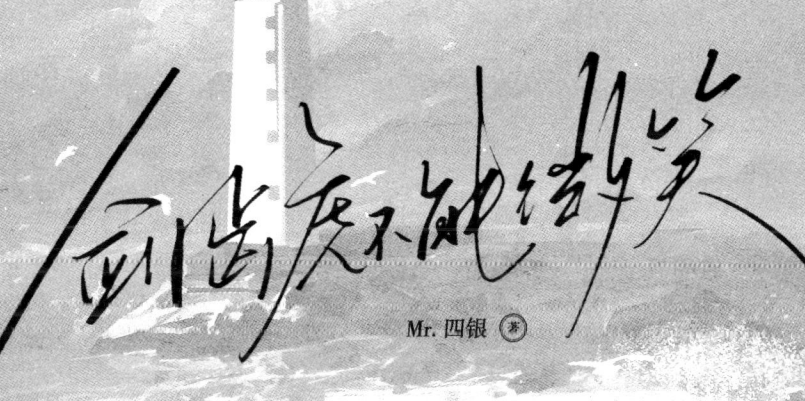

Mr. 四银 著

江苏凤凰文艺出版社

图书在版编目（CIP）数据

剑齿虎不能微笑 / Mr.四银著. -- 南京：江苏凤凰文艺出版社，2024.4
ISBN 978-7-5594-8520-5

Ⅰ.①剑… Ⅱ.①M… Ⅲ.①长篇小说 - 中国 - 当代 Ⅳ.①I247.5

中国国家版本馆CIP数据核字(2024)第053256号

剑齿虎不能微笑
Mr.四银 著

责任编辑	王昕宁
特约编辑	廖　妍
出版发行	江苏凤凰文艺出版社
	南京市中央路165号，邮编：210009
网　　址	http://www.jswenyi.com
印　　刷	长沙鸿发印务实业有限公司
开　　本	880mm×1230mm 1/32
印　　张	9.5
字　　数	292千字
版　　次	2024年4月第1版
印　　次	2024年4月第1次印刷
书　　号	ISBN 978-7-5594-8520-5
定　　价	45.80元

江苏凤凰文艺版图书凡印刷、装订错误，可向出版社调换，联系电话025-83280257

001/ 楔子

003/ 第一章：我照顾你
海深不在了，袁石风代替了海深的位置。

026/ 第二章：袁石风，你想我了吗？
在那个天边都是火烧云的傍晚，袁石风和袁娘也离开了。

050/ 第三章：他还当我是小孩儿
我对你还有那么多的感觉。

070/ 第四章：她是你女朋友？
——不久以后会是。

089/ 第五章：我是个坏女人
我想把袁石风抢过来！

112/ 第六章：我喜欢你
袁石风，你要不要也做个坏人和我相爱？

141/ 第七章：再见
袁石风，我们真的又在伦敦见面了。

161/ 第八章：希望，你能带我走
最重要的是，不要不要不要轻易地忘了我。

180/ 第九章：袁石风，我要结婚了
——我们的这次见面，没有预想中的轰轰烈烈。

目录

第十章：幸福 /207
袁石风：一直希望你好，一直竭尽所能地希望你好。

番外：沈炎篇 /240
敬我们和我们的爱人

番外：袁石风篇 /249
已婚男人这个名词，比我的社会身份更具有价值。

番外：李海里篇 /257
他是我哪怕在最悲伤的时刻，也不愿回头错过的人。

番外：陈梓蓝篇 /262
经历过的所有人都会将你慢慢地推向最终那个对的人。

番外：王冬篇 /265
我爱她，但爱极必伤！

番外：李家父母篇 /269
感情一干预，错过了就是错过了。

番外：李海深篇 /277
送给你一颗落在地上的星星，但没想到今天月亮抢了我的风头。

番外：陈冰清篇 /291

目 录

楔子

袁石风站在窗边,玻璃窗开着,窗帘被拉在窗户两边,各用一根红绳子系着,蝴蝶结打得歪歪扭扭,就像海里球鞋上绑的蝴蝶结。那个叫"海里"的女孩总是系着这样的鞋带跟在他后面跑啊跑啊,跑着跑着鞋带就散了。

而她又往往总是蹲下来,一边着急地系鞋带,一边仰头冲他喊:"袁石风!你等等我!"

气急败坏的声音被身旁的海浪声冲散。

白色的海浪,黄色的稻田,海里的乌黑麻花辫,是袁石风难以割舍的记忆符号。在梦中他无数次回到他们的午少,胸口都会挖出一个洞,日日夜夜在里头刮着穿堂风。

风声呼啸,打着浪头而过。

海里蹲在沙滩上系着鞋带,还在叫着:"袁石风!你等等我!"

梦真是一个好东西,世间所有没办法形容的感情和感觉都能用一个"梦"字来体现。

袁石风站在窗边,把系着窗帘的红绳子紧了紧,手还未放下,房间的门"嘎吱"一声响,被人从外面推开。袁石风转过头,猝不及防地与站在门外的海里相视。

她拖着行李箱,半张着嘴,站在门外愣愣地看着他。

这个世界上每过五秒就会有一对情侣分手。
"嘀嗒,嘀嗒,嘀嗒,嘀嗒,嘀嗒",两个人就不再相爱了。
也就是说,五秒之后,必会有一个人或一对人开始悲伤。
"嘀嗒,嘀嗒,嘀嗒,嘀嗒,嘀嗒",悲伤。
悲伤,是让人不会忘记的疼痛。

第一章：我照顾你
海深不在了，袁石风代替了海深的位置。

01

涌炀岛是靠近东海的一座小岛。

这天中午，阳光温暖，李家老幺出生了。生得也稀奇，李妈说，她大着肚子上厕所，就把老幺给拉出来了，如果不是她眼疾手快地抓住脐带把老幺拎上来，老幺肯定就掉在粪坑里闷死了。她瘫坐在地上叫救命，是邻居袁娘听见了动静，过来一看，赶紧用酒消毒剪刀，帮李妈剪断了脐带。

袁娘还是第一次瞧见一个刚出生的娃娃就有一头这么浓密的头发，湿漉漉地黏在脑门上，她抱着娃儿喜欢得不得了，说这李家老幺也算是她接生的，得认她作干娘。她把老幺抱出屋，把六岁的袁石风喊来："赶紧去找村长，告诉村长李家老幺生出来了，让他播喇叭，把李伯叫回来。"

袁石风点点头往外走。

袁娘不放心，高声叮嘱："找村长，知道吗？"

袁石风点头，眼睛溜圆："知道的！"然后撒开两条小腿就往外跑。

不一会儿，全村那八只喇叭响起村长的声音："李东升，李东升，你老婆生了，你老婆生了，赶紧回家，赶紧回家。"

袁娘觉得自家儿子临危不乱，甚有大将之风，从这一刻开始就认定

石风长大后一定会顶有出息的。

李爸听到喇叭声，立马甩了鱼竿子，扛起正在玩泥巴的儿子跑了回来，大汗淋漓地搂着老婆又亲又吻，抱着老幺看了看，吓了一跳，说："咋给我娃儿戴假发啊？"

李妈躺在床上气得骂他："你老花眼啦！这是我们娃自己的头发！"

李爸揪了揪老幺脑袋上的一撮毛，惊奇："还真是！"他还冲一旁六岁的儿子招招手，"海深，过来看看，你妹妹。"

海深走过来瞧了瞧，翻白眼："丑！"

李爸气得一巴掌呼在他的脑门儿上："你小时候比你妹妹还丑。"

海深嘴巴一瘪，无法接受这个事实，哇哇大哭："我不丑！"他在号啕大哭中发誓绝对不待见这个丑妹妹。

海里五个月的时候，头发茂密，黑漆漆的，竖了起来，硬得跟松针似的。李妈把她放在摇篮里，去屋外头给海贝壳打孔，然后用线串起来编成项链。海里一哭闹，李妈就忙不过来，把跟石风一起玩耍的海深逮回来，让他帮着看妹妹。海深回来了，石风也跟着一起过来，两个小男娃子一起围在摇篮边干瞪眼。

小海里顶着一头松针似的头发开始哇哇大哭。

李妈在院子里命令："海深！摇篮子！"

海深翻了个白眼，开始摇摇篮，一边摇，一边问袁石风："我妹妹丑吗？"

袁石风点头："很丑。"

海深感动："好兄弟。"

海里五岁的时候，黢黑浓密的头发被李妈编成了两股麻花辫，长长地垂挂在胸前。海深和袁石风上同一所小学，一大早，袁石风就会站在李家门口等磨磨叽叽的海深。海深推着自行车出来，书包一甩，踏上自行车跟着袁石风扬长而去。海里从屋子里追出来，不开心，站在门口哇哇大哭："我也要跟哥哥去上学！"

袁石风骑着自行车回头看了一眼："你妹妹在哭。"

海深翻了个白眼："她每天都哭。"

袁石风眯着眼回头看着海里穿的连衣裙，那是袁娘把他小时候的衣服拼拼剪剪给海里改了条连衣裙。袁娘总是把他小时候的衣裳裤子改成了海里的裙子，于是海里每天都穿着他小时候穿过的衣裳出现在他的面前，咧着嘴露出门牙"哥哥、哥哥"地叫他。袁石风觉得简直不忍直视。

海里长得丑这件事，好像已经在他们的脑子里根深蒂固了。

袁石风埋怨袁娘："海深不是她哥吗？为什么不改海深的衣服？"

袁娘踩着缝纫机，满屋子的嗒嗒声："海深那调皮娃子，小时候穿的衣裳哪件不是被他摔破了洞的？海里还能穿吗？"

袁娘是村子里出名的巧手裁缝，连她都补不来的衣服裤子，就真的只能扔了。

袁娘刚数落完海深调皮，海深还真犯事了，跟人比赛爬树，脚一滑，从树上掉下来，硬生生把腿给摔折了！

袁石风载着又哭又叫的海深往李家骑，骑到家门口，大叫："李妈，李爸！"

李妈正在烧饭，围着围裙举着锅铲出来，见海深跷着一条腿，脸上都是血痕，吓得锅铲都掉在了地上："这是怎么了？怎么了啊！"她声音里都带着一丝哭腔，立马把屋里的李爸叫了出来，"老头！快出来！出来啊！"

李爸出来一看，愣了三秒，冲上去挥着巴掌要揍海深："死小子！跟人打架了？"

袁石风赶紧解释："爬树，摔下来了。脚不会动，估计摔折了。"

李妈心疼，推了李爸一下："快送去医生那里看看啊！"

李爸抓着自行车把手，跟袁石风换了位置，蹬了一下脚踏板就风风火火地往前骑去："石风啊，晚上我再把自行车给你送回来啊。"

李爸踩着自行车载着海深走了。李妈着急地站在原地，伸长脖子看着，看着看着，突然一拍脑门，"死老头没带钱！"她一边扯下围裙，一边往屋子里跑，抓起钱包又跑出来。

她估计是着急疯了，把揉成一团的围裙塞进袁石风的手里："我给他们送钱去，石风啊，帮我照顾一下海里啊。"

没等袁石风回答，她就急匆匆地跑走了。

袁石风捏着一团围裙有些反应不过来。

一直缩在篱笆后面的海里一点一点地蹭过来，站在袁石风面前。

袁石风的目光向下移动，落在海里的脸上，海里的嘴角一点一点地

往下垂，鼻翼一缩一张——

她要哭了。

一、二、三。

"哇！"

果然哭了。

海里张着嘴巴，仰着头看他。

袁石风从上往下看，看到了她张大的鼻孔。

海里痛哭流涕："我哥哥是快要死了吗？"

袁石风气定神闲："是的。"

海里哭倒在他面前。

袁石风干脆利落地把围裙往海里头上一盖："你先哭着。"然后拍拍手，转身就往家走。

袁娘去别人家量衣服去了，袁爸还在外头开货车没回来。袁石风取下挂在脖子上的钥匙开门回家，故意没关门，拿出作业本坐在缝纫机上写作业。家里只有一张饭桌，饭桌摆放的位置光线暗，写作业不方便，缝纫机摆在窗口，阳光能照进来，袁娘不踩缝纫机的时候，袁石风就会趴在上头写作业。

海里还"哇哇"地哭着，嗓门可真大。过了一会儿，哭声慢慢地近了，更近了……

她走到袁石风的窗前，踩着石头站在上面。袁石风抬头瞟了她一眼，窗户外只露着海里的脑袋，她把整张脸都贴在窗户上，鼻子贴着窗户，扁了，嘴唇贴着窗户，扁了——整张脸像摊开的烙饼。

一张巨大的烙饼贴在窗户上，哭得惨绝人寰。

袁石风放下笔，站起身，从厨房里拿来了一瓶橘子汽水。橘子汽水在岛上是稀罕物，小孩子最喜欢喝，袁爸每次开货车回来就会买上一箱，喝完了玻璃瓶不能丢，还得拿回去回收。袁石风把汽水的铁盖揭开，砰的一声，然后把瓶子放到缝纫机上，依旧没看海里一眼，坐下来，继续写作业，于是窗户上那只巨大的"烙饼"眼巴巴地看着冒着泡的橘子汽水，哭声戛然而止。

过了一会儿，门口传来轻轻的脚步声。再过了一会儿，海里慢慢地蹭过来，站在缝纫机旁，两只手抓着缝纫机的边缘，脑袋抵在手背上，

眼巴巴地看着袁石风,叫他:"石风哥……"

她等待着袁石风的回应。

袁石风没抬头,也没说话,只用手把橘子汽水往她面前一推。

海里的眸子立马亮了,踮起脚尖,双手捧过汽水瓶,仰头就猛喝了一口,然后舔舔嘴唇,在墙边的小板凳上坐着了,还真没再哭闹一下。

晚饭前,李爸和李妈带着海深回来了,李爸把自行车推进袁家的院子:"石风,我把你的自行车停在院子里了啊!"

听见李爸的声音,海里丢下喝光的汽水瓶就跑了出去,扑在李爸的大腿上:"爸!哥呢?"

李爸一把将海里抱起,瞧着她哭花的脸,用手抹了抹:"在家。"

袁石风也出来了,问李爸:"海深怎样?"

李爸的表情稍显怪异,像是在遮掩什么,挥挥手:"没事儿!"

袁石风觉得奇怪,便跟着李爸去李家看望海深。一进屋,他就瞧见海深的左腿被笔直地裹起来,右手吊着绳子绑在脖子上。一看到袁石风,海深躺在床上哇哇哭号,似是有千万委屈要说。

袁石风更是奇怪,海深跌下来的时候右手也没事儿啊,怎么现在也折了?

李妈看着李爸缩头缩脑地进来,恨铁不成钢地瞪他一眼:"怎么会有你这样的死老头子!自行车都不会骑!本来儿子只是伤条腿的!你这一摔倒好,把他手也摔断啦!"

袁石风一愣。

02

海深这一摔,左脚折了,右手断了。他每天在饭桌上都颤抖着左手舀饭,吃饭吃得极慢,经常是李爸和李妈都已经吃完了,海深还坐在饭桌前跟勺子较劲。

海里站在饭桌前看着他,摸着他的腿:"哥,你还疼不疼啊?"

海深不耐烦:"关你什么事啊!"他咬牙,终于操控着左手用勺子兜起了一块排骨,颤颤巍巍地放进嘴里。

海里一声不吭,站在旁边半晌,突然噔噔噔地跑开,从厨房里拿了个勺子,又噔噔噔地跑回来,舀起一块肉喂到海深嘴边:"哥哥,张嘴,

我喂你，啊——"

海深斜着眼睨她，觉得自尊受到了极大的侮辱。他刚想举着勺子敲海里的头，自己的脑袋却突然被狠狠一拍，拍得他的下巴快要戳进碗里。

"嗷！"海深惨叫。

李妈围着围裙，戳他的脑袋："你看看你妹妹多乖！多懂事！这么小就知道给你这个当哥哥的喂饭！你呢？比海里大六岁！一点都没有给海里当榜样！再去爬树，再去爬！下次摔得你屁股变四瓣！不好好读书，就知道满天满地玩，你以为你是猩猩啊，还学人家从一棵树跳到另一棵树，摔断腿还便宜你了，下次……"李妈训起人来喜欢旧事重提。

"好好好，"海深被念得烦了，"我吃还不行吗？"

他把脑袋伸过去，一口吃掉海里喂的饭。

李妈"哼"一声："海里乖，继续喂你哥哥，让别人看看，丢不丢人！"

于是，海深耷拉着眼皮，让兴致勃勃的海里喂完了一碗饭。有了这次就还有下一次，于是海深养伤的三个月里，每天海里都会积极地吃完饭，然后搬来一张小凳子，举着勺子喂海深。

这一幕被串门的袁娘看见了，回来当作榜样讲给袁爸和袁石风听："今天我去隔壁李家啊，海深不是摔断了脚和手吗，老幺太懂事了，居然给她哥喂饭。"袁娘捂着胸口一脸的感动，一拍大腿，"哎哟，我想起来我这里还有一块顶漂亮的小碎花布，明天给她做一个小挎包。"

袁娘喜欢海里，就喜欢给她打扮，所以海里有好多漂亮的裙子、包包，于是海里成为了全村大人都认可的洋娃娃。

海深痊愈后，袁石风还会拿他打趣："你妹妹给你喂饭你感动吗？"

海深啐了一口："感动？她完全在当玩过家家呢！还没大没小地摸我脑袋夸我乖！"

海深气得咬紧了牙，袁石风听得哈哈大笑。

虽然海深嘴里仍旧嫌弃着海里，却还真没见过他再欺负她。

海深和袁石风上初中了，海里背着袁娘做的漂亮的小挎包上起了小学。海里上小学的那一天，李妈和袁娘都挺兴奋，李妈把海里及腰的长发编成了两根麻花辫，垂挂在胸前，发梢处用红绳子系了好看的蝴蝶结。袁娘给海里送来了一双白色的布鞋。海里穿着碎花裙、白布鞋，两根麻花辫乖巧地垂在胸前，像极了一个洋娃娃。

袁娘特别开心，摸着海里的脸蛋："海里一定是学校里最漂亮的！"

李妈叮嘱海里："我们海里这么乖巧，一定比你哥强！你哥年年班级倒数第一，全校倒数第五，丢脸死了。你要像石风哥哥学习，石风哥哥每年都是年级第一。"

在李妈和袁娘的期盼中，海里正式上小学了。

每个学期末，村子里都会有一个奇观，李家这对兄妹拿着自己的成绩单，笔直笔直地站在院子里罚站。

大的这个全校倒数第五，小的这个全校倒数第一。

03

海里上的小学离海深学校近，海深又跟袁石风同班，所以每天放学后，海深和袁石风都会骑着自行车接海里放学。有时候海深嫌弃海里重，不让她坐在自己后头，只能由袁石风载着她。

这天，海深和袁石风骑着自行车在学校门口等海里放学，海里出来的时候低着头，两根麻花辫乱糟糟的，肩膀一抖一抖，慢悠悠地走到海深面前，抱住海深的大腿，把脑袋靠在上面。

海深抖着大腿，想要把她抖开："走开！跟壁虎一样做什么？"

袁石风在一旁观察着海里乱糟糟的辫子。

海里抬起头，眼眶里含着眼泪，依旧抱着海深的大腿，委屈极了："哥——"她带着哭腔叫了一声，嘴巴一瘪，仰头看着海深，眼泪就流下来了，"王冬扯我辫子，呜……"

说着说着，她哇的一声哭了，哭得异常悲痛。她觉得自己的哥哥肯定会帮她，把王冬那个坏蛋狠狠地教训一顿，肯定会的，于是她边哭边期待地看着海深。

海深愣了几秒，一本正经地告诉她一个道理："只有长得丑的女孩子才会被欺负。"

海里万万没想到他会这般说，眼泪一下子就更多了，本能地寻求帮手，看向袁石风，眼神可怜巴巴的。

而袁石风耸耸肩，一副"爱莫能助"的表情。

海里接受不了了，攥紧了拳头朝他们吼："我好讨厌你们啊！"然后背着书包就跑。

海深眼疾手快，一把将她拎回来放在自行车后座上，自己也跨上自行车："坐好啊，别给我乱跑。不带你一起回家，老妈骂的还是我！"说完，他一踩脚踏板就往家骑，袁石风紧随其后。

海里坐在后座上一路都在骂："我好讨厌你们啊！讨厌你们！不要你们这些哥哥了！不要了！"

海里就这样一路骂回了家。

海深刚把自行车停下，海里就从后座上跳了下来，理也没理他们，背着书包就走。海深收敛了吊儿郎当的表情，回头朝袁石风看了一眼。两个男孩子心领神会，把自行车掉了个头，海深冲家里喊："我和石风忘带课本了！回学校拿啊！"

说完，两人重新骑上路。

村子就这么点儿大，这两个男娃从小就在村子里称霸，跟海里一个班的王冬他们会不认识？不就是家里有十亩田地的王家独子嘛。海深和袁石风朝着王家一路杀过去，杀到一半，看到了正在田地里捉蚯蚓玩的王冬。

王冬长得黑黑的，剃着板寸头，是个黑胖子。

寂静的田间小路上，海深和袁石风板着脸，停了自行车，居高临下地看着王冬小朋友。

王冬拿着一条蚯蚓，仰头看两个大块头，脖子一缩："你们是谁啊？"

海深挑着一边眉毛，把王冬笼罩在自己的影子里："就是你揪李海里的辫子？"

王冬毕竟还是孩子，被吓着了，嘴一瘪："你们要干吗啊？"

见他拿着蚯蚓想要逃，站在一旁的袁石风干净利落地抓住他的领子，胳膊一使劲，一下子就把这个小黑胖子从田地里拎了起来，拎到了路边杵好。

"我们是海里的哥哥。"袁石风跟海深是不一样的，海深上来就是一副凶神恶煞的痞子表情，袁石风则是冷冷静静的，还带给你整衣服拍灰尘，脸上是没见凶悍的，回答的语气里也没透着狠劲，但揪着王冬领子的手没松过一分。袁石风攥紧的关节贴在了王冬的脖子上，吓得王冬一哆嗦，哇的一声就哭了。

袁石风和海深对视一眼，觉得小屁孩太没用了，这样就吓哭了。

海深翻着白眼，走上前，在王冬面前蹲下，就算蹲下，他仍旧比王冬高。

"这么小就学会欺负女生，还揪女生的辫子，孬不孬？"海深凶巴巴地一抬眉头，抬手去拔王冬的头发，狠狠地拔掉一根，"痛不痛？"

王冬吓得哇哇大哭，眼泪鼻涕横流。

海深又拔掉他一根头发，眼睛瞪得跟牛眼似的："痛不痛？"海深继续拔，飞快地拔掉十几根，"痛不痛？啊！"

"痛！"王冬捂着脑袋使劲点头，眼泪哗啦啦地流。

海深竖起一根手指警告："以后，不准欺负李海里。她有什么东西要提就帮她提，帮她打饭，帮她打扫卫生，知道没？如果让我知道你再欺负她，我就把你拔成光头！"

海深站起来，和袁石风并排站在一起，居高临下地看王冬。

王冬使劲点头，哇哇直哭。

袁石风松开他，这小子一边哭一边跑回家了。

海里不会知道海深和袁石风帮她教训了王冬，海深和袁石风自然也不会跟她提起。但经过这次事情，海里似乎深深地意识到，遇到什么事绝不能想着求助哥哥，还是得靠自己。从那以后，海深和袁石风渐渐发现，海里不再那么爱哭了，也再没听到她委屈地说谁谁欺负她。

一次，海深和袁石风在校门口等海里放学，左等右等都没等到她出来。两人找到操场，终于在操场的角落里找到了海里。她正踩着一个比她还高的男生的手，凶神恶煞地说："你以后还掀不掀我裙子了？"

海深和袁石风愣住了。

性格总是在不经意间被塑造起来的。

04

海里三年级的时候，海深不再每天在校门口等她了，倒是托了袁石风来。

一天，海里甩着两根麻花辫走出来，坐在袁石风的后座上，嘟着嘴："我哥是不是找女同学玩去了？"

袁石风一蹬脚踏车，载着她慢悠悠地往家驶："你这听谁说的？"

"我就知道。"海里晃荡着两条腿，"我还见过嘞，你们学校的对

不对？比你们小一届的对不对？我哥跟在她后面跟只哈巴狗似的，那女生理都不理他，他还每天屁颠屁颠地送她回家！"

袁石风向后瞟了小丫头一眼。自从她被王冬欺负，觉得海深没帮她后，这小丫头就一直不待见海深。他时常在院子里看见海里趴在海深的身上揪海深的耳朵，这对兄妹闹得不可开交，把李妈闹烦了，两人就一起耷拉着脑袋被罚站。

人小还挺记仇。

"石风哥，"海里抓住袁石风的衣服向后扯了扯，"你怎么不去跟女同学玩？"

"管这么多做什么？"袁石风不耐烦，蹬着脚踏载着她抄小道从田地里经过。

正值春天，庄稼刚刚播种下去，一大片一大片的田地看上去还是光溜溜的。海里觉得秋天的时候这一片田地是最漂亮的，麦子都黄了，沉甸甸地垂挂着，风一吹，饱满的麦子发出沙沙的摩擦声，像极了一串一串的小铃铛。风从东往西吹，麦子就从东往西地掀起麦浪。

海里在后座上晃荡着脚，依旧穿着袁娘给她做的碎花裙，两只脚一晃一晃，裙边一掀一掀。海里忽然想起了什么，拍了拍书包，又扯了扯袁石风的衣角："石风哥！"

"嗯？"袁石风懒洋洋地冒出一个鼻音。前头的风吹来，他微微眯起眼，额前的碎发都掀了起来。

海里从包里掏出一盒糖果，递上去，用糖果盒子敲了敲袁石风的胳膊肘，糖盒子里装着的糖果被晃得哐当哐当地响："六年级一个姐姐托我送给你的，她说你长得好看，很欣赏你。"

袁石风瞟了一眼糖盒子，翻了个白眼："不要。"

这小丫头已经不是第一回做这样的事儿了，光信就递了不下十回……袁石风估摸着这小丫头帮忙递一回信就能捞得不少好处。

"你干吗不要啊？"海里晃荡着糖盒。

袁石风对她的小心思了如指掌："你要就拆开来吃吧。"

话还没说完，车座后面就响起开糖盒的声音。

海里掏出一颗糖放在嘴里，吧唧吧唧地尝着，有糖吃就安静下来了。她晃荡着两条腿，含着糖，再也不叽叽喳喳地跟袁石风说话了。

海里觉得，一直有这么多人关注石风哥该多好，就一直会有人托她送礼物给石风哥，她就可以免费地吃好多好多东西，收下好多好多礼物了！

第二天，六年级的女生兴奋地跑来找海里："给他了吗？"

海里乖巧地点头："给了！"然后微微皱眉，"他说这种味道的糖不好吃，下次换个口味！"

女生眼睛发亮，兴奋地捂住嘴："好！"

05

这几天放学都是袁石风载着海里回来的，等海深回来的时候，大家伙儿都已经吃上饭了。这小子满头大汗地进屋，端起水壶，把嘴凑到壶嘴上就吸。

李妈系着围裙，端上了最后一盘菜，瞧了海深一眼，觉得奇怪："这几天怎么都这么晚回来？"

海深撩起衣服脱掉，赤裸着上半身，坐到桌边，拿起筷子夹了一大口菜就往嘴里塞，声音含混不清："补课。"

李妈点点头："补课还是好的，马上就要中考了。石风考上镇里的高中是没有一点问题的，就你！早就该补补课了！"李妈丝毫不怀疑，坐下来就给海深夹菜。

海里坐在海深旁边，突然"哼"了一声。

海深微微抬起头，警告地瞪着她。

"哼什么呀？"李爸一边舀汤，一边随口问。

海深越是警告地瞪她，海里就越不服气，她放下筷子，一本正经地扬起脸看着李爸，看样子就是要告状了。海深连忙咬牙在桌子下去踩海里的脚，海里的脚跟长了眼睛似的，往回一缩，海深踩了个空。

海深眯眼，用眼神警告她。

——你敢说？

海里高抬下巴，刚正不阿地用眼神回答他。

——我就说！

"他才没有补课呢！他……唔！"海里说到一半，被海深扑上来捂住了嘴。海深的力气多大啊，捂着海里的嘴把她往里屋拖。

李爸眨巴眨巴眼,反应过来了,啪的一声把筷子拍在桌上:"闹什么闹!海深你把你妹妹放开!"

李爸这一凶,海深就不敢闹腾了,但仍死死地捂着海里的嘴。

"松开!"李爸皱眉一声呵。

海深耷拉着眼皮,不情不愿地把手松开。

海里的脸上印着海深的五指印,他的手一松开,海里连忙挣脱,趴到桌边立即说:"他没有补课!他每天都去送女同学回家,所以才没送我,都是石风哥载我回来的!"

海里的声音极大,还回头愤愤不平地瞧了海深一眼,一副"你敢惹我,这就是下场"的得意表情。

李爸把饭碗放下,整张脸都耷拉了下来。李妈也冷下了脸,连连摇头。

海深站在一边,没吭声。

"是吗?你妹妹说的是真的吗?"李爸的声音已经透着一股怒意。

海深的脾气很倔,偏着脑袋不答话。

李爸咬牙,拳头一点一点捏紧。海里趴在桌上看着李爸握紧的拳头,忽而有点害怕,吞了吞口水,乖乖地坐下装鹌鹑。她偷瞟了一眼海深,觉得完了完了……要爆发战争了。

她这头心里刚打鼓,李爸啪地拍桌站起来,这一铁拳头拍下来,桌上的碗筷勺子都腾空跳了一下。

在李爸站起来的时候,海里比他更快一步,飞身扑过去抱住家里的鸡毛掸子,在她抱住的同时,李爸的一只手也死死抓住了鸡毛掸子的一头。

李爸一使劲,把鸡毛掸子和海里一同往自己这边拉了一下:"放手!"

海里连忙摇头。她突然后悔告了海深的状,李爸这架势……是要揍死海深的感觉啊!

海里抱着鸡毛掸子不放,可怜巴巴地摇头:"我乱说的,我乱说的啊,爸。"

"你无缘无故会乱说?"李爸气得手抖,"我挣钱给你们两个小兔崽子读书,一个比一个出息,大的这个全年级倒数第五,小的这个倒数第一。看看人家石风,脑子长得跟你们一样啊,为什么人家回回第一啊?你现在给我更出息了,我让你不学好!"李爸干脆松开被海里紧抱着的鸡毛掸子,回身寻找着什么,看见桌上放着把榔头,刚刚李妈还用榔头

在捶沙核桃。李爸拿起榔头掂了掂,不行不行,一榔头下去肯定捶死娃子,于是又把榔头放下,回首找,找着了,插门用的木头桩子。

李爸拿着木头桩子一记横扫,朝着海深的背脊就招呼过去,狠狠地一拍。海深也没躲,咬牙硬生生受下了。

"啪"的一声,是木头拍在肉上的声音。

"哎哟!"

海深没叫,倒是海里捂着眼睛叫了出来,这一板子跟拍在她身上似的。她这一叫,眼泪就流下来了。

"说!你干了什么!"李爸怒问。

海深皱眉,梗着脖子不说话。

06

李爸挥着木桩又是一记打下去:"你还读不读书了!"

"啪!"又是一记贴着肉的拍打声,李爸这回力道使得更大了。

海深往前一趔趄,咬着嘴唇硬是没吭一声。

李妈心疼死了,欲要上来劝阻,李爸发了狠:"今天谁拦着我就连谁一起揍!你别管!都是被你宠坏的!"

李妈绞着手指不敢再拦一下。

李爸竖起了木头桩子,指着海深:"就问你,还读不读书?"

这回海深倒是说话了,但说的这句话可把李爸气死了。

他梗着脖子答:"不读。"

干净利落的两个字,好一股倔强的气势。

李爸气得直点头:"好啊,好啊……今天直接把你揍死算了!"他拿起木桩子,又朝着海深挥去。

啪啪啪三声,分别落在海深的腿上、背上和手臂上。

海深裸露的上半身立马见了规则的血痕,再这样打下去,肉都要打得稀烂了!偏生海深脾气倔得要死,冷汗连连,却硬是不吭一声。李爸看着海深身上的血痕,深知不能再打下去了,可也没人来拦着他劝着他,他没有台阶好下啊。就在李爸纠结万分地再次扬起木桩子的时候,海里痛哭流涕地扑上来抱住了木桩子,不让他再揍了。

海里哭得眼泪鼻涕糊了一脸:"别打了,别打了。我替哥读,我一

定认真地读,以后考清华考北大衣锦还乡光宗耀祖耀武扬威,别打了爸,呜哇哇……"海里哭着哭着就控制不住了,仰起头号啕大哭。

这是自小学一年级以来,海里第一次哭。自从海深不肯帮她出气还骂她丑后,她就没再哭过。可今天这一哭,跟水龙头拧断了开关似的,眼泪流得汹涌。

李爸终于有台阶下了,没再打海深一下。他也打累了,气喘吁吁的,手一挥,指着门外:"你给我站到院子里去,我没叫你进来你就别给我进来!"

海深头也不回地朝屋外走去,站在以往老被罚站的地方。

见李爸终于不再打海深了,海里松了一口气,这一松气,眼泪更是止不住了,她干脆瘫在地上哭。

李爸睨了她一眼:"你知道错了吗?"

海里边抹眼泪边点头。

李爸问:"错哪儿了?"

海里哭得悲悲戚戚:"不该告哥的状……"

李爸胸口一闷。

海里以为她也要挨揍了,连忙用手护住自己的脑袋。等了半晌,也没见着板子朝自己招呼过来,她这才敢偷偷抬起头。

李爸站在她面前,恨铁不成钢地说:"我问你,你一屁大的孩子懂什么?"见海里不答,李爸咬牙切齿,"又偷偷看电视了对不对?整天不学习就知道趁我们不在家偷偷看电视!你!也给我去院子里站着!"

海里边哭边站起来,磨蹭着走到外面,老老实实地站在了海深旁边。

07

外头的天已经黑下来了,时不时飞过几只蝙蝠,黑色的影子快速一蹿,隐在夜里不见了。月稍露头,隔壁的袁家亮着灯,门口停着一辆小货车,是袁爸送货回来了。

李妈在收拾碗筷,从窗户里传来轻微的瓷器碰撞声,漏出点光。海里挨着海深站着,转头看了看海深手臂上的血痕,带着哭腔:"哥,你疼不疼啊?"

海深抿着嘴,不说话。

海里知道他肯定生气了。

她也没想到这回爸会这么生气，下这么重的手，她以为爸顶多就臭骂他几句。

海里内疚，抹着眼泪："哥，对不起，下次我再也不告你的状了……"

海深耷拉着眼皮瞥了她一眼，抽抽嘴角，依旧没搭理她。

忽然，隔壁袁家的铁门咯吱响了一下，传来一阵脚步声，一个模模糊糊的人影晃动着。袁石风提着个袋子推开李家的门进来，趿拉着拖鞋，头发还滴着水，显然是刚洗完头，穿着白色的汗背心和蓝色的大裤子，一只手插着口袋，另一只手提着什么东西慢慢地走近他们，从阴影外走到亮光里。

袁石风无奈地看了一眼罚站的兄妹俩，叹口气："你们吃了没？"

海深挑眉看他，耸耸肩。

袁石风从红色塑料袋里掏出一张饼递给海深。海深接过，大口大口地啃起来。

还是兄弟好啊！

袁石风转头看了看海里，海里的脸都哭花了，眼睛肿着，鼻子肿着，脸上脏兮兮的。

"吃了吗？"他问。

海里点点头，肩膀还一耸一耸的。

袁石风从裤子口袋里掏出一颗糖丢给海里。海里接过，是一颗玻璃糖。

玻璃糖是用漂亮的玻璃纸包着的糖，这儿没得卖，每回都是袁爸从外面带回来的。

海里小心翼翼地捏着，还没跟石风哥说谢谢，袁石风就掀起了帘子往屋里走："李伯伯，李阿姨。"

袁石风的声音在屋子里响起："我妈做了些饼让我给你们送来。"

海里竖起耳朵听着。

李妈："你爸回来了？"

袁石风说："回来了。"

李妈："好的好的。替我谢谢你娘啊。"

"行。我先回了。"袁石风的声音慢慢接近门口。

他掀着帘子出来，走到外面，又看了看这对兄妹一眼，转身出了院子，

017

走进自己家，铁门咯吱一声响，又恢复了安静。

海里和海深继续站着，没过多久，李妈在屋子里喊："进来吧。"

海里和海深走进了屋子，看见饭桌上有热好的菜，还有袁石凤刚刚拿来的热腾腾的饼。李爸在里屋看电视，没有出来，李妈朝他们努努嘴："赶紧吃。"

海里和海深重新坐到桌前，端起饭碗。

经过这一晚，兄妹俩都有了变化。海深每天都准时出现在海里的校门口载她回家。兄妹俩一回家吃好了晚饭就自觉地进屋写作业，没再让李爸和李妈催促一下。

海深是脾气很倔的孩子，做错事儿从来不道歉，虽然不道歉，但一定会悄悄地改。这对兄妹都是一样的，不是学不好，是懒得学，这用功一下成绩就开始往上蹿。

于是这次小考，海深一下子蹿到了班级第十，海里烂得一塌糊涂的数学，从原来的倒数第一蹿到了班级第五。

李爸拿着兄妹俩的试卷不敢相信，热泪盈眶。

这两个娃子逗他呢？早知道打一顿这么有效，早点打不就完了？早点打就能早点出这样的成绩！

"好！好！"李爸拿着试卷乐得直拍大腿，恨不得把试卷烧给老祖宗看，一挥手，吩咐李妈，"多做几道菜啊！好好乐呵乐呵！"

这一晚，海深和海里在屋子里写作业，两人各占桌子的一头，开着两盏台灯。海里的作业比海深的少，可这兄妹俩的性子不一样，海深的笔头蹿得飞快，写的字龙飞凤舞，很快就能做完一门功课的作业。海里的性子是慢悠悠的，晃着双腿慢悠悠地写，抱着一罐脆米放在一边，写几个字就从罐子里捞出一把脆米放进嘴里嚼。

脆米就是把米放在锅子里炒，放一点点盐，炒得酥脆酥脆的，喷香喷香的。

海深埋头算着算数，听见一旁海里发出跟老鼠啃东西似的嘎嘣嘎嘣声，有些不耐烦："你猪啊，小声点吃不会啊？"

海里白他一眼："你嚼脆米也会发出这样的声音好吧。"

"你不会捂着嘴吃啊!"海深恶狠狠地瞪她一眼。

海里不理他,又掏出一把脆米放进嘴里嚼,还故意嚼得很响,然后扫了一眼海深已经好了的胳膊,赶紧把嘴里的脆米吞下去,凑上去小声说:"哥,你真的没有再跟那个姐姐一起玩了哦?"

她的眼珠子在台灯的照射下显得狡黠又好奇。

"关你什么事儿?"海深狠狠地拍了一下她的脑袋。

海里吃痛,捂着脑袋瞪海深,想揭穿他,话到嘴边却又忍住了,低头继续写作业。

海里知道,海深每天夜里都会打开窗户溜出去。他们睡在同一个房间,床和床之间拉起了帘子,划分成两个区域。每天夜里,海里都会听见窗户打开的响声。有一次,她悄悄地爬起来把帘子拉开一条小缝,就看见海深敏捷地跳出窗户。她也不作声,安静地躺在床上等着,过了好一会儿,又听得窗户啪嗒一声响,海深蹑手蹑脚地爬了进来。

海里放下笔,闷闷地看了海深一眼,拿着作业本走出去。

"去哪儿?"李妈看着海里拿着作业本出来。

"问石风哥作业去。"海里回答。

"海深不会?"李妈又问。

"他不会。"海里一脸嫌弃。

李妈点点头,觉得海里这般勤奋学习是好事儿,挥挥手让她去了,叮嘱:"礼貌点啊,问完了赶紧回来,你石风哥也要学习的,别吵着他。"

"知道了!"海里拿着作业本就跑,传来趿拉拖鞋的声响。

袁爸又出门运货了,袁娘在灯光下踩着缝纫机,脚踏板踩得咯噔咯噔响。村子里就是有这点儿好处,家家户户都不用闭门,门不上锁,也不会有人进来偷东西。

海里进屋的时候,袁娘惊喜了一下:"哟,海里来了?"

海里挥了挥作业本:"我来问石风哥数学题。"

袁娘指了指里边的房间:"石风在里面。"

海里跑过去,敲敲门,不等袁石风回答就把门推开了。

上次袁爸回来,给石风买了一盏台灯,这台灯对于这个岛上的人家来说算是顶好的家电。一拍,微微亮,再一拍,更亮了一点,再拍一下,

最亮堂了，再再一拍，又灭了。这台灯刚刚买来的时候，海里和海深就很好奇地围在旁边，一玩就是一下午，还是被李爸拧着耳朵拎回去的，怕这么珍贵的东西被这对泼皮猴子整坏。

海里进屋的时候，袁石风听见动静回过头来，疑惑地看着海里。

"有道题不会做。"海里蹭上去，把作业本在他的面前摊开，指了指最下面的一道数学题，是一道应用题。

袁石风扫了一眼，撕下一张草稿纸按在手下，用笔头敲敲纸面上的题目："读一遍。"

海里踮着脚尖凑上来，用食指点着题目，一个字一个字地念："某厂计划三月份生产电视机 400 台，实际上半个月生产了 250 台，下半个月生产了 230 台，实际超额完成计划的百分之几？"念完，她抬头，无辜地看着石风哥。

袁石风看也没看她一眼，用笔尖在"上半个月"和"下半个月"画了下划线："三月份一共生产了多少台电视机？"

海里踮着脚，看了看，眨巴眨巴眼，茫然又无辜地抬头看着石风哥。

不知道。

袁石风皱眉，更细致地讲解："上半个月加下半个月是不是就是整个三月份？"

海里看了看题目，又抬头看看石风哥，不答话，依旧一脸无辜。

袁石风放下笔，不说话了，看了海里半晌："你不是来问题的，说吧，来干吗的？"

海里一下子就笑了，袁石风果然了解她！

她的眼神立马狡黠起来："石风哥，我哥还跟那姐姐一起玩吗？"

袁石风皱眉："问你哥去啊。"

海里嘟起嘴："他又不肯告诉我。"说完，她贼溜溜地冲袁石风扬扬眉毛，"我发现啊，每天晚上，深更半夜的，我哥就会偷偷地爬窗户溜出去，过了一会儿又溜回来，你说他去干吗了？"

听到小丫头说话，袁石风一惊，怎么被她发现了？

这事儿就严重了！

袁石风赶紧扫了一眼微闭着的门，轻轻地走过去，把门关严实了，以防外边的袁娘听到。他又走回来，表情严肃地把海里揪到面前，说："这事儿别跟你爸妈说。"

海里不满:"你果然知道!你们都瞒着我!"

袁石风赶紧捂住她的嘴,又朝门口看了一眼,叮嘱道:"你也不想你哥挨揍吧?如果不想,就当不知道,千万不能跟你爸妈说漏嘴。"

海里撇嘴:"放心吧,我不会说的,要说我早说了。"她的语气有点像小大人,把作业本拿回来收好,"我就是不喜欢你们都瞒着我!哼!"

说完这句话,她气呼呼地拿着作业本就走,走到门外,袁娘对着她笑:"问完了?会了吗?"

面对袁娘,海里又换上了一张乖巧的脸:"会做了!"

袁娘点头:"有不会的尽管来问你石风哥啊!"

"知道了!"海里乖巧地点头,冲她摆摆手,"我回家了,袁娘再见。"

袁娘看着她离开,又踩起了缝纫机,咯噔咯噔咯噔……

这个声音在很久很久后,仍然会出现在海里的噩梦里,好像就是以那个夜晚为转折点,她、海深、袁石风的生活变得支离破碎、颠倒覆灭。

那个夜晚,每家每户都熟睡了,海深又偷偷地爬窗户溜出去,海里睡得迷迷糊糊,听见窗户轻轻地咯吱一声响,在心里骂着海深不够义气,骂完后翻了个身迅速睡去。

于是,这成了海里这辈子最撕心裂肺,也是最后悔的事情。

海深这一去,就再也没有回来……

08

海深出去的那一晚正逢月食。红铜色的圆月亮挂在涌炀岛的上空,大得瘆人,似乎一个浪头打过来就会把这颗月亮震得掉下来。岛上老一辈的人说,这月亮红得出奇,这个年头定是要出事儿的。岛上的人都认为天能决定人,而不是人能控制天。

在月全食发生的早晨,果真应了老一辈的话,出事儿了。

李家老大死了。

海里永远不会忘记那天早上,她被李妈撕心裂肺的哭声吵醒,她睡眼蒙眬地穿着拖鞋走去院子里看,院子里围满了人,一圈又一圈。她最先看到的是袁娘,袁娘旁边站着煞白了脸的袁石风。袁石风高高地站在人群里,穿着白色的汗背心,蓝色的大裤衩,一脸呆滞。在海里的记忆里,

袁石风永远是冷静的,但这一次,他满脸都是恐惧。

她挤过人群,想挤到石风哥旁边嘲笑他。

刚刚挤过两个人,海里就被袁娘抱起。

袁娘的手指冰凉,嘴唇也毫无血色,眼睛里还有眼泪,用手遮住海里的眼睛,说:"海里乖,先到我们家去。"

海里被袁娘抱在怀里,视线升高,透过袁娘并没有并拢的手指缝,一下子看到了人群中心平放在地上的海深。

海深浑身淤泥,闭着眼。李妈跪在旁边哭得异常惨烈,海里从没有听见妈妈发出过这么刺耳难听的哭声,妈妈跪在地上一边摇海深,一边叫着他:"海深!海深!"

每一声呼唤都像要喊破了喉咙,喊出血来。

从那一天起,海里知道了,真正的哭声都是很难听的,特别难听,随时都像让人要死过去似的。

海深死了。

死真是特别"热闹"的事情,送葬的队伍在大清早排成一长条,唢呐声不断,哭丧队从家一直哭到墓地。

海里穿着丧服,挎着装满纸钱的小篮子,在唢呐声中,在李妈哭也哭不出来的沙哑声中,她拿起小篮子里的黄色纸钱,一直撒,一直撒,黄色纸钱被抛到半空中,飘荡着落下,覆盖在地上,覆盖住了海里最幸福的年少时光。

海深的生命止步于十五岁。李妈跪在海深的坟前久久不肯离去,李爸伫立在一旁,用手遮着面。海里也想哭,却流不出眼泪,她愣愣地抬头看着天,想,以后,她再也没有哥哥了……这样想着,干涩的眼睛红了,最后,仍旧是哭了。

她依稀听到别人议论海深是怎么死的。

说海深是摔在了十番里地下。十番里是一条小道,小道一边是田,另一边是很陡的山坡,海深就是从这个很陡的坡上摔下去的。如果是平时,摔下去顶多只是断了骨头,可那段时间,陈家正在建新房子,当天搅拌过的一池熟石灰就摊在坡下。坡下还有一串脚印,议论的人说,估计是海深摔下坡后,摸黑往前走,不小心掉进了石灰池里,这一脚踩下去,越陷越深,再也没上来。

陈家人早上开工,发现石灰池里有一截手臂,捞上来一看,居然是李家老大。

海深就是这么死的。

也有人说,这好端端的娃子怎么会深更半夜出现在十番里地?于是另一种说法冒了出来,说当天晚上是红月亮,海深恐是被附了魂。

海里听着这些议论,一直不吭声。她穿着丧服站在坟前,脚下满地的黄纸钱。

她想起再小些的时候,她屁颠屁颠地跟在海深的屁股后面跑,希望他带着自己玩。海深老是嫌弃她,跑在前面想甩掉她。她气得在后面蹲下来哭,哭着哭着海深又折回来了,不耐烦地说:"慢死了,那你就跟上啊!"

她跟在海深的屁股后面继续走,海深臭着一张脸在前面走。她看着海深的背影,知道"哥哥"这个词就是无论如何也不会抛下自己的意思。

但还是抛下了。

自此以后,她再也没有哥哥了……她成了李家独苗。

海深下葬的那一天,海里在送葬的队伍里看到了那个女孩。

"海深每天放学都会像条哈巴狗似的跟在她的后面。"

再后来,她跟李爸告了海深的状,她就再也没见过海深载那个女孩,但每晚他都偷偷地爬窗户出去……

海里在想,如果她没告状,是不是一切都会不一样?或者,她干脆再把海深每晚都会溜出去的事情捅给李爸,是不是一切又会不一样?

女孩在人群里哭,一直哭,一直哭,发丝吃进了嘴角她也没发现。很多人都在哭,所以没有人会注意到她的存在。袁石风走上来了,袖子上别着黑布和红布,没人要求他这么做,他自己别上去的。女孩看着袁石风,眼泪滑落脸庞,一直摇头,一直摇头。海里盯着她的口型,看清了,她说——我对不起他。

海里用手抹了一下眼泪,转过头,没再看那个女孩了。

李妈拉着她,把她拉到海深的墓前,点上蜡烛和香,她随着李爸李妈一齐跪下。

李妈说:"海深啊,走好。"

悲泣的红烛,烟雾升腾的香,成为了海里这辈子最不愿意碰触的东西。

09

海深不在了，李家少了许多欢笑。李爸怕李妈伤心，把海深的床给拆了，把海深的课本衣物全部装箱封了起来。但在吃饭的时候，饭桌上仍然会多摆放一副碗筷，李妈看着碗筷，看着看着，吃不下饭了，又哭了。

沉闷窒息的氛围笼罩着李家。

海里变得懂事儿了，自觉地写作业，帮李妈串贝壳项链，帮李妈打扫卫生，每天早上都会活力四射地出门，大喊："妈！我去上学了！"

李妈叮嘱："路上小心啊。"

海里回头笑："好！"

她高高兴兴地走出院子，关上院子的小铁门，脚步忽然挪不动了，上扬的嘴角慢慢地耷拉下来，伫立在门口发愣。

海深还在的时候，总会推着自行车站在院外等她，臭着脸凶她："慢死了！不会快点啊！"

她会翻个白眼，跳上后座，抓紧海深的衬衫后摆："你再凶我，我就去告诉妈！"

海深冷笑，不屑一顾。

海深的表情、声音，甚至身影都历历在目，怎么一下子……他就不在身边了呢？

他不在了，左顾右盼都再也看不见他了。海里在想他的时候只能偷偷地爬上半个山坡，在冰凉的墓碑前蹲下，用手扫去坟前的枯枝残叶，流眼泪："你如果回来，我一定会当个好妹妹，不跟你吵架，不跟你斗嘴，不告你的状。"

无人回应。

一个墓碑，一捧黄土，就是阴阳相隔了，留下活着的人痛彻心扉地去适应。

什么时候是最想念海深的？

一个人背着书包上学，离家，放学归家的时候。

遗失了陪伴。

海里常常坐在教室里发呆，学校的人因为忌讳海深的死而对她退避三舍。

王冬是唯一不怕的,在海里发呆的时候,王冬就坐在她旁边陪着。王冬很想逗她开心,可他嘴笨,说什么她也不会笑,于是他就想着去扯她的辫子把她惹生气,可用手扯了一下她的辫子,她仍旧没反应。

王冬懊丧地叹了一口气,说:"在我第一次扯你辫子的时候,你哥就和你邻居来把我揍了一顿,尤其是你哥,拔掉了我好多头发,说如果我再欺负你,就把我拔成光头。他还……"王冬一愣,忽然意识到这是极不应该提及的话。

没想到海里却转过头,紧紧地盯着他:"我哥还说了什么?"

王冬半张着嘴,好长时间没反应过来,最终还是说道:"他让我帮你打饭,帮你打扫卫生,帮你提重物,让我帮着你不受别人欺负……"

他话刚说完,海里哇的一声就哭了。

王冬杵在那儿不知所措。

这时候他知道了,只要提起海深,海里就不会再发呆了。

再后来,海里站在门口发愣的时候,就会听到后面有关门的咯吱声。

袁石风骑着自行车过来,一个刹车,脚尖踮地,停在她的旁边。

海里抬头,看着袁石风。

袁石风说:"上来。"

海里没动。

袁石风皱眉,又重复:"上来。"

海里走上去,侧坐在自行车后座上。

袁石风蹬了一脚脚踏板,载着海里往学校骑去。

海深不在了,袁石风代替了海深的位置。

第二章：袁石风，你想我了吗？
在那个天边都是火烧云的傍晚，
袁石风和袁娘也离开了。

01

村子里的流言蜚语盛行，海深的死被迷信化，弄得人心惶惶。村子里的人不敢亲近李家，怕沾了晦气。海里在学校里被同学欺负也成了常事儿，但幸好有王冬，王冬长得膘肥体壮，往海里身边一站，也没几个人敢欺负她。

袁家是最不怕这些流言蜚语的，日子照旧过，袁娘有了好看的布料会留下一块给海里做衣裳，袁爸爸开货车回来会给海里带上一大罐玻璃糖，袁娘一有空就帮李妈来串贝壳项链。

有些人家瞧着袁娘这般，会小心翼翼地上来劝："别怪我多嘴啊，我是担心你，你家石风也快中考了，你别整天往李家跑，李家老大死得蹊跷，不干净的。"

袁娘笑而不语，点点头，算是应声了。

李家在巨大的悲痛中渐渐地缓过气来，他们也是知恩图报的老实人家，对雪中送炭的袁家感激得不得了。李妈时常叮嘱海里："你得记住你干妈的好，又给你送来了好看的裙子，石风也是，每天载着你上学放学的。你长大后也得对他们好。"

海深不在后，李妈时常会唠叨，似乎在她的心里，海里不是小学生了，而是跟海深同岁的大孩子了。

海里怕她说着说着又会想起海深,于是赶紧点头:"我记住了!"

天气爽朗的晚上,李家会把饭桌摆到院子里来,有天他们炒了大锅菜,炖了鸡,把袁娘和袁石风也叫过来,一起围在院子里吃。西瓜用脸盆装着,放在井水里冰镇着。吃完晚饭,天还未全黑透,李爸把西瓜从水里捞出来,拿刀分成了几块,海里把西瓜端上桌,一人一块分了,咬一口,里头的瓜瓤冰爽又清甜。

海里吃西瓜不吐籽,一口咬下去,大半块西瓜就没了。

李爸看得直摇头,对袁娘说:"我家这女儿比石风还蛮横。"

海里捧着西瓜又咬了一口,不开心地皱了皱鼻子,用胳膊擦了擦满下巴的西瓜水,转头看了一眼袁石风。袁石风穿着白背心,身上没一块污渍,而她的衣领上早就滴满了红色的西瓜水。

袁石风只朝她看了一眼,又面无表情地把眼神移了回去,咬了一大口西瓜,可是海里觉得他的吃相当真是斯文的。

对面的李妈问袁娘:"石风这回中考是要考到镇上去的吧?"

袁娘笑了,她从来没有担心过石风:"想让他考到外面去。"

李爸连连点头:"好啊!能考到外面去是最好的。"说完,他们忽然又想到了海深,海深跟石风一般大,也聪明,如果他还在的话,如果他能参加中考的话,也得像石风一样,让他考到外面去,离开涌炀岛,有出息。

海深永远是他们不经意间总会泛疼的记忆。

李爸看了一眼忽然发愣的李妈,立马转头看石风,岔开话题:"学习紧就别每天上学放学地接送海里了,她长着两条腿,让她多走走。"

袁石风笑道:"不打紧的。"

他是这般模范的好少年,村子里每个人都觉得他能成为榜样,谁家教育小孩都是拿他做例子——"你看看袁家的袁石风,成绩那么好,那么乖。"

李爸继续说:"中考好好考,考到外面去,出息了,在外头买房,把你爹娘接过去住。"

袁石风微笑:"好。"

海里埋着头,闷声啃完最后一块西瓜,把西瓜皮丢在桌上,站起身。

袁石风转头看她,但看不清她的脸色,因为她的小脸被刘海挡了一半。

李爸问:"吃好了?"

海里已经转过身,朝屋子里走去:"嗯,我写作业去了。"她低着脑袋,掀开门帘,进屋。啪的一声,屋子里的灯亮了,投出了海里坐在书桌前的影子。

袁娘悄悄地对李爸李妈说:"海里挺乖的。"

李妈点头,笑道:"是挺乖的,成绩也上去了。"

袁石风看着窗前倒映出的海里的影子,半敛下了眼皮,把吃剩的西瓜皮叠在海里的西瓜皮上。

坐在桌前的海里,拿着笔,看着习题本,一道题也看不下去。她忽然感到巨大的失落和无措,有些想哭。她忽然意识到,过几天袁石风就要中考了,以他的成绩一定会考到外面去,他还会在外面参加高考,读大学,工作,他不会再回到这里了,他会像海深一样离开这里。海深是一下子就走了,他是慢慢地走,越走越远。

她啊,连这个哥哥也快没有了。

海里转身看着对面的墙壁,那里曾经摆着海深的床,海深死后,李爸哭着把床拆了,这成了她一个人的角落。

是不是人这一辈子就像这样,从拥挤到独自一人?

02

第二天,袁石风把自行车推到李家门口,等着海里出来。正收拾碗筷的李妈看见袁石风,连忙走出去说:"石风啊,别等了,今天海里自己去上学了,早走了,你赶紧去学校吧。"

袁石风一愣,有点反应不过来,过了一会儿才点头说"好",跨上自行车往前骑去。

他没有直接去学校,而是沿着海里上学的路骑了一遍,一直骑到小学门口也没碰见海里,想来她是早他一步到学校了。

连自行车都追不上,这小丫头是走得有多早?

袁石风推着自行车站在校门口的时候,王冬背着书包从旁边经过,看见袁石风,他吓得一缩脑袋,赶紧快步走。但袁石风一眼就发现了他,叫住他:"你过来。"

王冬站在原地，不敢动。

袁石风抬抬下巴："过来。"

王冬没办法了，磨蹭着脚尖挪过去，没敢挨袁石风太近，委屈极了："我真没再欺负过海里，谁欺负她我都有帮她揍回来的！"

袁石风皱眉："有人欺负她？"

王冬点头，抬头瞧着袁石风的表情："就是因为海深的事儿，都不带海里玩了……"

袁石风心头一紧，没有说话，点点头示意没事儿了，让王冬赶紧进学校去。

王冬走到一半，回头看到袁石风站在校门口发了一会儿愣，慢慢跨上自行车离开了。王冬背起书包，快步走进教室，一进教室就寻找海里，发现海里趴在桌上睡觉，两只手上下交叠圈着，把脸埋在胳膊里，看不到表情。

王冬一屁股坐在她的前面，小声说："我看到你邻居了。"

海里没回应，不知是不是睡着了。

王冬奇怪："你今天自己来的？这么早？"

海里还是一动不动。

王冬等了半响，没等到她的回答，想着她应该睡着了，于是没再问，走回自己的位置上放下书包坐好。

临近中考的天，初中的数学老师戴着眼镜，咬紧嘴唇，攥紧了粉笔，绷紧了肌肉在黑板上抄着密密麻麻的数学题，粉笔在开裂的黑板上一画，笔头就小了许多，最后粉笔只剩可怜的一点。在粉笔用完后，数学老师才有空匆匆转身换了一根长点的粉笔，继续在黑板上抄写，一边抄着一边教育底下的学生："这些题目都得做，考试的时候肯定都会考到的。"

学生们大气也不敢出，头顶上悬着吊扇，丝毫没有减少他们额头上的汗。他们抬一下头，看一眼题目，又迅速低下头去，把题目抄写在本子上。有些同学练就了好本事，头也不用低，光看着黑板，手就能把题目准确地抄下来。

谁都在跟搏命似的记题，笔杆子快速舞动。只有袁石风不紧不慢地晃动着笔杆，记两笔，看看黑板，停下笔，觉得这些题大同小异，没必

要全都记下来。思绪的空隙,他总是会不由自主看向海深原来坐的桌子。海深走后,那个桌子就落空了,没人敢坐,桌面上还留着海深以前的涂鸦,还有些叛逆的粗话。海深的位置在最后一排,靠窗,他总是看着窗外开小差。别班的人在体育课上打篮球时,海深会伸长脖子,恨不得从窗户跳出去奔到操场上来个三分秒杀全场,看着看着,老师就会在讲台上骂:"李海深!你看哪儿呢?"

因为海深总是看着窗外,于是他总是第一个知道外面开始下雨的。雨点打在窗外,海深就会趴在桌上唉声叹气:"完了,下雨了,又要去接那小鬼,麻烦。"

小鬼自然是指海里。

03

奇怪的是,在这么多回忆里,袁石风记得最深的就是下雨天载海里放学的场景。羊肠小道上,都是穿着雨鞋,撑着雨伞放学归家的娃子,他和海深骑着自行车在这些归家的娃子中穿梭,一打车铃铛,这些娃子就会自动退到小道两边。海深的后头载着海里,海里开心地哇哇大叫,把身子钻进海深后面的雨衣里,海深一骑自行车,风从前往后打进来,把后面的雨披吹得飘起来,一飘起来,后面的海里就会淋湿。每当这时,海里会死死抓住雨披裹紧自己,她这一拽,海深的雨披往后一拉,雨披的帽子就移到了海深的脖子上,海深的头发被雨水打得透湿,一缕一缕地黏在脑门上。他眯着眼骂:"懂不懂爱护兄长啊,李海里!"

海里依旧抓紧雨披包紧自己:"谁让你只带一个雨披的?"

海深一路骂到回家。

袁石风骑在他俩后面,看着海深的黄雨披飘啊飘啊,后头只露出海里的两条腿。

这样普通的黄雨披,在海深去世后,也被李妈装箱封起来了。

海深不在了,袁石风也学会了时常看看窗外,窗玻璃上能倒映出他的影子,也能倒映出海深空空的课桌。

在海深看着窗外发呆的时候,忽然发现玻璃上一点一点地出现水印子,一点一点,细细密密,是毛毛雨。

夏季的阴天,雨将下未下,显得越发闷热。

原来，海深发现下雨时，说着"完了，下雨了，又要去接那小鬼"时的心情是这样的……

放学铃响了，班上同学还坐在位置上解习题，袁石风一分钟也没多待，收拾好东西，在同学的目瞪口呆中走出教室，跨上自行车骑向海里的小学。他的放学时间要比海里的晚，通常海里会在教室里玩一会儿，然后乖乖地站在校门口等他。但今天袁石风没有在校门口看到海里，走去她的教室看了一下，门窗紧闭，一个人都没有，应是早走了。

袁石风又埋头骑着自行车去追，毛毛雨终于下得越来越大，老天也顾影自怜地发泄着情绪，袁石风顾不上穿雨披，迎着雨，往平常载海里回家的路上骑去，终于在田埂小路上看到了湿淋淋的海里。

不知怎的，瞧着低着脑袋，背着书包，一个人慢慢走着的海里，袁石风的心里无端生气，突然就发怒了。

他追上去，车龙头一把，刹在海里的前面，挡住她的去路："为什么不在校门口等我？"

海里 震，这还是她头一次听见石风哥用这样的分贝吼话。

两个人都狼狈不堪。

海里的白袜子上沾满了泥点，长长的麻花辫湿漉漉的，黏在胸前，齐刘海一绺一绺的，贴在额头上。袁石风的脸上都是雨水，不住地下滑，眼睛一眨，睫毛上的雨水就落了下来。

海里忽然很委屈："我就不想你来接我送我，以后都不要了！"她人小，力气倒大，推开袁石风的自行车头就走。

袁石风从自行车上跳下来，扯出篮子里的雨披，自行车砰的一声倒在地上。他上去 把将海里逮住，把她套在雨披里。海里穿着雨衣，雨衣长了 大截，拖在地上。她的嘴 瘪 瘪，忽然就哭了，这一哭就止不住，哇哇地哭着，一边哭一边说："你又不是我哥，你管我做什么？"

袁石风蹲在她的面前，用手抹了一下脸上的水，皱紧了眉头："我就是你哥！"

这句话，冥冥之中牵扯了他们的一辈子。

雨打着田埂，车轮子在满是泥泞的田间小路上起起伏伏，时不时溅起一片水花。

袁石风穿着雨披，海里坐在后头，缩在雨披里，她拽着石风哥的白

衬衫,脸埋在他的背上,细细地哭着:"我想海深,想我哥……"

袁石风喉结一颤,说不出话。

在他湿漉漉的脸上,不知道有没有眼泪。

这次,海里躲进了袁石风的蓝色雨披里……

04

袁石风无疑成了海里的自尊,成了海里的勇气。

被整个村子视为最有出息的袁石风每天都载着海里穿梭在小道上,车铃铛张扬地一打,丁零零地响。挡在前头的娃子们一边靠边走,一边回头,看着袁石风快速地驶过,后面的海里抓紧了他的白衬衫,两人说着什么,笑容在海里的脸上腻成夏天的阳光。

于是,连那些冷落海里的娃子们也开始羡慕起海里了。

趋于平静的日子,因为太平静,所以太珍贵,又因为珍贵,所以让人担惊受怕,想一想,珍贵,也是扎心尖的词。

中考倒计时十天的时候,别家的孩子都关在家里复习,袁石风载着海里去海边,两人赤着脚丫子沿着沙滩捡海贝壳,捡些漂亮的回家给李妈串项链布。捡满了一箩筐,海里和袁石风就躺在沙滩的草铺上休息,海水带着腥味一阵一阵地袭来,海风是咸的,天上的云白得很透,味道也应该是咸的。

海里闭了闭眼,又睁开眼,转头看着旁边。旁边躺着的袁石风用手枕着后脑勺,闭着眼,眼睫毛投下小小的一片阴影。

海里问:"石风哥,考试你有把握吗?"

袁石风没动,"嗯"了一声。

海里转过头,盯着空旷的天,这天似乎就挨着脸,像要盖到身上来似的。海浪哗啦哗啦地掀起来,一阵接一阵。海里一想到袁石风要考到岛外去了,心里就觉得难受。

她忽然理解了语文书上第九课的词语"孤零零",老师让同学们把这个词在生字本上抄写十遍,强调注意"零"字的笔画。孤零零,孤单的意思。

她抄一遍,念一遍,最后看到这个词就想哭。

她觉得自己能理解这个词的意思。不,是完全理解。

海里小声地说:"其实咱们岛上的高中也很好啊……不一定要去外面……"

这句话说得很轻,她到底是个孩子,有什么就说什么,说完了也不敢去看石风哥的表情,紧紧地闭起眼,后半句话噎在喉咙里没说出来。

她想说,我只有你这一个哥哥了。

如果石风哥走了,她将再一次回到"李家独苗",当独苗的感觉不好受。

"孤零零",她曾经在抄写本上把这个词一笔一画地抄写了十遍,这是个让人害怕的词,担心的词。

袁石风没有立即回答她,过了半晌,他的手拍上来,按在她的脸上。不知道是袁石风的手大还是海里的脸小,袁石风的手掌能遮住海里一整张脸蛋,把她的脸像捏橡皮泥似的一捏:"吵,安静会儿。"

海里紧闭着眼,不说话了,过了好一会儿,才敢转头看他。石风哥躺在她的旁边,离她这般近,闭着眼,倒像是真的睡着了似的。海里转回脑袋,看看天,觉得天空比起石风哥来,倒像是离她更近。

日子随着袁石风的中考变得加快了节奏,海里怕极了她的石风哥离开这座小岛,因为害怕这一天来临,所以她觉得每天都过得好快好快,在好快好快的日子里,袁石风终于迎来了中考。

中考这天,袁爸还在外头送货没有回来,袁娘起了大早给石风做了丰盛的早饭。李家也忙得不可开交,李爸大清早就从镇上买了好大一块牛肉回来,准备晚上给石风好好庆祝一番。海里也起得早,而且是自然醒,她睁开眼,望着天花板,迅速从床上翻坐起来,穿上裙子,连忙跑到院子里,头发没绑,乌黑的头发披在了腰上。

李妈围着围裙站在院子口,拍着袁石风的肩膀,低声叮嘱:"别着急,你可以的。我们石风嘛,铁定没问题。"

海里没有过去,踮着脚尖,望着他。

袁石风的目光一偏,也看到了她,在她身上定格良久,又将目光移回李妈身上,微笑:"好。"

李妈不住地点头,给袁石风整理了一下领子,又给他掸了掸衣服。这动作是这般熟悉,她曾经也这般送海深去上学。似乎感受到了什么,李妈转头,看见了站在院子里发愣的海里,连忙把海里叫上来:"你石

风哥要去考试了,过来,你石风哥这么忙每天还要送你上下学,快来送送你石风哥。"

海里慢慢地蹭过来,站在李妈旁边,抬起头。她总是要抬起头才能看到石风哥的脸,抿了抿嘴唇:"祝你考试顺利……"

袁石风微笑,不说话,眯起的眼睛里有些许不一样的情绪,藏得很深,露出了一点,又隐在了眼帘下。

他抬头,跟李妈挥手:"我先走了,回来见。"然后背起包,在袁娘的陪同下离开了。

袁娘一定要送石风去考场,说这样她才安心。

李妈和海里一直站在院子门口看着他们离开,李妈的神色太温柔又太苦涩,到底还是想起了海深。看了良久,李妈抹了抹湿润的眼睛,用很欣慰的语气说:"袁娘还是熬出头了,儿子一定有出息的。"她像是在自言自语,语罢,摸了摸海里的头,"回去吃早饭吧。"说完,她就先转身进屋了。

海里依旧站在门口,把眼睛睁大,睁大,那睁大的眼睛里,袁石风的影子渐渐缩小,缩小。

孤零零,就是看着熟悉的人离自己越来越远。

05

袁石风去考试的那天,海里一个人背着书包去上学。快走到学校的时候,她回头看了看后面的路,那么长的一条路,穿过一块田地,经过一口小池塘,她曾和海深、石风哥一起打打闹闹,眨眼一晃,这两人都不见了。海里看着地上的影子,蹲下来,捡起一块石头,把自己的影子用石头勾勒出来,石头划着水泥地,能画出白白的线,不知道是石头被磨出的颜色留在了水泥地上,还是水泥地被石头磨得变了色。

曾经她在地上画跳房子的格子的时候,就问过海深和石风哥这个问题。当时海深一脸鄙夷地看着她:"这种问题太无聊,只有长得丑脑子又笨的人才会想这种无聊的问题。"说完,他回头得意扬扬地看一眼石风,"对吧?"

袁石风笑着,不置一词。

海里很想他们。

想念吵吵嚷嚷的李海深,想念安安静静的袁石风。

海里把石子儿扔掉,小石头在水泥地上咕噜咕噜地滚了几圈,停在了路边。

海里站起来,背着书包,最后还是没去上学,一个人慢慢地爬上小山,来到了海深的墓地。她爬到一半,看到有人从上面走下来,海里一眼就认出来了——是那个女孩。

女孩同样也看到了海里,一愣,站在原地没动。

她俩就保持这样的距离,一个下山,一个上山,一个俯视,一个仰视,对望了许久。

周围都是笔直且郁郁葱葱的树,李爸挑墓地的时候说,选这个地方好,海深喜欢爬树,小时候还摔断了脚,就让他在这儿爬个够。李爸当时是斥骂的语气,可骂着骂着就哭了。李爸平时那么威严的人,用手捂着脸,不肯再把脸抬起来。

海里看着她,问:"姐姐,你怎么没去上学?"一顿,又说,"你再不去就迟到了。"

这个女孩没想到海里会跟她说话,呆在那里许久许久才垂下眼皮,说道:"今天石风他们中考,我来看看你哥……"

海里点头,越过她,继续往山上爬,爬到一半,突然听到她喊道:"海里。"

她竟然知道自己的名字。

或许是海深告诉她的,也或许是袁石风告诉她的。

海里一只脚踩在一块石头上,转过头看向女孩。

树叶间的阳光漏了下来,在女孩的脸上点出了斑驳。女孩皱眉,说:"对不起。"

海里记得,海深出殡的那一天,女孩也站在人群外,哭得不能自己。石风哥走向她的时候,她也拉着石风哥的袖子说对不起。

对不起没用,海深终归是不在了,但也怨不得她。

海里自始至终都觉得,这事儿得怨自己。

如果自己不告海深的状,或是发现海深每天晚上都从窗户那儿溜出去后再告他一状,或许就没有这码事儿了。

海里没说话,转回身子继续往前爬。

她在想，这个女孩或许是为海深流了最多眼泪的人，比李爸、李妈，比她，还要多很多。

海里不理解女孩跟海深的感情，如果理解了，或许当初她就不会把他们的事情捅给李爸了。

海深的墓地旁插着一株树枝，应是那个女孩刚折了插在墓前的。海里摸了摸海深的墓碑，蹲在前面，蹲着蹲着，就坐了下来，坐着坐着，最后躺下了。她把两只手垫在脑后，睁着眼，看着蓝白的天空出神，一句话也没说。

她啊，只是想找个地方躺一躺，发会儿呆。

海里从山上下来的时候，已经找好了理由，就说自己不舒服，在学校里请了假回来了。她慢吞吞地往家里走，远远地就看到了家门口围满了人，再一看，人是围在袁娘家门口的，这情景真像海深出事的那个早上，一样围满了人，一样吵吵嚷嚷，一样有说不出的恐怖和沉闷。

海里突然心跳加速，很想跑上去，最后却还是一步一步地走了过去，每走一步心里就哐当一响。她走到人群外，傻愣愣地站着。

李妈一眼就看到了她，一惊，连忙挤出来，拉住她的手，脸上仍有掩藏不住的震惊："你怎么没去上学？"

海里观察着妈妈的表情，说："我头疼，不舒服……"

李妈一摸，发现她额头上都是冷汗，连忙把她抱回家去。

海里躺在床上，听着外头的吵嚷声，问："外面怎么了？"

李妈半敛下眼皮，给她掖上了薄毯子，回身给她倒热水："没怎么。闭眼睡一会儿啊。"

海里躺在床上，外头的吵嚷一直没停过，在吵吵闹闹中，海里觉得自己的呼吸也变热了，火烧火燎的。没想着，这个谎居然成真了，海里真的发起了烧，在忽冷忽热中，外头的嘈杂声渐渐平静下去。最后，在第三天变成了出殡的哭丧声。

海里一直发着烧，迷迷糊糊中，想起了很小很小时候的夏天，袁家和李家围坐在院子里吃大锅菜，那时海深还在，拿着树枝当剑跟石风哥打打闹闹，她也捡起一根树枝加入他们的打闹，追在他们后头跑啊跑啊。

李妈叫："海深，你让着你妹妹一点！"

海深一根树枝打在海里肩上："不要！"

海里吃痛,坐在地上哇啦哇啦直哭。袁石风上来,把她抱起来,抱到李妈那儿。还是袁爸有办法,从裤子里摸出玻璃糖,递到海里面前:"海里不哭不哭,哭了就不漂亮了,来看看这是什么?"

玻璃糖纸在白炽灯的照耀下亮闪闪的……

海里在忽冷忽热的晕眩中醒来,又迷迷糊糊睡去。李妈一直陪在她身旁,给她用被子捂汗,给她吃药。她听到李妈跟李爸议论:"留下他们母子,以后该怎么过啊……"

海里的病终于好了,她站在窗前,不敢出去,偷偷地把窗户开了一条小缝,冲外头张望,望着对面的袁家,看不到袁石风,看不到袁娘。袁家门窗紧闭,毫无生气,门口挂着的白布条还没摘下来。

她终于从别人的口里知道,袁爸不在了,在袁石风中考的那一天,他开着货车,出了车祸,人当场就死了……

老一辈说,红月亮是最不好的兆头,这个年头一定是要出事儿的。

于是,两个月内,连续两家办了丧事儿,一个李家,一个是同李家要好的袁家。

06

白色一定是最恐怖的颜色,惨白惨白的,寒冷,孤独,看一眼就觉得全身冰凉冰凉。袁家的门口挂着白色的麻布,一直没有拆掉,天色一旦暗下来,白色的麻布就在院子里飘啊飘啊,屋子里亮着一点灯,倒映着袁娘和袁石风面对面吃饭的影子。

李妈挎着篮子,把做好的热菜给袁娘送去,走进袁家,又从袁家出来。

李爸问:"给他们了吗?"

李妈点点头,把空篮子放下,抹眼泪:"瞧着他们母子俩可怜。"

海里坐在桌前不说话,又朝袁家张望了一眼,抿抿嘴,倒也是哭不出来。

她从别人嘴里听得,袁爸死得惨,也从别人嘴里听得,袁娘刚把石风送进考场的时候就得到了这个消息,硬是让人对石风保密,自己赶到医院,当场哭晕。她还从别人嘴里听得,石风出了考场,得知这个消息,一个人站在那里愣了很久很久。

听到这儿,海里倒是想哭的,眼睛一眨,眼泪就落下来了,好像听

到袁石风这个名字，就想流眼泪了。

海里有很多天很多天都没见到石风哥了，她每次上学都要站在袁家门口看一会儿，每次回家都要站在院子里再看一会儿，有时候会看到他的影子在屋子里晃动，有时候袁家大门紧闭，不知道袁娘和石风哥去哪儿了。

终于，在袁爸头七的那天晚上，海里看见了袁石风。

她在屋子里熟睡，忽然听到外面传来凄厉的哭声，从睡梦中吓醒。她站在床上，打开窗户冲外头张望。袁家灯火通明，地上插满了蜡烛，蜡烛沿着院子一直引到屋里，袁娘站在院子里哭叫着袁爸的名字，哭声异常凄厉，像疯了般在院子里奔跑。

不知是不是被吓着了，海里哇的一声哭起来，李妈披着外衣赶紧赶来，把海里搂在怀里，关上窗户。

海里扒着李妈的衣服问："袁娘怎么了？"

李妈的脸上也有些许惊魂未定，拍着海里哄："嘘，没事儿，没事儿。"

李爸也披着衣服赶紧出去，不一会儿就听到院子里传来李爸的吼声："石风，赶紧把你娘拉屋里去！给她嘴里塞上东西，别让她咬着舌头！绑着！绑着啊！"

那一夜，村子里的犬吠声、袁娘的哭声、围观人群的议论声，成为了海里最兵荒马乱的回忆。

那一夜似乎特别漫长，从惊恐的喧闹到喧闹褪去，回归平静，似乎过了很久很久。院子里插着的蜡烛全都燃尽了，天边都泛起鱼肚白了，海里还一直站在窗前，开了一条小缝，偷偷地看着对面的袁家。

今天是袁爸的头七，不知道袁娘撕心裂肺的哭闹是不是因为舍不得袁爸最后一次回家看看。

海里在等着一线黎明天，她得等着，似乎也算是送送袁爸最后一程了。海里就这般站在窗前等着，忽然听到吱呀一声，海里踮起脚尖，看到石风哥模模糊糊的背影。他站在了院子外。海里一愣，看着他清瘦的背影，心忽而涌上了很多酸涩，连忙爬下床，穿着拖鞋，奔出了屋子。屋外凉意习习，她推开自家的院子，脚步却又慢了，最后止住了。

袁石风坐在自家院子的门口，就这么呆呆地坐着，看不清是闭着眼

还是睁着眼。

海里慢慢地走过去，坐在了他的旁边，凑近了，看清了。他低垂着脑袋，紧闭着双眼，两个拳头在身侧紧紧地攥着。海里不吭声，就这么陪着他一直坐着。

黎明时候的天空是最漂亮最安静的，颜色呈一条线，开始从远方的地平线上变亮，再多一条线，更亮，随后，很多很多渐变的线迎来了探出脑袋的太阳。鸡开始打鸣了，犬开始吠了，一家一户的窗户也开始陆陆续续地亮了。

一直低着头的袁石风终于睁开了眼，抬起了头，转过脑袋，看向了前面的路——这是出村必经的路，李爸出海捕鱼，李妈把贝壳项链送去外面卖，村长在村头挂告示，袁石风送海里去上学，去海深的墓地，袁爸开着货车从外面回来，都得经过这条路。

这路似乎比别的路都要低很多，不知道是不是太多人踏了，把它踏得这般宽敞和平顺。

袁石风就固执地扭着头看着这条路，看了很久，太阳的第一道光辉照到了山上、田里，铺在了路上，兵荒马乱的一夜熬一熬就能过去。袁石风看着这条路，慢慢站起身，他的影子投在海里的身上。海里抬起头，看到他的侧脸被渐变的天空蒙上一层微光，他下巴到肩膀的每一块骨骼和肌肉都变得柔和而倔傲。他转过身了，推开院子的门，准备回家了。他走进院子的时候，海里听到他的声音。

这是很长时间以来，海里头一次听到石风哥的声音。

低沉，平淡。

他说："海里，回吧。"

他的背影，笔挺，孤单。

孤单，真是悲伤的词，看一眼，就让人想落泪。

07

袁娘疯了。

有时候让人觉得她是疯了，站在院子里自言自语，哭哭笑笑，有时候又让人觉得她是正常的，买菜，做饭，裁衣裳，裁出的衣裳跟以前一样的好。

幸亏袁石风考完了中考，能天天待在家里看住袁娘，否则袁娘一人在家，真是不能让人放心。

李妈几乎天天跟着袁娘，寸步不离。袁娘精神正常，在家裁衣服的时候，李妈也待在她旁边串贝壳项链，两人乐呵呵地聊着天。袁娘自言自语哭哭笑笑的时候，李妈就把她拉回屋，像哄孩子似的哄着。

李爸私下问袁石风："你娘这样了，要不带她去看看？"

袁石风只是点头，不说什么。

没人知道这个村子里最有名的好学生会在死了爹、疯了娘的生活里怎样挣扎，海里同样不知道。

海里放学后总会先去袁家，她去的时候通常石风哥在做饭。一天，她背着书包朝厨房望进去，看见石风哥穿着白背心弓着身子在水槽里洗菜，这时候她才发现，石风哥已经长得好高了，她得拼命仰着脖子才能看到他的脸。

她站在厨房外面问："石风哥，要我帮你洗菜吗？"

袁石风转过头来看她，他已经很久很久没有露出笑容了："不用，陪着我妈吧。"

海里点点头，但站在门口没有走，磨蹭了一会儿，依旧靠在厨房的门框上，小声地说："明天中考成绩就出来了……"说完，她抬起头，紧张地盯着石风哥的背影。

袁石风没动，自来水哗啦哗啦地流着，傍晚的太阳余晖照旧很猛，从窗外打进来，把自来水照得金光闪闪。袁石风把水槽里的青菜拿出来，放到砧板上，一边把手上的水甩掉，一边简短地说了三个字："知道了。"

海里忍不住瘪了一下嘴，觉得心头空落落的。她转过身，离开厨房，走去客厅。袁娘正在踩缝纫机，声音从脚踏板里传出来，漂亮的蓝布在缝纫机的针头下旋转。袁娘的手还是这般巧，在缝纫机前一坐就能坐上一个下午，一个下午的时间里，她能变出许多好看的衣裳。

海里瞧着袁娘的神态，走上前，站在旁边，叫了声："袁娘。"

袁娘没听见，或者说，听不见，她眉开眼笑地将两块蓝布缝合在一起，时而抬起头，对着窗外笑，时而含着眼，抿着嘴，眼角拉出长长的鱼尾纹。

袁娘这样的笑，海里见过很多次，每当袁爸从外头回来，满头大汗，风尘仆仆，推开院子里的门走进来的时候，坐在缝纫机前的袁娘就会露出这样的笑容，整个人都是满足的。

海里站在旁边看着袁娘，知道袁娘不会在意自己的话的，她的思想，她的心，她的精神，她的注意力，似乎都跟着袁爸一起走了。

面对这样的袁娘，海里才敢说出真心话："袁娘，明天石风哥的成绩就会出来了，我舍不得石风哥离开……"

袁娘依旧对着窗户傻愣愣地笑，不知听没听到。

中考成绩还是公布出来了，而这一天海里也考完了期末考。出了校门，没走两步，她就听得后头传来自行车铃铛丁零零的声音。

响了两声。

这铃铛声特别熟悉，熟悉得能听出铃铛磨损了一小块，显得铃声有些许喑哑。

海里心头一跳，回过头，看到石风哥的自行车就停在她的旁边。

他穿着短袖的白衬衫，淡淡地看着她："上来。"

08

海里愣愣地看着石风哥，很想问，成绩知道了吗？你会去外面读高中吗？

但嘴一张，迫不及待又变成心惊胆战，她终究没问出口，乖顺地坐在自行车后头，靠近他，能闻到他洁白的衬衫上的肥皂香味。

被太阳晒过，热热的。

她有很长时间没有坐在石风哥的自行车后头了，这一次坐上来，怕自己重了，怕石风哥载着她骑累了，于是并拢着膝盖，连呼吸都小心翼翼的了，因为怕呼吸一加重，吸进去的空气会增加她的体重。

好像有什么东西改变了。

以前海里坐在自行车后头的时候，都会肆无忌惮和大大咧咧，两条腿岔开，还晃啊晃啊的，嘴里哼着不成调的曲儿。袁石风会皱眉，像个大人似的唠叨："女孩子家的，穿着裙子腿就别晃。"

"为什么？"海里不服气地抬高下巴，还是使劲晃着腿，"我偏不！"

袁石风抿了抿嘴，找理由："忘了脚卷进车轮子里的痛了？"

海里一愣，规规矩矩坐好了。

袁石风满意地说："把裙子遮到膝盖上。"

海里乖乖地照做了。

所以海里记下了，坐在自行车后面要把裙子遮在膝盖上，不能乱晃腿，要不然脚就会卷进车轮子里的。她被卷过，可疼了。疼，就记住了。

海里双膝并拢坐在自行车后面："石风哥，你今天怎么来接我？"

小心翼翼的语气。

袁石风骑车的速度比以往都要慢，慢悠悠地骑过他们小时候几乎每天都要经过的路，一转眼，谁都长大了，沿途地里的稻子换了一茬又一茬。

"顺道的。"他说着，蹬了一圈脚踏板。

阳光被拢在了阴云后，风一吹，云散了，阳光又漏出来了。

阳光重新漏出来的一刹那，海里终于忍不住问："成绩知道了吗？"

问完，她心口跳得厉害，半张着嘴，看着石风哥的后脑勺。

他的头发剪得清清爽爽，不像村子里那些留着长头发的痞子男人。

"知道了。"他的回答是这样的。

海里抿紧了嘴，揪住了石风哥的衬衫衣摆，揪住一小撮握在手心里。话题就这般止住了，止在了这个最百爪挠心的关键时刻，一路无言。

袁石风载着海里慢悠悠地往回骑，海里坐在后头，没法看到袁石风的表情。

他整个人都是沉默的，好似问他什么问题他也不会开口。

终于，在快要到家的时候，袁石风正经地唤了她的名字："海里，你要乖乖地学习，听李爸李妈的话。"

海里一愣，不知道他为什么要这么说，抓住他衬衫衣摆的手又紧了紧。

这个傍晚来得轰轰烈烈，村子尽头的天空开始燃烧起了火烧云。一层黄上烧着一层红，跟海浪似的一层一层打过来，打在他们的头顶上。袁石风的头发上似乎着了火，顺着他的脖子开始往下烧，烧了白衬衫，烧了海里抓着他衬衫的手，烧红了海里，烧红了他们的影子。海里觉得，以他们为导火索，瞬间烧红了这个村庄。

自行车微微一倾斜，袁石风的一只脚踩在了地上，停在了海里的家门口。对面就是袁家，院子里堆了三个尼龙大包。李妈挽着袁娘说着什么，袁娘精神似是好着，眉目也清明。见袁石风载着海里回来，李妈赶紧招呼海里："海里，快下来，袁娘和你石风哥要走了。"

海里一愣，慢慢地从后座上跳下来，呼吸一室，眼睛瞪大，怀疑自

己听错了。

她仰着头看石风哥,袁石风却再也没看她,推着自行车进了院子,搁在了墙角。

"去哪儿?为什么要走?"海里拎着书包,垮着肩膀,愣愣地站在原地。

袁石风还是没有转过身子,弯腰背起了地上的尼龙袋。

看着石风哥沉默的侧影,海里哇的一声哭了,把书包扔在地上。她这一声哭当真是从嗓子里一股脑冲出来的,一边哭,一边吼:"你要走就走啊!为什么还来接我放学?"

那么小的一个姑娘,从小到大的哭嚷声却那么大。

海里丢下书包,转身就往家跑,砰的一声甩上了门,整座房子都像是在哭泣。

在这个火烧云烧着了世界的傍晚,连袁石风和袁娘也离开了。

09

袁石风把一个尼龙袋背在身后,又提起了两个大大的尼龙袋,一声也没吭,表情掩得深,谁也看不出他的情绪。

李妈依旧搀着袁娘的手,有些不大好意思地看着袁娘,而后,眼里也跟着泛起了泪花:"让她哭一会儿,没事儿的。"

袁娘的精神似乎是正常的又似乎是浑浑噩噩的,她点点头,指指屋子,又没说话。

"没事儿,没事儿,小孩子嘛,哭一下闹一下就好了。"李妈懂袁娘的意思,但说完这句话,她眼泪就流下来了,流下来的时候赶紧把眼泪抹掉,对一旁的石风说,"到了你舅家就赶紧找医院给你娘看看,到外面去之后要好好学习,这次中考没考好,不打紧的,失误嘛。我从小看你长大,知道你是有出息的孩子。"

袁石风不说话,只是点头。

李妈的眼泪流得越来越多,流下来的眼泪也被火烧云烧成了红色:"有空还是要回来看看的啊,别一去就再也不回来,打个电话过来告诉我们你娘好不好,知道吗?"

说到后面,李妈说不下去了,哽咽得不成调子,背过身直抹眼泪。

一阵一阵的拖拉机声从远而近，李爸坐在拖拉机上。李妈赶紧招呼他们："去吧，快坐上去，晚了误了船就不好了。"

拖拉机吐着烟停在了袁家门口。李爸从后面跳下来，帮袁石风把行李放到了拖拉机上，又把袁娘扶上了拖拉机。

李妈站在拖拉机旁，忍不住了，眼泪掉得厉害，说："我就不去码头送了，去码头送我吃不消的，一定会哭坏的。"她用手背擦着眼泪，看着坐在拖拉机上的袁娘，"你照顾好自己啊，真的，你这一走，以后我也不知道跟谁说说话了。石风，一定要照顾好你娘，你娘也只有你了。"

袁石风点头，弯腰从包里拿出一个罐头递给李妈："这个给海里。"

李妈接过，擦了擦眼泪，转头冲屋子里喊："海里，石风和袁娘要走了，你真不出来送送？"

屋子一片安静，连哭声也听不到了。

袁石风淡淡地把眼神移回来，说："她在哭，舍不得的，算了。"

李妈点头，拍拍袁石风的肩膀："你上去吧。好好学习，以后一定要有出息，知道吗？"

袁石风跳上了拖拉机，坐在袁娘旁边，一只手揽着袁娘，以防她不小心掉下去，冲李妈挥手，到底什么也没说。

李爸叹了一口气，坐上拖拉机，扯了一下链条，拖拉机猛地震起来，喷出一连串的灰烟。李爸吆喝一声："坐好，走嘞！"

"咯噔咯噔……"拖拉机吐着烟，颠簸地载着他们远去。

李妈忍不住哭了，站在原地冲他们挥着手。

袁石风搂着袁娘，冲着李妈笑，目光流转，转到李家门口。海里站在门外，哭得肩膀一抽一抽，火烧云把她的蓝色碎花裙子照成了紫色，她悲伤得一塌糊涂的小脸渐渐也看不清了。

那么隐隐作痛的悲伤……

袁石风皱紧了眉头，不敢再看了，收回目光，闭起眼，握住了袁娘的手。

袁娘忽然发出一声轻笑。

袁石风睁开眼看她。袁娘看着这一条被火烧云烧红了的路，露出了见到袁爸回家时的笑容。

袁娘在颠簸的拖拉机上说:"石风啊,你爸在哪儿等我们呢?"

袁石风搂紧她:"爸在赶来的路上呢。"

在红彤彤的天色中,他们离开了涌炀岛,留存在这里的一切,都成为了他们的触景伤情。

李妈拿着罐子走回屋里,海里已经哭不出声了。李妈把罐子递给她,说:"你不能怨你石风哥,他不容易,袁爸不在了,袁娘也这样了,今天中考成绩下来,他也失利了,考不到外面去的。他负担重,正好外头有个舅舅,外面的医院好,能看好袁娘是好事儿啊。"李妈把海里的眼泪抹去,继续说,"海里,人活着这辈子是最不容易的,有很多很多的无可奈何,你不能怨,你得盼着别人好……"

海里的眼泪依旧吧嗒吧嗒地掉,她接过罐子,把罐子打开,摊平了掌心,从罐子里倒出了两三颗玻璃糖。

玻璃纸在手心里晶莹透亮。

从这一天开始,海里有了隐秘的心事和酸涩的挂念……

10

不知道岛外的世界是不是发展得特别迅速,海里的记忆从袁石风走的那一天开始就变得异常缓慢,在缓慢的记忆中,外面的一切都变得好快。她时常站在院子里望着对面再也没开过大门的袁家,也不知道自己为什么要望着,明明知道原本里面住着的人已经不在这里了,明明知道他们不会回来了。

果真,袁石风和袁娘这一走,真的就没再回来。

有时候袁石风会打电话来说说他们的近况,李妈接的电话,她通常会在最后的时候喊:"海里啊,你石风哥哥的电话,过来接!"

海里会说:"不要。"

李妈总是骂她,说她怎么就这么记仇,小时候的仇到现在还记着。

海里不吭声,又望了一眼对面大门紧闭的袁家。

时间过得很快,袁家的院子里长满了杂草,墙皮开始剥落。袁家旧了,老了,破了,海里个高了,上中学了,开始扎着简单的马尾辫了,开始骑着自行车独自上下学了……

李妈每次都喊:"你石风哥打来的电话,你接不接?"

海里总是回答:"不要。"

不去接他的电话,不去打探他的消息,憋着一口气,海里固执地成长着。

一个人穿过那换了一茬又一茬庄稼的田埂,真是孤零零的。

也不知道是什么时候开始,涌炀岛建起了大大的海港,不知道是谁下了政策,在涌炀岛上发展起了旅游业,不知道是什么地方来的老板,在海边建起了豪华的海景酒店,不知道什么时候起,一块一块的田野不见了,变成了宽阔的马路,连绵的山峰上开始出现了来来往往的索道,一家家的农户盖起了三层楼房,刷白了墙壁,把巨大的招牌挂在门口,上面写着"××家农家乐"。

在海里读高中的时候,李爸买车了,李妈不再串贝壳项链了,家里雇了两个厨子做起了农家饭店。家门前的那条小路也被拓宽了,拓宽的那天,终于是把袁家的旧房子拆了。李妈特地把这件事儿告诉了袁石风,但电话打过去,却是袁石风的舅舅接的。海里不知道这拆迁的钱最终是给了石风哥还是给了石风哥的舅舅,她只知道,轰隆一声,对面的袁家被铲平了。她穿着校服,伫立在坑坑洼洼的地面上,眼睁睁地看着袁家破旧的墙体被夷为平地,她觉得自己像是在观看一场葬礼,铺天盖地的灰尘都像是焚烧的纸钱。

以后,连想念都无处安放了。

因为旅游业的发展,村子里的人纷纷致富,尤数王冬家干得最好。他们家租了船出海捕鱼,开起了海鲜加工厂,新鲜的鱼仔打捞上来,进厂加工,变成了真空包装的零嘴速食。到高二的时候,王冬成为了岛上有名的富二代。

橘子汽水和玻璃糖在岛上已经不是稀罕货了,从BB机到大哥大到智能机到iPhone街机,成为了这几年飞速发展的指向标。岛上冷冷清清的沙滩也在逐渐被扩大面积,然后慢慢地支起了太阳伞,慢慢地变成了都市女人来休假的比基尼秀场。

很多东西都变了味道,但奇怪的是,远去的记忆却经久不衰。

海里赤着脚,闭着眼躺在礁岩上,海浪凉爽地袭来,扑打在凹凸不平的岩缝里。礁岩上爬满了海螺蛳,穿着比基尼的都市美女们披着丝绸围巾,戴着墨镜,一扭一扭地踩在礁岩上,兴奋地回头喊:"你们快来

看看，这里有螺蛳欸——"

海里皱眉，眯起眼，抬头扫了一眼款款而来的一群比基尼女人，嫌她们扰了自己的清静，翻了个身爬起来，拍了拍裙子，向更远处的礁石走去。她刚起身，就听到后面传来王冬的叫喊："嘿！李海里！"

海里拎着帆布鞋回过头，看着王冬挽着裤腿，满身肥肉地从一块礁石上跳到另一块礁石上，向她跳过来。经过那群比基尼女人身边时，王冬瞟了她们一眼，立马羞红了脸，惹来她们的一阵轻笑。王冬面红耳赤地追到海里身边，海里斜了他一眼："出息。"

王冬用手背擦擦自己通红的脸，辩解："天太热了！"

海里又看了他一眼，不说话，继续往前头的礁石走去。

王冬摇摇晃晃地跟在后面："通知单下来了吗？"

"嗯。"海里点头。

王冬就不说话了，默默地跟在海里的后面。

海里寻了块稍微平坦的礁石坐下，把帆布鞋放在自己的身边，风打过来，把她长长的头发吹得凌乱，乱七八糟地扑在脸上。海里向后甩甩头，遮在面上的头发又被扫到脑后去，随着海风上下扑打。

王冬站在她的身侧看着她。

九年过去了，九年的时间让这座海岛发生了天翻地覆的变化，海里好像还是小时候的海里，长发，时不时会绑着两条麻花辫。别的大姑娘绑起麻花辫来特别土，但海里绑着麻花辫的时候就是漂亮，好像她天生就应该绑这样的发型。九年的时间，她出落得越来越安静，就像现在，她一个人就能在礁石上坐很久，坐到开始日落，一个人提着帆布鞋走到岸边，拍掉脚底的沙子，套上袜子，穿上鞋，往家走去。

她比同步的姑娘更安静，喜欢用黑漆漆的眼珠子望着你，被她一望，你就会说不出话来。

王冬把自己的鞋子放下，坐在海里身边，说："你终于考到袁石风的城市去了……"

海里的发梢被风扬起，转过头，冲王冬浅浅一笑。

海里很少会对王冬笑，但这一笑，让王冬觉得特别酸涩。

似乎海里在九年的时间里，一直不声不响地等待着这个时刻。

11

海里能考上985重点高校让李爸李妈特别高兴又特别舍不得，但想着正好袁石风也在那里，海里有什么急事他们因为太远赶不过去的时候也有袁石风可以照应下，李爸李妈又稍稍欣慰了些。

李家爸妈忙着收拾行李，想着海里开学得亲自送她过去，准备顺便和许久没见面的袁家母子见见面，这两个老人表现得比海里还兴奋。

李妈使劲地塞行李，冲客厅喊："海里，打个电话给你石风哥，告诉他我们明天九点到服务站，让他到那里和我们碰头！"

客厅里很安静，李妈没有得到海里的回答。

李妈叹了口气，念叨："哎哟，小时候的仇现在还记着，太小心眼了！你过去之后，我们离你远，有什么事还要你石风哥照顾你，你不能这么没礼貌的。他离开之后，你是一个电话都没给他打过，你还记得他的声音吗？"李妈一边说一边往客厅走，走到客厅门口，立马不说话了，因为她看到了呆呆握着电话的海里。

海里转过头来看她："电话多少？"

李妈一愣，似是察觉出海里有些紧张，又觉得好笑，只以为海里到底是孩子性子。

"在电话簿里记着，自己找找看。"李妈说着往回走，继续收拾行李去了，还不忘叮嘱，"告诉他明天早上让他到服务站和我们碰头啊。"

李妈走出客厅后，海里把茶几下面的电话簿打开，一页一页地翻看下去，看到了"石风"两个字。

海里记得，在初中的一个暑假，她悄悄地翻开电话簿，一行一行地找到袁石风的名字，握着电话筒，死死地盯着那几个数字，死死地看，按下一个0，按下一个5，然后……又把电话挂了。

她很想告诉袁石风她放暑假了，她很想告诉他自己期末考得还不错，很想告诉他，她想海深了，还很想，很想告诉他，她好羡慕同班那些有哥哥的人。电话号码按了两个数字，却又啪地挂掉了，不知怎的，她一个人哭了很久。

从那以后，她知道自己是绝不能给袁石风打电话的。

要是打通了，想念有了地方可以安放，会变得抑制不住，会变得波澜壮阔。

可现在，能了。

能听他的声音了，因为他们很快就能相见了。

海里那么郑重其事地举起电话，竖起手指，一下一下地按下那些阿拉伯数字，每按一下，电话机就会发出嘟的按键声响，敲在海里的心口上，把她的心跳敲得越来越快。

按完最后一个数字，电话那头传来连线的嘟嘟声。

"嘟……嘟……嘟……"

海里深深地呼了一口气，握着话筒的手心浮起了一层汗。

"嘟……嘟……嘟……"

"喂？"

袁石风的声音截断了电话的连线声，让海里猛然屏住了呼吸。

一个人的客厅里，她挺直着背，紧紧攥着话筒，声线卡在嗓子里，愣是一声也发不出来。

大脑一阵一阵空白。

电话那头稍稍沉默，袁石风唤出她的名字："海里？"

海里狠狠皱起眉毛，一下子泪流满面。

——原来，在这九年里，我是那么想念你叫着我名字的声音。

第三章：他还当我是小孩儿
——我对你还有那么多的感觉。

01

最终，海里还是没有跟袁石风讲上一句话，她放下电话，跑到李妈背后，拍拍李妈的肩膀，低着脑袋，长长的头发遮住了脸："电话接通了，你去跟他说。"撂下这句话，她光着脚噔噔噔地往回跑，跑回自己的房间，往床上一躺，脸朝下，压在被褥上。

外面依稀传来李妈数落海里的唠叨声。

勇气，真是粗制滥造的东西。

海里能那么有勇气地报考到袁石风所在的城市里去，却没有勇气在电话里道一声问候，有勇气做好日后频繁相见的准备，却没有勇气迎接即将到来的见面时刻。

急性子的李爸李妈整整提前了一个小时赶到了服务区，李爸走出驾驶座，站在外面抽烟，吸了一口气，又吐出来，环顾四周："从下海港到开上高速到这里的服务区，整整六个小时呢，以后你回家也要这么久。"李爸弯下腰，对着后座上的海里说。

李妈嫌弃这座城市太远，觉得这里还没有涌炀岛好，唠叨着唠叨着，又抱怨起当初就应该让海里填离家近的学校。

海里坐在车后面没出来，弯下腰，从后视镜里看看自己的模样——披

着头发,穿着蓝色的碎花裙子。

这个年纪的姑娘不用任何化妆品皮肤就白嫩白嫩的,李妈常说海里的皮肤是遗传她的。

"给石风打个电话,告诉他我们提前到了,把车牌告诉他,说我们把车停在'服务站'这三个字的正对面。"李爸抽着烟吩咐李妈,李妈掏出手机给袁石风打电话。

不知怎的,现在听到"石风"这两个字,海里的心口就会哐当一声响。

她打开车门走出去。

"嗯?去哪儿?"李爸问。

"去上厕所。"海里回答,低头快步走,一头长长的黑发在身后一起一伏。

海里站在洗手台的镜子前,洗洗手,把手上的水甩掉一些,看着镜子里的自己,发了一会儿呆,把手腕上的黑发圈取下来,把披散着的头发分成两缕,娴熟地绑好两条麻花辫。两条秀气的麻花辫垂挂在她的胸前,衬得她的脸越发小了。海里站在镜子前又看了一会儿,拉了拉裙摆,整理了歪歪的领口,整理完,又把两条麻花辫给拆了。

要见一个故人,是多么不知所措的事情。

不知道是以原本的面貌见他,还是以许久未见面后的样子见他。

实在揣测不准他会喜欢哪一种。

海里用手刨着头发低头走出去,旁边原本空着的车位停进了一辆车,车门打开,袁石风站在车旁:"海里?"

海里一愣,回头,猝不及防地与他视线相撞。

一刹那,整个世界都安静了。似乎又回到了他们一起坐在院子外面候一个黎明天。天空一层一层地出现渐变色,长长窄窄的水泥路看不到尽头,用石子在水泥地上一画就会出现一条白线。黎明天到来的时候,全世界沉静得不像话,然后犬吠了,鸡鸣了,村子里一户户的窗户开始亮灯了。

关于袁石风,海里有那么多的记忆。海里以为印象最深的记忆会是袁石风载着自己放学,会是他把蓝雨披套在她的身上,会是和他一起在沙滩上拾贝壳,会是和他在院子里啃西瓜……真到了重逢的这一刻,没想到,脑子里浮现的记忆不是以他为主角,而是与他在一起的场景,大

到那时天空的颜色，小到当时水泥地上爬过的几只蚂蚁。

最重要的东西，永远是不为自己所知的。

袁石风向海里走过来，海里觉得，他正穿过了那模模糊糊的记忆，真真实实地靠近了她。

小时候她要仰着头才能看清他的脸，现在，随着他的走近，海里依旧要慢慢地抬起脑袋才能注视他的眼。

他没长成陌生的样子，还是从前的模样，但是更英俊了，还是干干净净的发型，穿着一件灰色的T恤来到她的面前。

袁石风站在她面前沉默了一会儿，眸子慢慢弯起："李海里。"

他叫了她的全名，然后……没再说任何话了。

——关于我们的重逢，你那么从容不迫，我那么惊慌失措。

02

袁石风和海里一起走回去，两人中间隔了一个人的距离。海里低着头，没敢看袁石风，两侧的头发垂在脸颊边，像黑漆漆的帘子，遮住了海里的视线，也遮住了袁石风的视线。

袁石风看着这个长大的小姑娘，眼神凝在她的头顶，又淡淡地移开："这里不比涌炀岛，天气要干燥一些。这么长时间赶过来，累吗？"

海里点点头。

袁石风也跟着点点头，没再说什么了。

两人沉默地走了几步，袁石风又说："还一直记着我离开的仇吗？"

海里半张着嘴，转头看着他的侧脸，还没来得及回答，不远处的李爸李妈就看到了他们。

李妈高兴地叫了一声："石风！"紧接着乐呵呵地走过来。

看见李爸李妈，袁石风笑了，快步迎上去。

海里站在原地，看着他的背影，那句话卡在喉咙里还没来得及说。

怎么会是记仇呢？

谁都以为她讨厌他，连他也这般觉得。

可哪儿有这样望穿秋水的深仇大恨呢？

李妈拍着袁石风的肩膀直夸他长得帅气，李爸握着袁石风的手只会重复着"好久不见"。激动地聊了好久，李妈才想起站在一旁的海里，

把她拎过来:"跟你石风哥打过招呼了吗?"

袁石风替她解围:"叫过我了。"他不经意地将视线转到海里的身上,眼神带着笑容,转而看向李爸,"我们先去吃饭吧,我订了位子,吃完饭我再带你们去酒店。我在前头带路,李伯伯你在后面跟着我?"

李爸点头,拍着大腿说好,看着袁石风是着实高兴的。

李妈推了海里一把:"去,跟你石风哥坐,这么长时间没见面,就别记仇了,以后我们回去了,有什么事还得你石风哥照顾你。"

海里没敢看袁石风的表情,别扭地说:"不要。我坐爸的车。"说完,她转身坐进了车后座,僵坐在里面,像是在生闷气。

李妈骂道:"哎哟,心眼太小了,还在记仇呢。"

袁石风站在一旁,看着缩在车里头的海里,笑而不语。

最终,李妈坐上了袁石风的车,李爸开着车跟在后面。

海里一个人坐在车后面,视线跟随着袁石风的车尾。

李爸开着车,从后视镜里看了海里一眼,情绪很高:"见到石风开心吗?"

海里从后视镜里看到一个呆愣愣的自己。

李爸说:"你啊,石风打来的电话你从来没接过,但是你来这儿上大学了,要懂礼貌的。"李爸一顿,"你还小,不明白这世上的一些苦。石风高中读完就没读了,袁娘一直住在医院里,都是要请护工照顾的,开支得多大。他现在出息了,做起了生意,但全是他一个人硬生生扛下来的……"

李爸还说了很多很多,海里听不进去了。

李爸的车跟袁石风的车并排停在路口,海里摇下玻璃窗,悄悄看着袁石风的侧脸。

他在跟李妈说着什么,他的表情向来是波澜不惊的,永远是敛着情绪的。他的手握在方向盘上,左手戴着正方形表盘的手表,手腕处凸起的骨头显得很有力道。

从他们一见面,海里就注意到袁石风手臂内侧的伤疤。

这座城市的菜系偏甜,这座城市像高速运转的马达,涌炀岛的节奏永远是缓慢的,慢悠悠地在山脚和山顶来回的缆车,慢悠悠地在沙滩边

行驶的观光车,慢悠悠地吃着农家饭的游客,而这座城市连叶子都黄得比别的地方快。

海里是饭桌上沉默不语的一个,李爸和李妈一杯一杯地添着啤酒,跟袁石风有说不完的话。

海里默默地观察着袁石风,忽然明白她和他真是有六岁的年龄差。

他的胳膊肘抵在桌上,握着酒杯,偏着头,听着李妈讲话,时而点头,时而微笑的模样,让海里意识到,他们之间有六岁的年龄差。

六岁,半个生肖轮回。

现在坐在餐桌前的他,已然有了生意人的风度,眸子里有了老练的光,转动手表的小动作,抬起手,竖起食指示意服务员的姿态,都让海里觉得在他们未见面的时光中,有很多是他们未曾拥有的经历,这些经历变成了他们无法像小时候一般接近的因素。

海里半敛下眼皮,趁着李爸和李妈不注意,偷偷往面前的玻璃杯里倒了半杯白酒。她刚准备喝,餐桌上的玻璃转盘转动,一盘被她舀过好几勺,觉得很好吃的树莓山药泥又转到了她的面前。

海里抬起头,看着袁石风的手搁在玻璃转盘上,控制着转盘。他的食指和中指牢牢地按着转盘,让这盘树莓山药泥精准无误地定格在她的面前。

他云淡风轻地扫了一眼海里偷偷倒满酒的酒杯。只是云淡风轻,没有任何情绪的一眼,却让海里缩了一下脑袋,低头把酒杯放下了。

袁石风这才把眼神移开,重新礼貌地听着李爸的侃侃而谈。

03

下午,他们原打算回酒店休息,可李妈想见见袁娘,说明天送海里报到后下午就得回了,怕时间紧,见不上袁娘。

袁石风说"好",叫了两个代驾,一起去往疗养院。这回海里和李妈一同坐上袁石风的车,袁石风坐在副驾驶座上,海里坐在他的侧后面,眼神一瞟就能看到袁石风的侧脸。

副驾驶座的窗户开了半扇,风吹得他眯起了眼。海里怕他发现她在偷看他,连眼神都不敢往他那儿挪了,保持着生闷气的状态,别扭地扭着身子,看着窗外。

开往疗养院的路穿过繁闹的商业区，经过风景区，然后往风景区的深处驶去，经过种满茶树的山，开往半山腰，穿过竹林，终于到了这安静的疗养院。袁石风让代驾在车里等着，领着李爸李妈走进疗养楼。

这里的建筑都不高，统共就三层楼，每间都是独立的房间，配备着家居应有的设施。袁娘就住在二楼的第三间，他们进去的时候，袁娘正坐在床上看电视，穿着蓝色的睡衣，戴着老花镜，织着毛衣。见他们进来，袁娘站起来笑："石风，你来了。"

"嗯。"袁石风走进去，搂了搂袁娘，"李爸、李妈来看你了，还有海里。"

袁娘转头，看着李爸和李妈。

只不过九年的时间，袁娘的黑发全都白了。她似乎老得特别快，李妈的头发还黑着，但她看起来似乎比李妈老了许多许多岁。

袁娘似乎不识得他们，愣愣地看着："哦，李爸、李妈啊。"

李妈没忍住，一下子就哭了，走过去捏住袁娘的手，嘴巴张啊张啊，愣是一句话也没说出来。

李爸也抹眼泪，小声问袁石风："医生就没法治治吗？"

袁石风扯出个笑，摇摇头，转身，把紧闭的窗户打开一条缝，透透风。

海里站在一边，默默地看着爸妈拉着袁娘坐下，哭得不能自已。她对袁娘的印象一直停留在袁家的窗户口，那时袁爸还在，袁娘是村子里出了名的巧手裁缝，踩着缝纫机的脚踏板，针头快速钉在碎花布上，袁娘的手按着碎花布，移动，旋转，将碎花布缝合，就能做出好看的碎花连衣裙。

那时袁娘的中指上会戴顶针，海里觉得顶针漂亮，像好看的银戒指。袁娘有个小盒子，小盒子里有很多颜色的线和很多大大小小长长短短的针，还有粉笔，粉笔是画衣服用的，谁家要做衬衫，袁娘就会用粉笔在布料上画出模样来。袁娘缝东西的时候也好看，她会用针头轻轻地在头发上刮一刮，线头缝好后，会用嘴把线咬断。

缝衣服的袁娘可好看了，温柔，安静。

现在的袁娘也安静，可她的眼睛啊，变得混混沌沌的了。

最好的时光，全都回不去了。

海里见不得这哭泣的场景，抹了抹眼睛，发现袁石风不在屋子里，

不知道去哪儿了。李爸和李妈围坐在袁娘身边，拉着她的手说话，海里出了病房门，轻轻地把门合上。走廊里有值班的看护，安安静静的走道上很少有人走动，海里沿着白色的走道找了找，在走道尽头的窗户边看到了靠在墙上的袁石风。

海里站在原地没过去，隔着一段距离看着他。

然后……他转过头，看到了海里，眸子便微微眯起。

海里走过去，走到他的对面，两只手交叠在背后，靠在墙上，与他面对面。

袁石风："明天去学校报到，你爸妈下午就走了，晚上一个人住在寝室会害怕吗？"

海里摇头："不怕的。"

袁石风便点头。

两人之间沉默半晌，海里盯着他的手臂："你手臂是怎么伤的？"

袁石风看了看自己的手，眼神瞟向她："小丫头眼睛倒挺亮。"他伸手上来，在她额头上一抹，把她盯着他手臂看的眼睛遮下去。

待袁石风的手松开，海里重新抬起眼皮后，袁石风已经转过身子走了，他说："要喝什么吗？"

"不用。"海里看着他的背影。

"好，在外面别乱跑。"他没再看她，一边叮嘱，一边去看护那儿倒了两杯茶拿回病房去了。

海里站在窗户边，看着他的背影，想着他叫她小丫头。

还把她当个孩子……

04

自从李妈见了袁娘后，眼泪就没有断过。

第二天，李妈送海里去学校报到，在海里的寝室看了一圈，发现一个寝室要塞下六个人，而且海里要睡在上铺，李妈就不满意了，去卫生间转了一圈，发现热水不够热，更加不满意了，再一看同寝室的小姑娘都是天南地北来的，就怕海里融合不进去，李妈更加着急了。

兜兜转转，到了中午，李妈和李爸必须要走了，要不然得错过进岛的船。李妈还是哭了，一个劲儿叮嘱海里要跟同寝室的人好好相处，叮嘱海里要每天打电话给她。

海里点头，说："好。"

李爸问："钱够吗？"

海里说："够用的。"

李妈转头，泪眼婆娑地看着袁石风，说："海里就托你照顾了。"

袁石风站在海里旁边，说："李妈，放心吧。"

李爸、李妈终究还是离开了，李爸开着车消失在海里的视线中。李妈摇下窗户，流着眼泪朝海里摆手，海里也朝她挥挥手。在这座陌生的城市里，这条陌生的道路上，海里看着爸妈渐行渐远，最后消失在一片车流中。

她转过头，发现袁石风正看着她。

袁石风说："你倒是没哭。"

海里没说话。

这个，是她早就做好的准备。

——在陌生的城市里，我只剩下你的时候，原来就是这样窒息且自由的感受。

袁石风打开副驾驶座的车门，朝海里抬抬下巴："上来吧，我送你回学校。"

海里坐上去，扣好安全带，袁石风发动车子。车上没有任何装饰品，不像李爸，在后视镜上挂满了佛珠和佛牌祈求平安。车里开着冷空调，海里的衣领被风吹得一掀一掀的，袁石风看了一眼，把海里面前的空调出风口往上掰，冷风就往车顶上吹了。

袁石风问："寝室还满意吗？"

海里想了想，反倒是问他："你觉得呢？"

袁石风皱眉，嘴上却说："还行。"

海里笑了，想起在帮她搬行李的时候，袁石风挑剔地在寝室里走来走去，把每个角落都看了个遍，比李爸更像个难糊弄的老头。

"对了。"袁石风想到了什么，"得帮你去买个插座，你书桌下面就两个插座孔。哦，台灯你也没带。你想想，还有什么需要的？"

海里没回答，袁石风就自顾自地往下说："给你买个帘子挂在床上吧，你们小姑娘换衣服也方便。没有衣柜，要不给你买两个杂物箱？堆

在床下面也能放放衣服,这样看起来……还有衣架……"

袁石风皱着眉头想着,把想到的都念叨了出来。

海里靠在车窗上看着他,不由得笑了,忽然想起小时候他载自己回家,她穿着裙子晃荡着两条腿,裙边掀到了膝盖上,袁石风严肃地在前头说:"不要晃腿。"

那时她还小,还不懂,偏偏把腿晃得更厉害。

他便无可奈何地说:"忘了腿夹进车轮子里的痛了?"

海里一下子就规矩地坐好了。

袁石风满意地点头:"把裙子整理好。"

她听话地照做。

想想,性子这东西当真是不会变的,从小,他就是这般严肃,爱管着她。

05

袁石风蹲在海里的床上给她支书架,他买了可拆装的书架木板,扫了一眼说明书,丢在旁边,拿着小榔头哐哐哐地在墙壁上钉了四枚钉子,套上架子,用螺丝螺帽固定好。海里拿着书和台灯,沿着梯子爬上来。

袁石风瞪她一眼,怕她摔下去:"小心点。"说着马上就伸手来扶她。

两个人都坐在了上铺的床上,稍微一动,床就咯吱咯吱作响。

袁石风往下看了看,不放心:"睡上铺习惯吗?"

"习惯的,我还没睡这么高过呢。"海里倒是兴奋,抹了一把脸,额头上都是汗。

袁石风看了一眼天花板上的两只电风扇,摇头晃脑的,吹到左边又吹到右边,觉得这学校条件真差,居然没给学生安空调。他对住宿环境很不满意,但海里的适应性强,乐不可支地拿着闹钟和台灯摆在刚钉好的书架上。

袁石风又拿起一旁的帘子,在一头穿上许许多多的小铁环,再将小铁环一个个挂在床顶的支架上。他的动作快,一下子就挂好了四面,把海里的床铺扮成了粉色的帐篷。

海里兴奋地哇哇直叫,开心地把帘子全都拉上,形成了封闭的粉色小空间,外边的人看不到她在做什么,安静又自由。

"真好,跟帐篷一样。"海里盘着腿,一边笑着一边去看袁石风。

袁石风也勾着笑,他笑起来的时候真好看,眼睛弯着,嘴角上挑。

海里忽然心跳加速,直勾勾地看着袁石风,突然意识到她和袁石风正盘着腿挨坐在一起。狭小的封闭空间,他的呼吸近在咫尺,如果她往前一凑,就能用鼻尖蹭到他的脸。

让人怦然心跳的距离。

海里立马低下头,突然沉默了。袁石风没发觉,抬起胳膊将没穿紧的铁环再紧了紧,回过头,就发现海里像一只鸵鸟似的缩着。他目光落在她的头顶上,暗了些许。或许是察觉了她的尴尬,又或许是意识到这样不妥,他把帘子拉开。外头的光透进来,封闭的小空间不再封闭了。

袁石风下了床,拍了拍手,站在床下,仰头看着海里:"看看还有什么需要的,我再去买。"

海里坐在床上,看了一圈,摇头:"没有了,都齐了。"

袁石风点头,看了看手表,时间也晚了:"我先走了,今天好好休息,有什么事情打电话给我。"

海里点头。

袁石风又站了会儿,离开了。

海里坐在床上,看着他走了出去,轻轻地合上了门,忽然很舍不得,心跟拧毛巾似的拧在一起,难受,舍不得。

下面的五个小姑娘见袁石风走了,连忙抬头问海里:"这是你男朋友吗?"

海里一愣:"不是。"她想解释说"这是我哥哥",却又犹豫了,看着合上的门,心里当真是不舍极了。

不舍,是因为依赖……

袁石风出了海里的寝室楼,站在楼下,停住脚步,回头看了看三楼的窗户,还是有些担心。他掏出手机看了看,有两通未接电话和三条短信。他一边走,一边点开短信查看,两条工作短信说计划表和宣传初稿已经发到他邮箱了,还有两通电话和一条短信是催他去喝酒的。

他不想去,就没回,从裤子口袋里摸出车钥匙,解锁,开车回家。

袁石风回到家,把邮箱里的计划表和宣传初稿看了一遍,拟了一份文件,看看时间,晚上十点了。他去厨房倒水,喝了一口,总觉得有什

么事记挂在心上。他这般想着，拿出手机给海里发了一条短信。

袁石风：睡了吗？

特别简短的三个字。

他等了半晌，没见她回信息过来，想来是已经入睡了。在他放下手机准备去洗澡的时候，电话却响了，海里打来的。

袁石风一愣，把电话接起来。

海里在那头说："还没睡呢。"

袁石风注意到电话那头有细细的哭声，问道："还好吗？"

"啊……你等等。"海里说完，传来脚步声，然后哭声渐渐小了，背景声音安静了。

袁石风知道她一定是走出了寝室。

海里的声音重新响起："寝室有人想家了，在哭。"

袁石风点点头："你想家吗？"

"不想，有点兴奋。"她老老实实地回答。

袁石风笑了，一边把电脑关机，一边说："行，没哭鼻子就行。那早点休息，明天开始军训是吧？"

"嗯。"现在的海里显得很乖巧，一顿，"再见。"

袁石风放下手机，却又立在桌边站了一会儿，每看一次手机，他的眼睛都是带笑的，难得有了敛不住的情绪。

海里来到了他的城市，袁石风总觉得心里多了些记挂。

沈焱走进办公室的时候，袁石风正拿着文件在看。他坐到对面的椅子上时，袁石风抬着眼皮扫了他一眼，把文件翻页，继续往下看。

沈焱跷着二郎腿，整个人窝在椅子上，有些不满："昨天为什么没接我电话？叫你喝酒都没来，这周末干吗去了？"

袁石风没说话。

沈焱彻底怒了，敲桌子："太不够哥们儿了啊！"

袁石风这才抬起眼皮看向他，却问道："今天气温多少度？"

"嗯？"沈焱愣了，不知道袁石风为什么这么问，但还是摸出手机看了看，回答，"气象局说37℃，但怎么可能呢，马路上那热气蒸得敲一个鸡蛋下去肯定立马变成荷包蛋了，可热了，怎么了？"

袁石风点点头,继续低头看文件,把文件翻到下一页,扫了几行字,又抬起头,皱眉:"这么热让一群孩子站在太阳底下军训是不是有点不人道?"

沈焱一头雾水。

06

沈焱把跷着的二郎腿放下去,眯起眼,细细地看着袁石风,总想从他的表情里察觉出些许端倪。但可惜,袁石风没给沈焱这个机会。

袁石风合上文件,把一旁的文件袋递给沈焱:"这是宣传的初稿,我昨晚看过了,没什么问题,让他们开始印刷起来吧。"

沈焱接过,说起另一件事,表情严肃:"今天请了厂商那边的人吃饭,晚上你总得来吧?"

袁石风这才扫了一眼沈焱,点点头,表示知道了。

沈焱起身离开,走到一半回头看了一眼袁石风的电脑,发现页面停留在旅游网页上——涌炀岛。

海,山,沙滩。

人的生命其实特别短暂,算一算,平平安安一辈子也不过几十年,几十年中,年少无忧的也只不过是前面的二十年,二十年中除去前头未记事的五年,那只剩下十五年,十五年的无忧无虑,而后是成熟,剩下的是苍老。袁石风总觉得自己过完了前面的十五年就是过完了自己的上半辈子,当他在服务站第一眼看到海里的时候,觉得真好,小丫头还是当时的模样,除了个子长高了外,一点儿也没变。在他的记忆里,最难忘怀的就是海里站在门口哭着看他离开的模样。

火烧云,安静的村庄,海里穿着蓝色的碎花裙,绑着两条麻花辫,哭着看他走远……袁石风想起这些就会皱眉沉默。

袁石风觉得,他吃过了许多苦,见过很多不好的人,干过了很多辛劳的事,所以当他看到海里的时候,觉得一定不能让这小丫头吃苦,见不好的人,做辛劳的事。

经历孤独是好事,一孤独,人就有了责任。

海里换下被汗浸湿的军训服,清清爽爽地洗了个澡,换上睡衣走出来后拿起手机看了看。

她总是想给袁石风发条短信,打个电话,手机拿起来,却又找不到好的话题开头,于是又把手机放了回去。她不爱玩电脑,总是会早早地爬到她粉色的上铺去,拉起帘子,躺在床上。一拉上帘子,外面的摇头挂扇就吹不进风来了,越发显得里头闷热,不一会儿就被热出一层汗。在一层汗中,她常常会想着袁石风坐在这里给她钉书架的模样。

男人的手比女人的手有力道。

当他们使劲的时候,胳膊上的肌肉会绷紧,显现出刚劲的线条。

在袁石风离开后的时光里,海里独自上学,放学,在一个人走着的道路上,她学会把视角缩小到很小很小的东西上,比如麦穗上结了多少种子,比如海深的墓前开了多少小小的紫花,比如邻居家第几根篱笆坏了……这样的观察习惯,让她一下子就能看到袁石风手臂内侧的伤疤,也让她忘不了当她把帘子拉上时,这粉色的狭小空间里,她和袁石风近在咫尺。

"近在咫尺"当真是个美妙的词,想一想,就会让人怦然心动。

海里拉开帘子,电扇的风透了进来。下面的室友回头看了海里一眼:"你闷在里面不热啊?"

海里笑着摇摇头,从床上爬下来。室友回过头继续专心地打游戏。海里拿起手机,走出寝室,给袁石风打电话,想告诉他,明天晚上想和他吃晚饭,还有袁娘。

电话打通了,但一直没人接。

海里挂掉电话,又站了一会儿。旁边就是楼梯,她晚上热得睡不着的时候见过大三的学姐一个人坐在楼梯上歇凉,也见过有些学姐对着墙壁跟男朋友打电话。海里站了一会儿,又给袁石风打去电话。这回,电话接通了,电话里吵吵嚷嚷的,海里听见那头有个陌生男声说"盛世国际再约",似乎是对着袁石风说的。她也不说话,想等那边静会儿再聊,但袁石风马上说:"你等等。"然后电话的背景声慢慢安静了,等彻底安静后,他说,"还没休息?"

海里沉默了,半晌才问:"你喝酒了?"

这样的疑问方式对他们来说太过掷地有声,所以袁石风的声音就这

么硬生生地被扼住了。

他当然不会去回答海里的问题,而是问道:"军训累吗?"

"还好。"海里说。

袁石风笑了:"嗯。我看看哪天有空,带你去吃好吃的。"

"好……"海里在袁石风的面前总是这般无能为力。

直到挂了电话,海里终究没有得到袁石风是不是在喝酒的回答,也终究没有说出明天想和他,还有袁娘,一起去吃晚饭。

海里走回寝室的时候,愣愣地站了一会儿,问室友:"盛世国际在哪儿?"

室友一愣:"你要去那儿?"

室友再回头的时候,海里已经爬上床换衣服了。

海里是在盛世国际马路对面的停车位上找到袁石风的车的。她看着对面那扇热闹的,流光溢彩的大门,迎宾小姐穿着红色的旗袍站在两边,每进去一个客人,迎宾小姐就会笑着鞠躬说"欢迎光临"。海里抬起头,霓虹灯在夜色下交相辉应。好似短短的几年时间,不论在哪座城市都看不到天上的星星了。

但凡能被称为城市的地方,都是看不到星星的。

几年的时间,连岛上也没了星空。星星倒是落在了地面上,太阳落下的时候,它们亮在马路上,亮在楼房上,亮在觥筹交错和纸醉金迷里。黎明的时候,它们就又暗了,马路上的光泯灭了,楼顶招牌的光也暗了,一拨拨宿醉的客人归家了。

在流光溢彩中,海里等到了袁石风出来。今天他倒是穿着衬衫,长袖挽起,卷到胳膊肘上,领口的扣子松了二颗。

旁边的人喝得东倒西歪,他们握着手说着什么,又拍着肩膀笑着什么。而后,这一群人三三两两地分开,袁石风旁边的女人跟上了前头的男人,被搂着腰离开了。

海里站在马路对面看着,忽然想到,在袁爸头七的黎明天里,袁石风无声地坐在自己的旁边,靠着院子的篱笆墙,篱笆墙上有舒卷的南瓜叶,露珠是在夜里慢慢凝结起来的,会在太阳将要露脸的时候滴落在人的肩膀上。袁石风的肩上就透着清晨的露水。

他是固执的，是沉默的。

又好像不是……

在那些未有共同经历的时光里，我们都付出了怎样的代价？

袁石风转头，看到了站在自己车旁的海里，眸子一眯，错愕三分，脸色即刻严肃起来，快步跨过马路，走向海里。

07

他的身上有酒气，咄咄逼人地走过来，站在海里面前。这般近的距离，只要他的身子再不稳地往前靠一靠，海里的鼻尖就能触碰到他的肩膀。

他皱眉，叫了她的名字："李海里。"

海里不明白，为什么有时候他会叫她全名，有时候却又叫海里。

他的眼睛跟一口井似的锁着她，她在黑漆漆的井口看到了倒映着的碎碎的星星和碎碎的自己。

他是疑惑的，是错愕的，是因为她出现在这里而不满的。

海里主动地回答他没有问出口的疑问："打电话的时候，听到电话里有人说了盛世国际的名字，我就找来了。"

说完，海里忽然又怕他会问她为什么要找来。

为什么要找来？如果他真问了，海里一定会哑口无言的。

庆幸的是，袁石风并没有问，他定定地站了一会儿，依旧用目光锁着她。

晚上的马路比白天的要更喧闹，袁石风背对着一片汽车喇叭声，不动声色地观察着海里的表情，海里也抬起头看着他。袁石风的旁边就是高楼大厦的霓虹灯，是 LED 的绚烂画质。

他终是叹了一口气："我喝酒了，没办法开车，我打车送你回学校。"说完就转身，站在路边，招手拦车。

海里看着他结实有力的肩膀，看着他笔挺的背影，在霓虹下的城市里从容不迫地帮她拦车却一身酒气，这很有趣。

海里觉得袁石风的酒量很好，还是千杯不醉的好。

出租车缓缓停在他的面前，他给海里拉开了后座的门，自己却坐在了副驾驶座上。车上开着空调，一循环，酒气充斥在车厢里，袁石风摇下车窗，让外头的风吹醒自己。

路程开到一半，袁石风扫了一眼手表，回头问她："学校寝室几点关门？"

海里看了一眼车上的时间："已经关了，我跟老师请过假了。"

袁石风皱紧眉头，顿了半晌，跟司机说："掉头，去天苑城。"

海里坐在后面，没有吭声。

都说时间是最有效果的洗涤剂，什么事情都会被时间冲淡、磨平。海里看着袁石风在副驾驶座上露出的衬衫想，这是骗人的话。她想起高中思政课上背过的知识点，说"所有的物质都脱离不了运动"，她用荧光笔把这句话涂成了绿色，打了个大大的问号。

所有的物质都是运动的，那……我们的过去呢？

我，你，海深呢？

过去是不会运动，所以存在记忆里，变成了不会运动的、不会忘记的过去。

她很认真地去问老师这个问题，老师说："李海里，上一节课的知识你没听。物质，是有结构的，过去怎么算是物质呢？"

海里不懂，过去当然有结构，过去里有她，有海深，有袁石风，有袁娘，有种满水稻的田，有一路的铃铛声，这些都是真实存在的，怎么不算是物质？

这成了海里明明白白知道，却永远不懂的哲学题，就像现在，她依旧不懂，却明明白白知道……

——我对你还有那么多的感觉。

08

海里第一次来到袁石风的家，七楼，703。袁石风走在前面，开门，把灯点亮。房间宽敞、明亮、简洁，这是海里的第一印象，不像是拆迁的李家，李妈一定要把房子装修得富丽堂皇，恨不得在客厅摆上两个罗马柱。

袁石风弯腰从鞋柜里拿出拖鞋，男士的，放在海里脚边，直起身子的时候微微歪向一边。他闭了闭眼，靠在鞋柜上："你将就穿吧。"

海里把帆布鞋脱了，摆在一边，穿上男士拖鞋。拖鞋整整大出一个脚后跟，一走，脚就从前面滑出去。袁石风热得解了两颗衬衫扣，走到

餐桌旁拿起桌上的水杯猛喝了一口水,解渴后,又指了指右边的房间:"你睡那间客房。"

灯光从上打下来,不知是不是他的酒劲儿上来了,他面色有些僵硬,靠在墙上才能稳住身形。

海里点点头。

袁石风继续说:"热的话把空调打开,但别对着吹。柜子里有干净的毯子,记得睡觉的时候盖上。"

"知道了。"海里说。

袁石风吩咐完,站了一会儿:"我去睡了,有事叫我。"

海里点头。

袁石风这才转过身往他的房间走去,脚步有些虚浮。

海里看着他的背影想,其实他早就醉了,一路克制到家,这才松了口气显出醉意。海里在客厅里转了一会儿,被电视机旁的木质架子吸引了过去,架子上有许多小格子,小格子里摆着袁石风和袁娘的照片,大部分是合照,有些就是在家拍的,袁娘坐在沙发上,袁石风站在袁娘的身后,双手搭在袁娘的肩膀上,像是近照;有些是在风景区拍的,袁娘是笑着的,精气神很好;有些是袁娘的独照,想来是袁石风抓住瞬间定格下来的,袁娘坐在沙发上,戴着老花镜,织着围巾。

这些照片,看一眼,会窝心地笑,再看一眼,便觉得想哭。

海里蹲下来看了看下面的格子,这些格子里放着挺多的贝壳和干海星。这些东西在海边的旅游商品店里常被当作噱头来卖,海星晒干,变成了海星干,能当成装饰品;大大的海贝壳一个能卖到两百块。许多来海边度假的人会买回去送人,如今在袁石风的家里见到,却让海里心里不是滋味。

他买这些的时候,是不是会想起涌炀岛,想起她,想起他们……

海里站起身的时候,头顶上的架子有道光反射过来。海里踮起脚尖,注意到了最上面的格子,用玻璃罐装着的、许许多多的玻璃糖。

灯光下,玻璃糖纸折射出许许多多的颜色。

海里一震,愣是说不出话来,鼻子一酸。

有时候,海里觉得现在的她正处在女孩子最好的年纪里,可她这么容易沉默,这么容易安静,这么容易敏感和尖锐,甚至这么不合群,不是她的错,真的不是。她曾穿着丧服,挎着篮子,从家里一直撒着纸钱,撒到海深的墓地;她曾坐在石风哥的身边,跟着他一起等候一个黎明天;她曾站在院子里,看着袁石风和袁娘在一片火烧云中渐行渐远;她曾立在一片灰烬中,看着袁家被夷为平地。

她也曾沉默地凝视自我,为何如此敏感多伤,却一次又一次发现过往的她一直都被世界委屈着。她混合了这些特质成了现在的自己。

所以当她在袁石风这里看见玻璃糖纸的时候,她觉得自己被感同身受了,有人和她一样,也在思恋过去。

她吃过好多好多的进口巧克力,喝过好多好多的进口饮料,它们的包装纸五颜六色,饮料瓶子造型丰富,可哪种都没有玻璃糖纸好看,没有橘子汽水好喝。剥出一颗糖,放进嘴里,把皱皱的玻璃纸摊平,放在书里压着,压平整,然后放在阳光下照,能折射出五颜六色的光。

小时候吃过的玻璃糖都是袁爸买的,每次开完货车回来,他都会买一些玻璃糖和一箱橘子汽水。她哭了、闹了的时候,袁爸会拿玻璃糖来哄她。

这些记忆,小心翼翼地悬挂在海里的心尖儿上,泛疼,却不敢丢弃。

海里抬起头看着满满一大罐的玻璃糖。她忽然很想问袁石风,这九年的时间里,你是不是会想我啊,跟我想你一样地想我,但我们都那么固执和任性,那么有骨气。

想着,却又不问候。

不问候,这才是最深处的想念啊。

海里听到卧室里传来马桶冲水的声音,接而是桌椅磕碰的声音。她推开袁石风卧室的门,床头灯开着,袁石风歪歪斜斜地倒在床上,空调呼呼地吹着,窗户却开得极大。

满卧室的酒味。

她现在才发现,他醉得这般深。

海里走进去,替他关上了窗户,看了看空调遥控器,把温度往上调了一度,又去卫生间看了看,显然他刚刚吐过。海里把毛巾拧湿,走回去,半跪在床上,给袁石风擦拭嘴角,然后把毛巾翻了一面,擦拭了一遍他的脸。

袁石风闭着眼,每呼吸一下,她都能闻到浓浓的酒味。

他醉了，睡着了，听不到她的声音了。

海里跪在软软的床上，看着紧闭双眼的袁石风说："你说……当初你是不是故意考砸了中考？如果袁爸没出事，你就会留在岛上读高中……"

关于我们的小时候，当时有那么多的不懂，待我们长大了，好像自然而然就会懂了。

——我们懂事得太晚，所以显得命运弄人。

09

袁石风醒来的时候是早上七点，一到这个点，大脑就会慢慢清醒。他从床上坐起来，发现自己穿着衬衫和西装裤睡了一晚，连袜子都没脱，毯子上都是熏人的酒精味。他垂着脑袋闭了会儿眼，这才猛然想起海里，连忙出了卧室走去客房。客房的门开着，里面已经没人了，毯子倒是叠好放在一旁，也不知道海里是几点走的。

袁石风连忙摸出手机给海里打电话，电话一下子就接通了，那头传来海里模模糊糊的声音："我在集合整队呢……"

袁石风刚想开口，海里紧接着又说："不说了，要是被教官发现……"

话还没说完，电话那头传来粗犷的一身吼："四排二列的那个女生，你在干什么！"

啪一声，电话挂断了。

袁石风握着挂断的电话啼笑皆非。

酒不是好东西，人犯浑，脑子不清不楚，记忆断断续续，危险。

酒又是个好东西，是生意场上的好东西，是人际关系上的好东西，又是逃避问题的好东西。

袁石风喝过的酒不计其数，和人周旋时喝过过万的洋酒，一个人在街边喝过罐装啤酒，喝完之后，把罐子放在地上，一脚踩下去，罐子就扁了。

袁石风抹了一把脸，双手撑着洗漱台，扬起头，看着镜子里的自己。他无法确定昨天晚上什么模样的他被海里发现了去。

在断断续续的记忆里，他却记住了海里笔挺地站在车旁看着他的样子——嘴唇紧闭，眉头微微蹙着，眼神应该是执拗的，又似乎还有很多很多的情绪，一眨眼，就像是要掉眼泪。

在模模糊糊的记忆里，他唯独清楚地记住了她的这番模样儿。

袁石风前脚刚进办公室，沈焱后脚就跟上来了，说了句"办成了"，然后就自顾自地坐在袁石风的对面。

袁石风放下包，开电脑："行，你什么时候跟他去签合同？"

沈焱没说话，一双眼眯起来，似笑非笑："昨晚喝得是够呛……"他一顿，"本想着送你回家的，可转头一看，已经有人在等你了。谁啊？"

袁石风没理他。

沈焱笑了："看她样子还小呢，你也学着老牛吃嫩草？"

袁石风起身，直接拎起他的领子把他丢出门外。

关于袁石风和海里的现在，看起来都那么平静自然，似乎可以一直下去……

而海里此时站在大太阳底下罚军姿，一动不动——接了袁石风的一个电话，就要被罚站一个小时。她看了一眼旁边也被罚了女生，小声问："我们站了多久了？"

女生愁眉苦脸，汗水从鬓角往下落："别说了，才站了十分钟呢。"

哦，那还有五十分钟。

海里小声说："站得累死人了。我们装晕吧？"

女生倒抽一口冷气："这……怎么装啊？"

她的话音刚落，旁边传来砰的一声——海里两眼一闭，淡定自如地倒在地上。

"啊！教官！有人晕了！"

第四章：她是你女朋友？
——不久以后会是。

01

在军训的时候装晕是特别简单的事儿，找个借口说自己没吃早饭低血糖，或者说被军训服捂闷中暑了，校医都会准许你回寝室休息。

海里躺在床上，听着操场上响起的拉口号声，把冰棒塞进嘴里咬了一口，凉得她呼哧呼哧地哈气。似乎想起了什么，她起身去摸昨晚穿的裙子的口袋，从里面摸出六颗玻璃糖。

这是早上离开的时候，她从架子上拿的。她出门的时候是五点半，夏天的五点半，天空已经大亮了，她在旁边的 24 小时便利店买了一个粽子和一杯牛奶，站在路边打车。吃粽子的时候，她还不忘回头数数这幢楼有多少层，一共 25 层，袁石风的家在第 7 层。

收回思绪，海里把这六颗玻璃糖一颗一颗地放在书架上，排列整齐，间距大小跟用尺子量过似的。六颗玻璃糖被光打得五颜六色。

海里看着这些糖果，想到这一整天都可以不用军训，那就去看看袁娘吧。

她特意换上藏青色的碎花连衣裙，这条裙子是照着袁娘以前给她做的裙子的模样做的。那条连衣裙是袁娘以前用别人家的剩布头裁的，还特地用白色的细绳盘出一个又一个蕾丝花边，那时蕾丝是顶贵的东西，

袁娘就自己学了花样,用其他相像的细绳代替。

那条连衣裙也成了海里最喜欢的一条,但她后面长大了,穿不下了,很伤心,李妈就请了裁缝照着裙子的模样又做了一条大的。新裁缝在盘花边的时候感慨,说当时盘花边的裁缝手太巧了。后面新裁缝盘不出,就缝了条成品的蕾丝边上去,所以模样就没有袁娘做的有味道了。

海里穿上了连衣裙,编了两条麻花辫,想着袁娘那儿不缺水果,就买了个大蛋糕去疗养院。

今天院子里比上次来的时候热闹得多,大伯大妈们坐在院子里聊天。海里径直上了三楼,在房间里没瞧见袁娘,一问值班的护工,说是家属带着她到院子里散步去了。

海里把蛋糕放在房间里,去寻袁娘,寻了一圈没寻到,往回走的时候,突然就看到了坐在石凳上织毛衣的袁娘。石凳两旁种满了竹子,竹子遮住了阳光,投下一片凉爽。

海里从小道里穿过去,快要走到的时候,忽然发现从另一边走过来一个女人。女人穿着剪裁得体的连体包臀裙,手里拿着水杯和果盘,果盘里的苹果切成一小块一小块的,插上了牙签。她走过去,坐在了袁娘旁边,笑着说:"袁妈妈,我们来吃点水果。"

海里一愣,停下脚步,站在原地没有上去。

袁娘的精气神看着好了些许,她一边整理毛衣线头,一边问:"石风呢?"

那个女人说:"在公司,忙呢,就叫我来看看你。"

袁娘笑了:"谢谢你啊,梓蓝。"

陈梓蓝用牙签叉起了一块苹果递到袁娘面前,袁娘接过,咬进嘴里。陈梓蓝说:"袁妈妈,过两天石风有空了,我们带你一起去外边走走吧。最近荷花开得挺旺的,是看荷花的好时候。"

袁娘点点头,说:"行。"她抬起头的时候,看到了站在一旁小道儿上的海里。

袁娘先入目的是海里身上的藏青色连衣裙,目光往上转,是海里的两条又黑又长的麻花辫。袁娘记得,海里穿这条裙子是最好看的,衬得皮肤更白。袁娘看着海里的脸一下子就笑了:"海里。"

海里没想到,今天的袁娘记得她了。

海里走过去:"袁娘。"

陈梓蓝疑惑地看着海里。

海里也把目光从袁娘的脸上收回来,转到陈梓蓝的脸上。

——你会是谁?

陈梓蓝率先反应过来,眼睛悄然一亮:"海里?石风在涌炀岛的那个妹妹吧?"

这一刹那,海里知道,她和袁石风之间有很多光景是被浪费掉的。

就比如此刻,她只是小妹妹的身份。

02

海里想,依着袁石风的性子,能认出她是"涌炀岛的那个妹妹"的人应该是和袁石风极亲密的,头一回被这样称呼,倒是挺难受的事儿。

海里坐在石凳上,被袁娘拉着手,说了许多的话。袁娘精神极好,记得她,却把她当作了是小学三年级时的海里,问她海深有没有再欺负她,问她有没有想吃的东西,告诉她明天袁爸就会带着橘子汽水回来了……

袁娘的记忆停留在九年前,九年前最好的光景里,她永远觉得袁爸会回来的,开着货车,嘀嘀两声,袁爸就会跳下车来。

想想,能这般,也是挺好的事儿。

陈梓蓝看出了海里的失落,把袁娘送回房间里的时候,对海里说:"袁妈妈的精神时好时坏的,有时候也不记得我。"她边说着边打量海里,看着海里的辫子,"我喜欢你的麻花辫。"

海里笑了笑,不说话。

陈梓蓝似乎很想和海里亲近起来,于是找话题:"石风跟我说起过你,我知道,袁妈妈会把他穿不下的衣服改成你的连衣裙。"她轻笑起来,将手捏成空拳,放在嘴角遮掩笑容,半遮半掩,自有一股好看的风情。

她又说:"对了,你来这儿上学了?"

连海里的年纪都知道呢。

海里点头。

陈梓蓝说:"真好,我们见面不是难事儿。以后有空一起出来玩儿吧,我挺想知道石风在涌炀岛的事儿的。"

海里看着袁娘进了房间,护工拿着血压测量仪来给袁娘做例行检查。

她把单肩包往肩膀上提了提，回头，看着陈梓蓝："如果袁石风要说，自然会告诉你的。"

说完，她朝袁娘摆了摆手，留下错愕的陈梓蓝，转身离开了。

依旧是执拗、毫不退让的脾气。

海里一步一步地踩下楼梯，一脚一脚地离开疗养院，站在路边拦车，上了出租车后就把两条麻花辫拆散了，抬起头，看着后视镜里那么不开心的自己。

她忽然想起了王冬，王冬常说她脾气阴晴不定的，有时候活泼，活泼得像只不知天高地厚的猴子，有时候古怪，喜欢跟老师抬杠，有时候安静，一个人死气沉沉地坐在那儿能坐一整天。没什么人愿意和她做朋友，也只有王冬死皮赖脸地跟在她身后。

王冬会恨铁不成钢地说："李海里，你不能这么执拗，没办法讨人喜欢。"

海里会瞟他一眼："你和我家都有钱，可以不屑讨别人喜欢。"

说得王冬这样的暴发户哑口无言。

海港又开来一艘货船，王爸的工人把许多海货集装箱往里头搬。在李家开的农家乐餐厅里，李爸指挥着厨师快点烧菜。

海里旁观着生活，是透彻的，生活高大地耸立在她的背后，她又是对自己糊涂的。

回到学校后，海里觉得自己还是那么难受，于是给袁石风打了电话，约他吃晚饭。

对于这样突然的饭局，袁石风稍稍沉默，很快决定推掉另一个饭局，说："好，我现在过来找你。"

这般坚定，惹得海里无端心快下心跳。

03

袁石风坐在海里对面，穿了件细条纹衬衫。他穿起细条纹来显得很精神，拿着中华铅笔，低头用笔点着菜单，笔头一行一行地扫过去，不会犹豫，直接在菜名后面打钩，打的钩也大气，尾巴长长的。

"喝什么？"袁石风问。

"玉米汁。"海里说。

不知怎的，袁石风就笑了。

海里觉得奇怪："你笑什么？"

袁石风说："挺好。跟别人吃饭，他们往往是答随便，随便是最难点的菜。"他一边说着，一边把菜单移到海里面前，"看看还有什么要吃的。"

海里拿起菜单看了看，每个菜类都点了一道，翻到后面，发现袁石风在树莓山药泥这一栏打了钩，心里无端有些感动。第一次见他吃的那顿饭，他竟记住了她的喜好。海里拿起笔钩了碗炒饭，把菜单递给服务员。

等菜的时候有长时间的空当可以聊天，袁石风一开始的话题自然是军训。海里说着军训时的趣事，自然带过了今早罚站装晕倒的事儿。袁石风勾着笑倾听，时而端起茶杯抿一口。

海里喜欢看他喝茶的模样，嘴角浅笑，眼皮拢下去，端茶抿一口，双眸抬起，视线又回到了她的身上。

上菜上得很快，第一个端上来的是一盆蘑菇炖小鸡，袁石风自然而然地把鸡翅夹断，递到了海里的碗里。海里道谢，看着碗里的鸡翅，想着以前海深还在的时候，李妈就会把鸡翅夹给海深和她。李妈说多吃鸡翅好，多吃鸡翅以后会出息，考试考到外边去，能展翅高飞的。

袁石风点了许多荤菜，却少见海里夹肉，反倒是挑蔬菜吃。

袁石风问："怎么不吃？"

他记得小时候海里是喜欢吃肉的，能为一块排骨跟海深打起架来。

海里夹着青菜放进碗里："现在我喜欢吃蔬菜。"

不知怎的，这句话挺让人伤怀的，两人皆有些沉默。

海里低头扒了几口炒饭，放下筷子："饱了。"

袁石风皱眉："吃这么点？"眉头又皱了些许，"别学别人减什么肥。"又像个老头子似的念叨。

海里不吭声，笑眯眯地看着袁石风。等他念叨完了，她张了张嘴，试图说什么，却又没说，低头抿了口茶。温茶下了喉咙，她终于叫出他的名字："袁石风。"

直呼名讳，这般没大没小。

可这关没大没小什么事儿呢？他们也不过相差六岁。

袁石风抬起眼皮，直直地看着海里，发现海里的表情很复杂。

海里也直勾勾地看着他:"你看,你现在并不了解我的饭量,不了解我爱吃什么。你还觉得我爱吃肉,可是我已经爱吃蔬菜了。小时候我不喜欢吃苦瓜,觉得苦,但现在我可喜欢吃了,觉得苦瓜一点儿也不苦,把它生打成汁混合点苹果汁我都能喝。"海里一顿,继续说,"我有很多喜好跟小时候不一样了,你也是。我对这九年很好奇。"

袁石风眉头一蹙,安静地等待她说下去。

海里从口袋里掏出六颗玻璃糖,六颗玻璃糖在她的手心里闪闪发光。海里说:"我从你的架子上偷拿的。以前我哭了、闹腾了、不开心了的时候,你们总是拿它来哄我。"海里拿起其中一颗,放到袁石风面前。

袁石风看着小小的玻璃糖,漂亮的糖纸被光打得色彩缤纷,但不明白海里这样做的目的。

海里把手收回去,问,"你现在最喜欢吃什么?"

袁石风笑了,拿起面前的玻璃糖,握在掌心里:"我不挑食。"却又怕海里不满意,他接着答,"鱼。"

海里又拿起一颗玻璃糖,递到袁石风面前:"你最喜欢什么颜色?"

袁石风把第二颗玻璃糖捏在手里:"灰色。"

海里递出第三颗玻璃糖:"九年来,让你觉得最苦的事情是什么?"

袁石风稍稍沉默,收下第三颗玻璃糖:"没有。"

海里看着他,把第四颗玻璃糖递到他的面前:"九年来,让你觉得最开心的事情是什么?"

袁石风敛下眼皮,收下第四颗玻璃糖:"没有。"

海里只有两颗玻璃糖了。

第五颗玻璃糖……

——九年来,你有没有很想很想我?

"你想不想涌炀岛?"

袁石风收下了第五颗玻璃糖:"想。"

最后一颗玻璃糖……

——你有女朋友了吗?

"………以后少喝点酒。"海里咬紧嘴唇,把攥得死死的玻璃糖递了过去。第六个问题她始终没有问出口,怕显得苍白无力。

袁石风接过最后一颗玻璃糖,他的手真大,能握住六颗玻璃糖。

袁石风笑了,想着海里还是孩子气的。他起身,说"等会儿",然后拿着车钥匙出去了。很快,他又回来了,手里抱着客厅架子上那个玻璃罐子,里头装满了许许多多的玻璃糖。袁石风把这一整罐玻璃糖放在海里的面前,揉揉她的脑袋:"本来就是送你的。"

他拧开盖子,把六颗糖放了进去。

这个晚上,袁石风开车送海里回学校。海里抱着玻璃罐子,坐在走廊里哭了很久。

04

海里有很长时间没有来找袁石风了,袁石风也忙得很,在海里军训的这段期间里出了趟差,挑了个助理一道儿跟着去的。助理挺忠厚,让袁石风坐后头休息,他来开车。袁石风挥挥手,说不用,自己握着方向盘开了四个小时的高速,开得很稳,不争不抢的。

助理后来才想起出发前沈炎特地关照过的话,说袁石风就一点奇怪,喜欢自己开车,宁愿提前出发也要开得慢点。袁石风一路开着车,助理也不大好意思打盹,挺直着背在旁边正襟危坐。两人本想着办好事就赶紧回来,但车子开到闹市区,袁石风突然就把车靠边停了。

袁石风摇下半边窗户冲外头看了一眼:"下去逛逛?"

虽是询问的语气,但他问完这句话就打开车门下车了。

助理跟在袁石风的后边,一起走进了马路对面的商场。

一楼卖的是珠宝,袁石风闲着步子走,慢慢看橱窗柜里的珠宝首饰,他眼神刁得很,粗略地扫一眼,没满意的,脚步紧跟上了眼神的速度。

助理觉得奇怪,来这儿买什么呀?

袁石风开口了,问:"你家就你一个小孩儿?"

助理是刚毕业的学生,小不了袁石风几岁,但他看到袁石风的第一眼,就被袁石风怔得死死的,觉得袁石风忒老成。

袁石风的确是老成的,公司上下这么多人,很多都比他岁数大,但他拉长脸不讲话时,谁也不敢吭一声。助理从小道消息里挖到关于袁石风的二三事,听说他高中毕业就出来干活了,一开始是在他舅舅手下运运建材,后来他舅舅惹事儿了,他接了舅舅的活计干起了包工头,他年纪小,民工不听他的话是常事儿,后来干脆和他对着干。

袁石风还真跟民工们干过架,二十出头的小伙子,就在工地上跟一群民工干架,不要命得很,自己伤得惨,但也还是把一群人打得服气了,没人敢再跟他抬杠。他狠是狠,但也讲信用,不拖欠工资,甚至帮下面的人一起讨要工资。他向上头讨要工资的手段也高明,去办公室一坐,门一关,茶一杯,三个小时,总是能把钱要到手。

　　于是越来越多的人愿意跟着他做事,他年轻,脑子好,狠得起也圆滑得起,像块吸铁石一般,把资源源源不断地吸到身边。他如今开的这家建筑公司,外传背后有人撑腰,但是不是,恐怕也只有他自己知道。但他确实是厉害的狠角色,这点在圈子里恐怕没人会质疑。

　　助理不明白袁石风怎么会有兴致跟自己拉家常,所以有点儿受宠若惊:"就我一个。"

　　袁石风点点头,眼神继续往橱窗里扫,项链、戒指、手镯、手链,没什么合适的,于是坐着扶梯去二楼。二楼是女装区,袁石风皱着眉溜了一圈,花花绿绿的,叹了口气,又去三楼。他站在三楼的扶梯上问助理:"这里有没有什么特产?"

　　助理眯着眼想了想:"好像……真没什么特产。"一顿,"蜜饯?"

　　蜜饯?

　　袁石风想了想,觉得海里应该是不爱吃的。

　　三楼是鞋区,更加没什么花样儿。袁石风又问助理:"你家里就没兄弟姐妹吗?"

　　助理答道:"有两个表哥,一个表妹。"

　　袁石风一顿:"表妹几岁了?"

　　助理觉得莫名其妙的,但还是老老实实回答:"读高二了。"

　　袁石风点点头,走进一家眼熟的品牌店,拿起一只红格子帆布鞋。他记得海里穿的就是这家的帆布鞋,只不过是黑色的,也不知这红格子的讨不讨她喜欢。

　　"你会给你表妹买些什么?"袁石风又问,然后把红格子帆布鞋放回架子上,皱着眉看着一排一排的鞋子,当真觉得现在小孩子的鞋子做得就是花哨。

　　助理一愣,也不能老实地说他从没给表妹送过礼物,于是编了一个:"娃娃。小女孩嘛,就是喜欢毛茸茸的娃娃的。"

袁石风不满意:"冬天送还行,大夏天的送个娃娃摆床上,太热。"说完,他自顾自地又往前走去,助理跟在后头着实有点无语。

05

最终,袁石风给海里买了个红色的双肩包,拉链处挂着一个小猴子,嘬着一根手指。他见许多女孩子背过这个包,陈梓蓝也有个黑色的,她没事儿的时候就揪着拉链上的小猴挂件玩。他想着,这个是海里没有的,或许她会喜欢吧。

驱车回来时,天色已暗,袁石风把助理放下,径直开去了海里的学校,把车停在停车场,打电话叫她下来。没想到海里穿着睡衣就跑过来了,袁石风从车上下来:"慢点跑。"说着也迎了上去。

这睡衣还是白底粉色小点的,有一圈粉色的蕾丝边。别人军训完了皮肤都是黝黑黝黑的,海里倒还是细皮嫩肉的,也不知古灵精怪的她平时请了多少次假偷了多少懒。

海里跑到袁石风面前,微微气喘地问:"你怎么突然过来了?"

袁石风带她走向车旁,从后座上拿出袋子递给她。

海里一看,是一个红色的双肩包。

袁石风说:"陪朋友去买给她女儿的,想着说不准你也需要,顺道也捎给你一只。"

海里接过,"哦"了一声。

袁石风问:"军训完了?"

海里点点头。

袁石风又问:"正式上课了?"

海里点点头。

顿了一下,袁石风接着问:"还习惯吗?"

"习惯的。"海里说。

这回轮到袁石风点头了,他手插在裤子口袋里又拿出来,说:"行吧。没事儿了,赶紧回寝室吧。"

海里一手提着袋子,朝他挥挥手。袁石风上了车,开远了。

海里拿着袋子往回走,想着袁石风说的那句话是不是真的。他不像是特意会给她买礼物的人,也不像陪朋友去买礼物时会随手给她捎一

份的人。

日子就这般慢吞吞地过着。海里有许多空余的时间,她常常会逃课,窝在寝室,她会看好多好多电影,买许多许多书,看得杂,一会儿看古典言情,一会儿看佛洛依德的心理学著作。她会拿起绿色的记号笔,画下许多许多的话。看了这么多书,倒是记住了一些内容。

比如海里记住了苏格拉底,苏格拉底是个自以为是的老头,柏拉图问过苏格拉底,什么是爱情。苏格拉底就叫柏拉图先到麦田里去摘一棵全麦田里最大最金黄的麦穗,但只能摘一次,并且只可以向前走,不能回头。

柏拉图照做了,结果他两手空空地走出麦田。

苏格拉底问柏拉图为什么摘不到,柏拉图说:"因为只能摘一次,又不能走回头路,其间即使见到一棵又大又金黄的,因为不知前面是否有更好的,所以没有摘。走到前面时,又发觉总不及之前见到的好,原来麦田里最大最金黄的麦穗早就错过了,于是我便什么也摘不到。"

苏格拉底说:"这就是爱情。"

之后又有一天,柏拉图又问苏格拉底,什么是婚姻。苏格拉底就叫他先到树林里去,砍下一棵全树林最大最茂盛、最适合放在家当作圣诞树的树。期间同样只能砍一次,以及同样只可以向前走,不能回头。柏拉图于是照着老师的话做,这次他带回了一棵普普通通,不是很茂盛,亦不算太差的树回来。

老师问他:"怎么带这棵普普通通的树回来?"

他说:"有了上一次的经验,当我走过大半路程还两手空空时,看到这棵树也不太差,便砍下来,免得错过了后又什么也带不出来。"

苏格拉底说:"这就是婚姻。"

当真是自以为是、不懂装懂的老头。

海里用黑色水笔在这段内容旁边写下了这样的一段话:婚姻并不是爱情的升华。爱情是婚姻的剩余价值。

那红色的双肩包就搁在她的床头,一转身,就能看到那吸着手指的小猴子。

周末的时候,袁石风打来了电话,说周末要带袁娘去瞧瞧荷花,问海里去不去。

海里想起了陈梓蓝,陈梓蓝上次说有空就要带袁娘去看荷花。海里沉默了一会儿,说:"好。"

06

袁石风先去接的海里。

海里扎起了马尾,背上了红色的双肩包,穿着一双白色帆布鞋,特别青春洋溢。袁石风老远就看到了她,看着她背着这个包,还挺好看的。

海里不紧不慢地向他走过去,看了一眼副驾驶座,又看了一眼后座,不知道坐哪个位置好。但她的本能永远快过了理智,她的手已经拉开了副驾驶座,弯腰坐了进去。

袁石风说:"包背着挺好看的。女孩子嘛,就应该选些亮点的颜色。"他总是奇怪,为什么年纪轻轻的女孩子却喜欢穿黑色或者深色的衣裳。

海里把包放在膝盖上,说:"今天就你和我,还有袁娘吗?"

这话她是故意问的,问完了就眼巴巴地看着袁石风。

袁石风忙着从侧视镜里观察后面的路况,脑袋往左边偏:"不,还有个朋友。她比你大五岁,你可以叫她姐姐,姓陈,陈梓蓝。"

海里抿了抿嘴,不说话,别扭地转过脑袋看窗外。

袁石风瞟了她一眼,觉得她梗着脖子的模样像只好斗的小公鸡,怕她会不自在,就接着说:"她挺好的,也挺孩子气的,你们相处会愉快的,不用觉得不自在。"

海里慢慢地转过头,直勾勾地看他:"她是你女朋友?"

这问题问得袁石风稍稍一皱眉,他一皱眉,海里就知道答案了。袁石风从来都不是会犹豫的人,不是就不是,是就是,他会痛痛快快地给出答案。

海里把目光从他脸上移开,继续梗着脖子看窗外,外头阳光猛烈,刺得她鼻子一酸。

身旁响起袁石风的声音:"不久以后会是。"

海里捏紧了包,默默咬紧牙,不吭声。

她有一种冲动,现在就让他停车。

可她还是那么固执，固执得又装模作样地问："怎么以前没听你提起过她？"

袁石风有些无奈地笑了，从他的笑容里，海里就知道自己这个问题问得特别傻。

九年啊，九年前他们是互相陪伴的邻居，九年后他们只是拥有共同回忆的陌生人。九年的空白，不是她突然来到他的城市就能快速地填补得了的。

——她是你女朋友？

——不久以后会是。

不久以后，是多久？

海里坐在副驾驶座上，随着袁石风一起去接了陈梓蓝，这是她们的第二次见面。海里看着站在路边的陈梓蓝，她露着两条白花花的大长腿，也扎着高高的马尾，向他们走过来时，马尾在她脑后一甩一甩。瞧见了坐在副驾驶座上的海里，陈梓蓝尴尬地笑了笑，坐到了后座上，从背后取下了双肩包，黑色的，也挂着一只吸着手指的猩猩，这个包和海里的一模一样，只是海里的是红色的。

海里眉头皱得紧紧的，看着窗外，不肯把脖子转动一分。

袁石风向陈梓蓝介绍："海里。"

他就说了这个名字，觉得不用再多介绍什么，陈梓蓝一定知道的。

陈梓蓝笑了，她倒也是聪明的姑娘，也不戳穿她们早就见过面，夸了句："是个漂亮的孩子呀。"

这句"孩子"，刺得海里抿紧了嘴。

等袁娘上车后，海里觉得自己选择坐在副驾驶座是个特别错误的决定。袁娘坐在后面，陈梓蓝对袁娘特别亲热，袁石风时不时回头对她们笑聊几句，坐在副驾驶座上的海里跟他们没有共同话题，越来越觉得自己是个局外人。

她闭眼假装睡觉，这般，就好似不那么孤独了。

所以，在别人聊得火热，自己插不上话的时候，假装瞌睡，假装玩手机，假装听音乐，这是拯救自己的有效手段，也是顶可怜的伎俩。现在，海里在假装睡觉。

她闭着眼，也紧抿了嘴，把手藏在书包的下面，攥紧了带子。

谁都看不出她的难过吧……

在他们依稀的说笑声中,袁石风转过头看了一眼海里,把声音放低:"嘘,轻点。海里睡着了。"

袁娘点着头,探过身子,看了看海里,摆摆手,压低声音对陈梓蓝说:"我们小声点说话。"

陈梓蓝点点头,笑而不语。

07

"妹妹"这个词是极可怕的。若是有血缘关系的妹妹,顶多就是个亲戚,负点责便罢;但若没血缘关系,一个妹妹,怎么想都有些暧昧,是个大麻烦。

陈梓蓝怎会不明白?

一张圆桌,她坐在上位,右手边坐着袁石风,左手边坐着海里,对面是袁娘。圆桌上摆着清淡的菜,合袁娘的口味。包间外就是独立的楼台,雕着花的扶手外边是荷花池,一池的荷叶,荷叶缝中盛开着姿态各异的荷花。

他们吃饭的地方是以前大户人家的宅子,现在被人包下来变成了顶有名气儿的餐厅。包下一间这儿的包厢算是很有面子的事儿。

煮虾是最出名的,每个虾的个头都是一样大的,就清蒸,但汤头膳得好,虾过两道水,一道煮熟去腥,二道放汤里入味,大火沸腾5分钟,捞起来装盘。现在虾肉是最最嫩的时候,壳儿不粘肉,掐了头,剥开第一圈的虾壳,下面的壳儿也就连番被剥出来了。汤汁儿就渗在肉里,不用蘸醋,光吃着就是一股好鲜味。

陈梓蓝把虾剥剥递给袁娘,一转头,发现袁石风已经剥了四五只虾,装在干净的小碟子里。剥好第六只虾后,他把碟子放在转盘上,轻轻一转,小碟子就转到了海里面前。

海里奇怪地抬起头。

袁石风说:"别挑食,吃掉。"

颇是命令的口气。

陈梓蓝心里不是滋味,却笑着说:"你啊,跟海里他爸似的。"

袁石风擦干净手,瞟了一眼海里,无奈地摇摇头:"算是吧。"

这无可奈何的语气让海里硬是没有碰这六只被剥好的虾，低着头狠狠地吃掉了两碗饭。

吃完饭，袁石风点了茶和点心。陈梓蓝趴在扶手上拍荷花，拍到好看的，叫袁石风过去看。袁石风拿过她的相机，眯着眼一张一张地看。陈梓蓝踮着脚尖凑近他，时而转过头笑谈几句，嘴都快亲到他脸上了。

海里和袁娘坐在一边，海里瞟一眼他们，移开目光，再瞟一眼他们，再移开目光。终于忍不住了，海里一下子靠在袁娘的肩膀上，闭起眼。

袁娘笑着问："困了？"

海里点头："嗯，困了。"

袁娘拍拍她的脑袋。

海里闭着眼，什么也瞧不见了。闭着眼的海里在想，真想用一根魔杖对着陈梓蓝大喊一声"阿瓦达索命"。

强烈的忌妒。

忌妒这种情绪是最要不得的，一定得有宣泄口，不宣泄出来，一直憋着，憋在胸口，迟早会爆发的，一旦爆发，威力巨大。海里觉得自己耐性特别好，九年也都这样耗过来了，而偏偏待在袁石风旁边，她所有美好的品德都崩盘了。比如，她引以为傲的耐性。

袁石风把袁娘和陈梓蓝一一送走，海里学校远，最后送的海里，车上就他们两人了。车驶过一座桥，桥刚好连接两个辖区，那座桥特别长，正逢夕阳往下掉的时候，刚上桥的时候太阳还有一整个儿，开到一半的时候太阳已经落了一半。海里的手肘搁在车窗上，撑着下巴，问："你喜欢她什么呀？"

袁石风看着路况，一时跟不上她的思路："什么？"

海里说："她。"

陈梓蓝。

"哦。"袁石风反应过来，倒是觉得海里问出的这个问题有些好笑，并没回答她，"怎么了？"

海里撇撇嘴，依旧看着车窗外，瞧着那颗太阳越变越小。接近晚高峰，车在桥正中间堵住了，排起了长龙，袁石风开了广播听路况，里头正好讲着前头有两车相撞了。所有的车屁股都亮起了红灯，红灯蜿蜒成长长

的一条。

海里又问:"你和她认识多久了?"

袁石风眯了眯眼,不怎么想回答这些问题,却还是回答道:"两年。"

两年。

海里在心里咀嚼着这两个字,涌起各种复杂的滋味。

我们小时候的十几年,抵不抵得过九年中的两年?

袁石风转头,叹了口气:"海里。"他叫了她的名字,他每次叫她的名字时,她总是会觉得很难过。

袁石风继续说:"你今天一整天都板着脸。"

海里点头:"因为我不喜欢她。"

这句话她忍了很久,终于还是没忍住,那么尖锐地说了出来。

袁石风一下子就皱紧了眉,目光从她的脸上移开,别开脸,看着窗外,没说话。

海里突然害怕袁石风就这样嫌恶她了,所以她懦弱地指着膝头上的书包说:"因为我发现她的包跟你送我的包是一样的。"

孩子气的语气让袁石风无奈地笑了,僵硬的气氛荡然无存,他甚至用手拍了拍她的脑袋:"知道啦,下次送你独一无二的。"

海里悄然攥紧了书包带。

——独独在面对你的时候,没有一丁点儿勇气,连说一个人坏话的勇气都没有。

08

海里想把这红色的双肩包扔了,真扔了,扔在了垃圾桶里。她回到寝室坐了一会儿,又出去把它捡回来了,依旧挂在床头,一抬眼,那吸着手指的猴子就在鼻尖上晃啊晃啊。

晚上十点十五分,王冬的电话打来了。海里没马上接电话,爬下床,套上拖鞋,去寝室外面接。

还是那个时常有人站在那儿打电话的走廊,此时却安安静静的。海里走过去的时候,只有一个女孩坐在那儿讲电话,一边讲一边抹眼泪。瞧见海里走过来,女孩连忙起身,去上面一个楼层了。

海里把电话打回去,王冬立即就接了。

接起来的时候,王冬叹了口气:"你去那边后一个电话也没打给我。"

海里一时语塞,不知道该说什么。她在第三个台阶上坐下,后头开着窗,灌进来的风都是闷热的。

王冬说:"过得好吗?"

"好的。"海里答道。

王冬一顿:"见到他了吗?"

他,自然是指袁石风。

"嗯。"海里用拖鞋蹭了蹭地板,蹭了两下,把脚搁在第一级楼梯上,"他快要有女朋友了。"

王冬在电话里嗤了一声:"那你还说自己过得好?"

真是戳心的话,戳得海里瘪了一下嘴,鼻子一下子就酸了。她跟王冬说:"我不喜欢那女的。"

说完这句话,她又想起了袁石风的反应。

王冬笑了:"丑吗?"

"嗯。"海里重重地点头。

"性格也不好吧?"王冬又说。

"是的。"海里继续点头。

"一定是超没品的丑八怪。"王冬下了定论,也不知他是真这么认为,还是为了哄海里开心。

海里沉默半晌,说:"她不丑。"

"啊?"王冬一时反应不过来。

海里闭起眼,眼皮微微颤抖,拼命忍着眼泪:"她不丑,反而还很漂亮。"

王冬在电话那头沉默了。

海里说:"我第一眼见到她的时候就觉得她漂亮,身材好,皮肤白,笑起来好看,跑起来也好看,优雅,大方。她对袁娘也好,会给袁娘剥虾,会给袁娘切水果。她和袁石风认识两年了,他们有好多共同的话题。今天吃饭的地方就是他们曾经去过的,哪道菜没有上次做的好吃,哪些菜是新出来的,他们都知道。他们相视一笑就好有默契。她的性格也好,上回我拿话刺她,她也没生气。今天我不小心把甜点掉在桌上了,她会给我递纸巾。她还给我和袁娘还有袁石风拍了合照。可是,我就是不喜

欢她。"

长时间的沉默。

海里皱紧了眉:"因为袁石风喜欢她。"

多老实的理由。老实的、沉重的真相。

——我不喜欢她,因为你(袁石风)喜欢她。

我从未想过,我会变得那么善妒,那么争风吃醋,在你面前的任性、乖张,都变成了我争宠的方式。

"就是不喜欢她。"海里用手遮住眼睛,眼泪从手指缝里掉下,"我觉得她比我好,所以讨厌死她了。"

这些话,她永远没办法和袁石风说出口。

王冬一直沉默地听完她说的这些话。他原本想告诉海里他要出国了,最后都没有说出口。

王冬听着海里的哭声想,有许多男人想当女人的王子,可他就想当一匹马,载着她去奔赴,载着她去闯。

09

自从那次见面后,海里有很久没去找袁石风了,荒唐的是,袁石风也没有来找她。两人各自站在城市的一个角落,过着各自的生活节奏。海里总是会不由自主地想起他,在想起他的时候,特别想知道他有没有也想着她。

海里还是经常逃课,倒不是窝在寝室,而是频繁地往袁娘那儿跑。有几次老远就看到了陈梓蓝陪着袁娘,她就不露面了,转身慢吞吞往回走。

若陈梓蓝不在,她就黏在袁娘身旁,陪袁娘散步,陪袁娘在公园坐着。袁娘在房间里看电视的时候,她就跟袁娘躺在一起聊天,聊着聊着,困了,不知不觉就睡着了。醒来的时候天色都暗了,再一看,并不是天暗了,而是袁娘想让她睡得舒坦点,把窗帘拉上了。袁娘坐在沙发上,戴着老花镜,点着灯,低头织着毛衣。电视的声音开得小,袁娘时不时抬起头看几眼,手上的针继续来回穿插交错着。

海里躺在床上,有点浑浑噩噩,看着这幅景象,不知道是不是在梦里,梦里回到了他们的小时候。海深和袁石风骑着自行车在田埂上飞驰而过,袁娘坐在窗口踩缝纫机,袁爸从井里提上来一盆凉水就往身上冲,李妈还会串贝壳项链，无聊的时候就去找袁娘侃大山。

海深汗淋淋地进屋，吼着："渴死了！水呢？"

李爸一巴掌挥上去："小声点！你妹妹在睡觉。"

海深不屑一顾："还在睡？猪啊？"

这些记忆，在昏暗的房间里，竟分不清是过了多久。

袁娘听见动静，上来看看海里，摸着她的脑袋："怎么哭了？"

海里用手背擦擦眼睛，凑上去，环住袁娘的腰："我想你们了……"

袁娘笑了："傻孩子，我不是在吗？"

这样的袁娘，好像全好了，好像……是健康的。

海里告别了袁娘，背上包离开疗养院，沿着长长的下坡路往山下走。一路上没见得有空的出租车，她也不乐得等，踏着一双帆布鞋往山脚下走。走着走着，像是下了决心似的，她把手机拿出来，打开相册，里头有一罐玻璃糖的照片，有排列着的六颗玻璃糖的照片，再往前翻，有许许多多袁石风的照片。大多是他喝醉那天晚上拍的，本想着把他的醉相拍下来等他醒来后取笑他，没想到，一不小心，成了手机里最让她恋恋不忘的东西。

海里到底是狠得下心，走下山的一段路，把照片一张一张都给删了。

这头，海里删着照片。

另一边，沈炎把车停在了路中间。后面的车堵成了长长一条，他也不管，沉着脸打着电话，一声不吭，末了才说："陈心啊，你爱怎样就怎样！"然后就干净利落地把电话给挂了，坐在车里继续黑脸。

后头的车不耐烦地鸣喇叭。沈炎瞟了一眼后视镜，心里的怒气本就很盛，喇叭一催，一股怒火就冲到了脑门上，他飙着粗口慢慢地发动车子，往前开了一段路。

突然，手机叮咚一声，进来一条短信，他把方向盘一转，干脆把车停在路边，打开双闪。

他下车，透口气，靠在车门上，拿出手机查看，是陈心发过来的短信。他表情稍稍缓和，但点开来一看……

两秒。

沈炎气得一把就将手机丢了出去！

手机划着一道抛物线，越过了防护网，落下了山……

087

沈炎气啊，气得来回走，一边走，一边连番骂人，骂到后面，听着简直像是一段说唱。

想想，不甘心，怎么也得发一段狠话回去。他一摸口袋，嘿，手机扔了。

他抬头，正好瞧见上头下来一个小姑娘，正低着头玩手机。

沈炎上去，一把夺过人家小姑娘的手机："借用。"

两个字，霸道得很。

海里错愕地看着自己的手机被抢了，一时反应不过来，半张着嘴站在原地。

沈炎拿过手机就想拨电话，可目光落在手机上，一下子就惊呆了。

嘿！袁石风的照片？

艳照啊！

第五章：我是个坏女人
我想把袁石风抢过来！

01

海里踮着脚尖要把手机抢过来，沈炎把手机举高了，一张一张地翻着照片。嘿，这小姑娘拍的照片还真是全面啊，局部特写，整体姿势摆拍，侧面的，后脑勺的，袁石风的每个角度都没落下啊。

"还给我！"海里恼了，跳起来去抓手机。

沈炎个高腿长的，手再伸直拿着手机看，海里更加抓不着了。

沈炎毫无阻碍地欣赏完这些照片，"啧啧"两声，看了海里半晌，说："看着你文文弱弱的，想不到这么变态。"

海里没反应过来。

沈炎斜着眼又把她上上下下仔细看了个遍，沉默了一会儿，把海里的手机塞进自己的裤子口袋。

海里皱眉，上去就要抢："还给我！"

沈炎往后退了一步："别过来，我找袁石风了啊？"

对上他贱贱的表情，海里咬牙："你敢！"她扑上去又要抢。

沈炎眼疾手快，一把提起海里的领子，像提兔子似的提起，直接塞进了车里，"砰"的一声甩上车门，跨步上了驾驶座，咔嚓按了锁，踩着油门掉头就往山下开。

这时候海里害怕了，合着这人明目张胆地就把自己绑架了。但沈炎接下来问的一句话倒让海里镇定了。

沈炎问："你跟袁石风什么关系啊？"

听到袁石风的名字，海里愣了一下，不说话。

沈炎拧紧了眉头，一本正经："你拍了我哥们儿的床照我可不能坐视不理啊。"

海里坐在后头，一副极受屈辱的模样。

就这样，沈炎押着海里得意扬扬地往公司赶，把车停在车库，又像提兔子似的把海里提出来，提着她上电梯，提着她在众目睽睽下敲响了袁石风办公室的门。他站在门口还特意扯了扯领子，抬头挺胸，颇有些来邀赏的架势。

"进来。"袁石风的声音透过门传出来，一声不吭的海里突然一阵心悸。

沈炎拧开门把手，把海里提进去。

袁石风不甚在意地抬头扫了沈炎一眼，又把头低下去，一低下去，猛然觉得不对劲儿，立马又把头抬起来！看到了像一只窝囊兔子的海里。

袁石风睁大了眼，挑起了眉毛。

偏偏沈炎可得意了，他把海里往前一丢："幸好有我啊，要不然你都不知道自己是怎么身败名裂的。如果不是我今天碰到了这女人，说不定你就被讹钱了，再说不定你的风流照就被传到网上去了。"他一顿，睨了一眼海里，一副大开眼界的模样，"你真别说，现在的女人也真是挺好色的啊。"他一边说，一边从口袋里掏出证据。

海里想抢，却又被沈炎的长胳膊抵住了肩膀，她怎么也越不过去。沈炎轻轻松松地就把手机丢给袁石风看，手机上硕大一张袁石风四仰八叉躺在床上的照片。

袁石风瞟了一眼，面色黑了三分，把手机锁屏，目光抬起，落到了海里身上。

——解释。

海里望天，看地，再望天，再看地，最后目光飘啊飘啊，抖啊抖啊，与袁石风相视，干脆利落地说出三个字："我错了。"

袁石风沉吟："你拍这些做什么？"

海里望天，看地，再望天，再看地，最后目光飘啊飘啊，抖啊抖啊，与袁石风相视："把柄。"

袁石风无奈地笑了，要把手机还给海里。海里走上来，低着脑袋接过手机，放回自己的包里。

这一切都太和平了。氛围不应该是这样的啊！沈炎挠了挠头，莫名其妙地立在那儿。

袁石风瞟了一眼他，介绍海里："我妹妹。"

面对这个介绍，海里闷在那儿不吭声。

"你妹妹？"沈炎觉得自己的脑袋被重重一击，"亲的？表的？"

一想，不对！袁石风哪儿来的亲妹和表妹啊？察觉这一点，沈炎倒不觉得尴尬了，再一想这"妹妹"的手机里还有袁石风的床照，沈炎就贼兮兮地来回瞟他们。

妹妹？

当真是暧昧的。

袁石风察觉了沈炎贼兮兮的眼神，知道沈炎这人嘴角上挑开始笑，八成就是要开始不正经了，马上冷眼扫过去："闭嘴，小姑娘在这儿呢。"

沈炎的喉结上下一滑，愣是把话给咽了回去。

02

沈炎兴致勃勃地说："一道儿吃晚饭吧？"

袁石风并没有立马同意。

"晚上你有事儿？"沈炎观察着袁石风的表情。

袁石风看了一眼坐在沙发上的海里，稍有为难："晚上有约了。"

沈炎坏笑："约γ了？"

袁石风当真不喜欢沈炎这八卦的嘴脸。但他只要微微一皱眉，沈炎就还是害怕的，所以话软了一分："行行行，那你去忙你的，我跟你妹妹去吃。"

"不行！"袁石风立马就拒绝了，语气还挺凶。

沈炎眨巴眨巴眼，似笑非笑地看着他。

袁石风察觉了自己的强硬，下意识地把目光移到了海里的身上。海里窝坐在沙发上，一声不吭，对上袁石风的目光，忽然就镇定下来了。

这种镇定来得特别奇妙,脑袋似乎很清醒,清醒得能分析出袁石风晚上的这场约是和陈梓蓝一起。

——不行。

为什么不行?

在极大忌妒下燃起了叛逆。

"我想和他一起吃饭。"海里安静地坐在沙发上,平缓清晰地说出了这句话。

这是句特别巧妙,又扣人心弦的话。

因为太过直接,所以显得那么灼热。

我想和他一起吃饭。

海里原以为袁石风会恼怒地皱紧眉毛,这是他惯有的表情,但他没有,那双眸子变得深不可测,沉默地看着她,一丁点表情也没有。但这又显得十分奇怪,竟猜不出他丝毫的情绪。

袁石风妥协了,因为海里说的"我想",所以就无条件地妥协了。他把目光收回来,落到沈炎的身上,眯起眸子,颇有些威胁的意思:"不准去乱七八糟的地方。"

沈炎依旧似笑非笑:"行。"

袁石风张口还想说什么,但碍于海里在场,又把话憋回去了:"她学校寝室有门禁的,吃好饭就送她回学校。"

最后三个字咬得特别重。

"好。"沈炎的笑意味深长。

袁石风还有很多要事,但看看海里,又什么也没说。

办公室里安静片刻。安静中,海里从沙发上站起来,走到了沈炎的旁边。沈炎把手搭在海里的肩上:"行,那我们就走了。"

在袁石风子弹般的目光中,沈炎带着海里意气风发地离开。他们一离开,袁石风就给沈炎发短信。

袁石风:把手从她的肩膀上松开。

袁石风:不准带她喝酒。

袁石风:早点送她回学校。

短信齐刷刷地发过去,有去无回。

沈炎心情特别好,一路哼着歌,摇头晃脑,手指在方向盘上来回弹动。

想起袁石风的反应，他就觉得好笑，结果还真就这么笑了出来。

海里坐在旁边，一副见鬼的表情看着他。

沈炎摸摸她的脑袋，力道重，一下子就把她的头发揉乱了："妹妹啊……"

"谁是你妹妹？"海里把他的手打掉。

沈炎也不介意，笑眯眯地继续开车。

海里转着头看窗外。

末了，沈炎问了这么句话："你真有这么喜欢袁石风？"

海里皱眉，看向沈炎，沈炎的脸被窗外飞驰的路灯投射得斑斑驳驳。

——旁人一眼能看穿的事儿，你却最无动于衷。

03

沈炎说："孤独不见得那么坏，比喜欢一个人要好受！"

说完，他一杯酒下肚。

沈炎问："你知道什么算是喜欢一个人吗？"

海里坐在他的对面，点点头，又摇摇头。

沈炎拍拍大腿说："喜欢一个人就是我给她发条短信，就算是发一串'哈哈哈'，不小心多打了个'哈'，我都要小心翼翼删减掉，减到不长不短，内敛又热情，再发过去。"

说完，他仰头又是一杯酒，撇嘴："老子对她都快有强迫症了！"

满满一桌的菜，又满满一桌的酒，沈炎边吃边喝边骂，幸亏他包了包厢，要不然放他到大厅里吃，指不准怎么丢脸。

说着说着，这五大三粗的大老爷们儿嘴角一瘪，喉结一滑动，眼圈就红了。他放下酒杯，用手遮住眼。

海里镇定地坐在他对面："你不是要哭了吧？"

沈炎从喉咙里发出呜咽声："你跟我讲讲你和袁石风的事儿，让我高兴高兴。"

海里拿起筷子夹菜："没什么好说的。"

一个比海里长了六岁的大男人，此时倒像是比海里年岁要更小似的。

沈炎搓了一把眼睛，把眼泪搓没了，添了一杯酒："这没有人情味的人啊，做事都呆板。他们心里都会划分出两个区域，朋友区和恋人区，

093

朋友区里的呢就是朋友，暧昧的有感觉的都归于恋人区。一旦被划分到朋友区，要想挣扎爬到恋人区就是特别困难的事。"说完，他又悲从中来，"谁想做那女人的蓝颜啊？我又不是和尚！"

骂完，他看了看沉思的海里，心里稍稍好受了一点："你比我惨，我好歹被划分到了朋友区，你是直接被划分到亲情区，永远不会碰的区域，一碰就是禁忌。袁石风多古板的人，说一不二，妹妹？呵呵……"沈炎给海里添了一杯酒，移到她的面前。

海里接过，仰头喝了一口，苦得很。

沈炎还在絮絮叨叨说着什么，海里没怎么听。突然，包里的手机响了起来，她拿出来看，是袁石风打来的电话。她刚要接，沈炎的长手就伸了过来，又把手机抢了过去。

沈炎眯起眼："袁石风？接他电话做什么！你别爱得这么顺从！"说完，啪的一声，他就把海里的手机丢进了毛血旺的汤里。

手机沉在浮满辣椒油的锅里，顿时没了声响。

海里惊呆了。

海里的电话占线，沈炎的手机又显示不在服务区，袁石风有些急了，这两人吃饭是吃到外星球去了还是怎么着？

袁石风越想越不放心，脸拉得老长，显得特别凝重。

陈梓蓝懂得察言观色："你今天心不在焉的。"

淡淡的一句，也没有责怪的意思。

她说："差不多也吃好了，你如果有事儿的话我们就买单吧？"

其实后半句话是个问句，她觉得袁石风八成是不会同意的。结果，袁石风沉默了一会儿，说："对不起，我还真有些事儿。等会儿我送你回家。"

陈梓蓝一愣，只能扯了个笑，点点头。

袁石风叫来服务员结账。

把陈梓蓝送回家的路上，袁石风绷着的脸就没缓和过，平时他开车开得特别稳，速度不快不慢的，今天却是频繁超车。

陈梓蓝忍不住问道："是你妹妹的事儿？"

袁石风点头，那脸上掩不住一点担心的情绪。

他是那么内敛的男人，少有这么显而易见慌乱的时候。陈梓蓝说不出这一刻的心灰意冷的感觉是怎么一回事。

海里把喝得烂醉如泥的沈炎从饭店拖出来，拖到了路边平放着。沈炎满身酒气，喝酒还上脸，脑袋红得跟一只煮熟的大闸蟹似的。她就把他放在人行道上，过往的路人都会朝他看一眼。

海里轻踢了他一脚："你家住哪儿啊？"

沈炎不省人事。

"如果你没把我手机丢汤里我还能打电话给袁石风拉你回家。"海里特别恼火。

地上的沈炎呢喃一声，翻个身，脸贴地，继续睡。

海里抬不动他，一时半会儿也不知道该怎么办，干脆坐在路边发呆。

这两人，一个在人行道上躺着，一个在路边坐着，看起来特别可怜和诡异，惹得行人频频回头。

海里把手肘抵在膝盖上，用手撑下巴发呆。面前车来车往，所以这座城市当真是奇怪的，越到晚上，车流量越大。她转头看了看旁边醉得不省人事的沈炎，倒是想起他说过的话，他说，孤独不是一件坏事儿，比喜欢一个人要好受。

海里抬起头，看着对面大厦上竖起的广告牌，是家具广告。广告牌周围布满了玫瑰，中间一把木质的椅子旁边写着——

虚位以待……

后头的省略号把海里的情绪拉长。

海里收回视线，两个上完晚自习的高中生骑着自行车从她面前飞驰而过。看着他们的背影，海里想，沈炎说得特别对，孤独不是一件坏事儿，比喜欢一个人要好受，并且是好受得多。

袁石风叫一声她的名字，她就会觉得难受。

"李海里。"

那么神奇的是，袁石风此时出现在她身后，肃着脸俯视她，胸膛因为走得急而微微起伏。

095

04

袁石风瞟了一眼睡在大马路上的沈炎，问海里："手机呢？"

海里坐在地上，半张着嘴，傻傻地仰着脖子看他，怎么也没想到他突然就出现了。

袁石风皱眉："你也喝酒了？"

袁石风瞧着张着嘴发呆的海里，气得咬牙："都喝成一只鲶鱼了！傻成这样！"说完，他上前，抓住海里的一只胳膊就把她提了起来，使劲儿拍了拍她身上的灰。

他力道重，一下子就把海里拍醒了，她这才想起来回答："沈炎把我的手机丢进汤里去了，手机报废了。我没喝酒……"

后头这句话忒小声，跟蚊子似的，眼神压根儿就不敢看袁石风。

幸亏袁石风的注意力被前半句话给吸引了去。

丢进汤里了？

呵，怎么没把自己的脑袋浸到汤里去？

袁石风说："行。我车停在前头。"他从口袋里摸出车钥匙，"你先帮我把车开锁。"

海里拿过车钥匙，小跑着往前头去了，找着袁石风的车，开了锁，然后回头，看到袁石风黑着脸，拎着沈炎的一只脚像拖尸体一样把沈炎一路拖过来。

海里吓得不知所措："你……你……你这样拖，会把他的皮都磨掉的！"

袁石风特别淡定："他皮厚。"

这样的回答干净利落。说完，袁石风弯腰，拎起沈炎的领子就把他丢进了后驾驶座。真是丢，一手拎领子，一手抓皮带，像投射木桩似的把他投了进去。

只听得砰的一声，也不知沈炎的脑袋磕到哪里，他嗷一声，弹坐起来，坐了两三秒，又咚的一声倒下去。

海里吓死了："他……他会骨折吗……"

袁石风的脸特别冷，狠狠地把车门甩上："他骨头硬。"给海里开了副驾驶门，"进去。"

都是冷冰冰的命令口气。

海里缩着脑袋坐上车，袁石风绕到另一边，开门上车，发动车子。

后头的沈炎还在呼吸，满车的酒味。

袁石风把车窗开了一半，问海里："你也跟着他喝酒了？"

海里哪敢承认，连忙摇脑袋。

袁石风瞟了她一眼，想着下次绝不能让沈炎再接触海里。

袁石风把沈炎送回家，从他口袋里摸出钥匙，开了门，一把将他丢进去，也没管他以什么姿势趴在地板上，甩了门就走。袁石风看了一眼时间，想着海里寝室已经门禁了。

奇怪的是，明明那晚他也喝醉了，但喝醉的他，却牢牢记住了海里的学校有门禁的事儿，并且门禁的时间还挺早。

于是……这是海里第二次踏进了袁石风的家。

海里把鞋放到鞋架上摆整齐，袁石风照旧给了她一双男士拖鞋，海里穿着晃荡晃荡地走，袁石风看着她的脚丫子想，下次去买东西的时候得买一双小点儿的拖鞋回来。

"今天跟他吃饭都吃了什么？"袁石风一边去厨房烧热水，一边问。

海里跟着他走到厨房，坐在餐桌上，捧着腮帮子晃腿："很多，满满一桌。有很多都没吃完。"说完，她看着袁石风的背影，发现他的背脊都被汗水浸湿了，白衬衫黏着背，显出脊椎和肩胛骨。

海里抿了抿嘴，问："你怎么找到我们的？"

袁石风把热水壶插上电，按下开关，热水壶发出煮水的声音。

"他去的餐馆也就这么几家。"袁石风提到沈炎就不高兴，脸又拉长一分，"吃饱没？"

海里点头，脚晃着晃着，拖鞋就掉了，她也没去捡，光着两只脚丫子继续晃。

袁石风觉得有些饿，晚上光顾着担心他俩了，饭也没吃上几口，打开冰箱看了看，倒是有些速冻饺子，但懒得煮。哦，还有昨晚买的一个西瓜。

"吃西瓜吗？"袁石风把西瓜拿出来。

"吃的。"海里说。

袁石风把西瓜对半剖开："你要一块块吃还是用勺子舀着吃？"

海里笑了:"用勺子舀。"

袁石风从碗柜里拿出勺子,把一半西瓜递给她,剩下一半被他分成块。他吃西瓜还是吐籽,海里吃西瓜依旧不吐籽,即使用勺子舀,西瓜汁也会滴到衣襟上,变成红红的一点。他穿着白衬衫站着吃,衬衫依旧白白的。

厨房这样的地方是极温馨的。

冰箱、微波炉、砧板、碗、筷、勺子、餐桌、他。

海里把勺子转了个圆圈,在西瓜中间挖下了圆圆的一块。她特别享受这样的时间,能心安理得地偷看他许多眼。

袁石风刚把西瓜皮丢进垃圾桶,口袋里的手机就响了。

陈梓蓝打来的。

袁石风转身去洗手,弯着脖子,用肩膀夹住手机。

海里只听到袁石风说:"找到了。"语速是缓慢的。

缓慢的语速从来都是温柔的。袁石风从来就没有用这样的语速和她说过话,他总是微皱着眉头叫她的名字。

平时叫她海里,若她犯了什么错,他生气了,就会叫她李海里。

袁石风挂了电话,把手机放在餐桌上。海里开始挖旁边一点的瓜瓤,依旧是把勺子转个圈,娴熟地捞上一块圆圆的西瓜,放进嘴里,放下勺子,靠在椅背上。

袁石风问:"不吃了?"

海里点点头:"吃不下了。"

袁石风拿过勺子,坐在海里对面,开始挖边缘的瓜瓤,这好像是特别自然的行为。

海里心中微动,忽然问:"你和她在一起都做些什么?"

"嗯?"袁石风一时跟不上海里的思维,顿了顿才明白海里在说什么,但他并不打算回答,这个问题对海里来说,没必要知道答案。

"小孩子管这么多做什么。"袁石风把问题截住了。

海里把两条腿盘在凳子上,不知从什么时候开始,她的眼神有点深,带着一股吸力,直勾勾地看着袁石风:"她挽过你的胳膊吗?"

这问题太孩子气了。

袁石风忍不住轻笑起来。

海里依旧执拗地问:"她亲过你吗?"

袁石风放下勺子,抬起头,与她直视。

海里看着他:"你跟她做过爱吗?"

袁石风蹙紧了眉头:"李海里。"

所以,你看,你一生气,就会凶巴巴地叫我的全名,从来没有用那么轻缓的语气跟我说过话。

厨房里有冰箱、微波炉、砧板、碗、筷、勺子、餐桌。

而我的琐碎里到处都是你。

我真是个坏姑娘啊,不知道从什么时候开始,这些事儿,通通都想和你做。

05

袁石风呵斥了海里,目光严厉地盯着她。海里依旧盘着腿,面无表情地看着他,甚至还抬高了一下下巴,颇有几分不服输的架势。

袁石风不清楚这样的问题由一个二十岁的小姑娘说出来是不是正常的事儿,但他承认,他惊到了,吓到了,也恼了。

"这是特别不礼貌的问题。"他那么严肃地训斥她。

海里淡漠地看着他:"为什么不礼貌?男欢女爱多正常。"

袁石风死死地皱紧了眉。

海里继续说:"这是正常的事,你会和她做,有一天我也总会和别人做。"

冷静的挑衅和激将。她自作聪明地高举起战斗的旗帜。

袁石风的眸子忽然一眯,一句话也没有说,因为太过用力咬紧了牙关,咬肌向外凸出。他一生气,瞳孔就会变得特别暗,什么表情也没有了,光看他的眉,就让人畏惧。

短暂的安静后,他忽然起身,椅子重重地向后滑,发出刺耳的声音。海里来不及反应就被袁石风圈住胳膊一把提了起来。

海里拖鞋也顾不上穿,就被袁石风拎出厨房,这时候倒是怕了:"你干吗!"

袁石风该不会是要揍她吧!

袁石风还是一句话也不说,面无表情地把她拖去卫生间,拎起她的胳膊把她推进去,啪的一声就关上了门。海里赤着脚,立马去转动门把手,

没想到门把手从外头发出啪的一声响,居然被袁石风反锁住了!

海里气得大叫:"袁石风!"

外头响起他的声音:"待在里面好好想想自己错哪儿了!"语气也重,显然是真把他气着了。

"袁石风!"海里气得踢门,"把门打开!"

门口没动静了,也不知道袁石风还在不在外面。

海里怎么也没想到袁石风会来这一出,又气又委屈,又踹了几下门,狠狠地拧着门把手,闹得没劲儿了,安静了,站在洗漱台前,看着那么落魄的自己。

其实……我还想问你许多许多问题,可又怕问完了就各奔东西。

海里坐在地上发呆,时而看看门把手,纹丝不动的,也不知袁石风在不在门外。这里头没有空调,过了一会儿也够闷热的,海里出了一身汗,便用水泼了一把脸。

这时候,门外响起袁石风的声音,他像是靠在门上:"知道错了吗?"语速是缓慢的,却又是无可奈何的,是余怒未消的。

海里用胳膊抹了一把脸上的水,没吭声。

袁石风也没动静了,看样子她不认错他就不会开门。

又恢复了沉默。

海里贴墙站了一会儿,走到门边,轻轻地说:"里面很热……"

外头依旧很安静。海里不确定袁石风在不在外面,但门把手忽然转动了,咯噔一声,门从外面打开。袁石风站在外头,把门打开了,却没有看向海里,转过身,把手里燃了半截的香烟掐灭在烟灰缸里,拿着烟灰缸去书房,转过身时说:"洗好澡早些睡。"

语气还有些冷。

他去书房了,瞧不见他在做什么。

但海里还是眼尖地看到烟灰缸里有三四个香烟头……

——我应不应该为你对我的不忍而感到高兴?

海里没有立马洗澡,回客房坐了一会儿,又站起来,走到了书房。

袁石风还在抽烟,开着电脑,盯着电脑屏幕,不知道在看什么,或者想什么。看到海里进来,他把烟掐了,起身打开了窗户。

海里走到他跟前，个子才够到他的肩膀，说："我错了。"

其实她并不觉得自己有错。她问的每个问题都是想问的，说的每句话都是大实话。她不骗人，不骗他，不骗自己。喜欢，就喜欢，比如袁石风。不喜欢，就懒得装作喜欢，比如陈梓蓝。

我错了，我愿意做出道歉，而你，别生气了。

袁石风的面色微微缓和。

面对微垂下脑袋的海里，袁石风叹了一口气，弯下腰。他一弯腰，就能跟海里平视，他的手轻轻地拍在她的脑袋上，说："海里，以后你会碰到很多很多男人，这些男人中有些是你爱的，有些是爱你的，在这两者中会存在一个标准，适不适合你们相爱的。男人贪婪，你不能傻乎乎地掏心挖肺地对他。"

海里觉得他的温柔是那么让人难受。

他继续说："如果有一天，你找到了一个跟你爸妈一样宠你的男人，把他带过来，我会告诉你，这个男人适不适合你掏心挖肺。"

这般深沉的夜晚，他的温柔，他挑下的责任，让海里低头攥紧了拳头，指甲掐进掌心的肉里，才让她忍住没哭出来。

——跟我爸妈一样宠我的男人，甚至比我爸妈还要宠我的男人……是你啊。

06

第二天，袁石风开车送海里回学校。从车库出来开了一段路，他把车停在路边，带海里去吃早饭。

一碗馄饨、一碗拌面、八个煎饺、一碗豆浆，两个人合在一起吃。在早饭上，袁石风和海里的习惯倒是一样的，早饭一定要吃饱，吃得丰盛，所以海里在吃拌面的时候，袁石风吃馄饨，吃好了，两人把碗一换，变成袁石风吃拌面，海里吃馄饨，时不时再各自夹一个煎饺蘸醋，默契十足。

袁石风去付钱，海里抹干净嘴，拿起包去车旁等他。路边，一个爸爸骑着自行车，后座上坐着背着书包的女儿，从海里面前经过，海里的目光忍不住尾随着他们，看着小女孩儿的马尾晃啊晃啊。

袁石风走过来，按了车钥匙，车头灯一闪。袁石风说："发什么愣？上车。"

时间过得当真是快,小时候是袁石风骑着车载她上学放学,羊肠小道,风吹的田埂,一晃眼,他们各自长大了。她坐在他的副驾驶座上,看着他的侧脸,从小到大,她喜欢他送她上学的感情一直没有变。

袁石风把车停在校门口,看了看时间,说:"快去吧。"

海里下了车,站在路边朝他挥手,看着袁石风的车越开越远。她想,这一挥手,不知道下次找借口相见又是多少天以后。

她同样不知道,袁石风在等红灯的时候给陈梓蓝发了条短信。

袁石风:我来找你。

沈炎在家中的地板上醒来后,揉了把脸跑去浴室洗漱,一捧水激灵下去,整个人的痛觉也好似唤醒了般,镜子照出他疼得五官乱飞的脸。

中午,沈炎龇牙咧嘴地揉着背打开袁石风办公室的门:"你老实说!昨天你对我做了什么!我的背上磨掉了一大块皮!脑袋上也肿了好多包!"吼完,他发现袁石风不在办公室里,电脑屏幕倒是亮着。

沈炎挠了挠头,觉得自己白激动了,出了办公室,问旁边的助理:"袁石风呢?"

助理回道:"刚出去。"

沈炎不大高兴,一口气都冲到嗓子眼了,忒想爆发了,合着临门一脚发现火气没地方发。他悻悻地转身,没走几步,倒是看到了迎面走过来的袁石风,立马迈着大长腿走过去,走了一步,又站着不动了,目瞪口呆地看着袁石风身旁跟着的女人。

女人?

不仅沈炎吃惊了,其他人也吃惊了,拿着文件的人也不着急回座位了,泡茶的人也端着茶杯立着了,上厕所的人也不上了,除了袁石风和陈梓蓝,其余的人都像是被施了定身咒,只有脑袋随着他们的脚步而移动。

从没见过袁石风带女人来公司啊,还是这么毫不避讳的样子,这是要公开?

陈梓蓝跟在袁石风的后头,嘴角止不住地上扬,前面的袁石风走得快,她就伸手小心地拽了拽袁石风的袖子。袁石风回头,意识到自己迈的步子太大了,便放慢脚步,一只手揽在了陈梓蓝的腰上。

陈梓蓝在心里大大地舒了一口气。

她终于确定了。她认识袁石风时也迷茫过两人会不会有结果,但今天袁石风那么正儿八经地出现在她面前,那么正儿八经地跟她确定关系,着实让她始料未及,在始料未及后,是那么地感动和高兴。

确定关系这个步骤,对一个女人而言是很重要的。陈梓蓝一直认为"当我女朋友吧"这句话不能少,并且是不能随便的。

随便的意思是,我不希望你发短信跟我讲这句话,不希望你打电话跟我讲这句话,不喜欢你在一切网络媒介上跟我讲这句话,恋爱的方式回归传统是好事儿,我希望你亲自去花店挑一束花,可以买一些小礼物,然后按响我家的门铃,大大方方地站在我面前,跟我讲出这句话。

恋爱,这个步骤不能少。

袁石风就做到了。没确定关系前,他规规矩矩地把尺度拿捏得当,确定关系后就落落大方。

陈梓蓝觉得自己这两年耗得特别的值。

经过沈炎身边,袁石风想起了什么:"你进来,我有事儿跟你讲。"

错愕的沈炎几乎是踮着脚尖跟在他们后面飘了进去。

三人进去,关上门。

沈炎舔了舔嘴唇,看看陈梓蓝,又看看袁石风:"也不介绍介绍。"

袁石风对沈炎的气还没消,自然没有好口气:"你嫂子。"

沈炎彻底愣住了:"开什么玩笑?太突然了吧?"

见两人的表情都不像是说笑的,而且瞧这女人抿嘴笑的样子和袁石风盯过来的眼神,沈炎拧紧了眉:"真的?"

那你妹妹怎么办?

这句话在心里突然就冒了出来。

袁石风没搭理沈炎,从抽屉里拿出一个袋子:"昨天你把海里的手机丢汤里了,你还记得吗?"

沈炎望天想了想,傻笑。

袁石风把袋子丢给沈炎。沈炎打开来看,觉得袁石风对海里倒真是大手笔,最新款的手机,还特意挑了女孩子喜欢的白色。

袁石风说:"把这个手机给她,说你赔的。"

沈炎撇嘴:"你自己为什么不给,把这份人情卖给我?"

袁石风扫了沈炎一眼,不说话。

他不说话，陈梓蓝倒是说话了，建议道："要不今晚叫上海里一起吃饭吧，可以顺道儿把手机给她。"

不知怎么，沈炎不大喜欢这个女人。说不上来原因，也许是他喜欢海里多一点吧，先入为主。沈炎在心里骂了句：有病，把海里叫上干吗？让她看着你俩亲热啊？

"不用，手机我找个机会给她就行。"沈炎说。

陈梓蓝歪了歪头："要不你也来吧，一起吃饭，海里总是需要手机的，最好今天就给。"说着，她转头去看袁石风，等他的意见。

袁石风想了想，觉得还是不能给沈炎单独见海里的机会，怕他再惹出什么事儿，所以点了点头："行，晚上随便吃点。"又朝沈炎努努嘴，"饭桌上你直接把手机给她。"

沈炎抿紧了嘴，着实无奈。

07

中午，海里在寝室休息，宿管阿姨上来把海里叫下去接电话。开始海里还以为是爸妈联系不上她着急了，没想到电话那头传来了袁石风的声音。

"你怎么有我们宿管的电话啊？"海里问。

"开学送你那天我和你爸妈都记下了，以防万一。"袁石风说。

不知道为什么，袁石风这句话让海里上扬了嘴角。

袁石风问海里晚上有没有空，要不要一起吃晚饭。海里想都没想就答应了，还怕袁石风来接她会麻烦，说自己打车过去。

下课后，她特意换上了漂亮的裙子，选了红色的发圈扎高了马尾。她啊，真是特别着急，在赴约的路上就已经羞红了脸。

她到了餐厅，找到包厢，进去前还抚了抚裙摆，敲门进去，一开门，彻底傻了，她以为只会有袁石风一个人，没想到陈梓蓝和沈炎都在。

她的笑容立马僵住了，傻愣愣地站在门口，视线最先落到陈梓蓝的身上。

所以啊，人真是特别的狭隘，一个讨厌的人和一个喜欢的人同时出现在你的眼前，你肯定会最先看到那个你讨厌的人。

当真刺眼得很。

沈炎站起来给海里解围，拍着她的肩膀把她引到座位上："来来来，这顿饭是我为了给你赔罪的。"他使劲按着她的肩膀让她坐下，"昨天把你手机丢汤里去了，这不，愧疚了一天，给你买了部新的，瞧瞧喜不喜欢。"说着，他把手机拿出来给海里。

"谢谢。"海里接过手机，直接放一边，瞧也没瞧，面无表情地坐下，也没跟袁石风打招呼。

袁石风皱眉，觉得小姑娘今天怎么这么没礼貌。他把菜单放在转盘上转到海里面前："看看还想吃什么。"

桌上已经上了几盘菜。他们已经点好一些菜了。

"不用了。"海里说，拿起筷子随手夹菜开始吃起来。

沈炎坐在海里旁边，看看海里，看看袁石风，看看陈梓蓝，呵呵傻笑缓和气氛，也低头夹菜。

海里想，大人就是大人，他们扎堆在一起总是有话题聊，为了不让气氛冷淡，也会制造话题开始聊。对于聊天，他们已经有一套熟悉的技巧，可以快速寻找到共同的聊天点，话题你抛过来我抛过去。

海里冷冰冰地吃着冷冰冰的菜，敏锐地发现今天的袁石风和陈梓蓝有些不一样——聊到兴起时，陈梓蓝会笑着靠到袁石风的肩膀上，袁石风会微笑着帮她夹菜。

这是前两次都没出现过的情况。

前一次吃饭，他俩虽然默契，却是规矩。

海里隐隐有些不安，更加惴惴不安地观察着袁石风和陈梓蓝。

陈梓蓝注意到海里的眼神，笑着举起一扎西瓜汁："海里，还要添点吗？"

海里没理她。

陈梓蓝尴尬地把西瓜汁放下，又找话题："你在学校有参加什么社团吗？"

仿佛只要话题集中到海里身上，包厢里的气氛就会迅速冷起来。海里也意识到，在这里，她是格格不入的，是绝缘体，她仿佛在另外一个空间看着这个空间的笑谈和融洽。

海里半敛下眼皮去夹菜，把菜夹到碗里，在碗壁上刮了刮筷子，看也没看陈梓蓝一眼："你问了别人第一个问题，别人如果没兴致回答你

的时候，你就不要再去问第二个问题，显得自己特没劲儿。"

"李海里。"袁石风放下筷子，声音着实响。

沈炎连忙打圆场："哈哈哈，开玩笑的，小朋友嘛，都喜欢装深沉。"

海里忽略沈炎，猛地抬起头，直勾勾地看着袁石风："干吗？我就是不想回答她。她是你谁啊，我干吗要回答她？"

这像是早就准备好的问题，像是前头做了伏笔后才能抛出的问题。

袁石风挺直着背，坐在海里的对面，表情愠怒。

陈梓蓝拍拍他的手臂，在缓和氛围。

什么时候……你们这样亲昵起来了……

"她是你女朋友？"海里高抬起下巴，像是一只好斗的公鸡，姿态飞扬跋扈，若仔细听，尾音竟然微微颤抖着。

她直勾勾地看着袁石风，这是这么多伏笔后的最终目的："她真是你女朋友了？"

袁石风冷着脸沉默，陈梓蓝微皱着眉，却掩不住眉宇间的高兴。这些端倪，都在宣告着答案。

哈，你说的不久以后，就是今天？今天早上我们还在一起吃早饭，你还送我上学！

海里攥紧了筷子，拼命地忍着，狠狠地看着袁石风。

一时之间，谁也没说话。

沈炎极不忍看到这样的海里，他伸出手，在桌下悄悄地扯了一下海里的裙子。没想到，海里猛地站起来，甩下筷子，转身就走。

这一切都太突然，在海里走出门的时候，袁石风立即站了起来。沈炎看了看陈梓蓝，也跟着站起来，此时他倒是严肃的："我去看看好了，放心，没什么事的，你们先吃。"

说完，沈炎就紧追海里去了。

海里埋头暴走，真是暴走，沈炎从没见过一个穿裙子的女孩子能走得那么快。沈炎想，先让她冷静冷静，等她走累了再走过去劝劝，可她这一走，就没停下来。

沈炎看不下去了，跑上去抓住她，扣住她的手腕，发现这姑娘比看起来要瘦，他大拇指和中指一圈，就把她的胳膊圈死了，再一拉，就让

她动不了了。

她到底是走累了,也没反抗,垂着脑袋妥协地站在他面前,大口大口地喘气。

沈炎以为她铁定哭了,没想着她脸上是干的,一滴眼泪也没流。

沈炎皱紧了眉头:"你说你傻不傻?最傻的就是跟人当面抬杠。对谁不满意,你千万不能表面上展现出来,要背地里捅死她,知不知道?太傻了!"他拽着她,"行行行,上我车,我带你去别的地方吃饭。"

海里原地不动,沈炎回身看她。

海里抬起头,那双眼啊,不知怎的,让沈炎觉得特别难受。

没有流泪的眼睛,也会让人觉得难受。

海里说:"我现在去把袁石风抢过来,会不会很贱?"

沈炎心里一抽,没说话。

海里又说:"我想把袁石风抢过来!"

海里大喊:"我为什么要等他有了女朋友的时候才后悔没把他抢过来!

"我有那么多那么多机会!昨天晚上我就有很好的机会!可我硬是没告诉他我喜欢他!现在我就想把他抢过来!"

海里一声又一声地喊着,最后都有些声嘶力竭。

也许这就是她的感情,爱到声嘶力竭,也恨到海枯石烂。

08

不知道感情像不像是作战,作战忌讳一鼓作气,再而衰,三而竭,感情也是这样,失望几次就绝望了。海里觉得自己无药可救,她是愚钝的士兵,是服从指挥的士兵,是被彻底洗脑的士兵,红旗一挥,她就往前冲,每次都是用出最饱满的气势。

可是她好像又是最懦弱的,只知道往前冲,拿着刀,刺向目标,心软,狠不下手,只轻轻地在对方的盔甲上一划,从未见血。

勇气夫哪儿了呢?

因为是袁石风,所以她犹豫、矛盾、顾虑。

袁石风打来电话问海里的情况,沈炎说:"没事儿了,已经把她送回学校了。"

袁石风沉默了半晌:"她还好吗?"

"小朋友闹闹情绪嘛,没事儿的。肯定是学校有什么不开心的事儿了,借机发泄出来。"沈炎把语调拖得又长又慢,显得一切都是那么的轻描淡写。

他现在能给海里做好的安抚也许就是帮着她诓骗袁石风。

沈炎挂了电话,把手机一丢,不小心按到了雨刷器,前挡风玻璃上的雨刷咔嚓一声开始左右摇摆,在海里的脸上晃下两道影子,海里终于眨了眨眼。沈炎把雨刷器关掉,转头看她,叹了一口气:"想去哪儿?"

海里没说话,好端端的马尾已经乱蓬蓬的了。

沈炎也没说话了,盯着前面发了会儿呆,觉得气氛太沉闷,随手开了广播,谁知一开,里头就在放《分手快乐》。沈炎一惊,连忙切换调频,下个调频在放广告,沈炎继续切,这似乎是个谈话节目,女主播的声音还挺好听。沈炎把手垫在后脑勺上,放轻松,靠在椅背上,谁知女主播下一句话就是:"收到听众朋友的来信,问该如何忘记一个人……"沈炎立马上去把广播给关了,转头看看海里。

海里一动不动地坐在那里。

沈炎宁愿她哭一场。

沈炎说:"你有什么话想说吗?我听着。"

他以为海里还是会沉默,但这回海里倒是说话了:"你喜欢的人有另一半了,但是你觉得自己努力努力,还有三分跟他在一起的可能,你抢不抢?"

沈炎叹了口气,是长长地叹了一口气,然后按动开关,把椅背向下倾斜,双手垫在后脑勺上,找了个舒服的位置躺着,把天窗打开,浪费车里的冷气。天窗外冒出一小条梧桐枝丫,枝丫上黏着硕大的梧桐叶,成为被天窗框住的一小块风景。

他悠闲地躺着。海里执拗地坐着。

沈炎在想该怎么回答海里的这个问题。心里冒出许多答案,又一一删去,他说:"行吧,我们找地方坐坐。"想了想,"带你去喝杯咖啡。"

沈炎买了两杯咖啡,自己一杯,海里一杯,找了地方坐着,把咖啡放到海里面前的桌子上,又给她买了一块芝士蛋糕。晚上的咖啡店气氛不错，三三两两的人聊着天，个别一些人看着书上着网做着笔记。

安静，惬意。

沈炎跷着二郎腿，姿势舒展地坐在海里对面，上下打量了一下海里，觉得这姑娘是废了，没情绪了，没情绪了这人不就是废了吗？

这就是男人跟女人的不同吗？

昨天他也被伤害气着了，他的反应是砸手机，是喝酒，是骂人，可这小姑娘呢，只是面无表情地坐着。

沈炎用脚尖碰了碰海里的腿："给点反应，痛哭也行，现在一声不吭跟木乃伊似的，够恐怖的。"

海里抬着眼皮看他："你还没回答我的问题。"

哎哟，真是不罢休的小姑娘。

沈炎无奈地把咖啡放回桌上，俯身，两只胳膊平放在膝盖上，双手交叉，想了想，看了海里许久，却是站起了身："我去一下洗手间。"

海里照旧没吭声。

沈炎起身，走到角落，环着胸，站在拐角处看着海里。恰巧一个学生经过，戴着耳机，沈炎拍拍他的肩膀叫住他："兄弟，帮个忙。"

学生疑惑地摘掉耳机。

沈炎掏出钱包，从里面摸出两百块钱："你，去买杯咖啡，朝那个小姑娘泼下去。"沈炎指了指坐着的海里。

"啊？"学生觉得不可思议。

"钱不够？"沈炎挑眉，又加了二百，"我朋友，我们在打赌，说有没有人会泼她。"

学生看看钱，犹豫了一下，摇头："她会打我吗？"

"不会！"沈炎说得特别真诚，"她身板这么小，怎么可能会打你？"

学生还是犹豫："她会哭吗？"

那这样就最好不过了。

沈炎在心里说了这句话，嘴上却说："不会，我们是在打赌嘛，打赌本来就是一种玩笑嘛。"他不想再浪费口舌，干脆把钱包里的百元大钞都摸了出来，递给学生，"都给你！泼她！记住，冰咖啡啊，别是热的！"

09

于是，学生买了一杯冰咖啡，战战兢兢地走到海里旁边。海里疑惑地抬起头看他，学生咽了一下口水，真是特别实诚的孩子，满满一杯咖啡，就这样泼向了海里，杯子里一滴都不剩。

在学生泼咖啡的时候，店里几个女顾客吓得尖叫起来，所有人的视线都集中到他们两人身上。海里穿着蓝色的裙子，一杯咖啡混着冰块从她头发上浇下去，褐色的咖啡汁流满了整张脸，冰块哗啦啦地从她头顶上滚落到地上。

顾客们全部惊呆了，服务员们不知所措地立在原地。

整个咖啡店鸦雀无声。

沈炎站在角落里看着，他猜海里一定会一声不吭地离开，但他只料到一半，海里的确是一声不吭的，但她是一声不吭地站起来，拿起面前的咖啡，打开盖子，哗的一声，把咖啡全部泼向学生。

整个咖啡店都哗然了！

学生半张着嘴，茫然无措地站在原地。

海里把空的咖啡杯甩到他的脸上，松了发圈，披着长长的头发，不慌不忙地走了出去。她头发上湿漉漉的，裙摆上的咖啡滴答滴答地落在地上。

沈炎快步追上她，站在她的旁边："去哪儿？"

她倒是淡定："买衣服。"

沈炎扑哧笑了，拽着她的胳膊把她拉到路边，用纸巾给她擦脸。

海里看着他，眯眼，似乎明白了什么："你让那人泼我的？"

沈炎一边笑，一边继续给她擦脸，没回答。

"有病！"海里骂他，骂完了，却也没恼，冷脸站着，半敛眼皮。

沈炎用了一张又一张纸巾，慢慢给她擦干脸、手，忽然，海里肩膀一抽一抽的，哭了。

眼泪一旦流出来就是凶猛的，大颗大颗地从脸上滑落。

沈炎停下动作，没再给她擦脸了。

漆黑的夜色，仍旧明亮的商场，人来人往的广场。

海里一边哭，一边说："怎么办啊……"

沈炎知道，她并不是在伤心被泼咖啡的事，而是在问她和袁石风。

沈炎眯着眼，此时的他收敛了所有的不正经，是难得的严肃："在众目睽睽下被泼咖啡很丢脸吧？脸都被丢光了吧？特伤自尊吧？别人看你的目光觉得好受吗？现在他们会怎么议论你和那个学生呢？"

海里没吭声，眼泪继续掉。

沈炎说："而我要告诉你的事实是，面对这些，你是毫不在乎地离开那里，甚至清楚地知道你要为自己买一件新衣裳。"

海里抬起眼皮看他，湿漉漉的头发垂挂在胸前。

沈炎耸肩："所以答案从来不是别人给的，也不是你自己能考虑清楚的。所有你要做出的行为，有很大一部分取决于你的本性，特别细微的一部分，是理智。"

——你喜欢的人有另一半了，但是你觉得自己努力努力，耍耍心计，还有三分跟他在一起的可能，你抢不抢？

这样让人心酸并且备受争议的问题啊。

沈炎把最后一张纸巾递到她的手上："海里，我们都不是那种天生就会对别人微笑的人，我们骨子里就是剑拔弩张的。我，开车从来不顾及别人，我想把车停在那儿就停在那儿，我想让什么人做什么事儿就只管甩钱，反正我开心就好。你也是，别人对你微笑你不一定会对她微笑，别人泼你一杯咖啡，不管他有意无意你都会泼回他一杯咖啡。我们从来都不是会委屈自己的人，这是本性。"

关于爱情……

我们能肝脑涂地地付出一切，却也绝不会让自己狼狈不堪。

因为……我们好像天生就只会对在乎的人微笑。

第六章：我喜欢你

袁石风，你要不要也做个坏人和我相爱？

01

这一切都发生在夏末，好像那个晚上过去没多久天气就凉了。秋天是特别着急的，忽然有一天下雨了，等第二天起来的时候气温就降了八度，枫叶一下子就红了，梧桐叶一下子就黄了。过了一个星期又下了一场雨，连银杏也落光了。

海里有太长一段时间没和袁石风联系了，他倒打来过一回电话，是刚刚降温的时候，问海里要不要买些厚的新衣裳，海里说自己会约同学去买，拒绝了。第三天，袁石风的助理给她送了几件厚的开衫。后来海里打给袁石风一回，实在想念极了他，忍不住就打了，打过去又不知道该说什么，情急之下对他说："你给我买几本书吧，我没钱了。"

袁石风说："好。"

第二天，他就把书送了过来，海里以为是他亲自送来的，没想到还是他的助理。后来，海里还发现袁石风往她卡里打了些钱。

袁石风给海里买衣服、买书、打钱的事情，陈梓蓝不是不知道。

有时候，她还是会忍不住试探："海里这孩子，脾气是不是有些怪啊？我总担心她不喜欢我，会和她相处不来。"

听到这句话，袁石风瞟了她一眼，是介意前半句话。

112

他说:"她不怪,是被我们宠坏了。"

陈梓蓝半张着嘴,不知道是该对袁石风说的"我们"感到放心还是担心。

日子一晃就到了深秋。海里觉得秋天是最脆弱的,人往树下一走,行走时带过的气流就会吹下来一片叶子。她怕冷,所以觉得洗澡时被热水冲得热腾腾的是很舒服的事情,没个四十分钟就不会舍得出来。这天,她关了水龙头擦身体换衣服的时候,就听到外面的窃窃私语。

"她每天洗这么久是要换皮啊?"

"嘘,小声点,她要出来了。"

海里换好睡衣,若无其事地走出去,径直爬上了床,拧开床上的小灯。忽然,寝室的一个姑娘叫她:"李海里。"

海里坐在床上看她,觉得她的表情像严肃的谈判官,甚至有点滑稽。海里等待着她说下去。

姑娘说:"我们每个月的水费都是平摊的,你每天洗半个多小时,水也没停过,挺浪费的。"

其余的人也不说话。

海里面无表情地看着她:"好,每月水费我多拿出一些好了。"

姑娘抿抿嘴,不说话了,转头继续温书去了。

海里拉上帘子,随手拿起一本小说看。

海里来到大学后,没有融入班级里,更别说寝室里了。寝室的几个姑娘一起吃饭,一起玩,所以感情自然好,倒是海里常常因为独来独往显得格格不入。

矛盾总是要以一个借口爆发的。

明显,那姑娘觉得海里那句话说得盛气凌人,所以越想越气,坐在桌前故意制造着声响,骂骂咧咧。

海里把帘子拉开,这回态度也强硬:"有什么话自己憋着,别叽叽歪歪。"

海里这句话一下子把她惹火了,那姑娘甩了书站起来,走到海里床下,戳着手指就骂:"我就想说你怎么着?"

海里睨着眼看她:"吃人嘴软,拿人手短,我放桌上的纸巾、护手霜、洗面奶、沐浴露被你们用到只剩一点儿了,所以,你也别拿手指我,

别跟我叽叽歪歪。"

这句话戳到了所有人的痛处。尤其是站在床下的姑娘,她没了面子,异常尴尬,又因为尴尬所以恼羞成怒,一怒,就开始拿最刻薄的话发动攻击。

姑娘说:"你有什么了不起的,整天跟这个男人跟那个男人的,全系都知道你特别随便。"

海里挑眉:"所以你们忌妒我喽?"

"不要脸!"姑娘涨红着脸骂。

一直还挺优哉游哉的海里忽然拉长了脸,她把书放下,瞪了那姑娘半晌,一不做二不休,伸出腿一脚就踹到对方的脸上。

那姑娘挨了一脚,彻底火了,拽住海里的脚就要把海里从上铺拽下来。幸好海里两只手抓住床的边缘才没整个人摔到地上去,一看动了真格,她也不客气,抓着对方的头发开始混战。

02

大半夜,袁石风接到海里学校老师的电话,心里一咯噔,以为海里出什么事儿了呢,没想到人家老师说:"你妹妹把她同寝室的人揍进医院了。"

袁石风愣是半天没回过神来,赶紧穿上衣服往医院赶。

袁石风赶到医院的时候,海里正贴墙站在走廊上,老师坐在凳子上,训斥着海里什么。袁石风走过去,海里咬着嘴唇抬头看了他一眼,又迅速把头低下去。

从小到大,一犯错她就会低脑袋,一副知错就改的可怜模样。可袁石风太了解她了,她八成在心里翻鬼脸呢。

老师看到袁石风,站起来:"你就是李海里的哥哥?"

袁石风点头,问:"现在那小姑娘情况怎么样了?"

老师皱着眉,一副头疼的模样:"下巴脱臼了,还有几处挠伤,已经通知她家长了,他们明天早上的火车赶过来。"

下巴脱臼……

袁石风狠狠地扫了海里一眼。

这小丫头着实能耐了,小时候跟男生打架,把比她个儿还高的男生

的手踩在脚下耀武扬威,现在长到二十岁了,德行了,更强壮了,合着直接把别人的下巴给揍脱臼了。

袁石风说:"那行,小姑娘在哪儿?我过去看看。"

"还在里头包扎。"老师一伸手,掏出单据递给袁石风,"这是医药费,毕竟是李海里动手的,这责任还是该由你们来付。"

袁石风点头,立马掏出钱包把钱付给老师。

海里站在一边一声不吭。

袁石风移动脚尖,正立在海里面前,两只手插在西装裤里,上上下下把海里打量了一遍,居高临下的。旁边的老师觉得袁石风是要训人的,所以都做好了相劝的准备,谁知袁石风开口说的第一句话是:"你伤着没?"

海里摇头。

"没伤着就好。"袁石风松了一口气,"为什么跟人打架?"

海里撇撇嘴:"她们忌妒我长得比她们漂亮,比她们有钱。"

袁石风皱眉,极其不满海里这个态度,一下子提高了分贝:"老实说!"

海里又撇了撇嘴,不肯再看他,也不肯开口。袁石风也就立在她面前,等着她开口。

过了一会儿,海里说:"她骂我不要脸。"

袁石风一愣,整个人都沉了一分,而后开口:"起因。"

海里又咬了咬嘴唇:"她们嫌弃我洗澡浪费水,觉得我用多了水,水费到时候平分起来不公平。我噎了她几句,然后她就说我每天跟这个男人跟那个男人,特别随便。"说完,她瞟了一眼袁石风,嘟起嘴,拿捏了一下自己委屈的腔调,故意加了一句,"还说我是你的情人呢。"

不仅袁石风愣住了,站在一旁听着的老师也愣住了。

袁石风咬了咬牙,转身,直勾勾地看着一旁的老师。

老师被袁石风盯得有些慌,苦笑:"这……我一直问李海里原因,她也不肯说……"

老师还在解释,袁石风也没听,踏步上去,把老师手上的钱一把夺了过来,冷冰冰地甩下一句话:"医药费和具体的赔偿,让小姑娘的父母自己来找我要。"

115

说完,他拉着海里就走,丝毫不顾老师的脸色。

袁石风的步子迈得大,海里被他牵着手,必须小跑着才能跟上他的速度。她忍不住勾起嘴角,抬头看他,觉得这个时候的袁石风特别帅,好像……更加更加喜欢他了。

袁石风拉着海里上了自己的车,脸色绷得紧,比海里还生气。

他发动车子,说:"你揍得还不够狠。"

海里眨巴眨巴眼看他。

袁石风真的被气着了:"回家,你爱洗多久澡就洗多久!"

海里笑着点头:"好!"

03

这是海里第三次踏进袁石风的家,袁石风找出了备用钥匙递给海里。他显然余怒未消,整张脸还是紧绷的,说:"寝室先别住了,先住我这儿。明天带你回去整理东西,把要用的东西都打包过来。"

海里两只手接过钥匙,食指指腹摩擦过钥匙的边缘。她抬起头,看着袁石风脱掉了外套,随手挂在了椅背上,嘴角大大地上扬。走到一半,袁石风似乎觉得有什么不妥,回过头看她:"你明天想回寝室吗?"

海里摇头。

"那行。明天我让人帮你把要用的东西拿过来。"他边说边往书房走,拖鞋哒哒哒地敲在木质地板上,一切都是不言而喻的温馨。

他未回头,朝海里招招手:"跟我进来,想想有哪些需要带的。"

海里跟在他的后头去了书房。

袁石风打开灯,坐在书桌前,拉开抽屉,从里头抽出一张白纸,拔开笔帽准备记。

海里站在书桌旁,肚子抵着桌沿,歪着头想了想:"拖鞋,在我床下摆着,粉红色的,毛茸茸的。"

袁石风唰唰地写下"粉色毛绒拖鞋"。

"放在我架子上的书,都是课外书。"海里低头,看着他的字迹。

海里小时候就觉得袁石风字写得好看,不像其他男孩子,字迹毛毛糙糙的。她常常拿着数学题去问袁石风的时候,霸道地把书本摊在他的作业本上面,踮起脚尖,看到草稿纸上他也在做算术题,写着一个"解"字,

后面跟着冒号。"解"这个字被他写得极漂亮,"牛"的一竖被他拉得自然潇洒。等海里上了初中的时候,她一边想着袁石风,一边练习这个"解"字,却怎么也写不出他的感觉。

"还有呢?"袁石风问。

"嗯……"海里想了想,"衣服,随便带几件就行了。

"哦,我的洗面奶,润肤乳……"

袁石风唰唰地记下来,写到一半却又画掉:"这些小东西买新的就行了,再想想,还有什么。"

海里觉得没什么了。

袁石风举着纸又看了一遍,也想不出什么了,于是对半折,放在桌面上:"行了,我知道了。"

海里站着没动,小心翼翼地问:"明大那人的爸妈来,我要去道歉吗?"

袁石风盖上笔帽,把笔放在桌子上,一顿,抬起头,眼神带着愠怒,看样子比海里还记仇这事儿:"你不用担心,我来解决。"

这是特别轻描淡写的一句话,却成为袁石风跟海里说的这么多句话里最扎她心头的。扎,扎破一个洞,涓涓地流出血来,汇聚到心口,心跳加快了,整个人都热乎了。

海里站在他的书桌前,愣是不知道该说什么了。

海里庆幸自己顺理成章地跟他住在一起了。

她每天早上睁开眼,打开房门走去客厅时,袁石风就已经起来了,给她买来了早饭,两人各坐在餐桌的一头。袁石风大抵还把海里当小孩子,买了牛奶,倒满一杯,放在海里面前。海里也乐得喝,拿杯子跟袁石风盛着粥的碗碰撞:"我丁了,你随意。"

在他面前,她是这么的神气活现和淘气。

袁石风特无奈地笑了。

真是奇怪啊,在海里的同学眼中,在陈梓蓝眼中,在些许人眼中,海里明明是个古怪、孤僻、阴郁的孩子,可偏偏在袁石风面前,她拥有那么多的表情,那么多的俏皮,像她这个年纪应有的样子。

海里最喜欢的是晚上,她下完课回来的时候还很早,袁石风还没下班,整个家就她一个人,她会偷偷跑到袁石风的房间,在他床上打个滚,

站起来一看，发现床单皱了，怕被发现，于是跪在床上小心翼翼地把床单抚平。她还会打开他的衣柜，看着他白的、灰的、黑的衣服，会拿出小皮尺，趴在地上量他皮鞋的尺码，量着量着，不由得觉得自己像个变态，盘着腿坐在地上笑起来。可她还是记住了，袁石风穿四十三码的鞋，穿L号的衣服。

到了下午四点半，袁石风会打来电话问她回家没，今天想在外面吃还是家里吃。

海里会从他的语气里察觉出他是疲惫的还是精神的，如果疲惫，就选在外面吃，如果是有精神的，就选择在家里。海里会和他一起做饭，他是一把手，煮红烧肉，他只管掌勺。

"酱油。"

闻言，海里噔噔噔跑来递上酱油。

"糖。"

海里噔噔噔跑来递上满满一勺糖。

袁石风睨了她一眼，接过，却伸出另一只手，把满满一勺糖抖落到手心里，只将勺子里留下的一点点撒到锅里。

海里想，一定是厨房里的菜香太浓了，所以显得每个会做饭的男人都太帅了。

她更喜欢更喜欢袁石风了。

吃完饭，袁石风会去书房办公，海里看了一会儿电视觉得无聊，也会捧着书跑到他的书房去。她开始还会老老实实坐在袁石风对面，坐久了就现了形，趴在地板上，举着书看，这个姿势看累了，打个滚，翻个身，把书放在地上，继续趴着看，然后滚着滚着，滚到袁石风旁边了，挨着他的腿。

袁石风对她毫无办法，第二天买了大地毯回来，随便她在上面怎么翻滚。

住在一起，也有让袁石风不习惯的地方。周末，他睡得晚，第二天醒来，睡眼蒙眬地去洗脸。一进去，看见正在刷牙的海里，他吓了一跳，连忙退出来，随手关上门，站在门外皱眉："为什么不关门？"

海里觉得莫名其妙的，她只是刷牙啊，又不是洗澡，干吗关门？她都不害羞，他忌讳什么？

这样沾满了袁石风的日子，着实是一天一天舍不得着在过。

有时候海里会上QQ查看留言。

王冬：最近过得好吗？

海里回复：很幸福！

她平时发任何信息都不习惯用标点符号，这一回却在句末用了极有感情的感叹号。

想来，真如她说的。

——很幸福。

04

袁石风的客房变成了海里的房间。袁石风准备给海里换厚被子，进去的时候发现海里给窗帘绑上了红色的绳子。所以到底是小姑娘，有些地方细腻得不得了。袁石风把厚被子铺到床上，走到窗户旁，用指腹托了托斜斜的蝴蝶结。海里从小就系不好蝴蝶结，手笨，小时候教她系鞋带，李爸李妈教不会就丢给海深教，海深懒得教就再丢给他教。他一个步骤一个步骤地示范，手把手地教她，她一边学一边哭："怎么这么难啊？我不要穿鞋子啦！"哭得一把鼻涕一把眼泪。

现在想想她那时候的表情也觉得好笑。

现在海里绑的蝴蝶结还是跟小时候一样，歪歪扭扭，就像她帆布鞋上的鞋带，她稍稍一跑，鞋带就散了。袁石风站在窗边，看着这两个蝴蝶结，嫌丑，解开，给她重新打了两个，两个蝴蝶结变得端端正正。

海里下课回来就发现两个蝴蝶结变好看了，她走过去瞧，摸了摸，再看了看床上的厚被子，想着一定是袁石风给她重新绑过了。

袁石风不知道去哪儿了，只给她发了短信说晚饭他回来做。她等着袁石风回来，这一等，没想到等来的却是跟袁石风后头一道儿进来的陈梓蓝。

海里站在玄关处，看着正在换鞋子的陈梓蓝，面孔一下就拉长了，一副苦大仇深的模样。

陈梓蓝却是对她笑："海里。"还举了举手中鼓鼓的塑料袋，"我们买了许多你爱吃的，今天晚上做给你吃。"

海里想，陈梓蓝就是极聪明的女人，无论自己对她怎么不满，她也

能毫不在乎，依旧笑容满面的。

可海里做不到，甩了脸就往房间里走。

袁石风叫住她："海里，叫人没？"

海里连他也懒得理了，自顾自回到房间，关上门，坐在床上生闷气，目光落在那两个蝴蝶结上，气不打一处来，上去就把它拆了，重新打了两个，还是歪歪扭扭的样子。她又坐了一会儿，看了看自己毛茸茸的睡衣，想起外头陈梓蓝穿了一件酒红色的大衣，腰间一根带子勒得前凸后翘的。不知怎的，海里就想到"风情万种"四个字，而她自己一点也没沾着这几个字的余韵。

于是，海里又打开门，走了出去。

袁石风和陈梓蓝正在厨房里忙活，陈梓蓝系着围裙，用皮筋把散着的头发绑了起来，稍微一弯腰，背上的头发就滑落到身前去了。锅里在烧汤，咕噜咕噜地沸腾起气泡。海里飘过去，站在他俩身后，浑身的低气压。

袁石风看到了她，用勺子舀了一勺汤："来尝尝味道。"

海里凑过身子，吹了两口气，一尝，奶油蘑菇汤，味道真赞，但看了一眼陈梓蓝，立马一副嫌弃的模样："不好吃。"

"是吗？"袁石风皱眉，转过身，用大勺子在锅里搅了搅，"第一次做，没谱，味道淡了？"

海里犹豫："你做的？"不自觉地改口，"其实仔细尝尝，后味还是挺好的。"声音越来越小，底气不足。

以前在袁石风做晚饭的时候，她也经常打打下手，可今天拿着勺子兜着糖、盐来回跑的时候，显得是那么多余。陈梓蓝跟袁石风并排站着，一个洗菜，一个切菜，一个把菜放进锅里，一个转身去准备下一道菜，两个人，不用说话，用手一指就知道对方需要什么，默契得跟流水线似的。

所以厨房这样的地方真的只适合两个人待，再多出一个人，就显得拥挤。

海里待不下去了，转身离开厨房，坐在沙发上，打开电视，举着遥控器一个频道一个频道切换着。忽然，袁石风的手机振动起来，海里拿起他的手机连忙小跑去厨房："电话！"

袁石风走出来，把湿漉漉的手在围裙上抹干，拿过手机，歪着头，

120

夹在肩膀上:"有事?"他一边说着,一边解了围裙,去阳台上打电话了。

厨房里只剩下陈梓蓝,海里自然不会和她待在一起,转身准备离开,没想到她却主动叫住了海里:"海里,帮我开一下红酒好吗?"

海里回头,见陈梓蓝指着一旁的红酒,表情算是礼貌客气的。

05

海里没拒绝,去找开瓶器,想着应该放在厨房的柜子里,打开第一层,翻了翻,没有,打开第二层,也没有,第三层,还是没有。

这时候,陈梓蓝回头,似是不经意地说:"没找到?"一顿,像是才想起来的模样,"哦,应该在茶几下面的小篮子里。"

她微微一笑:"上次跟石风喝了酒就顺手放在那里了。你去找找,看在没在那里。"

海里把第三层抽屉推进去,直起身,不说话了,安静地看着陈梓蓝。海里一安静起来,眼神就是冷漠的,这是让陈梓蓝不喜欢海里的原因之一,她就是觉得海里是阴阳怪气的。

所以,陈梓蓝的笑容也慢慢收敛下去。

忽然,海里上前一步,陈梓蓝立马警惕地后退一步。海里半敛下眼皮,扫了一眼她的脚,目光上移,重新和她对视:"你怕我啊?"

陈梓蓝抿嘴,没说话。

海里拿起红酒看了看,陈梓蓝不明白她要干什么,但下一秒,海里高高地举起红酒瓶,砰的一声,把酒瓶砸在台面边沿。

陈梓蓝吓得闭眼,尖叫一声,再睁眼一看,海里握着酒瓶不屑地看着她。

地上滚落着半截红酒瓶颈,里头塞着木塞,红酒只漏出一点。所以海里砸下去的力道着实用得巧,对着台面边沿快速猛烈地切下去,把木塞塞住的那一截瓶颈砸断了,下面的部分完好无损。

海里把断了口的红酒瓶放在台面上:"我打开了。"说完,走出厨房。

陈梓蓝惊魂未定,骂了一句:"有病!"

海里看了一眼站在阳台上的袁石风,重新坐回沙发上看电视。

袁石风打完了电话回到厨房,看到半截红酒瓶颈,惊讶道:"怎么回事?"

陈梓蓝到底是聪明的,知道袁石风宠着海里,所以说:"哦,我不小心打碎了。"

海里听到她的声音,继续盘着腿坐在沙发上看电视,目光往下移,茶几下面的小篮子里的确放着开瓶器……

这顿晚饭自然吃得不开心。餐桌对面就坐着陈梓蓝,所以海里一直埋着头,也没抬一下。

也许海里厌恶陈梓蓝就厌恶这一点,明明互相都不喜欢对方,可是在袁石风面前陈梓蓝却硬要装作大度、善解人意的模样。

同性是最了解同性的。海里知道陈梓蓝忌惮她,陈梓蓝也知道海里对袁石风的占有欲,只是两人之间到底相差了五岁,五岁里包含了很多为人处世的差距。

一个尖锐,一个敛藏。

袁石风要送陈梓蓝回家,海里站在玄关旁看着他们换鞋子,皱眉,捂肚子,一副难受的表情。

袁石风看她:"怎么了?"

海里说:"肚子痛。"

袁石风叹了一口气,他一眼就能看穿海里是不是在说谎,从小到大,只要她一说谎,就会梗着脖子,眨巴眨巴眼睛,一脸的"我绝对没说谎"的真挚。

特别容易发现。

"不要装。"袁石风毫不留情地揭穿了她。

海里不高兴地立在原地,看着袁石风和陈梓蓝一道儿出去了。

在袁石风送陈梓蓝回家的路上,陈梓蓝想了想,问袁石风:"海里就一直住在你这儿了?"

袁石风也考虑到陈梓蓝会误会,所以说:"海里还是小孩子。跟室友闹成那样,让她回去住我也不放心。"

陈梓蓝说:"我不是介意她住在你家。她大学还有三年半,以后她也要找男朋友,也是个大姑娘了,别人闲言碎语会说什么?知道的人清楚你把她当妹妹,她把你当哥哥,可不清楚你们情况的大有人在。"

她一顿,观察着袁石风的表情:"你有没有想过,跟海里吵起来的那女孩子讲的话,虽然很难听,但的确说明了有一部分人会歪曲你们的关系。这一次,是海里的同学对海里讲这么没礼貌的话,等她再长大些,说这些话的人,又会是谁呢?"

袁石风皱紧了眉,没说话。

陈梓蓝看得出,他是在考虑。

06

袁石风回来的时候,客厅的灯关着,书房倒是亮着灯。他把钥匙放在鞋柜上面,换了拖鞋,脱去外套,走进书房,看着海里趴在地毯上闭着眼,书摊开,放在一边。看来给她买了地毯还是好的,省得躺在地板上受凉。

他以为海里睡着了,轻轻地走过去,却发现海里的睫毛一颤一颤的。

装睡。

他把摊开的书合上,发现小丫头已经在看尼米写的东西了。所以这小丫头看书看得真杂,他见过她看《大明宫词》,也见过她看《盗墓笔记》,混杂得很。袁石风把书放在她的书桌上,蹲下身,想着该拿她怎么办。

海里穿着粉色的毛绒睡衣,躺在绿色的毛绒地毯上。这颜色是她挑的,铺在书房里很不搭调,但她躺在上面,却一下子搭调起来。海里的头发已经很长了,长发散着和毛绒睡衣摩擦容易起静电,所以她换上睡衣的时候就会把长发挽起来。

袁石风忽然想到小时候海里也会随便把头发挽成一个苞状,睡眼蒙眬地站在院子里刷牙。她刷牙的时候袁石风已经在吃早饭了,从窗户里望出去,就能看到她闭着眼叼着牙刷的蠢模样。有时候海深起得也晚,于是袁家一家三口一边吃早餐,一边欣赏着这一对兄妹闭眼刷牙的样子,边看边笑。

难得清静的晚上。

袁石风仔细观察着海里的五官。她安静的模样会让袁石风觉得心疼,莫名其妙就想给她最好的。就像小时候,看着她背着书包一个人走在路上,他心口一紧,就会蹬着自行车上去,强硬地让她坐在自己后头。

他见过她安静的样子。

海深不在后,她高高兴兴地跟李妈说再见,背着书包,出了院子,站在篱笆外就安静了,低着脑袋,一动不动。

他站在自家的院子里看着。

所以他觉得，即使海里再胡闹也好，再固执也好，再骄傲也好，他都包容、都喜欢，因为总比她安静下来强。

袁石风蹲在海里旁边，摸了摸她的额头，把她额前的碎发都抚到一起，然后把她打横抱了起来。

刚刚走出书房，海里却睁开眼了，动了动，支支吾吾的："我下来自己走。"

她没敢看袁石风，到底是害羞了，没办法再装睡了。

袁石风定住脚步，笑了笑，把她放了下来。

海里两只脚落了地，还是没敢看袁石风："我回去睡觉了……晚安。"说完，转身，快步回房间了，关上门，匆匆忙忙，慌慌乱乱。

袁石风无奈地笑了。

海里关上门，一咕噜缩进被窝，摸了摸自己的脸，到底是真害羞的。

原本想假装睡着了看看袁石风会有什么反应，没想到他居然抱她了，他太温柔了，让她太害羞了。

好像，真的越来越喜欢他了，连"假装"这样的事都再也办不到了。

袁石风这几天似乎特别忙，连周末都在加班。海里一个人在家，袁石风放心不下，总担心她会饿死，掏出钱包给她零花钱："饿的话去外面吃一点，外面都有餐馆。懒得出去也可以叫外卖，茶几下面的小篮子里有一些外卖的电话。"一顿，他还是不放心，"如果无聊可以出去转转玩玩，一个人别跑太远。"

这样一想，他又从钱包里摸出五百块给海里："出去玩的话看看有什么自己喜欢的东西。"

海里觉得用不到这么多钱，但袁石风急着出门，他穿上外套，一边换鞋子，一边又叮嘱了几句，上班去了。海里百无聊赖地坐在客厅里看电视，忽然想起袁石风还有一双脱胶的皮鞋。她打开鞋柜一看，皮鞋还搁在里头。

上次她放鞋子的时候就发现这一双皮鞋了，脱了胶，鞋底板开了口，没法穿了，她问袁石风怎么不丢掉。袁石风正在烧饭，走出来一看，又连忙进去把火关小了，说这双鞋是以前袁娘送的。

自然不能丢。

海里想着，反正今天没事儿，就去帮袁石风把这双皮鞋修好吧。

07

现在已经很难找到修鞋店了，别说是在这里了，就连在涌炀岛，修鞋的活儿也很少有人做了。小时候村子里倒是有修鞋匠，一把小小的木凳椅摆在家门前，修鞋匠会穿着蓝色的工作服坐在那里，一边补鞋子一边跟人聊天，聊得投缘的话钱也不收。

海里上网找了找哪里有修鞋店，拿着地址，拎着皮鞋打车去了。

地址在城东，海里一直活动在城西。城东和城西的差别大，城西接近市中心，到处都是高楼大厦，一到晚上，灯光无比绚烂；城东是矮房，有些区域在拆迁，房体被敲得七零八落。当初涌炀岛也是拆迁，海里背着书包，听着大街小巷的人们在议论着自家能分到多少多少钱，怎样能拿到更多的钱，盘算着能分到多少多少平方米的新房，拆迁的时候每个人都特别高兴，觉得终于能搬进宽大明亮的新房子，收拾行李，走得没一点儿不舍。海里看着曾经熟悉的一家一户被挖土机慢慢推翻，一砖一瓦归于灰烬，挖土机一挖，轰隆一声，墙体在哭泣。

住进新房了，大人们还是不满足，总觉得自家房子没别家的好，总后悔当初没有再努力努力争取更多一点儿的拆迁费。矛盾在抱怨中累积，各家各户的关系也没以前那般好了。

所以，多奇怪啊，以前条件差的时候，日子过得知足常乐，反而日子好起来了，倒是越来越计较上了。

海里拎着皮鞋在一条巷子里找到了这家修鞋店，店面小得很，架子里倒是堆了一些还没被人取走的鞋。修鞋的是个戴眼镜的老人家，看见海里拎着皮鞋进来，倒是稀罕得很。"小姑娘来修鞋？"

海里点点头，走进去，把皮鞋拿出来，递给老人家："脱胶了，来补一补。"

老人家系着围兜，戴着袖套，袖套脏脏的，沾满了污渍。他拿起皮鞋看了看，对海里笑："男朋友的？"

海里一愣，有些迟缓地摇头否认掉了。

老人家也没真计较答案，只是脸上浮现出八卦的笑容，然后把鞋子放在桌面上，转身去找工具，一边找一边说："来我这儿修鞋的都是上

年纪的人,像你这样的小姑娘来的倒是真不多。"他拿来了胶水、小刀,又从一旁扯来了布,回过身,用布把皮鞋仔仔细细地擦干净,尤其是脱了胶的缝隙里面。

老手艺是特别迷人的,做老手艺的人都很专注,手都特别有力道,就算是擦灰尘这样的动作,也一下一下地掌握着力气,变换着方向。老人家一低头,眼镜就从鼻梁上滑下来,快要滑到了鼻尖,他也不在意,瞪大眼,开始挤上胶水,一边挤胶水一边说:"现在的年轻人大多都不节约,不知道修理东西,鞋子坏了就再买一双,衣服破了就再买一件新的,手机坏了就再换一个,哪有这样的?不好。所以啊,现在的年轻人谈恋爱也是这样,不知道修补。"

海里一边听着,一边笑。

挤上胶水后,老人家用手压紧了鞋头,等着胶水干掉,然后又帮海里把皮鞋擦得锃光发亮,再把皮鞋装进袋子里,递给海里:"好了,回去给人惊喜吧。"

海里觉得这个老人家真好。她喜欢他修鞋的手艺,喜欢他店里堆着的老式鞋子,也喜欢这个巷子,一辆一辆的自行车靠墙放着,窗户上会粘着报纸遮光,电线上挂着一件一件的衣裳,窄窄的一条巷子,五颜六色的。

海里提着皮鞋离开,打车,想立即去到袁石风的公司,把皮鞋送给他,再告诉他修鞋匠是个顶有趣的老人家。下了车,她提上鞋子,兴高采烈地打算穿过马路。正逢红灯,她站在路口,视线一转,猛然定格——马路对面,袁石风和陈梓蓝正面对面站着,两人说着什么,陈梓蓝微微弯下腰笑起来,然后直起身,抬头看着袁石风,踮脚上去,亲吻他……

静默的红灯。

海里看不清他们的脸,但他们笔直贴近的身影,袁石风搭着陈梓蓝腰的手,都让海里紧紧地攥紧了手中的袋子,死死地抿嘴。

红灯转绿,行人交替而过。

海里站着没动,转身离开。

多可惜,想告诉你,那个修鞋的老人真有趣啊,想让你穿上修好的皮鞋,跟我去看看那个巷子;想告诉你,我曾站在像巷子一样窄的路上看着你离开,在你离开以后,又站在那被拆迁的墙体中记挂你。

有那么多那么多相似的风景让我想起你。
——她挽过你吗？
——你亲过她吗？
——你们做过爱吗？
这些，我都想和你做啊。

08

晚上的时候，袁石风给海里发了短信，问她吃了晚饭没有。海里回说在外面吃了，袁石风也就放心了。袁石风回到家时，已经十点了，打开门进去，安安静静的，书房的灯也没亮着，估计海里已经睡下了。他把鞋子脱下来放到鞋柜上，忽然发现鞋柜最下面的格子里放着一个塑料袋，他把塑料袋打开，原来是他的旧皮鞋，脱胶的部分已经粘好了，粘得扎实，瞧不到一点儿缝隙，也没有胶水渗出来结痂的痕迹，鞋面擦得又光又亮，像是只被穿过几次的模样。

袁石风把鞋子放回去，直起身，换好拖鞋，走向海里的房间。门关着，门缝也未透着光，他轻轻地把门把手拧开，房间里黑漆漆的，拉着窗帘，床上拱了一团，冒出一个小脑袋，海里睡着了。

袁石风轻轻地把门合上。

再过几天就是海里的生日了，李爸和李妈打来电话，问海里回不回家过生日，海里说觉得麻烦，就不回去了。李爸说也行，给她多一点儿钱瞧瞧有什么喜欢的，给自己买礼物。

海里收到李爸打过来的钱后给袁娘买了一件蓝毛衣。

生日的前一夜，海里照旧趴在书房的地毯上看书，袁石风坐在书桌前专注地打字。时间一晃就到了十一点，袁石风把邮件群发出去，身体后仰，背脊贴在椅背上，揉了揉眼，垂下眼皮，目光落在趴着的海里身上，问："明天生日想怎么过？"

海里把书翻到下一页，从地上坐起来，盘着腿："想跟你一起过。"表情认真。

袁石风笑着说："好啊。"他自然没去琢磨海里的表情，"有没有什么想要的，想玩的？"

海里想了想，摇头。

袁石风仔细地看着海里的脸，总觉得她最近有些安静。

海里继续趴下去看书了，袁石风出去倒了两杯水，一杯放在海里旁边，一杯自己端着。

海里疑惑地看他。

袁石风坐在椅子上睨了她一眼："待在暖气房里就该多喝水。"说完，电脑叮咚一声响，邮箱提醒收到一封邮件。

是海里的邮箱，上次用了电脑登录后就一直保存了账号。

袁石风说："海里，邮件。"

海里从地上爬起来，凑到袁石风的跟前，打开邮箱。是王冬发来的电子贺卡，一打开，就响起了《生日快乐》的祝福歌，一个硕大的蛋糕在屏幕中间旋转，一根一根地点上蜡烛。

袁石风瞧着"王冬"的名字，一下子就想起这个小胖子，不由得笑了起来："你们还在联系啊？"

海里点头，把电子贺卡关掉，退出了邮箱。

"一直在联系。"她回答，从口袋里摸出手机，打开相册，给袁石风看王冬的照片。

袁石风一看，这小伙子的五官没怎么变，还像小时候一样又黑又胖。

海里说："他现在在英国，这是他在泰晤士河边拍的。"

袁石风把王冬的脸放大又缩小，颇有些在研究的模样，点头，把手机还给海里："小伙子越长越壮实了。"一顿，"他现在在学什么？"

"金融吧。"海里把手机放回兜里，坐到毯子上，又趴下继续看她的书去了。

还是那本尼采，不知道她为什么能看得这般津津有味。

她在看书，袁石风在看她。

忽然，袁石风问："海里，有想过以后你要做什么吗？"

海里晃着两条腿："没想过。"她抬起头，眼睛被灯光映得晶莹透亮，有些疑惑，"干吗突然问这个？"

袁石风靠在椅子上，抿着笑，摇头，不吭声。

海里忽然心跳加速，书房里太安静了，袁石风坐着，她躺着，他安静地看着她，地毯毛茸茸的，房间温度适宜，一切都太温暖了。海里急

促地把目光移回到书上，袁石风也转过头，往前探了探身子，继续对着电脑。

时间一点儿一点儿过去，很晚了，袁石风看了一眼时间，把电脑关机，站起来，走到海里身边，蹲下。

海里抬头奇怪地看他，他笑着摸了摸她的脑袋，说："生日快乐。"

海里趴在地上，感觉到他宽大的手掌在自己的后脑勺上轻轻拍了拍。

"好了，别看了，去睡吧。"他把地毯上的书合上，重新站起来，把书放在桌面上，"明天带你出去玩。"他的神情这般温柔，声音也这般温柔。

海里从地上爬起来，看了一眼挂在墙上的钟。

12点。

今天她生日。他是在她生日的这一天第一个祝她生日快乐的人。

09

天气冷了，早上起来草坪上都浮着霜。袁石风叮嘱海里多穿一点，海里穿了一件毛衣，裹了一条围巾就出来了，袁石风不满意："换一件厚的。"

海里嘟囔："我没带冬天的衣服过来。"

袁石风皱眉，走去她的房间，打开她的衣柜看，果真没有厚点的大衣。他想了想，决定还是先带海里去买点厚实的衣裳。

一路开车过去，路边的银杏都黄了。

李妈常说海里当真是稀奇，出生的时候虽然是深秋，但中午的阳光很大，特别温暖，银杏还没被冷空气吹黄。那个中午好像特别热，人一动就会出汗，海泽还在玩泥巴，李爸还在钓鱼，两个人跑回来的时候都是大汗淋漓。海里就是在这么个稀奇的天气里出生的，而后每年的这一天，天气都没她出生的那一天暖和了，甚至冷极了。李妈说，这样也好，银杏全黄了的时候就知道海里的生日要到了。

这个城市的银杏不专一，从高架的这一头开到那一头，下边路上的银杏从黄到绿。

袁石风把车停在停车场，海里下车，风一吹就让她打了个哆嗦。袁石风皱眉："等会儿挑一件大衣你就可以穿上了。"

海里不说话，跟他并排走着，他们离得近。海里想着，袁石风除了有时候会拍拍她的脑袋，并不会对她做其他亲昵的举动。

海里抬头看他："今天我生日。"

袁石风不明白她为什么要突然说这个："对啊。"

海里转过头，没看他了，直视前方，抬起手，直接把手伸进了他的大衣口袋。他的毛呢大衣真暖啊，她在他的大衣口袋里握拳。

袁石风一愣，错愕一下，而后微微皱眉，似乎觉得这样是不妥的。

海里说："今天我生日，寿星最大。"她撇撇嘴，再找了一个让袁石风无法拒绝的理由，"我手冷。"

这个理由让袁石风无条件地依了她。

袁石风到底是宠海里的，只要服务员夸海里穿着好看的衣服他都会毫不犹豫地买下来，买了许多，大包小包的，往车厢后面一丢，估计海里过年的新衣裳也不用买了。海里穿着新买的大衣，身上热乎乎的，但即使这样，她还是死皮赖脸地把手放在袁石风的大衣口袋里。

她多么希望他也能把手伸进来跟她握在一起，可他没有。

"好了，去哪儿？"袁石风站在车前问，"吃饭？"

"还不饿，不想吃。"海里说着，转过头望了望四周，看到前面架起的一座天桥连接着这个十字路口，于是指了指天桥，"我们去那里！"

这天桥是老桥了，年代久远，准备拆了重新建，但现在天桥上仍会有摆摊的人卖些小玩意儿，鲜少有人停步下来买。也会有乞讨的人坐在天桥上，面前放着一个碗，碗里装着零星的硬币。倒是见着不少人掏出一毛五毛的钱丢进碗里，乞讨的人也懂礼貌，别人丢一个硬币他也磕一个头说声谢谢。

袁石风不明白海里为什么要走到这座桥上，权当她孩子性子。

海里趴在天桥的栏杆上往下看，指了指前面："那里是哪里啊？"

"庆春路。"袁石风说。

海里又指了指左边："那边呢？"

袁石风笑了："这一整条纵向的路都是庆春路，大的商场差不多都集中在这条路上。"

海里点点头："你是造房子的，对吧？"

这个说法有点牵强，但也可以这么说。袁石风笑着点点头，不明白

130

海里为什么要问这些没头没脑的问题。

海里看着他,风刮在脸上,嘴唇微微一抖,她有好多好多话想在今天说。

——今天她是寿星,她最大。

这么好的氛围,稀少的人群,安静的马路上空,桥下的路口亮起了红灯,阻止了一边的车流涌动。整个世界都为了他们而安静起来。她有那么多那么多的话想说啊。

但是袁石风的手机一振动,把海里的话堵在了嘴里。

袁石风掏出手机看了看,工作电话。他抬头看了一眼海里,拒绝接听,把手机放进口袋里。

他说:"今天你生日,以你为重。"

海里很想告诉他,听着这句话,她莫名想哭。

袁石风总觉得今天的海里心事重重的,是绷紧了弦的,像是在沉思的。吃晚饭的时候,海里也是心不在焉的,想着也许是早上逛街试衣服太累了,他也就早早送海里回家了。

袁石风的直觉是这般准。

海里的确一天都是心事重重的。

回了家,袁石风打开门,先走进去,想开灯。海里跟在他的后面,关上门,忽然制止他:"你别开灯。"

屋子里很暗,看不到彼此。待眼睛适应了黑暗,袁石风稍稍能辨得清海里的轮廓,她站在他面前,离他三步的距离。

他疑惑。

"袁石风。"

海里颤抖着声音,无端让袁石风心疼。

黑暗中,他们都看不见对方的表情。海里努力睁大眼看着他的轮廓,她有酝酿了一整天的话,不对,是酝酿了好多天好多天的话想说。

她说:"我把你的皮鞋补好了。"

袁石风等待着她说下去。

海里说:"那天我想把皮鞋给你,去了你的公司,过马路的时候,看到陈梓蓝亲了你。"

袁石风在黑暗中皱紧了眉头。

"我不喜欢陈梓蓝,其实她也不喜欢我。我不喜欢她,是因为她是你的女朋友。她不喜欢我,是因为……"海里的声音越来越低,庆幸房间里这般暗,她不用看他的表情,不用承受他的目光。

她深吸了一口气,继续说:"是因为她发现我喜欢你。"

袁石风的气息沉了下去。

幸亏啊,都看不到彼此的表情。

"我喜欢你。我耍了那么多的心机。"她一点一点慢慢地说。当真是固执的小姑娘,在黑暗中也抬起她的下巴,对着袁石风的方向站着。她发现自己的眼睛已经完全适应了黑暗,能看到黑暗中袁石风的眼睛,也看到他的眉毛、嘴巴,偏偏辨不清他的表情。

他一定在盯着自己。

一眨眼,看清的这些东西又模糊了。她抬起胳膊抹了抹眼睛,说:"我很坏,我骗了你很多事,耍了很多心机。比如,我寝室的门禁时间没那么早,我就是想住在你这儿;比如,同寝室的人跟我吵架的时候,骂我的那些话,我根本不生气,我是故意跟她打起来的,觉得跟她们闹翻了,我没地方住了,就能顺理成章跟你住在一起了;比如,我根本就不喜欢趴在地上看书,我喜欢坐着,可是趴在地上看书,就能偷偷地看你了。袁石风……"她颤抖着声音唤他的名字。

黑暗中,明明离得这么近,她却不敢靠近他一步。

"这么多年,我好像一直在等着机会来找你,找到你了,我就一直等着你喜欢我,一直等着,然后发现在我用力长大的这些年岁里,你已经喜欢别人了。你喜欢别人了,那我怎么办?"说到后面,海里控制不住了,在黑暗中哭起来。

啪一声,房间一下子就亮了。

袁石风把灯打开了。

亮光中,他们挨得如此近,她泪流满面、泣不成声,他紧皱着眉,好几次想说话,喉结滚啊滚啊,却是什么也没说。海里总觉得袁石风的眼里也蓄着眼泪,不知道是她眼花了,还是灯光打在他眼里的倒影。

袁石风走上前一步,又靠近了海里一些,微微弯下腰,和她平视。

她哭着,一抬起眼皮,眼泪就一连串一连串地掉下来。

袁石风用大拇指的指腹抹掉她的眼泪，说："海里……你还小……"他的声音真沉，竟让海里有些绝望。

你还小……

"我不小了。"海里说，认真地看着他，那么有勇气，"袁石风，我还喜欢你，你能不能也喜欢我？我想挽你的手，想站在大马路上亲吻你，想……"

袁石风皱紧了眉头："海里。"

海里紧紧地盯着他："你也喜欢我，对不对？当初你中考，其实你是故意考砸的，对不对？如果不是袁爸出事，你就会留在岛上，不会出去读高中了，对不对？"

她牢牢地盯着他的眼睛。

他的眼睛是黑色的。

他把手垂下，重新站直了身子，离她又远了一些。

他蹙紧了眉头，抿紧了嘴，在巨大的沉默中，他闭了闭眼，又睁开："不是。"

两个字，虽轻，却重。

这般直白。

海里一下子就哑然了，连失声痛哭也做不到了。她半张着嘴，眼泪自动掉了下来，一点儿声音也发不出。

瞧着她这副模样，袁石风心疼得厉害，蹲下来，想要抱抱她，想要把她的眼泪都擦干，又觉得这样做不妥，极不妥。

兜里的手机又是一阵振动。

袁石风把手机拿出来，又按了拒绝接听。

手机上显示着好多未接电话。

海里低下头，用手背把眼泪通通抹干，径直走回房间，关上门，反锁。

袁石风站在门外，有些担心："海里，开门。"

里面隐隐传来哭声，他放心不下。

手机在兜里又是一阵振动，袁石风不耐烦地接起。电话那头嘈杂，袁石风听不清，那边吵吵闹闹的说话声突然转变成沈炎的破口大骂："你怎么才接电话！"一顿，他也不说废话了，"快过来！出事儿了！机井吞了两个人！你快过来！"

袁石风挂了电话，紧闭的门那边，依旧隐隐传来哭声。

袁石风一咬牙，拍拍门："海里，我现在必须要出去，明天早上回来。你乖乖待在家里，等我回来再说，嗯？"

门内毫无反应，哭声依旧。

袁石风又站了一会儿，狠下心，离开了……

于是，这也成为袁石风这辈子，最难释怀的事情。

10

海里觉得，人真是奇怪啊，平时怕黑，可是一伤心起来，多黑都不怕了。

晚上八点，她接到了王冬的越洋电话。伦敦那边正是中午十二点，阳光当头，王冬在电话那头说："海里，生日快乐啊。"

海里坐在床上，没开灯，听着电话，没吭声。

王冬觉得不对劲儿，又唤了她一声："海里？"一顿，"怎么了？"

海里说："我跟他说了。"

电话那头沉默了。

在王冬的沉默声中，海里的眼泪一连串一连串地往下落："我问他，当初中考的时候他是不是故意考砸的，他说不是。所以，我想了想，我自作多情了九年。我以为他也喜欢我，所以会为我故意考砸中考，如果不是袁爸出事，他就会为我留在岛上……结果今天他跟我说不是……"

海里有些委屈，用手背擦着眼泪："他说我还小……所以他真的一直把我当妹妹啊，他真的对我只有亲情啊，可是我想不通，怎么就觉得不能跟我谈恋爱了？"

王冬就静静地听着。

海里一边哭，一边说，一边擦眼泪，到最后，声音伴随着抽泣声，让人听不清楚，但她还是有很多话想说："他跟我说'不是'这两个字的时候，我就觉得自己完蛋了。我也不知道完蛋什么，但是……就是觉得自己完了……"

晚上八点的高速公路上，袁石风快速通过收费站。

沈炎的电话又打了进来："到哪儿了？"

"过收费站了。现在什么情况？"袁石风回答，瞟了一眼后头的车子，

转方向盘，超车，踩下油门，开始飙速度，忽明忽暗的灯光在他脸上一晃而过。

沈炎必须要扯着嗓子才能让袁石风清楚地听见他的声音："上面那个人估计保不住了。太傻了！小孩子先掉下去的，大人急啊，脑子也不动的，腰上绑了一条绳子，就让人把他放下去捞小孩了，那机井口子就这么点大，把一个大人放下去，放下去就卡在井身里了，上头的人开始拉绳子，绳子松了，大人直接就头朝下掉在里头了。现在消防队赶过来了，正在商量方案，难度就在于也不能直接割机井，下头都是水，一割，一震动，两人就一起往下掉了。"

袁石风沉默了一会儿："继续盯着，我马上到。"

他眯起眼，一刻也不敢松懈，脚下油门踩下去，速度飙到了一百二十码，窗户开了一点儿缝，外头的风也在疾驰而过，听着竟像是哭声。

海里已经哭了很长时候了，哭不动了，可睁着眼睛眼泪就会掉下来。她对王冬说："还是不喜欢一个人的好，一旦确定喜欢了，就会是很难受的事情，有了念想就贪恋，希望他也喜欢你，希望能够在一起。喜欢他，然后就会更喜欢他。

"我选在今天跟他告白，是因为今天我生日啊，我生日，我最大。他一直待我好，我需要的他都会满足我，给我买衣服，给我买吃的，给我地方住。他那么大方，那么迁就我，可是就唯独没办法迁就着喜欢我。

"我了解自己啊。我啊，以前看到喜欢的东西如果忍忍没有买，之后就买不到了，所以现在看到喜欢的东西就会咬咬牙买下来。对袁石风也一样，狠狠心，告诉他，我喜欢他。

"可是，现在挺后悔的。我完蛋了，以后……怎么面对他？我没办法再在他这里住下去了，没办法正常跟他说话了……不能告白的，一告白就没有退路了，活生生把自己逼死了……"

哭。

袁石风走上工地，每个探照灯都亮了起来，硬是把寒凉的工地烤得炽热。沈炎递给袁石风一顶安全帽，袁石风没接，径直跑向机井。机井四周围满了人，小孩子的爸爸就是工地上的工人，孩子没看好，掉下井了，

一家子守在旁边担心得直抹眼泪。

袁石风问消防指挥员的意见。

指挥员说:"现在没办法了,上面这个大人已经没回应了,小孩子还能听见哭声,必须保小孩。先把机井周围的土挖掉,深挖,挖到小孩子的那部分,在确保机井不震动的情况下直接截断。"

袁石风问:"需要我们配合什么?"

指挥员说:"就是这个问题啊,机井处在的这个位置挖土机开不进来,挖土机挖得快,现在时间就是关键。"

袁石风看了看周围,前面一期工程的房子都差不多完工了,眯了眯眼,咬牙:"把墙砸了,先让挖土机都开上来。"

"你疯啦!"沈炎骂道,一把将袁石风揪过去,压低声音,"那两条命顶多赔点钱,你现在把造好的砸了得浪费多少钱?延误工期你又要赔多少?"

袁石风一把将沈炎推开,力道使得重,把沈炎一下子摞到地上。

袁石风回头,对站在那里的工人说:"我是负责人!都听我的!砸!"

说完,他一把夺过沈炎的安全帽,扣在头上,快步往前走,在工地右边上了挖土机,探照灯照在他透着一股狠劲儿的脸上。

他拉下手刹,往前开去。

沈炎觉得袁石风疯了!

彻底疯了!

他看着袁石风亲自开着挖土机过来,操控起巨大的铲斗,在刺眼的光照中,铲斗像从天而降的手掌,在袁石风冰冷的目光中呼啸而过,砰的一声,砸断了挡道的墙体。

在袁石风身后,跟着三辆挖土机。

"砰!"

"砰!"

"砰!"

漫天灰尘,满地断壁残垣。

袁石风忽然想起中午的时候,海里孩子气地问:"你是造房子的吧?"

他笑着点点头。

她站在天桥上,手放在他的大衣口袋里,风扬起她的长发,眼神哀

伤而认真。

到了晚上,她又哭着说:"这么多年,我好像一直在等着机会来找你,找到你了,我就一直等着你喜欢我,一直等着,然后发现在我用力长大的这些年岁里,你已经喜欢别人了。你喜欢别人了,那我怎么办?"

看着亲手敲碎的墙体,袁石风又想起那个红月亮的早晨。

他站在院中,看着被捞上的海深整个人都裹着一层石灰,睁着眼,大张着嘴,满嘴都是结块的石灰,左手直直地伸起,右手死死地抓住自己的衣服,定格在最痛苦、最挣扎的时刻。

海里穿着睡衣,被袁娘抱在怀里捂住眼睛,但在袁娘的手指缝隙里,她黑黝黝的眸子是那般无措和惊慌。

这世道,还有什么比眼睁睁看着一个人死去更残酷和冷漠的呢?

高高扬起的铲斗砸碎了最后一堵墙,轮子碾过满地的石灰钢筋,挖土机开到机井旁,又变得小心翼翼起来,一勺一勺地挖着机井旁边的泥土。

世界一下子被分成了两头,这一头是被探照灯炙烤着的工地现场,混乱惊慌。另一头是袁石风的家,海里把备用钥匙放在桌上,拉着行李箱,关门离去。

11

袁石风是在凌晨两点的时候回到家的,满身疲惫。进了屋,他一眼就发现鞋架上没有了海里的鞋子,赶紧去海里的房间。房间门开着,没有人了,他把衣柜打开,他给海里买的新衣服还在,其他衣服被收拾走了。

袁石风一下子就慌了,一边掏出手机给海里打电话,一边赶紧出门准备去找她。

他觉得海里肯定不会接他电话,但没想到手机响了几声海里就接了起来。

袁石风按了电梯,电梯门开了,他站在走道上并没有进去。

海里已经恢复平静了,语气轻轻的:"我在寝室。"

袁石风眉头一皱,心口猛地一拧。

她显得那么乖巧:"你别担心……"

怎么可能不担心?

袁石风闭了闭眼。一闭眼,他就想着海里此刻的模样儿,不敢再想了,又把眼睛睁开，皱眉："海里……"

话未说完，海里打断他："我不可能一直在你那儿住下去，也不方便，我总是要回来的。我也交了住宿费的，好大一笔钱呢。"

短暂的沉默。

她说："晚了，我要睡了，明天还要上课。再见……"

电话就这样被她挂了。

她一挂，袁石风面前的电梯就合上了。电梯门上映着他的身影。

连他也不确定，他会不会在某一天后悔此刻没有去把她找回来。

有时候我们不敢告白，不是不想，而是害怕承担那份后果。

海里回到了寝室，寝室里的人谁也没和她说话，当初她意气风发地离开了寝室，让人帮她把行李都搬走了，现在她一个人又搬着行李回来了，别说别人了，连海里也觉得自己灰溜溜的。

那个下巴脱臼的姑娘已经好了，也不知道袁石风是怎么处理海里和她打架的事儿的，她还是看海里不顺眼，但是也不敢当面和海里耍横了。不敢当面，私下还是照做的，关于海里的流言和闲话被越传越碎。海里去食堂吃饭的时候，也常见有人对她指指点点，海里眼神瞟过去，他们又若无其事地看向别处了。

袁石风常常打来电话，她拿着手机看着电话一直响一直响，然后安静了。过个半个小时，她才会把电话打回去，说自己在忙。袁石风的声音还是这般沉，也没有什么好聊的，他就是打过来问问她还好不好。

就这样，海里跟袁石风碰过一次面。那天，袁石风在电话那头问海里："你晚上吃什么？"

海里从校外往回走，打包了一杯奶茶："去快餐店里点了套餐。"

袁石风的声音听不出情绪："什么套餐？"

"三菜一汤。"海里回答，拎着奶茶走进校门，视线一瞟，突然看到了站在旁边的袁石风。

海里愣住了。不远处的袁石风紧紧地看着她，掐了电话。海里的手机传来了切断的嘟嘟声，在嘟嘟声中，袁石风走向了海里。

海里不敢看他，又不敢不看他，然后她仰着脖子，逼迫自己泰然自若地微笑。

138

她先发制人，举了举打包的奶茶："吃完饭想吃甜的，打包晚上回寝室喝的。"

袁石风没有揭穿她，他就是来看看她过得好不好的，这一眼看过去就心疼了——她瘦了，憔悴了。他突然就说："跟我回去。"

又是这般直白的四个字，没带任何情绪。

海里低头，却固执地说："不要。"

比袁石风还直白。

过了一会儿，她抬头，眼睛黑黝黝的，说："你别担心我会难受，会过得委屈，会对你不自在。告诉你我喜欢你就是告诉了，说出来了我自己也挺自在的，所以你也别觉得尴尬，觉得对我愧疚，觉得我调皮玩闹任性。以后你还是我哥，我还是你妹妹，行吗？我们谁也别不自在。"

海里说着这些话，觉得自己真有勇气和定力。

勇气和定力真是让人疼的事情啊。她忽然想起了美人鱼，美人鱼变成人形后，走一步脚就疼一下，她还忍着疼跟王子跳了一段舞。真疼呀，要那么泰然自若地把这些话说出来，说一个字，舌头、喉咙、心、胃就要疼一下。可是必须要说的，不说的话，以后见着，还是那么尴尬。

"挺冷的，那我就先回去了。"海里说完就微笑着跟他道别，从容地转身，离开。

不知道从什么时候起，我们都具有了这样的本领，外表意气风发，内心撕心裂肺。

海里就这样离开了，这是袁石风第三次放她离开。

看着海里的背影，他忽然想起海里上了小学后，就从未叫过他哥哥了……

而今天，她微笑着说："以后你还是我哥哥，我还是你妹妹。"

——行吗？

——我们谁也别对谁不自在。

好像那一晚过去，冬天一下子就来了，一个晚上，整个城市的银杏就黄了，有些树的叶子都掉光了，就算是阳光溢满的天气，整个城市却都笼罩在冬天的萧瑟中。

海里觉得自己没办法再在寝室里住下去了，晒在阳台上的衣服总是

139

莫名其妙地丢失,往下看,果然,全都掉到楼下的草坪上了。衣服明明晒在阳台里面,怎么吹也不可能吹到外头去。海里捡好衣服回到寝室,站在寝室外,听见几个姑娘在里面哈哈大笑,她一进去,笑声戛然而止。海里也懒得跟他们吵,躺在床上,拉上帘子,早早就睡了。

第二天,她去教务处想申请换寝室,指导老师看见海里:"李海里,我正要找你。"

海里走过去。

指导老师拿出点名册,严肃地看着她:"你迟到旷课太多次了,超过三分之一的话是要重修的,你啊,三分之一都不止了,是直接吃处分的。"

海里站在桌前,看着点名册上她的名字后面打满了叉,只是来申请换寝室的她忽然就决定了什么:"我退学吧。"

老师一愣。

第七章：再见

袁石风，我们真的又在伦敦见面了。

01

城市只是一个相对的概念。对它有念想，它就有无穷的魅力；对它没有念想了，无论站在哪个地方都觉得是没有感情的。海里无数次渴望来到袁石风的身边，如今恨不得逃，逃得越远越好。

什么以后你还是我哥哥，我还是你妹妹，这些都是口是心非的。

老师自然没直接答应海里的退学要求，说是一定要家长来办手续。

海里说"好"，走出办公室，回寝室，直接收拾行李就走了。

她一向这般一意孤行，说做就做。她拉着行李箱离开，一个人坐上了长途车，又转乘渡轮回到涌炀岛，站在码头，突然走不动了，提着行李，孤零零的。

这时候她倒怕了，怕回家挨骂。

可是又能怎么办呢？都已经回来了。

海里拉着行李箱慢慢地走，站在家门口不敢进去，倒是李爸叼着香烟出来透气，看到站在门口的海里，吓了一跳："海里？你怎么回来了？说都不说一声？"

不知怎的，海里原本不想哭的，可一看到李爸，又看到闻声而来的李妈，眼泪一下子就涌出来了。

这一涌,完全控制不住了。

果然,家就是最放松的地方,什么也不用装了,情绪一下子就松了。

她手一松,行李箱就摔倒在地上。

她垮着肩膀放声大哭,明明是寒冷的天气,她却满头大汗,涌炀岛传遍了李家女儿的哭声。

她说:"你们让我回来吧。我在那边待不下去了,我没用,真的待不下去了!我没出息,我扛不住的!待不下去了!"她吼完这句话就紧闭双眼,可眼泪还是拼命掉了下来。她蹲在地上,哭得一塌糊涂。

李爸李妈着实被吓着了,扶着海里进屋。海里还是哭,一直哭,李爸李妈无论问她什么问题她也不答,哭累了,慢慢也不哭了,却仍旧不说话。

这样连续过了三天,李爸李妈实在没法子了,坐在海里床边,说:"海里,你已经大了,你真的考虑清楚,不去上学了吗?"

海里点头。

李妈不死心,还是要问:"发生什么了?是不是同学欺负你了?"

海里就又不答了。

李妈叹了口气,走出海里的房间,想一想,没办法了,跟李爸说:"要不,你去帮海里把学退了?"

李爸抽着烟,不说话。

第二天一早,李爸就开车去海里学校办手续了。

海里就这样一直待在家里,远离了袁石风,但可怕的是,远离并不代表摆脱。

李爸李妈向袁石风了解情况,海里听到他们在客厅里给袁石风打电话,不知道他们在聊什么,聊到后面,李妈就开始抹眼泪了。海里贴着墙壁站在角落里,咬着嘴唇,想着袁石风会跟李爸李妈说些什么,想啊想啊,想不出。

袁石风知道她回来了,一个电话和一条短信也没有。

她想,袁石风果然不会再关心她了。

他就是这样的男人,懂得拿捏分寸,不会再给她留一点念想,就是那么干脆地想让她断了念头。

142

倒是沈炎发了条短信给她，特别简短，又特别触目惊心——

沈炎：何必呢？

……何必呢？

02

海里的日子回归了单调，似乎一下子又回到了九年前，她有许多许多的时间来思考。她坐在大礁石上，看着远处的渡轮来来回回。天凉了，也鲜有光观客跳进海里游泳了，沙滩边冷，又安静。

在安静的大礁石上，她想啊想啊，想明白了，海深不在后，整个世界都是袁石风替她撑着的，袁石风走后，她又是憋着一股想要见他的气撑过来的，后来见到他了，她又是那么努力地想要让他喜欢上她，他若不喜欢她，她就一下子找不到任何底气了。

所以现在这么狼狈和不堪。

她能对谁都不在乎，对谁都凶神恶煞的，别人不小心泼她一杯咖啡她能立马泼回去，别人骂她一句她能立刻一脚踹过去，可偏偏对袁石风……他什么话也没说，看见他微微蹙眉，她就毫无办法了。

等天色稍晚，海里就会自觉地回家，回家的路也长，要经过许多户人家。

今天回家的路上铺满了红色的鞭炮残壳，红色的碎末，踩上去软绵绵的，马路两边停着婚车。

有人家在办喜事。

海里抬头找了找，看见陈家大门口贴着大大的喜字，院子里张灯结彩的，好生热闹。

岛上还是有规矩的，办喜事儿还得在自家院子里办一场，大伙一起吃大锅菜，新婚夫妇便在院子里招待来宾。

海里看着陈家门口贴的喜字，过往的回忆瞬间涌了上来。

陈家就一个女儿，就是……当初海深喜欢的女孩。

后来这个女孩也离开了涌汤岛，去外头了，海里很久很久没有见过她了。

现在这硕大的红色喜字让海里心头莫名一扎，她不由自主就走过去站在门口张望着，门口没什么人管着，海里走进去也没人拦。

院子里摆满了大圆桌，每个大圆桌上都摆满了菜，请来的大多都是本家人，本家人聚在一起闹得随意，喝酒喝得也猛，专盯新郎，往死里灌，新郎喝一杯，所有人高声起哄。

海里站在一旁，一眼就看到了新郎旁边的新娘。到现在海里还不知道她的名字，模样到底是变了，更好看了。海深还在的时候，每天载着她回家，她坐在海深的自行车后面，迎风笑得眼睛弯成了月牙，那时候海里就在想，也许海深就是喜欢她笑起来的样子……

海里站在院子的一角，看着张灯结彩的院子，看着这个长大的女孩穿着中式红色旗袍，脸上化着新娘妆，站在一群宾客中大方地微笑，身旁……站着另一个男人，她的新郎。

海里静静地看着，不自觉地就跟着他们一起微笑了。

她又想起海深下葬的那天，这个姑娘偷偷地跟在队伍的后面，眼泪一直掉啊一直掉，跟袁石风说："我对不起海深。"

她觉得，这个女孩一定是比她还要痛苦的，比她还要伤心的。

现在，时隔许多年，他们都平平安安长大了，那个在墓地旁偷偷哭着的女孩另嫁他人了，她平安无事地挽着新郎的手，笑得脸蛋微微泛红。

海里看着她想，海深如果看到了，也一定会很开心很开心的吧？

海里站了一会儿，觉得不能让她看到自己，怕她认出自己，这样她就会想起海深，这样的记忆不好，于是海里转身离开了。走了没两步，海里听得后面高跟鞋传来的哒哒声。

海里回头，看到新娘提着裙子站在门口，红色的旗袍，红色的高跟鞋，精致的妆容。

新娘盯着海里细细看，而后，颤抖着嘴唇，有几分怀疑地叫出她的名字："……海里？……李海里？"

所以……刻骨铭心的记忆，哪儿是说忘就能忘的？

海里觉得，坐在海深自行车后座的女孩啊，你还不如永远不记得我，也不要记得海深呢……

"李海里？"陈家姑娘又不确定地叫了一声，走上来，紧紧地看着海里。

海里笑了："是我。"

陈家姑娘一怔，不说话了。

海里挺尴尬的,也不知道说什么才好,于是说:"恭喜你了。"

说出来后,海里又觉得这话还是不合适。

陈家姑娘眼泪都快流出来了,到底还是让她想起海深了。

海里有些无措,不便再说什么了,转过身往回走。走了一半,她回过头,陈家姑娘还站在那儿看着她,离得远了,瞧不清陈家姑娘的神色了,只有一身红色的旗袍在暖黄的灯光下显得喜庆又孤独。

所以有些人当真不适合再出现的,怕彼此都触景伤情。

这辈子能送上的礼物就是永不相见。

永不相见,就能忘掉了。

海里回到家,站在李爸李妈面前:"我想出国……"

03

江边的几盏孤灯亮起,夜风猎猎。

"听说海里要去伦敦?"沈炎是故意这么问的。

袁石风打开了第二瓶啤酒,平静地"嗯"了一声。

"她知道是你帮她弄好手续的吗?"这句话沈炎也是故意问的,特别明知故问,就是想看看袁石风会有什么反应。

袁石风还是什么反应也没有,也没理他,仰头喝了一口酒。

沈炎觉得没劲,这回倒是认真地问了,是真关心海里:"她读什么去了?"

袁石风半敛着眼皮:"比较文学。"

沈炎挠挠头,不明白比较文学是什么玩意儿。

他还想从袁石风的表情里窥探出一些端倪,但可惜,袁石风永远是内敛的,无懈可击,掏不出一丝能放大八卦的东西。只要他不跟袁石风说话,袁石风就是安静的,三四口就能闷掉一罐啤酒,喝完了扔在地上用力一踩,瓶身变了形。

江边的风特别大,草地都枯黄了,人若站久了,就会留下两个脚印,松软的土地直接凹下去,经过一晚,结了霜,那凹下去的地方就会被覆上一层白色。

袁石风和沈炎的车都霸道地停在草坪上,亮着车头灯,车头灯招来了许多小飞虫。袁石风把啤酒瓶一丢,小虫子就散开了去,不一会儿又

聚集起来。

忽然，袁石风说："帮我去问问那里有什么安全系数高点的公寓。"

"伦敦那边啊？"沈炎又是明知故问。

袁石风想了想，补充："待会儿我把海里要去的学校的地址发给你，你帮我看看周围有没有适合住的好地方。首先，要安全，别什么国家的人都有，其次要方便，周边的地铁、商城要齐全。"

沈炎微皱起眉毛，觉得袁石风也真是操心极了。

一件事一件事都在背地里帮那小丫头操办好了，这样的无微不至真的只能算亲情吗？

沈炎很想问袁石风，问他跟那小丫头没点血缘关系，就算是个旧邻居，不觉得帮她帮得有点多吗？

——你得好好想想，你对她究竟属于哪种情感，免得有一天后悔。

但这话究竟没说出来，沈炎吸了一口气，猛地喝掉一罐啤酒，压制住这股冲动。

感情的事儿吧，别人掺和不得，谁都不是谁和谁的月老。

两个大男人闷声不响地喝着酒，不一会儿就喝了五罐。沈炎把酒罐一丢："你跟我说说话吧，我真有点受不了了！把我叫出来就喝酒吹冷风的吗？"

于是袁石风真说了，他说："回吧。"

沈炎以为自己听错了："什么？"

袁石风已经转身了，沈炎看不见他的表情。

袁石风又说："还有，记得帮我问海里公寓的事儿。"说完，他径直打开车门，上车了。

沈炎在外头气得大骂："就这事儿？下次你再叫老子喝酒老子绝对不听你的！白白在外面吹了半个小时冷风！"

袁石风坐在车里，压根儿不理沈炎。

沈炎猜不透他半点想法，他的眼睛如墨般深。

——人与人之间有好多好多种关心，如对父母、对亲戚、对朋友、对恋人的，有敷衍的、客套的、虚伪的、真心实意的，这么多种关心里，你，袁石风，属于哪一种？

04

海里要出去了，这回不只是离开涌炀岛这般简单，而是直接出国，去一个有七个小时时差的地方，要先坐船出海，然后上高速去机场，再坐飞机。

李妈对伦敦没概念，就知道那里是有女王有王子的国家，是举办过奥运会的，但她也担心，有空就开始担惊受怕，说伦敦是发生过枪击案的。

李爸啐了一口，让李妈别乱说话，接着开始拿出存折数余额，跟海里说："咱家还是有钱的，想吃什么就吃，别憋屈自己。"

大家都有那么多那么多的挂念，尤其是李妈好舍不得海里啊。

李妈抹着眼泪数落海里，也数落自己，说小时候常常夹鸡翅膀给海里，吃了鸡翅膀，长大后就能离家远一些，总觉得离家远就是出息。李妈想了想，又想起小时候海里握筷了握得低，她手把手地教海里，让海里把手往上移，筷子握得高，离家也能离得远，出息。

没想到，那一些老观念还真准了，海里果然离家离得远了，这一走，就是有十个小时时差的地方。

他们这边是晚上，海里那边就是白天，以后该在什么时间里想她呀？

在那么多那么多的不舍中，海里打包好了行李，终于上了飞机。

在候机的时候，她把手机提前关机了。

袁石风从来没有发过一条短信给她，更别说打来一次电话。他那么冷漠地退出了她的生活，从未打扰。海里也是那么知趣，没让自己再参与他的生活。

想想，彼此真是体面。

李妈哭着说："去了那边好好照顾自己。"

海里说："好。"

李妈说："晚上一个人别乱跑。"

海里说："好。"

李妈说："好好跟同学相处。"

海里说："好。"

李爸最后红着眼，却极威严地说："好好学习。"

海里笑着笑着也哭了，说："好，一定的。"

海里走了，拉着行李箱。她觉得此刻跟那个晚上极像，那一晚，她

147

也是收拾好行李,在夜色中,一个人拉着行李从袁石风的家回到学校。

那时候她就告诉自己了,以后啊,不能再做一个大晚上拉着行李箱从一个男人家里失魂落魄离开的人了,千万不要。

现在跟那时候的心情很像。

失魂落魄。

她还是那么不争气地想,袁石风知道她离开了,会不会伤心?

哪怕为她伤心一点,也是让她觉得慰藉的。

一定是哪个环节出错了,我们的任性,我们的孤傲,我们的沉默,都在细枝末节上注定了我们至今无力扭转地错过,背向而驰,过着没有彼此参与的生活。

飞机划过天际,留下一条尾巴。

袁石风站在工地上抬起头,飞机已经不见影儿了,不知道藏在哪片云里头去了。

旁边的负责人在跟袁石风说着什么,袁石风没留意他的话,抬起手腕看了看手表。哦,这不是海里的班机,海里的班机已经飞了一个小时了。

工地上,先前被他亲手砸掉的墙体已经恢复得差不多了,地上散落的钢筋变成了日渐耸立起来的高楼。

他犹记得海里站在天桥上问他:"你是造房子的吗?"

是啊。

袁石风想,海里出去看看还是好的,在外头见得多了,对女孩子来说是顶好的事儿。

所以,海里走了,对她而言,挺好……

05

伦敦的天气特别阴湿,如果天空放晴,人们的心情就会很好。

海里租住的公寓在泰晤士河旁,坐两站地铁就能到达学校,一同租住的室友是个香港姑娘,来伦敦已经两年了,养了一只猫,室友叫它"狗",对,没错,这只猫的名字就叫"狗"。

室友每天都会摇着猫砂,喊一声:"Come on, dog.(过来,狗。)"

那只猫就妖娆地坐在沙发上,"喵"的一声叫。

海里觉得这只猫像是在说：蠢货，把我的粮食双手奉上来。

室友有个男朋友，她周末就不在寝室住了，把猫托给海里照顾。海里常常坐在地上，把拖鞋一丢，指示猫："快，捡回来。"

猫立在沙发上，理都不理她，她只能自己把拖鞋捡回来。

王冬常常来看海里，王冬住在伦敦的中轴上，拿王冬的话说，他是披着都市的气息穿过泰晤士河的空气来到了海里面前，闻一闻，他身上都有浪漫的味道。

海里抱着猫，说他喷香水了。

王冬被揭穿，哈哈大笑。

一个人要迅速地成长是很简单的事情，把她丢到一个陌生的地方，她就必须学会独立处事。

真是很奇怪，以前周围的人都觉得海里古怪，很难和她相处，但是来到了英国，所有人都觉得海里是个特别棒的姑娘，大家都喜欢海里一头又黑又长的头发，喜欢跟她聊天攀谈，越聊下去就越会被她吸引。

日子比想象中的要苦，而且苦很多，海里要跟上讲师的语速还是很困难，完成一篇报告要花很多很多时间，所以熬上一个星期的夜是很正常的事。即使日子过得这般单调又繁忙，但在稍微空闲的时候，海里仍旧会不经意地想起袁石风。

每当海里想起袁石风的时候，她的眼神就会是放空的，人呆呆的。如果王冬在她身边，就会毫不客气地把她从思绪里揪回来。

似乎很多人都以为海里是王冬的女朋友，以为他们是出双入对的情侣。关于这点，王冬从来不会纠正。

在空闲的时候，王冬会陪海里去超市买吃的，会带她去伦敦桥，还载她去泰晤士河，甚至会陪她泡图书馆。有时候李爸李妈发来视频的时候，王冬就在旁边，王冬会凑到海里身边，热情地对着屏幕打招呼，于是也不知道是什么时候起，李爸李妈发来视频的时候，他们的身后站着王冬的爸妈。

日子在繁忙中过得很快，一不留神，就是半年过去了。半年的时间对海里来说足够成长，她终于能毫无障碍地跟上讲师的授课思路了，终于能快速地敲击着键盘完成一份文学报告了，也终于在伦敦大马路上不会迷路了。她租住的公寓很高，往南望，能望到伦敦桥，她常常抱着这

149

只名叫狗的猫站在阳台上，看着不远处的伦敦桥，一轮火红的落日挂在桥上，像是被筷子夹起的红油鸭蛋黄。她会把这景色拍下来发给李爸李妈，在发送的时候，看着手机里的联系人，也好想好想发给袁石风。

她也当真发过一回，过了很久很久，袁石风才回了特别简单的四个字。

袁石风：很美，谢谢。

十足客气。

自此以后，海里再也没给袁石风发过了。

不知是第几个周末，室友回公寓的时候脖子上布满了吻痕，当真是春光满面。

海里坐在沙发上用电脑看书，瞧了她一眼，坏坏地冲她笑。

室友挺不好意思，摸摸脖子坐在海里旁边，甜蜜蜜的。

忽然，她问海里："你跟那个胖子在一起吗？"

胖子自然指王冬。

海里笑着摇头："没有，他是我的好朋友。"

"真的？"她不相信。

海里点头："真的。"

室友看着她，过了一会儿，问："海里，你有喜欢的人吗？"

海里浅笑着，没说话。

"我常常见你站在阳台上发呆。"室友又说。

海里还是笑，半敛下眼皮："我没喜欢的人。"

"那……你有想过你会喜欢怎样的男人吗？"室友显得特别八卦又友善。恋爱中的女孩子总是友善、温柔的，陷在甜蜜里，把别人也变得柔情起来。

海里把腿盘起来，电脑放在膝盖上，猫也从桌子下钻了出来，跳到了她的旁边。

她眯着眼想了想："头发理得很清爽，会对我皱眉，但还是依着我的，生气的时候会叫我的全名，会做饭，衣服的颜色是黑白灰，记得我的生日……"

她一顿："会造房子。"

她一点点拼凑出袁石风的形象，然后开始长时间地发愣。

室友是知趣的，她看出来海里这是说的某一个具体的人了，而且还

是海里爱而不得的人。她将头轻轻靠在沙发背上,看着又陷入自我世界的海里,心想:希望你能如意。

06

海里的讲师是个白胡子老头,他特别喜欢海里,常常夸海里聪明,是最美的东方姑娘。那老头喜欢中国文化,有一次请海里去他家做客。他家柜子里摆着好多瓷器,说:"中国文化好,底蕴厚,但可惜了,这么好的东西都慢慢变味了。所有国家都有这个毛病,拿自己的文化开起了玩笑,正经说话的没剩几个了。"

这天也是如此,那英国老头在课堂上点名让海里讲《梁山伯与祝英台》。

课堂的开头就是英国老头讲莎士比亚的《罗密欧与朱丽叶》,然后说中国也有一本著作跟《罗密欧与朱丽叶》很相似。

他微笑着看向海里:"里,请你来讲讲这个故事。"

海里便把《梁山伯与祝英台》的故事讲了一遍,她的声音平缓而冷静,却又无端动情,她讲到梁山伯和祝英台双双化蝶的时候,整个教室鸦雀无声。

英国老头的半个屁股坐在桌子上,真诚地跟海里说:"里,谢谢你。"他回头,扫视整个教室,"现在让我们来说说,是什么让这一对中国的情侣和莎士比亚创作的罗密欧与朱丽叶一样,相爱的两个人都没能在一起。"

学生回答特别踊跃。

"坏人。"

"家族之间的矛盾。"

"身份差异。"

英国老头微笑着听完学生的答案,依旧稳稳地坐在桌子上,双手交叉放在膝头,像是坐在壁炉边跟孩子们聊天的老人。

他又问:"为什么家族之间的矛盾、身份的差异能阻碍两个相爱的人?"

整个教室静默了,英国老头也不着急,静静等待。

海里说:"勇气?"

英国老头微笑:"这两对情侣从未缺少勇气。当罗密欧看到墓穴中熟睡的朱丽叶,以为朱丽叶真的死了,于是他选择了自杀,当朱丽叶看到爱人死后,也选择了用短剑刺向自己的胸膛。梁山伯因为祝英台另许他人抑郁而亡,祝英台跳下花轿投入梁山伯的墓穴,双双化蝶。他们从未缺少勇气,那么,连死都不怕的两个人,他们为什么还会被阻碍?"

"时代。"有人说。

英国老头仍旧微笑着,离开桌子,走到教室中间:"孩子们,我羡慕此时年轻的你们,你们爱得单纯又纯粹,也许某个女孩子很漂亮,也许某个男孩子吻技很好,你们就会爱上对方,毫无顾忌地跟对方在一起。

"孩子们的爱情永远是单纯的,喜欢就是喜欢了。可是成年人并不是这样,他们用过来人的身份来告诉你们,什么人是适合你的,什么人是不准许你和他在一起的。待你们长大成人,你们也将用许多的标准来考量你们的爱情,这些标准有很多很多,金钱、地位、年龄,哦,还有性别。这些标准,成为了一切一切未能使情侣最终在一起的原因。"

英国老头站立在教室的正中,他弯下腰,在所有人的沉默中,说了这样一句话。

"世俗容忍不了一切纯粹的爱情。"

海里抿紧嘴,看着他。

"我们的两个伟大悲剧作家又是这般留情,在最后让这两对可怜的情侣仍旧在一起了,死在了一起,相偎相依,所以他们对这场爱情留了足够的情面。假设罗密欧在朱丽叶的墓前并没有选择自杀,那是不是结局又会不一样呢?"

有人说:"如果罗密欧没有自杀,朱丽叶醒来的时候就会看到他了,朱丽叶也不会跟着殉情了。"

英国老头微笑,讲了第二句让海里印象深刻的话。

"也许一场悲剧的原因,只是差了一个相信。"

英国老头转过身,慢慢地走到讲台上。他俯视着每一个人,仍旧是微笑着的:"愿在座的你们不受任何世俗的影响,愿你们此生能拥有纯粹的爱,不差相信,不差距离,不留任何遗憾。"

海里坐在教室的最左侧,想把这些话记下来,可是拿起笔,却又放下了。

转过头，窗外是七月的伦敦。

突然，她很想很想袁石风。

07

一晃眼，十月，海里告诉李爸李妈，圣诞节的时候她准备和王冬一起回来。李爸李妈可高兴了，在屏幕那头嚷嚷着海里回来给她准备什么好吃的。

海里来到伦敦快一年了，有时候再翻翻通讯录，袁石风的名字在通讯录里搁置着，已经很久没有联系了。海里想，袁石风和陈梓蓝过得很快乐吧，快乐到他们不会再想起她。

天气好的时候，海里会坐在鸽子广场上看书，靠着大柱子，脚悬挂在阶梯上，晃啊晃啊。

旁边的王冬收到了短信，不由得抱怨："每次回家，我爸妈总是要搜罗一大堆亲戚朋友的东西让我带回去。"他把短信举给海里看，一长串都是奶粉的牌子。

王冬的亲戚还爱头奢侈品，时不时发来牌子和货号让王冬去买，硬是把王冬刷成了VIP。前不久海里陪王冬去买的时候，王冬说："海里，你有没有喜欢的，我送你一个？"

海里当时笑道："你无缘无故送我干吗呀？买一个包你还不如给我买几片奶酪做饭。"

王冬给海里看了一眼要买的清单后，又丧气地把要买的东西都抄写在记事本上。广场上的灰鸽子一跳一跳地蹦跶到王冬旁边，去啄王冬放在一边的三明治，王冬一挥手，把鸽子赶跑了。

"你渴不渴？我去帮你买些吃的？"王冬抄写得差不多了，看向海里。

海里看着书，点点头。

王冬拿上钱包就走了。

海里看着他胖乎乎的背影挤到了一窝鸽子的中间，把鸽子都赶得飞起来了。

伦敦的鸽子不怕人，每天都在广场上找面包屑。广场上有个小女孩，穿着粉色的衣裳，迈着小短腿在鸽子中间跑来跑去，一路撒面包屑，鸽子一路跟在后头追。她跑着跑着不小心摔倒了，四仰八叉地倒在地上，

又惊得地上的一窝鸽子扑腾着翅膀飞起来。

海里站起身,想要走过去把小女孩抱起来,倒是有人先她一步,跨着长腿上来,弯腰,伸出两只长胳膊,一把将小孩儿捞了起来,竖着把小女孩放在地上。

于是,海里就在整个广场的鸽子都飞了起来的时候,隔着一段距离认出了袁石风,看到那个穿着黑色大衣的男人拍了拍小孩儿的头:"哎,摔倒了也不哭。"

是袁石风呀!

这名字在海里心头一晃而过,海里再要去看,视线却被一大群起飞的鸽子挡住了!

灰色的翅膀在面前呼啸而过,广场上爆发出人们的嬉笑和惊叹声,人们或眼疾手快地抓拍,或抱着脑袋逃窜,生怕鸽子的翅膀划过自己的脸蛋。

海里眯着眼,用手捂住口鼻,挥动着手,想要把面前的鸽子赶走,恨不得扒开一群鸽子立即抓住那个男人的胳膊!

走不动,飞起来的鸽子冲劲儿太大,硬是把她阻挡在原地。她只能睁大眼望着前面,从翅膀的缝隙间看到小孩儿的粉色衣服,看到男人黑色的大衣。大衣动了动,转身离开了。

她想叫,想大叫一声"袁石风"!

张嘴,声音卡在喉咙里,硬是没办法叫出他的名字。

再睁大眼,黑色的衣服不见了,所有的鸽子都飞走了,飞到半空,开始绕着广场盘旋,一圈又一圈。天空中掉下来许多羽毛,一片一片地飘下来,盖在广场上。

穿粉色衣服的小女孩拿着半个面包,站在原地,抬头,指着天上嬉笑着。她的爸爸妈妈小跑上来,为她拍去膝盖上的灰尘,捧着她的脸看看她有没有被划伤。

海里也站在原地,但没人帮她拂去那么浓重的忧伤。

寂静的广场上,盘旋着的鸽子又慢慢地落下来了,落到了海里的脚边。

她抬头看着四周,发现广场周围有许多穿黑色大衣的男人,有褐色头发的,有黄色头发的,也有黑色头发的。

鸽子起飞到落下的时间里,她好像披荆斩棘地经历了许久许久的时间，久到她都辨不清刚才是不是真的看到了袁石风。

是像他，还是真的是他？

书因为她太着急而掉在了地上。

翻开的那一页有她用绿色记号笔做的中文标注——没有不可治愈的伤痛，没有不能结束的沉沦，所有失去的，都会以另一种方式归来。

风一吹，书往下又翻了一页。

王冬把书拾起来，合上，拍了拍，连同咖啡一起递给海里："怎么站在这里发愣？"

海里回头看他，接过咖啡，拿过书："没什么。"一顿，微笑，"刚才鸽子都起飞了，你看到了没有？"

王冬笑了："瞧见了，一群人在哇哇大叫。"

海里跟着笑，转过身，重新坐回到阶梯上。

如若要说在异国他乡的一年里，她学会了什么，应该是对陌生人也能礼貌地微笑吧。

没有了让她孤注一掷的人，果真她就会开始变得善良和柔和。

沈炎走在白厅大街上，脖子上挂着相机，用手托着长长的镜头翻看着之前的相片，一张张翻下去，甚是满意，鸽子起飞的瞬间都被他拍到了。

袁石风走进了旁边的一家咖啡店，沈炎跟着走了进去，把相机取下来，放在桌上，打了个哈欠，时差还没倒过来。

沈炎瞧着窗外，又瞟了一眼坐在对面的袁石风："你真不去看看海里？"

袁石风没回答，看着菜单，叫来了服务员，要了一杯美式。

沈炎点了三明治，继续翻看着相片，把不满意的都删掉，嘴上犹豫，但仍旧是要问的："万一你和她碰到了呢？"

袁石风扫了他一眼："管好你自己。"

沈炎撇撇嘴，没说话。

相片一张张翻下去，放大，不满意的就删掉。

忽然，沈炎的手一顿，看着相机里的照片，放大放大，再放大，下移……

沈炎挺直了背，看着相机中出现在角落的海里。

长长的黑色头发，裹着绿色的长围巾，卡其色的毛衣，坐在阶梯上……

距离他们不远。

无意地闯入他的镜头!

沈炎猛然一阵慌乱,连忙抬起头看向袁石风。

袁石风脱下了外套,转头看着窗外,像是在沉思。

沈炎赶紧低头把照片删掉。

伦敦这么大,总不会这么巧遇到的。

08

伦敦的天气到底是多变的,所以在伦敦的人也是警惕的,云层稍微一厚,就立马想到今天的天气预报说会有阵雨,于是几乎同一时间,没带伞的人开始离开广场,提着伞的人放心大胆地继续闲逛。

见海里合上书,王冬说:"我送你回家?"

海里怕他麻烦:"不用了,你直接回家吧。"

王冬看看天气,不放心:"我是男人,把你送回家这是礼貌。"

他昂首挺胸,一股正气。

王冬最近在健身,发誓要在圣诞节前练出一些肌肉,玉树临风地回去见亲戚。这两个星期下来,他的脸蛋似乎是瘦了点,人到底还是胖,还是显矮。他走在海里身边,像是一只忠厚老实的棕熊。

这天气真是糟糕得很,果不其然,走到白厅大街,就噼里啪啦地下起了雨。王冬赶紧把海里拉到旁边,路上的人呼啦啦地往道路两边逃窜,一个紧挨一个地挤到屋檐下。

咖啡店的生意一下子就好起来了,湿漉漉的人冲进店里,不一会儿,咖啡店里里外外就堆满了人。

王冬把海里挡在自己身后,免得海里被人挤出去淋着雨。倒是他自己,半个人站在外头,前襟淋得透湿。

海里把他往里头拽了拽:"你进来点。"

王冬笑着把衣服上的雨水拍掉:"不碍事儿。"

他是觉得自己身材硕大,往里头一挤,碍着别人。

外头淋雨的人太狼狈,坐在咖啡店里的沈炎觉得自己太安逸,拿起相机冲着外头,对焦,按下快门,"咔嚓"一声。

他回放查看照片,这一看,心口又是一紧。

他把照片放大，放大，再放大，照片的一角赫然又出现了海里的脸。

卡其色毛衣，绿围巾。

"见鬼了！"沈炎拿着相机咒骂一声，抬头望向窗外，一眼就看到了站在人群中多余的海里。

沈炎也不知自己为什么这么快就找到了，或许是她脖子上显眼的绿围巾吧，又或许是……熟悉的人之间往往就是有一股莫名的牵引力吧。

越怕碰到就会越碰到。

沈炎的反应实在是太大了，袁石风也跟着他一起看向窗外。

沈炎注意着袁石风的神色，叹了口气。

虽然他常常爱拿海里跟袁石风开玩笑，想看看袁石风情绪波澜的模样，但……还是不希望他们碰见的。

碰见能做什么呢？反而无端起了更多牵挂。

欲断未断，拖泥带水，这才是最折磨人的。

"要去打招呼吗？"沈炎征求袁石风的意见，又瞧了瞧站在外头的海里，担心她待会儿一个转头就瞧见他们。

袁石风点头。

沈炎放下相机便出去了，挤过人群，伸出手，拍拍海里的肩膀，叫她："海里。"

海里回过头，目光落到了沈炎的脸上，错愕："沈炎？"叫完他，不知怎的，她目光偏转，移到了一旁的落地窗上，透过窗玻璃，看到了坐在里头，平静地看着她的袁石风，愣在了原地。

黑色的大衣、探究不出丝毫情绪的眉眼……

海里这时候才发现，纵使他们一年未见，她也从未忘记他的模样。

闭眼，她都能在心里快速地勾画出他的轮廓。

十月下雨的伦敦，一步是下雨的大街，一步是有他的温暖咖啡店。

沈炎说："进来吧，跟我们坐在一起。"

海里回头看了王冬一眼，王冬点点头，跟着她一同进去了。

咖啡店里很暖和。袁石风往里坐了坐，腾出旁边的位置，沈炎挤在他的旁边，海里和王冬坐在他们对面。王冬瞧见袁石风，努力把自己的背挺直，想让自己看起来高一点，再高一点，努力想在他的面前证明自

己不再是以前被他们拔头发训斥的小屁孩了。

王冬向袁石风伸出手,微笑:"好久不见。"

袁石风看着王冬伸出来的手,眯了眯眼,坐在位子上,抬起下巴,给了他一个面子,起身,回握住他的手,晃了两下,松开,坐下:"王冬。"袁石风叫出了他的名字,在嘴里咀嚼了一下,"是挺久不见了,以前见着你还是你读小学的时候。"

这话一说出来,就强调了他和王冬之间的岁数。不论王冬多吃多少墨水,依旧是那个被他训斥过的小孩子。

开头的问候话,袁石风就没打算友好。

莫名的不友好。

海里坐在袁石风的正对面,看了他一眼,不说话。袁石风没看她。两人相隔这么近,却极尴尬。别说他俩尴尬了,沈炎也是尴尬的,王冬则是尴尬和愠怒的。

沈炎站起来,拍拍王冬的肩膀:"来,兄弟,跟我去看看要吃什么,咱们去点一些。"

这是要给袁石风和海里单独见面的机会的。

王冬不愿意,板着脸坐着,转头看海里。海里低着头,没声响。王冬叹了口气,随着沈炎一道去了,位置上只留下了海里和袁石风。

袁石风搅动着咖啡,咖啡打着漩涡。他把勺子拎出来,放在小碟子上,抬头看海里,发现海里的脸色是红润的,气色是好的,刚才在窗口瞧着她,好像要比一年前高了些,头发更长了。

"在这儿习惯吗?"他问。

海里没答,却是问:"你怎么来了?"

"办事儿。"他说,却也没细说。

"如果不是今天这么巧遇见,你会特地去看我吗?"这是海里抛出的第二个问题。

袁石风想,海里永远是这般直接的,她永远在向他抛出问题。

——你喜欢什么颜色?

——你喜欢吃什么?

——她挽过你的手吗?

——你亲过她吗?

——你跟她做过爱吗？

——你是造房子的吗？

——你喜欢我吗？

她向他提过那么多问题，直截了当。

袁石风宁愿她的性子不那么直接。

"有空的话会的。"他选择了这样的回答。

不那么残忍，又不那么暧昧。

海里不说话了，外头的雨还在下，他们的窗户外面堆着好多盆栽，怕躲雨的人踩着，服务员过去把盆栽都拿进了店里。店里开着暖气，很温暖，可海里希望雨快一点停，这样她就可以离开了。

袁石风不想让气氛变得尴尬："学的东西还有趣吗？"

他知道海里爱看书，什么书都看，愿这个专业是对她胃口的。

海里点头："有趣，老师很可爱。"

聊到这个，她的眉眼就是弯着的。她的情绪是那么容易被看出，开心就是开心，不开心就是不开心。

说到这个，海里想到了什么，拿起包，打开，准备去拿自己在看的那本书。她翻了翻，一想，完了，书落在阶梯上了。

"怎么？"袁石风注意到她的表情。

"书落在广场上了。"海里皱眉。

"重要吗？"袁石风问。

"所有笔记都在上面，要交报告的。"海里已经站起来了，这是要回去找的意思。

袁石风起身，抬手，示意她不要着急，转身拿起外套："你坐在这里，我去找。什么书，放在哪儿了？"

"鸽子广场喷泉的台阶上，包了黑色封皮，约翰·肖尔斯的《许愿树》。"海里还站着。

袁石风点点头，表示知道了，穿上外套就出去了。

海里站了一会儿，看着外头淅淅沥沥的雨，问服务员借了伞，跟着出去了。

沈炎和王冬拿着吃的回来时，位置上已经没人了。沈炎觉得奇怪："人呢？"

王冬把东西一放就要去找人，沈炎眼疾手快地把他拉住，笑得坏坏的："你有伞没？没伞吧……哎呀让他们去吧，等会儿他们肯定要回来的。"沈炎紧紧抓着王冬不放，"来来来，我们坐下吃，吃！"

海里举着伞跟在袁石风的后面，街上已经很冷清了，没带伞的人在躲雨，带着伞的人优哉游哉地继续走着。袁石风裹紧了外套，低着头，走得很快。海里撑着伞，跟在他的后面，没上去，就以平常的步伐跟着。

穿过一整条街，往南走，进入广场。

鸽子也飞回窝躲雨了，中央的喷泉还在喷洒，混着雨水往上冲。

袁石风沿着喷泉找了一圈，还真找到了海里的书，已经湿了。他弯腰小心翼翼地拿起来，用袖子擦了擦上头的水，放进大衣里裹着，回身刚想走，却发现海里撑着伞站在他的后面，他的脚步就顿住了。

没有了鸽子的广场，喷泉还在喷洒，海里撑着黑色的大大长柄伞，脖子上的绿色围巾被风吹得一飘一飘。

袁石风的脸上都是雨水，眉头一皱，额头上的水就滴落到眼皮上，又沿着眼睫毛滚落下来。

他眯起眼，方便看清海里。

海里站在他面前，说："袁石风，你跟我说要找一个跟我爸妈一样宠我的男人，我想了想，就真的只有你了……"

第八章：希望，你能带我走

最重要的是，不要不要不要轻易地忘了我。

01

广场南端就是政府办公区白厅，通向国会大厦，西南是水师提督门，背后是通往白金汉宫的林荫路。广场背面是国家美术馆，空旷的广场路面上粘满了湿漉漉的羽毛，有一只贪嘴的鸽子跑出来了，冒着雨，一爪子一爪子地跳到玉米粒旁，一啄，又赶紧飞走了。

袁石风脚步一动，走上去，拿过海里手中的雨伞。他比海里高许多，雨伞在他的手上升高。他站在她的面前，大衣上的水黏在毛呢料子上，倒是不会轻易地往下坠，而是在衣服上变成点点雨痕。他撑着伞，包容着她。

他说："海里，你也才二十出头，也才见过这么些人，待你以后见着更多有趣的人，你会发现这一些人当中也会有人宠着你，而这种宠法跟我们的不一样。"

他用了"我们"，把自己划入了李爸李妈的行列。

袁石风拍了拍书，把上头的水渍再抹干了些才递给海里，其实书面都透湿了，软塌塌地皱着。

海里接过，放进包里。袁石风撑着伞，跟她一同往回走。

可真奇怪，海里这般问完之后，他们之间丝毫不尴尬。

一年的时间，他们都平静了许多。

"就真的只有你了……"好像也只是特别直白的问候语。

就算袁石风这般表明了他的立场，海里也觉得自己没有像以前那么难过了。从这场对话之后，他们之间的尴尬一下子瓦解了，这真是很神奇的事情。

袁石风撑着伞，走在海里的左边，把她护在内侧，车流在袁石风的身边疾驰过。他撑着伞，伞面高出海里许多，海里仰头，觉得伞面就是天似的。

往回走的这条路比来时的短，短很多，在路上，海里跟袁石风讲起自己的室友，讲起那只叫狗的猫；讲起自己刚刚来伦敦的时候坐公交车，不知道坐到哪里，都不敢问人，害怕了，就打电话回家哭，哭完了，抹抹眼泪，再可怜巴巴、小心翼翼地问人；讲起自己的学校和有意思的讲师；还讲起了这里的食物可贵了，她买一个奶酪都得心疼好久，水果好贵，为了省钱甜点都舍不得吃。

袁石风听着笑了，看了看手表，问："现在最想吃什么？"

"嗯？"海里看着他。

袁石风想了想："川菜？浙菜？粤菜？"

海里眼睛冒光："火锅！"

"行！"袁石风笑了，停下脚步，"带你去吃，想吃什么，点。"

所以……有他在真好，不论在哪个国家，哪个地方，只要有他在，海里觉得自己就能任性，谁都无法惩罚她。

在快回到咖啡店的路上，他们改变了方向，袁石风拦车，载着海里直接逃跑。

如果这一场时光能用逃跑形容的话……

沈炎和王冬已经面对面坐了两个小时了，外面的雨早都停了。躲雨的人也陆陆续续离开，咖啡店回到了宁静平和的状态。也是因为无法再以躲雨为借口，沈炎仰头叹了口气，望了望滴水的屋檐，对王冬说："看来他们不会回来了，那……咱们走呗？"

王冬黑着脸瞟了他一眼，直接转身走人。

沈炎追在后头开解道："小伙子你别生气啊，我也是被抛弃的那一个啊！"

王冬疾步走远了，懒得搭理沈炎。

沈炎挠挠头，自己回酒店了。

在英国留学的开销的确大，海里觉得能省的地方就要省，但能省的地方也只有一个吃的了，所以平日里能做菜就自己买菜做，一顿饭分两顿吃。王冬是很阔绰的，豪爽起来就大手一挥，带海里去外头下馆子。海里不愿意，觉得死皮赖脸吃王冬的就是不好意思，可对袁石风她就能死皮赖脸下来。

唐人街有一家火锅店，用的还真是老北京的火锅炉子，传统铜锅炭火，酱料也特别香，芝麻酱，涮肉蘸酱吃怎么也吃不够。客人有一些是英国本地人，但大多还是中国人，这家店在华人区很火，大家聚会唠嗑都喜欢来这里，炭火一生，就是一股老底子的味道。

海里大快朵颐，袁石风看着她的吃相觉得好笑，好像真是馋坏的模样。

他说："也别在吃上面省钱，该吃的还是得买来吃。"

"嗯，我觉得我得在餐厅里找份工作。"海里低着头涮牛肉。

袁石风夹起牛肉放在锅里涮，涮好后放到海里的碗里，表示反对："找工作不急，先读好书，钱不够了你直接跟我说。"

海里没接话，抬头看他一眼，又低下头，把他夹给她的牛肉蘸了点酱，放回他的碗里，问："你在伦敦待多久？"

"三天。"袁石风把牛肉片放进嘴里，用纸巾抹嘴。

三天……真少。

海里说："那这三天我就尽情剥削你吧，行吗？"她顶俏皮地微笑着，"想吃什么，趁你还在的时候吃个够。"

这个理由让袁石风没法拒绝，他点头，"行。"

其实袁石风给出的承诺并不多，但他每应一声"好"，每应一声"行"，他都一定会履行的。他自始至终做着的承诺，就是小时候去找海里的那回。

羊肠小道，淅淅沥沥下着雨，他用自行车截住海里，强硬地把他的蓝色雨披套在海里身上。

他抹了一把脸，说："从今以后我就是你哥哥！"

这承诺……他做得多好。

袁石风带海里吃完火锅走出来，转头看海里："还想吃什么？"

海里笑着说："LADUREE（拉杜丽）的甜品。"

袁石风点头："走。"

海里一蹦一跳地跟在他的身后。

所以，真好呢……怎么可能还有比他更宠她的男人？

这个晚上应该是自海里来到伦敦后过得最畅意最幸福的晚上，袁石风带她吃了许多许多甜品后，怕她还贪嘴，又给她打包了一袋。回来的路上，他又给海里买了许多水果囤着。享受在这般无微不至的照顾里，海里丝毫没有怀疑，在袁石风送她回去的时候，她并没有告诉他自己的住址，他却那么自然地向司机报了地址……

海里下车的时候，弯下腰，对袁石风说："你明天办好事儿后给我打电话，我还要去吃料理的。"

袁石风笑着回道："好。"

海里抱着一大堆食物回去了，袁石风打车回酒店。

海里回到公寓，才发现手机里多了许多王冬发来的信息，是问她在哪里。

海里一边把蛋糕塞进冰箱，一边回复他。

海里：我回家了，不用担心，明天和袁石风出去吃饭。

后来王冬还发来什么，她就不在意了。

而袁石风回到酒店的时候，沈炎正坐在他的床上玩电脑。他们订了家庭套房，起初是图方便，没想到让沈炎先方便上了。家庭套房里的房间一般不落锁，现在沈炎随便就在袁石风的床上吃比萨玩电脑。

袁石风把外套脱了，挂在衣架上，上去用脚踹沈炎的屁股："滚回自己房间去。"

沈炎妖娆地躺在床上，没动："你没觉得自己亏欠我什么吗？"

袁石风睨了他一眼，收拾东西准备去洗澡："有吗？"

沈炎对着袁石风的背影喊："你把我丢在咖啡店，是我自己回到酒店的！你当我没闻到你大衣上飘着的肉香吗？你们去吃了什么？"

袁石风"啪"的一声把门一关，洗澡去了，隔绝了沈炎气急败坏的声音。

02

凌晨三点，各自都睡着了，袁石风却突然敲响沈炎的房门。沈炎睡眼蒙眬地去开门，袁石风已经急急地在穿外套了，脸拉得老长。沈炎看了一眼时间，刚想问怎么了，袁石风就已经开口了："海里病了。"

"啊？"沈炎有些反应不过来。

袁石风套好了外套："我先去看她，你待在酒店。"

看他这样子沈炎就担心："明天上午约了人洽谈的，你赶得回来吗？"

"应该可以。"这句话的可信度不高，袁石风似乎完全对这件事情不挂心，穿了鞋子就关门出去了。瞧他的表情，哪儿还有把来伦敦的目的放在心里。

袁石风披着夜色来到海里住的地方。

海里的室友开的门，袁石风进屋："海里呢？"

室友看着袁石风，愣是好半天回不过神，指了指厕所："在吐呢。"

"她什么时候开始不舒服的？"袁石风皱眉，直接往厕所去了。

"不知道，我醒来的时候她已经吐了很多趟了。"室友披着外套，跟在袁石风的后面。

袁石风站在厕所外一看，心里就一疼。

海里穿着睡衣坐在地上，两只手按着马桶边，都快把脑袋探进马桶里了。袁石风看海里静静地坐在那里没反应，走上前，蹲下身，把她的脑袋托住，让她靠在自己的腿上。

海里看到是他，连忙又去用手捂住马桶："你别看……可恶心了。"

袁石风好气又好笑，摸摸她的额头，也没感觉发烫："哪儿不舒服？就一直吐？"

"头晕，想吐。"海里整个人都是蔫着的。

袁石风又摸了摸她的额头，把她扶起来："我们去医院。"

"不要。"海里皱眉，"太晚了。"

"不行。"袁石风皱眉，打算把她抱起来。

"不想去，懒得动，你就让我在床上躺着，吃药就好了。"说着，她晕乎乎地往自己房间飘去，裹着被子窝在床上再不肯挪动一下了。

袁石风看着缩在被子里只露出一个脑袋的海里，看着她难受的模样，

也真是急死了。他想了想,给海里端来一杯温水,一直这么吐下去可不好,人都得脱水了。

海里喝了两三口,躺下,又裹着被子缩着了。

袁石风搬了把凳子坐在她床旁边,怕扰着她,就把顶灯关了,只留下床头灯散发着微亮的暖黄色光。海里的眼皮颤了颤,微微睁开,眼神还有点呆滞,也不知现在她还清醒不清醒:"太可惜了……"

"嗯?"袁石风给她掖了掖被角,把空调温度开高了些。

海里的声音很是委屈:"牛肉都吐光了……"

袁石风失笑,瞧着她苍白的小脸,还是放心不下:"难受的话必须去医院,知道吗?"

海里点点头,闭上眼,这是困了想睡觉,可是身体难受,又睡不着,想翻身,可是翻了身之后就会背对袁石风,舍不得,于是只能一直保持着向右侧睡的姿势。

她闭着眼想要睡着,可胃里又是一搐,她连忙爬起来冲向厕所,趴在马桶边又是一阵呕吐。

袁石风紧跟上来,给她拍背。海里死命捂着马桶:"你别看啊!"

袁石风紧皱着眉头,给她递来了纸巾:"你都没有东西吐了!连喝水都要吐!"他到底是因为着急而开始恼怒,把海里拽起来,用纸巾给她擦干净嘴,也由不得她了,直接把她抱到房间,拿了她的外套给她裹上,"必须去医院!你不想去也没用!"

大衣一层,围巾一层,帽子一层,全都给她包裹严实了,他扛着她就走。

海里被他包得只露出两只眼睛,瞧着袁石风黑着脸,着实委屈:"你这么凶干吗?"

袁石风叹了口气,眉头一皱:"没有凶,是担心。"然后伸手拦车。

03

海里挂着吊瓶的时候已经是凌晨五点了,靠在椅子上睡着了。袁石风看了看吊瓶,还有一些没滴完,海里一定要把速度调快,他拗不过她,依了她,趁她睡着,又悄悄地把速度降下来了。

手机在口袋里振动起来,沈炎打电话过来了。

袁石风怕吵着海里,捂着电话去旁边接了。

沈炎在那头打哈欠："还没回来？情况怎么样了？"

"急性胃炎。"袁石风皱紧眉毛，语气有些懊恼。

沈炎沉默了很长时间："所以你到底把她怎么了？"

"带她吃太多东西了……火锅，三大盘牛肉，全是她一个人吃光的，吃完火锅又带她去吃了甜品，一大桌的蛋糕冰激凌，路上还给她买了水果……"

沈炎咬牙："你们两个也真够搞笑的！这么吃别说一个女孩子受不了了，一头骆驼也该撑死啊！"一顿，"还有五个小时对方就到了，你什么时候回来？"

袁石风看了看时间："马上，她挂完了水就回来。"

他挂了电话，往回走，海里已经醒了。

"好受点没？"袁石风坐下来，问道。

"不想吐了。"海里回答，特别自然地靠在袁石风的肩膀上。

袁石风一愣，倒是没动，顺着她意了，把手放在海里的手下给她垫着，他的手暖。

医院很静，挂吊瓶的没几个人，墙壁挂着的电视放着新闻，金发碧眼穿着蓝褂子的护士正在做记录。

海里靠在袁石风的肩膀上："来伦敦后我就没生过病，今天头一回。"

袁石风叹了口气："我的错。这几天吃点清淡的，油腻的也不行，给你开了药，回去按时吃。"

海里瘪了瘪嘴："还说趁着你在的时候要狠狠地海吃一顿，把你剥削穷的……现在没法再剥削你了。"

袁石风安慰她："放心，带你看个病差不多也顶你吃我三顿的了。"

这是实话，海里瞧着一堆的药，忍不住笑了起来。

她想，生病也挺好，瞧着他为她着急、恼怒，她心头就温暖，就好受。犹记得她吐得难受，难受得委屈，给他打电话，他二话不说就来了。他站在她身后把她抱起来，那担心的眼神，因为着急而皱紧的眉头……海里觉得真好，生病真好，你会对我这么关心。

袁石风到底是放心不下海里的，吊完水把她直接带回了自己的酒店。

天都亮了。

沈炎开的门，看见病恹恹的海里也吓了一跳，前一天见着还活蹦乱跳的小姑娘，结果一下子蔫了。

袁石风把海里放到自己床上，开了空调，把所有的窗帘都拉上，挡住了外头的光亮。海里在里头睡着，袁石风从包里摸出钱递给沈炎："去买些早饭，海里醒来就得吃药。去唐人街买，要粥，没得卖就让人做，花钱总是有人愿意做的。海里就只能吃清淡点的。"

沈炎本想奚落他几句的，但是瞧着一夜都没睡满脸都是疲惫的他，还有躺在床上病恹恹的海里，挥挥手："你赶紧去我床上眯一会儿吧，待会儿还要跟人谈事儿。"穿上外套就出门买早饭去了。

袁石风回到卧室，海里躺在他的床上，睁着眼，双眸幽暗，身子往旁边挪了挪，把手伸出来，拍了拍旁边："陪我。"

她声音哑，两个字，却是干脆。

整个房间都很暗，就床头灯亮着，打在枕头上，海里的脸朦朦胧胧的。

袁石风着实也有些累了，坐在床沿，躺下去，就真的躺在了海里的旁边。他躺在被子上，没盖着，海里在被子下面，他把被子给她掖了掖，说："睡吧，我也睡会儿。"

折腾了一夜，真的累了。

海里就躺在他的旁边，睁大了眼，看着他。

他只穿着衬衫，把大衣盖在身上。他到底是懂拿捏分寸的，没有拒绝她，却也是拿着分寸顺了她的意，躺下了，却躺在了被子的外面，没有任何亲密的接触。

她的身旁，满满都是他的气息。

海里想，袁石风的气息是什么呢？

就是让她安心的感觉吧，只要他在，她就什么也不担心了，什么也不害怕了。只要他在，好像等她到了四十岁、五十岁，哪怕八十岁，她都还能跟小姑娘似的，还能任性、乖张、冲动、随心所欲。

海里轻轻地叫了一声："袁石风……"

没得到他的回应，他睡着了。

海里轻轻地侧了个身，正对着他，把头一点一点地蹭过去，挨着他的胳膊，靠近，依偎。

她一直没有说，小时候他接她放学，下雨的时候，她钻进他的雨披里，雨披包裹着他俩，她把脸贴在他的背脊上，衬衫很薄，隔着一层衬衫就能感受到他的体温。

他的体温，也给了她莫大的安全感……

沈炎拎着早饭回来的时候，走到袁石风的房间，就看到了这样一幕——袁石风盖着自己的大衣平躺着，海里缩在被子下面，侧着身体，挨着他的胳膊。

折腾了一夜的两个人都乏了，都睡着了，房间里这般安静，一切都是美好的，值得争分夺秒地去珍惜。

沈炎靠在门框上想，如果这两个人没能在一起，那现在的一切美好，将变得多么触目惊心……

04

海里睡得实在是太安心了，醒来的时候，有点恍惚，辨不清是白天还是黑夜。

她身体恢复了力气，半坐起来，迷迷糊糊的，一时之间竟觉得是在自己的家里。呆坐了一会儿，看看周围，才想起自己在袁石风住着的酒店里。

房间里没人。

海里掀开被子起来，把窗帘拉开，外头的光亮一下就把房间照亮了。她穿上拖鞋，打开房门出去，听着有人在说话，声音压得低。海里轻轻地走过去，探了探头，就瞧见三个西装革履的外国男人，袁石风和沈炎坐在一边跟他们交谈，旁边坐着翻译，把袁石风的话　　翻译给对方，又把对方的话　　翻译给袁石风。

他们说的词生，连海里也有些听不懂。

沈炎低头看文件，袁石风没看，跟他们说："我希望和你们保持长久的合作关系，这次专程来，除了知道你们的意向外，我还有一个项目，十分希望交给你们。"袁石风转头朝沈炎示意了一下，沈炎把文件递上去。

"这是我们明年准备开的楼盘企划书。"袁石风瞟了他们一眼，等待着他们看完。

三个外国男人拿过企划书，不经意看到了站在门口的海里，一愣，

接着朝海里笑了一下。海里有些不好意思，也朝他们回了个笑容，连忙跑开了。

袁石风注意到他们的眼神，顺着他们的目光看去，立即发现了海里偷偷摸摸跑开的身影，于是站起来，笑着对他们说了声"抱歉"，居然就出了客厅，找海里去了。

海里坐在床上，瞧着袁石风进来，很不好意思："你去忙吧。"

"不着急，他们肯定还是要考虑一会儿的。"袁石风说着，走到桌前，把桌上一层一层裹着的毛巾打开，里面居然包着一碗粥，用毛巾包得密不透风，现在居然还热着。

他把粥递给海里："先吃了，桌上有药，吃好了再吃药。"

海里接过，不敢再麻烦他，催促道："你赶紧回去谈事儿吧。"

袁石风点点头，这才出去了。

海里搬了把凳子坐在桌前，慢慢喝粥。她不敢出去了，怕打扰袁石风谈事儿。

海里吃了没几口就开始打量房间，她看到角落里放着袁石风的行李箱。

海里想，三天也太快了，袁石风明晚就要离开了。

从昨天碰到他开始，一切都跟做梦似的，过得太幸福了。他冒着雨给她回去拿书，带她去吃火锅，吃甜品，她打一个电话他就冲过来看她，陪她看病，陪着她挂吊瓶，允许她靠在他的肩上睡觉，他的手枕在她的手下，把她的围巾紧了又紧，把她送到他的房间，她拍拍床，他就躺在她身边了……

他走了后，她又得花多长时间来念想，怎么舍也舍不去的回忆？

袁石风在外头谈事，海里坐在房间里吃粥，吃了一半，吃不下了，把药吃掉，找来纸，撕成许多小条，在上面写字。

她写下第一张：袁石风，我喝过的第一瓶橘子汽水就是你给我的，那时海深跌断了腿，家里没人，我趴在你窗前哭，你开了一瓶汽水放在缝纫机上，我喝了一口就不再哭了。

她写好，对折，打开他的行李箱，放进他的一件大衣口袋里。

她再写一张字条：袁石风，我吃过的所有的玻璃糖都是你给我的。

170

糖吃下去是甜的,糖纸留下,变成了我的书签。

她写好,对折,再放进袁石风另一件衣服的口袋里。

第三张字条:袁石风,我想想,觉得这一切都像是随着命运而走的。大学的时候来到了你的身边,我难过了,负气退学了,一逃就逃到了伦敦,我们又相遇了……你说,命运是让我们越来越远,还是有意让我们依依不舍呢?

她写好,再放进他的上衣口袋。

第四张,第五张,第六张,好多好多张……

全部放进了他的行李里,藏在好多好多的角落。

希望他回去之后,某一天穿上衣服的时候,发现藏在口袋里的字条,每天都发现一张,不要轻易地忘了她。

可是……不忘了她,他们之间又能怎样呢?

05

袁石风谈完了事情,送那二个外国男人离开了,嘴角勾着笑,似乎是满意的。他走回房间时,海里已经梳洗打扮好了,扎好了辫子。

袁石风喜欢海里扎马尾的样子,清爽干净。

他进来扫了一眼桌子:"药吃掉了?"

"嗯。"海里点头,拿起围巾裹上。

"要走了?"袁石风皱眉。

"下午要上课的,不想请假,讲师可有趣了。"海里说。

袁石风想着,或许应该早点把海里送出来读书,瞧这爱上学的劲头儿。

"我送你。"

袁石风转身就要去寻衣裳,被海里阻止了。海里仰头看他:"不用了。你都没休息好,你休息着吧,我先回住的地方拿东西再去学校。"一顿,"你明天就走吗?"

"明晚。"袁石风说。

海里低头想了想,再抬起头看他:"明天……我再剥削你一天,带我出去玩,行吗?"

袁石风自然不会拒绝。

海里裹好围巾,拿上自己的药:"那我就走了,你休息。"

"按时吃药。"袁石风不放心地叮嘱。

"知道的。"海里走到外头,跟沈炎道了别,关门离开了。

沈炎靠墙站着,整理合同,看了袁石风一眼,揶揄道:"要我帮你退机票,迟几天回去吗?"

袁石风扫了他一眼:"不用。"

最后一天,袁石风晚上就要坐飞机回去了,海里突然想到了《假如给我三天光明》,第一天海伦·凯勒说她要看人,看人们的善良、温厚与友谊。第一天,海里和袁石风在白厅大街上相遇了;第二天,海伦·凯勒说她要在黎明起身,去看黑夜变成白昼。第二天,袁石风陪海里看病,她躺在袁石风的床上,与他同枕而卧,她的鼻尖贴在他的胳膊上,满满的安全感;第三天,海伦·凯勒说她要在现实世界里,在从事日常生活的人们中间度过平凡的一天,安静地等待眼睛重新失明。第三天,海里打算带袁石风去坐伦敦眼。

海里觉得可惜,伦敦眼应该在晚上去坐,到了晚上,伦敦眼会发出巨大的蓝色光环,特别耀眼。伦敦眼离她住的地方近,就在泰晤士河的南岸,一到晚上,她就能从窗口看到这个蓝色光环。海里坐过一次,一个人坐的,当时同一个舱里还有几个人,她记得清楚,是三个男孩和四个女孩。到达最顶层时,他们举着相机拍照,海里安静地站在旁边,想着,如果有机会的话,一定要和袁石风一起来。

现在,海里和袁石风就坐在包舱里,包舱里有空调,除了他们,这个包舱里还有三个女孩。

伦敦眼的旋转速度很慢,慢慢地往上升,视野越来越开阔,也有足够的时间看风景。海里趴在玻璃上,袁石风站在她的身旁。

"那是大本钟,那是大英博物馆,那是国会大厦……"

海里用手指戳着玻璃,一个景点一个景点地念叨过去,整个泰晤士河越来越小,像一块缝补着亮片的丝巾铺在他们的脚下。

快到顶层了,舱里的三个姑娘一边拍照一边哇哇大叫,淘气得很,甚至开始在舱里跳起来,包舱剧烈摇晃。

袁石风转过头,看见贴在玻璃上笑着看向她们的海里。

"不怕?"袁石风笑着问道,也被三个热闹的姑娘给感染了。

"我一个人坐的时候可怕了,脚都软了。可现在不怕,你在啊。"海里一边说着,一边从包里拿出手机,"快到顶了,整个伦敦就都能看到了,我们拍张合照吧,把背景拍出来。"

海里举着相机,袁石风个子高,她拍不进去,袁石风便拿过她的手机,举高,自拍模式,屏幕里出现他们笑着的脸,凑近,凑近,挨得很近。

到达顶层了,包间里的三个女孩惊叫起来!

整个伦敦都在他们的脚下,像丝绸一样柔软的泰晤士河,远处的白宫,国会大厦,海德公园,鸽子广场,大本钟,大本钟的指针指向正午 12 点,发出"哐当哐当"的响声。一群鸽子飞了起来,开始一圈一圈地徘徊,掠过泰晤士河,盘旋着盘旋着,飞远了。

"咔嚓"一声,袁石风按了快门。

他们的第一张合影。

这张合影,从那以后就成为了海里的手机屏幕和电脑屏保,成为了她无法割舍的念想。

06

伦敦眼的一圈,像是完成了浩大的祭奠仪式。

他们从包舱里走出来,海里看了看时间,回头跟袁石风说:"我剥削你的都剥削完了,你回酒店收拾行李吧,我上学去了。"瞧着袁石风要说什么,她连忙打断他,"你别送我,你送我……我要跟你哭的。我也不会送你,到了登机时间你就走吧。"

袁石风皱眉,不说什么了,陪着她走了一段路。

天气凉了,树叶开始掉落。

袁石风还是叮嘱她:"这几天给你配的药别忘了吃。"

海里心里难过,点头。

袁石风说:"不要去打工,不差这几个钱,有什么需要都跟我说。"

海里点头。

袁石风说:"天气凉了,衣服穿多点,别为了好看就穿几件衣裳。"

海里点头。

袁石风还有许多要叮嘱的,又走了一段路:"别故意减肥,身上也就这几两肉。要吃什么别舍不得,没钱了跟我说,允许你剥削我。"

海里觉得不能让袁石风再说下去了,再说下去,她非得现在就哭出来不可,于是她故意嬉皮笑脸地打断他:"我可不瘦,力气可大了。"

袁石风挑了挑眉毛。

海里挥了挥胳膊:"你别不相信我!我力气真的很大的,很多人跟我扳手腕,都扳不过我!"说着,她把袖子捋上去,"不信你跟我比比!"

袁石风怕她着凉,把她的袖子拉下来:"信你。"

他的敷衍惹得海里不开心了,瞧见旁边有空着的长椅,海里把他拉过去,两人蹲着,各执一头。海里严肃地竖起右手,绷紧了肌肉,握住袁石风的手:"比比!让你看看我的力气有多大!"

到底是孩子气,袁石风着实拿她没办法,还忍不住逗她:"行,输了怎么办?"

海里想了想:"随你怎么办。但是如果你输了……"海里紧紧盯着他的眼睛,下了这样一个赌注,"那你就推迟三天回去。"

袁石风心口一顿,说不出话,所以,海里是这般舍不得他。

"开始!"海里叫了一声,就涨红着脸开始使劲儿。

袁石风瞧着她脸红脖子粗的模样,竖着手纹丝不动。

这就是这丫头自夸力气很大的实力吗?

袁石风捏着海里的手左晃右晃。海里明明使了最大的力气,可居然被他轻易地操控着手,左倒一下,不倒到底,又倒到了右边。他勾着坏笑,还真欺负上了她。

海里咬牙:"袁石风,你嚣张了啊!"

袁石风挑挑眉,不说话,捏不准是让她赢呢,还是赢了她。

在他考虑的时候,海里看着他,忽然凑着身子上来,一下子亲到了他的嘴唇。

他的唇热,她的唇凉。

蜻蜓点水,分开。

袁石风彻底愣住了。

趁着他愣住的时候,海里直接把他的手扳倒,赢了!

袁石风看着海里。

海里也笑呵呵地看着袁石风,笑着笑着,突然不笑了。

她说:"袁石风,你看,我真的很坏吧?以前想跟你住在一起,跟

174

室友闹矛盾，现在想亲你，我找了比扳手腕的借口。

"我就想亲你。你这一离开，我们不知道什么时候才能再见到了。或许一辈子吧？你不喜欢我，不会跟我在一起，不就是一辈子不会在一起嘛……但我舍不得你，亲一下你，我心里也好受些，因为亲了你，我这辈子或许也就都好受了。"

她站起来，嘴唇忍不住抖了抖，是真想哭，可捏了捏拳头忍住了："我赢了，但赌注不算数的，你回去吧，我也要去上课了。"

说完，她使了好大决心，转身。

袁石风站在原地，皱着眉看海里转身离开。

走了几步，海里又回头，攥紧拳头，对他喊："袁石风！你就站在这里看着我离开吧！看着我离开，我们之间也扯平了！"

她那么苦苦地等着他，滋味可难受了，如今让他看着她离开，越来越远，权当是弥补了。

你会难受吗？

如果难受就好了，也就不是只有我一个在难受了。

袁石风一向宠她的，她要什么，他能给的都给，这回也是，她让他看着她离开，他也照做了。

他笔直地站在她身后，看着她孤独地越走越远，她似乎下定决定，把他留在身后。

——他啊，从未真的离去。

07

袁石风和沈炎正在候机，沈炎刷着手机看新闻，转头看了一眼袁石风，叹了口气，想了想，问出自己特别想知道的问题."你以后会后悔吗？"

谁都有预感，这一别就是很久不会再见了。对于海里，在这边读完书，就要回家，回到涌炀岛，他们将各居两地，沿着自己的生活轨道前行。

"不会。"袁石风说得沉重。他仰着头，把脑袋靠在椅背上。候机室上空的灯刺眼得很，刺得他闭紧了眼。他躺了一会儿，又直起身，手伸到口袋里，摸到了什么，拿出来一看，是一张字条，摊开，里面是一行字。

他认得出海里的字。

字迹认认真真，端端正正，一笔一画地写着：袁石风，我想了想，

觉得这一切都像是随着命运而走的，大学的时候来到了你的身边，我难过了，负气退学了，一逃就逃到了伦敦，我们又相遇了……你说，命运是让我们越来越远呢，还是有意让我们依依不舍呢？

海里是真的很认真严肃地写的，连最后的问号也写得端端正正，那半个钩也钩得特别圆，钩下面的点也点得郑重其事。

命运？

哪儿有什么命运啊，都是因果，细小的因，注定了无可奈何的果。人是擅长为自己解脱的，一切不明不白的事情都可以归结于命运，所以命运啊，从来都是人为的。

"她写的？"沈炎瞟了一眼字条。

袁石风点点头，把字条对折又放回兜里去了。

沈炎说："袁石风，你有没有想过，你觉得这是对她好的，其实对她自己来说并不会是好的。什么是好？她想要的实现了，就是对她好的。"

沈炎虽然平时没个正形，但他比谁都有人情味儿。

袁石风摇摇头，苦笑："海里这小丫头年纪还小，从小被我们宠大的，不论对谁都是直来直往的。而我不一样，"袁石风抬起头，直视沈炎，"我得考虑很多。"

沈炎皱眉，说不出话。

也对。

海里是幸福的，家人宠着她，她要退学就给她退，她要出国就让她出国，所以她委屈不了自己，爱一个人就轰轰烈烈地爱。她年纪就这么点儿大，思想也就这么点儿深，爱情会是她奋力追求的东西。可他们不一样了，在像她这样的年纪，他和袁石风已经经历太多了，不是说沧桑，而是明白爱情不是两个人的事儿了，而是两个家庭，两个家庭里又包含着很多很多必须要考量的因素。

袁石风比谁都希望海里好，他觉得自己不能给予她的，便干脆不会给。是这般恶狠狠地对她负责。

"你觉得自己不会后悔就好，"沈炎说，"我不想等过个几年，她跟别人结婚了，你又来找我去江边喝闷酒，绝对不想！"

袁石风没吭声，把手放进大衣口袋里闭目养神。

有时候，袁石风想，海里跟海深是很像的，这对兄妹的性子一模一样，

铆足劲儿了去爱一个人。

海里是这样，海深也是这样，每天夜里偷偷地从窗户里溜出去，跑去陈家小姑娘的窗前。

那时候袁石风便问过他，每晚都跟她干吗？

海深"嘿嘿"地笑，说也没干什么，就是聊聊天，看看夜色。

也许这话是假的，也许也是真的。

那般美好单纯的年纪里，男孩子的心里都藏着一头虎，却又偏偏表现得像头柔情的羊，拉个手心里就会很甜很甜。

多奇怪啊，袁石风已经忘了海深长什么模样了，可有时候他会做梦，梦里他就是海深，不知怎的，陈家姑娘变成了海里，他骑着自行车载着海里穿过一大片稻田，风一吹，金灿灿的稻子就为他们折了腰。

在梦里，就算是开天辟地，他们俩也是要在一起的。

海深确确实实是嫌弃海里这个妹妹的，有时候去接海里的路上，他就会跟袁石风唠叨："你说我这个妹妹怎么办？这么丑，脾气还这么大，还这么爱哭，不温柔，有哪个男人喜欢她，绝对是瞎了。"

海深又说："袁石风，你咋就没喜欢的妹子呢？"

袁石风瞟了他一眼，没说话。

海深有一肚子坏水，他骑着自行车，靠过来，伸出脚，想踢袁石风的车后座。袁石风眼疾手快地把车龙头一偏，没让他得逞。

海深嘻嘻哈哈："要不你就勉为其难收了我妹妹吧。"

这话他是说笑的，说完自己就仰头哈哈笑了起来。

袁石风勾着笑，说了让海深万万没想到的话："好啊。"

海深一愣，猛地按下了刹车，用脚踮着地："真的？你说真的？"

袁石风没理他，往前骑去了。

那时他们都是年轻气盛的少年，海里还是爱哭闹的小学生，梳着两条辫子，穿着用袁石风的衣裳改成的裙了，站在校门口等着他们来接她。

那时袁爸也还在，开货车回来的时候会带许多的玻璃糖和橘子汽水，袁娘还是村子里有名的巧手裁缝，李爸李妈还常常炒了大锅菜请他们来吃。

夏天从井里捞上来的西瓜又甜又凉。

海深还在和海里打闹，他还会载着海里穿过长长的泥道，他一打车铃，

前面的小娃子就自动避让到了道路的两旁。

海里的两只手抓着他腰间的衣裳，晃着两条腿，开心地跟同学道别，说着再见。

——世界就是因果的合成物，你永远不知道自己说的哪句话会变成真，会变成"因"，最后酿造了"果"。

伦敦眼到达了顶端，大本钟敲响了十二点的钟声，广场上的鸽子绕着泰晤士河一圈又一圈地盘旋。

海里的嘴唇轻覆上他的嘴唇。

她笑着笑着就不笑了，走着走着就离他远了。

她喊，袁石风，你就站在这里看着我离开吧！看着我离开，我们之间也扯平了！

最后，是时间扯平了一切，时间像巨大的熨斗，把布满褶皱的回忆烫得平整又顺滑，人们迈开步伐织着生活的花纹。

四年后。

四年里有许多的机遇和变化，四年，对于一座高速发展的城市来说，足以改头换面。四年，对于一个男人也亦然，袁石风有了足够的经验和资本在这座城市里划出一个圈，让这个圈释放出巨大的能量，在飞速上升的 GDP 中占得一席之地。

沈炎叩门进去，坐在袁石风对面："海里的婚礼你去吗？"问完，他眼尖地发现办公桌上压着红包，红包下面压着支票，那是袁石风还没来得及封进去的随礼。

沈炎拿起支票看，笑了："六十六万，六六大顺，你倒是对这个妹妹阔绰得很。"

现在，连沈炎也承认海里是袁石风的妹妹了。

袁石风停笔，盖上笔帽，抬头。终是三十多岁的男人了，他眸子里坦荡得很。

如若以前他就是个内敛的人的话，现在，他更是让人摸不透情绪，坐在那儿，一个抬眼，便知是个沉稳的男人了。

男人到了这个岁数，就是稳重。他抬手将侧滑的手表矫正，这种特别平常的动作都像是深思熟虑过的。

这是年岁和经历所显露出来的风貌，是扎实的，是可靠的。

在他背后，是风华正茂的城市一角，高架桥盘旋在楼房与楼房之间，落日也落不到地平线上了，像是从某户人家的窗口上升起来的，从东边升起，落到城市西边的楼房的阳台上。而从东到西的这片区域，有一大半是袁石风亲手指挥建起的房子。

似乎真应了海里当年的提问了。

站在那座即将被拆的天桥上，她问："袁石风，你是造房子的吗？"

他答："是的。"

在与她未相见的这些年岁里，他当真是那么专心致志地包揽下一块又一块地皮，借着四年间掀起的房产大势，混得风生水起。

如今，袁石风看着桌上海里的结婚请帖，把请帖打开，看着海里和王冬的结婚照，淡淡地笑了："四年没见了，再见着她就是穿婚纱的大姑娘了，时间过得真快。"

他语速慢，瞧不清情绪。

沈炎想，也许当年伦敦一别，他俩心中就是有数的吧，是早就为今天这样的局面做好准备的吧，以至于现在瞧不见袁石风一点的心伤。

真像他以前说的。

"如果她和别人结婚了，你会后悔吗？"

"不会。"

——有些人，终会是彼此喉咙里卡着的一根刺，亦是彼此手中的一粒沙。

第九章：袁石风，我要结婚了
——我们的这次见面，没有预想中的轰轰烈烈。

01

涌炀岛的老户人家们都知道李家老幺要和王家儿子结婚了，整个岛上的人都是喜气洋洋的，见着李爸李妈就说海里嫁给王家儿子是好事，王家是岛上顶有钱的了，李爸李妈跟着享福就是了。见着王家父母，别人也夸这未来儿媳娶得好，漂亮，又有学问，当真是贤惠的。

海里决定回涌炀岛办婚礼，婚礼要在沙滩边。王冬自然依她，结婚那天包下了整片沙滩用作结婚场地。王家人阔绰得很，说这是自家儿子的喜事儿，准备连办两场，下午场就在海滩边，所有老户人家到场都能免费吃喝，晚上再去酒店办一场，就只有两家的家人亲朋到场，正儿八经的。

海里和王冬从伦敦回来后就直接回到了涌炀岛，海里自然住在自己家，王冬每天都会跑来，跟李爸李妈聊会儿天，乖乖顺顺的。他着实是疼海里的，给她剥个橘子都得小心翼翼将白茎剥干净了才递给她。李爸李妈瞧着王冬这般疼海里，王家父母又这般喜欢海里，自然高兴得不得了。

王冬会待到晚上九点开车回去，他家离得不远，就在港口旁。前些年王家霸道地凿了一大块地，建起了别墅。

海里披着外套，陪王冬走了一段路，把他送上车。

王冬身材还是一样的胖,常有人用"一朵鲜花插在了牛粪上"来形容他和海里。可王冬不在乎,觉得好歹他也拥有了花儿。

王冬揽着海里的肩膀,摸了摸海里的脑袋:"回去吧,别冻着。婚纱大概两三天就到了,到时候陪你去试穿。"

海里点头:"开车小心。"然后冲王冬摆摆手,站在一边,看着他上了车。

王冬摇下窗户,对她笑:"回吧,别站着了啊。"

他转着方向盘,从小巷子开出去,开去自家的别墅了。

海里裹紧了外套往回走,涌炀岛的气温比别的地方低,路灯昏黄,拉长了她的影子。走了一段路,她停下脚步,回头看了看这条巷子。涌炀岛又变了些模样,据说坐直升机俯瞰涌炀岛,会发现它的面积比以前要小许多,有人说这是海平面越来越高,说不准一百年后,涌炀岛就会被海水吞没。

这话恐怖得很,又可惜得很,一百年后,她都不知道埋进哪寸土里去了,无法印证会不会有这样的事情,说不准是随着涌炀岛一起直接被海水覆盖。

晚上有点凉,海里缩了缩脖子继续往回走,突然听见一旁有动静。

一个小男孩玩着手推车,歪歪扭扭地用脚滑着,后头跟着个女人,紧张得很:"小心点儿!"

鲜有人的巷了,倒是成了孩子最好的练习场地。

海里一下子就认出了这个女人。

陈家姑娘。

海里站在路灯下,陈家姑娘也认出了她,一愣,然后便是一笑,拉着小男孩走了过来。

小男孩可爱,虎头虎脑的,被陈家姑娘牵着,他另一只手拽着自己的手推车,慢吞吞走了过来。

海里蹲下去,摸了摸小男孩的脑袋:"五官长得像你。"又抬头看着陈家姑娘,笑了。

五年前,海里离开涌炀岛的时候陈家姑娘才刚刚结婚,记忆里她穿着红色旗袍可漂亮了,待海里回来她都当妈妈了,孩子也这么大了。

陈家姑娘丰腴了些，看着自己儿子时的微笑，便是自然而然的母性。每个女人都会这样吧？

从不知所谓的少女成长为这般柔和的母亲，真是极有魅力的过程。

陈家姑娘看着海里："听说你要结婚了。"

"嗯。"海里将额前的碎发别到耳后去。

陈家姑娘也发觉了海里的变化，还记得她结婚的时候，海里也是站在路灯下和她对望，那时海里有又黑又长的头发，眉宇间尽是忧伤，现如今，站在她面前的海里头发短了，长度只到肩膀那儿，不再是厚厚的齐刘海，发型改成中分，气质变得成熟了，神情安宁，到底是快要出嫁的姑娘了。

"恭喜你了。"陈家姑娘着实是真心祝福的。

"谢谢。"海里微笑。

"好了，跟阿姨再见。"陈家姑娘弯下腰，摸摸自家儿子的脑袋。

小男孩抬起大大的眼睛，冲海里摆摆手："阿姨再见。"

海里站在原地，目送这一对母子离开，转身，慢悠悠地走回家。

客厅里，李妈和李爸戴着老花镜排着宾客的名单，安排着婚礼晚宴上哪家人跟哪家人坐在一起。意见有分歧了，两个老人就开始闹嘴。海里走过去看，两个老人家倒是认真，排了整整两页的名单。

在这么一长串名单中，不知怎的，海里的目光一下子就落在"袁石风"这三个字上。

李爸李妈安排袁石风和他们坐在一起。

袁石风。

他的名字，还是那么容易让海里发呆、发愣。

四年，以为谁都平和了，谁都相安无事并接受了，但瞧着他的名字，仍旧会泛起好多好多的回忆和感觉。

海里低下头，手指不自觉地抚摸过他的名字。

她想，接到她的喜帖，他会是什么感觉呢？

应该是祝福的吧？他说过，希望她能找到一个跟李爸李妈还有他一样宠她的男人。

王冬对她好，所以袁石风拿到喜帖的时候应该是祝福的。

海里的手指抚过袁石风的名字，往下看去，却是一愣，皱眉："妈。"

"嗯？"李妈戴着老花镜，转过身看看海里手指指着的地方。

海里说："你们怎么没安排袁娘的位置啊？"

说着，她拿过桌上的笔，拧开笔帽，就要在袁石风旁边加上袁娘的位置。笔帽刚一拧开，海里就发现李爸李妈脸色的异样。

海里弯着腰，笔尖戳在纸上没有动，李爸李妈的反应让她心头一慌："……怎……么……了？"

李爸李妈没有说话。

02

海里看着他们的反应，愣了一会儿神，见李爸李妈没有说话，她便把袁娘的名字写在了袁石风的旁边。

写完，她放下笔，看着袁娘和袁石风的名字。这一桌安排的全是双方最亲的人，李爸李妈，王家父母，全坐在这一桌，他们敬酒的时候会最先敬这一桌。

海里放下笔，直起身。

"不用安排了。"李爸低着头，把笔拿了过去，一条横线画在袁娘的名字上，"袁娘不在了。"

屋子里特别安静。李爸李妈没有抬头看海里一下，怕触碰海里的眼神。气氛是沉重的，李妈面对不了，站起来，要回自己的房间。

海里直愣愣地站在桌旁："什么时候的事情？为什么没告诉我？"她的声音是平静的，却也是颤抖的。

她特别想说，那……袁石风怎么办啊？怎么办啊！

一想到这个，她的眼泪就流下来了。

他们都是对死亡极其熟悉的人了。她和袁石风，对死亡这件事已经很熟悉很熟悉了。

至亲的人一下子离开了自己，那种被迫适应孤独的感觉比什么都不好受。

你站在房间里，看着每一个角落，明明觉得亲人还在，可再睁开眼看，身旁哪儿还有人？你对着空屋子叫一声"海深"，或是再叫一声"袁爸"，多希望他们能应你，可只有你自己的声音空落落地回荡。

海里关于袁石风的记忆，就这般一下子回到了袁爸头七的晚上。

袁娘也是在那一晚疯的。她在院子里又哭又叫，双手伸向天空，跪在院子里嘶吼着，整个村子都在袁娘撕心裂肺的尖叫声中点起了灯，一群又一群人围了过来。

好多人说："袁家这一对母子以后怎么办啊，没了顶梁柱，怎么办啊……"

海里就站在床头一直看着袁家，一直候到黎明天。传说头七后的第一个黎明天，死去的人就得去投胎了。她坐在袁石风的旁边，看到院子里的南瓜藤上结了许多露珠，一滴一滴地落到袁石风的肩头。

他一声不吭，最后起身，跟她说："海里，回吧。"

他从来不会说出心里的想法，难受的、悲伤的，他都沉默地扛着。

袁娘不在了……

海里无法想象，在袁娘的丧事上，袁石风怎样承受着。

想想，眼泪就扑簌簌地掉下来。

海里哭着说："你们为什么不告诉我呀？为什么现在才让我知道啊？袁石风怎么办啊……他一个人……怎么办啊……"

哭，想起他，便又是哭了。

李爸摘下了老花镜，放在桌上，说："那时你还在伦敦，告诉你，又能怎么样呢？"

海里哭着，也不说话了，起身回到自己的房间，关上门。

又能怎么样呢？

至少她能立刻飞回来，陪在袁石风身边。

别人都不知道，可她知道，当初坐在院子的外面，攥紧拳头，一滴眼泪都未流过的他，其实沉默下是多么的无助和害怕。

——他们都感同身受。

03

涌炀岛的晚上不再安静了。

海里家附近的一条街上开了许多酒吧，灯红酒绿的，有许多抱着吉他的青年在里头驻唱，用沙哑沧桑的嗓音一遍遍唱着爱情，来度假的人们钻进这条街里邂逅或者猎艳。海里坐在房间里，也能听到那条街上传来的音乐声、嬉笑声、碰杯声。

她在袁石风和沈炎的电话号码中徘徊,最终拨通了沈炎的电话。

电话接通了,她说:"我是海里……"

自报家名,显得这般客气。

沈炎在电话那头笑:"我知道,我存了你的号码,海里。"

时隔四年,电话第一次响起,倒是各种滋味。

沈炎说:"恭喜你,要结婚了。"

沈炎自然记得王冬的,印象虽然不深,但伦敦那家咖啡店里,那么挺直身板跟袁石风握手的胖小子,他仍旧是记得的。

沈炎不知道海里找他做什么,以为海里是询问婚宴那天他会不会去。他刚想开口,就听到海里的声音响起,她的声音轻,跟蚕丝似的晃到他的心口上。

海里问:"他过得好不好?"

他,袁石风。

这问题问完,谁的心都是一抖。若是以前,沈炎便答了,但现在海里都快结婚了,喜帖都送到他们的面前了,这个问题,怎么答呢?

"他很好啊,过得多牛气。"沈炎举着电话,推开阳台的滑门,坐在了阳台外面的躺椅上,摸出香烟,随手点了一根。

一片夜色中,万家灯火。

时隔四年的问候,着实显得无助了。

海里在电话那头久久没说话。

沈炎吸了一口烟,把烟雾吐出来,看着烟雾在阳台上扩散。

海里说:"我就想知道……他过得好不好……"

还是同个问题。

沈炎紧闭着眼,烟在食指和中指间夹着,结了好长一段灰。

许久,两人都未说话。

沈炎长长地叹了一口气:"你等会儿,我想想再告诉你。"

就这般,他把电话挂了。

海里坐在床前,开着窗户,风从外头灌进来,已经闻不到海浪的味道了,涌炀岛跟别的城市没什么区别了。海里记得以前她坐在袁石风家往窗外望,入目是许多许多的楼房屋顶,一小块方格地排列着,一到晚上,

这些小方格就会发亮，排列成规整的图像，像电网图。他的客房就是她的房间，在他的书房里，他为她铺上了绿色的地毯。

她曾经不止一次地想要和他有个家。

有暖和的书房，有温馨的厨房，有摆满盆栽的阳台。

过了一会儿，沈炎打电话过来了。

海里接起。

沈炎的声音沉得很，开头便是无奈地笑："说吧，你想听什么事儿？"

海里说："都行。"

沈炎又是无可奈何地笑，他坐在躺椅上，闭起眼，说："袁石风这人智商是高的，情商没有多少。你知道他这性格吧，别人是闷骚，他不骚，就是闷，但他对谁都闷，就对你不闷。你不知道吧，去年一所高校请他去演讲，讲讲自己的经历，鼓励鼓励那些小屁孩。你知道他上去跟人家说什么吗？他西装笔挺地上去，摊开演讲稿，教导那些小屁孩要团结室友，要做个有教养的人。"说到这里，沈炎就哈哈大笑起来。

海里坐在床上，也跟着笑了，笑得着实难过，她捂住了嘴，眼泪就掉下来了。

她当然记得，在医院里，袁石风是怎么跟她老师甩了脸色拉着她离开的。他比她还要生气。

他说："回家！你爱洗多久澡就洗多久！"

那般护着她。

沈炎说："有次开会，他把手放进西装口袋，然后摸到了张字条，他打开来看后，就一直把字条攥在手里。开完会回去，我跟着他进了办公室，才发现他的抽屉里都放着你写给他的字条，没扔，全在。"

海里沉默地听着。

沈炎继续说："在你去伦敦后的一年，袁石风就和陈梓蓝分手了，陈梓蓝提的。"

海里不说话。

沈炎说："你在伦敦的第三年，袁石风的妈妈走了，她自己从窗口跳下去的，五楼。袁石风带她去买衣服，一个回头就没看到她了，寻到人的时候，人已经砸在地上，旁边围满了人。"

海里捂住嘴，眼泪拼命地冒啊冒啊："我在伦敦，没人告诉我……

我爸妈也没跟我说……他怎么办啊，那时候他该怎么办啊……"

沈炎在那头无可奈何地笑："你爸妈怎么会告诉你呢？"

海里微微错愕，抬起头。

沈炎说："你爸妈找过袁石风两次……"

所以，一定有哪些细枝末节出了差错。

如果时间真的可以倒流，我们有没有一个可能性，不要过早地坦白，不要过早地相爱，不要过早地悲伤……

海里坐在客厅里，直到天明。

李爸李妈起床的时候，看见低垂着头坐在客厅里的海里，吓了一跳。

"你什么时候起床的？"李妈走过来，摸了摸海里的额头，凉。

海里抬起头，吓了李妈一大跳。

"怎么了这是……"李妈看着海里憔悴的脸。

海里没说话，转头看着李爸："车钥匙呢？我要开你的车出去一下。"

李爸和李妈对视一眼，也被海里吓着了，疑惑地把车钥匙递给海里，问："去哪儿啊？"

海里起身，接过钥匙，往房间走："找袁石风。"

李爸李妈狠狠一愣，又对视一眼，慌了。

海里从房间出来，问李妈："你当初跟袁石风说了什么话啊？"

李妈不说话，背过身，不知道该怎么办了。

海里又看向李爸："当初你们跟袁石风说的，也说给我听啊！"

李爸也不说话。

海里难受："你们能跟袁石风说，为什么就不能跟我说呢？"

李爸皱眉："我们都是为你好……"

海里往外走了几步，回过头，看着李爸李妈。她整夜未合眼，哭啊哭啊，嘴唇都是白的："袁石风喜欢过我的，对吧？"

李爸李妈没说话。

海里"哇"的一声哭出来，明明哭了一夜了，可眼泪还是流得这般汹涌。她攥紧车钥匙，喊道："他喜欢过我！我现在才知道！我以为他从来不喜欢我，但现在我才发现，曾经我跟他之间竟然离得这么近，这么近……我们之间只差你们的一个认可！几年过去了，都多少年过去了，我错过

他这么多年！他喜欢过我！这对我来说多重要啊，你们知不知道？"

她蹲下来，捂住脸，哭啊哭啊。

——他啊，真的从未离去。

04

海里几乎是蛮横地逃出去的，李爸和李妈拍着车门喊，她也顾不得了。

李爸李妈被她狠狠地丢在了后头。李妈哭着喊她："海里，海里，你好好说，回来！"

李爸扶住李妈，追出几步，也追不上了。

海里从侧视镜里看着他们，也只剩呜咽了。

她以为她和袁石风之间是没缘分，是不相爱。不相爱能有什么办法呢？没办法了呀，所以就算了，各自过各自的，也挺好吧。

她都接受了这样的结局了，可突然发现，她和袁石风没法在一起不是不相爱，而是李爸李妈的反对。

涌炀岛这几年当真是发展得极迅速的，以前出岛必须去港口坐渡轮，现在岛和对面的陆地建起了跨海大桥，直接上桥一直开便能上高速了。海里刚刚开上桥的时候，手机就响了，王冬打来的。手机一直响，海里直接拒绝接听。过了一会儿，王冬又打来了，海里继续拒绝。

这回手机倒没响了，"叮咚"一声，进来王冬发来的短信。海里没看，把手机关机了。

海里握着方向盘，跨海大桥上只有零星的几辆车子在行驶，她的车速快，超过前面一辆又一辆的车子。开到中途，海面上的薄雾散开了，太阳已经浮出海平线很高了，光线灼热。海面上有几艘船在行驶，海里开着车，一下子就掠过了它们，远远地把它们甩在后头。

太阳一点一点升起，海面上波光粼粼，凌驾于波光粼粼的海面上的跨海大桥气势磅礴地连接了两地。

海里从这一头疾驰驶向那一头，前方的车少，路面极空旷，前方望不到头。

复杂的是，海里自然不会忘记她和王冬也是在波光粼粼的泰晤士河上在一起的。

同样是伦敦眼,同样是到达了最顶端,同样是俯瞰整个伦敦的最佳角度,就是这般巧了,在伦敦眼的最顶端,王冬说:"海里,你愿不愿意跟我在一起?"

那波光粼粼的水面,泛着碎碎的光。

伦敦眼慢慢地旋转,他的双眸也是波光粼粼的。

王冬是紧张的,两只手放在大腿两侧搓了搓,说:"我知道你喜欢袁石风,可不要紧,我等你。哪天你不喜欢他了,回头看看我,反正我都在的。"

他是诚心的,从来就没有甜言蜜语,连告白的话也说得这般实诚。

海里转头看他,他们所在的包舱已经开始慢慢往下旋转了,他们脚下的泰晤士河又慢慢地离他们近了。

明明王冬说的是顶忠厚的话,可海里还是鼻子一酸。王冬的这句话让她想起了自己,她也站在袁石风的背后,孤注一掷,觉得她等啊等啊,说不定哪一天袁石风回头了,就能看到她了。

海里抿紧嘴,说:"我可能还真没忘了他。"

王冬说:"没关系,我等你。"

"我等你"这三个字,多么无奈。

海里懂这种感受

伦敦眼的一圈坐完了,王冬怕海里尴尬,想故意转移话题,可话题找不到,就说给海里去买些吃的。

海里站在林荫道上,看着从左边数起的第十二个木长椅。

她清楚地记得那个冬天,她挽着袖子,把胳膊肘抵在冰冰凉凉的木凳子上,握着袁石风的手。他的手大、粗糙,力气也大得很,她铆足了力气也没办法把他的手压下去。

他的唇很烫,眼神也是,滚烫滚烫的。

他们在这条林荫道上分别,所有的光秃秃的树干都是见证。

她回头冲他喊:"袁石风!你就看着我离开吧!"

他当真笔直地站在她身后看着她离开,一点儿挽留也没有。她梗着脖子往前走,心里想,袁石风,你怎么就不上来叫住我呢?你上来叫住我,哪怕天涯海角我也跟你去了。

这是多么优雅的情怀,爱一个人,便是斩钉截铁和飞蛾扑火,但再

过几个年头想想，哪儿会有天涯海角呢？哪儿会有可歌可泣呢？待年头稍过，任时光往前走，就不得不学会妥协。

你不喜欢我，我们不能在一起，抗争不了，妥协吧。

林荫道上光秃秃的树也是多情得很，长得很快，茂盛得很快，也跟伦敦多情的天气似的。

王冬端着咖啡回来的时候，海里接过，说："王冬，你等了我这么长时间了，别等了。"

顿默。

她看着王冬，说："我们在一起吧。"

总有个人在等我，像我等你似的等我。

可是就在平静地认准了"缘分"一说的时候，才猛然发现关于我们未果的爱情里面，有那么多委屈。

开下大桥，在进入高速的收费口时，海里猛地一打方向盘，转到路边，踩了刹车。

她看着收费站，愣神，解开安全带，趴在方向盘上。

她想啊，怎么办呢？就算现在站在袁石风面前，又能怎么样呢？

他们别离了两次，一次九年，一次四年，一次是翘首以盼，一次是背道而驰。

就算现在站在他面前，又能怎么样呢？

05

袁石风一边换衣服，一边用电动剃须刀刮着胡子，剃须刀发着"呜呜"的声音，再仔细一听，好像还有振动声。袁石风转过身，就看到床上来电的手机。

是李爸。

袁石风站在床边，没有立即接，有些奇怪这么早李爸找他做什么。

袁石风把电动剃须刀关了，套上外套，接起了电话。

李爸急不可耐的声音响起，还隐隐传来李妈的哭声。

袁石风皱眉，想着别是海里出什么事才好。

李爸说:"石风啊,海里来找你没?"

他话还没说完,李妈就说:"她开车哪儿会有这么快到啊!"

又是哭声。

袁石风问:"出什么事儿了?"

李爸焦急地叹气,却又支支吾吾的,感觉怎么说也不好,最后只好开口:"如果你碰见海里,记得打电话给我们。"

袁石风不明白,却也没细问。

李爸还想说什么,李妈的声音模模糊糊地响起:"怎么办啊!你说怎么办啊,这孩子……"

李爸又说:"看见海里一定要打电话给我们啊!"

袁石风一手举电话,一手系着纽扣,思索着什么,说:"好。"

就这般回应了李爸。

把电话挂了以后,袁石风拿着电话想了许久。他到底是担心的,却又想不明白能发生什么事儿,想了想,给海里拨了个电话。海里的电话他有许久没打了,奇怪的是,在他的通讯录里,海里的名字前加了个小写英文字母"a"。

这"a"还是海里在这儿念大学的时候加上的,他通讯录里的人太多,要打她电话得找很久,索性就在她名字前加了"a"——通讯录名单按名字的首字母排序,加了"a"的海里,永远出现在袁石风通讯录里的第一个。

他毫不费力地找到了她,拨下她的电话。

他将手机举到耳边,却是关机。

袁石风确实是担心的,可又不知道她的情况。

早上八点,司机已经候在楼下了,司机看着袁石风顾白沉思的面孔,打足了精神。

这司机还是沈炎找的,因为沈炎着实看不惯袁石风开车时接电话的毛病。之前有一次,统共三十分钟的路程,袁石风把车停下来三四次接电话,电话一聊就是二十几分钟,磨磨蹭蹭的,很晚才到目的地。

这还是小事儿,再碰上个饭局,袁石风肯定是要喝酒的,一喝酒就要请代驾,多麻烦。沈炎背着袁石风硬生生塞给他一个司机,拍着人家司机的肩膀保证,说这人车技好,开车心平气和的,让他放心。

袁石风的要求挺苛刻的,其实也简单,开车就心平气和,简单的要求却难做到,谁都会有脾气。司机要是不耐烦地踩油门,超车,袁石风就会坐在后座上用眼神直勾勾地看他了。

今天司机规规矩矩地开着车往公司去。一路上袁石风都沉默地拿着手机,给海里打了两次电话,都是关机,然后就不打了。

快到公司的路口,袁石风想了想,说:"去绕城高速北的收费站。"

司机觉得奇怪,却点头:"好。"然后偏离方向。

到达收费站已经是九点了,袁石风坐在后座上,看了一眼手表,掐了一下时间。李爸打电话给他是在七点半,如果海里离开涌炀岛是在七点,上跨海大桥再从高速开到这里差不多要四个小时,如果她真的来了,应该会在十一点左右到这里。袁石风想,没把握,就等等吧,等到十二点,没瞧着她,他再走。

袁石风把李爸的车牌号抄下来,给司机:"注意一下这个车牌号。"

他们的车头正对收费站,停在路边,就这般静静地候着。

在候着的这段时间里,袁石风又给李爸打去了电话。电话接通,他却沉默了,因为他听到电话那头有男人的声音,这声音他记得,是王冬。

袁石风心里便有数了,那头估摸着已经闹得不可开交了,但他还是问道:"海里怎么了?"

李爸说:"你见到海里了吗?"语气还是很着急。

袁石风静静地坐在后座上,抬头扫了一眼收费站,过了几辆轿车和大卡车。

"没有。"他抬起手腕扫了一眼手表,"找不到她了?"

李爸没有立即回答。袁石风听到李妈细细碎碎的声音,该是在给李爸想托词,然后李爸说:"她就是跟我们闹了脾气。"一顿,他又叮嘱,"她来找你的话,你打电话给我们啊,我们立即过来。"

袁石风应了声"好",把电话挂了。

一过十点,收费站的车流量就大了起来。袁石风盯着往来的车子久了,眼酸,稍稍闭了闭眼。

这时,司机叫起来,指着前面银白色的轿车:"是这辆吗?"

司机又低头核对了一下袁石风抄给他的车牌号,对上了!

袁石风眯起眼,目光落在前面的银白色的车子上,确实是。

海里开着车经过收费站,向他们驶来。袁石风转头,从窗户里看到海里一闪而过的脸庞。

袁石风心头一拧,下车,跟司机交换位置:"你坐后面,我来开。"

司机惊讶:"啊?"

袁石风皱眉。

他一皱眉,司机立即反应过来,从驾驶座上下来,坐到了后头。袁石风上了车,关上车门,一踩油门,保持恰当的距离跟在海里的后面。

06

海里开着车往市区去,渐渐开得慢了,尤其是在路口,更是显得犹豫不决。袁石风想她是不是迷路了,这几年到底是发生了许多变化,地铁二号线、四号线接连开通,有些地方拆迁建起了新的购物广场,市中心已经变成了相对的概念,其实哪儿都是热闹和繁华的。

在绕了许多地方后,海里终于把车靠边停下了,下车,走向报刊亭。

袁石风也把车停在后边,坐在驾驶座里,静默地看着她。

想来她出来的时候是极匆忙的,穿着开衫,蓬松着头发,黑眼圈很大,帆布鞋的鞋带也没系紧。她从车上下来,没走两步,鞋带就散了。

海里走去报刊亭问路,报了当初袁石风家的地址。

报刊亭的大婶戴着袖套,想了想:"离这儿可远了,在城东方向呢,这里是城北,怎么说呢……你得上高架,从元青路口下去。"

海里听不懂,随着大婶比画挥动的手指看过去,这一回头,往后瞧,瞧见了站在后头的袁石风,她愣住了,然后……心头一拧,眼里就蓄起了泪。

海里不知道他为什么会突然出现在自己身后,但是看着他,想到四年的时间,谁都变化了许多,以前一个九年都等过来了,九年后的第一次相见,他在服务站一下子就认出了她,那时她还是穿着帆布鞋和碎花连衣裙的小姑娘。而这一个四年过去,他们都安静了许多,越发沉默,越发知道什么样的尺度是对彼此好的。

所以,无言,光剩下心底的翻江倒海了。

袁石风走过来,在离她三步远的地方停住,仔细瞧着她的表情。海里也细细看着他,谁都没说话。

海里在来的路上就一直在想,见到袁石风的时候该说什么呢?见到他又该做什么呢?

心里做了那么多打算,可面对袁石风,海里只觉得委屈,抹了抹眼泪,说:"我迷路了。"

竟是这般老实的一句话。

袁石风笑着眯了眯眼,跨步过来。他还是高了海里半个头,若靠近,海里会被他的影子罩住,不由得让她低下头。她低下头的时候,袁石风就能看到她的头顶。小时候谁都夸海里聪明,说她的头顶上有两个旋,现在她的头发剪短了,只到肩膀这儿,稍微一转头,发梢就淘气地肆意飞扬。

"吃早饭没?"他问。

海里抬起头看他,他的眼神沉得很,也平静得很。

"没。"海里说。

袁石风点头:"那这会儿该带你去吃中饭了。"

他转身,海里才看到袁石风的车停在她的车子后面。

袁石风回到自己车旁对司机说了什么,然后重新走到海里的车子旁边,替她开了副驾驶座的车门:"我就开你的车带你去吃饭吧。"说着,他就要绕到驾驶座上。

海里没立即坐上去,在袁石风转身的时候,忽然拉住他的手!

袁石风顿住脚步,回头。

海里松开他的手,转而去拉他的袖子,抿了抿嘴:"我是离家出走的,你能收容我两天吗?"说完,她抬头,看着他。

短暂的沉默。

袁石风看着她:"好。"

似乎一直以来都是这样,他总会无条件地包容她原谅她。她以前总是怪他狠心,可现在想想,他从未对她残忍过,反倒是她,把自己的不顾一切当作活得有勇气的借口,着实是割伤彼此的一把刀。

袁石风开着车,海里坐在他的旁边,袁石风告诉她,这条路通向哪里,那条路又建了新的购物广场和扩建了地铁站。

经过一个十字路口,上头有一座天桥。

海里记得这里,她那年生日的时候和袁石风就站在上头,那时还是旧的天桥，如今已经翻新了，以前上下的楼梯都变成了自动扶梯，也不知原先在上头乞讨的老人和贩卖小东西的摊主还在不在天桥上。

车子因红灯而停在路口，海里转头，看到一旁婚纱摄影店里展示的婚纱，雪白纯洁，又马上回过头，不再朝窗外看了。但袁石风已经注意到海里方才的视线，他随着她望出去的地方看过去，问："婚纱挑好了吗？"

他那么平静地问出这个问题，让海里难受。

海里答道："挑好了。"

红灯转绿灯，袁石风发动车子，他开起车来还是这般心平气和。

"婚礼的事儿都准备好了吗？"他又问。

海里没回答，她也想问他好多好多问题，可一句也问不出。

所以，想想，这四年还是在她身上留下了痕迹的。

她不再是以前不管不顾向他提问的小丫头了，她长大了，而长大，就是慢慢丧失提问能力和勇气的过程。

过了很久，海里答道："婚礼的事，王冬都准备好了。"

袁石风慢慢地点头，瞧不出情绪。

——我们的这次见面，没有预想中的轰轰烈烈。

07

袁石风带海里去公司旁边的餐厅吃饭。

公司搬了地方，偏离了城区，跟许多产业链集中到了一起，处于城北，占了好大一块地方。这里虽偏离城区，但公交和地铁都在附近，倒也方便，加之周边开满了快餐店，一到中午便到处都是脖子上挂着工作牌的人。

袁石风带着海里进去一家店，前头排着好长的队伍，排着队伍的人见到袁石风，一愣，便主动让开了位置，其他人也纷纷让袁石风先点餐。

袁石风回头看了眼海里，瞧着她走路都弯着腰，看样子是饿坏了。他也就不客气了，径直走到前头直接点了两份套餐打包好，拎着，朝后边等着的员工笑了笑，手掌轻轻地抵在海里的背上，把她带出餐厅，直接进公司去办公室了。

一路上，他的手都未离开她的背。

海里喜欢这个姿势，觉得特别有依靠，他的手温透过衣服传到她的

背上，手掌是温热的，支撑着她，是有力度的。

四年，他的确把生意做得很大了，这么大的公司和这么多的员工，全都在证明他的成就和辉煌。

袁石风的办公室在最上层，电梯直达。办公室大门两旁理应有助理，因为饭点此时都不在。

袁石风的办公室宽敞、亮堂、安静，从大大的落地玻璃看出去，能俯瞰到许多的楼房。

海里环顾了一圈，站在他的办公桌旁。他的习惯还是未曾改变，喜欢把电脑放在左手边，文件归档放在右手边，椅子一转，就能在文件和电脑之间变换舒适的角度。

袁石风将盒饭放在一旁的茶几上，茶几上摆着茶具，茶几下面放着茶叶，这是会客时用的，商务风。他把茶具一推，腾出好大一块位置，将筷子掰开，放在饭盒的上面："快来吃吧。"

海里走过去，坐到他对面的沙发上。

袁石风解开了外套，丢到椅子上，想了想，从口袋里拿出手机对海里说："你先吃，我出去看看。"

他说完，转身，轻轻地合门出去。

门口的助理端着热好的饭回来，嘴里叼着勺子，看到袁石风，愣了一下，连忙把勺子从嘴里抽出来："袁总，您什么时候回来的？"

袁石风正在拨电话，看了他一眼，抬起手示意他安静，转身走到一边，将手机贴近耳朵。

他站在窗口，接通了李爸的电话。

李爸还是很着急，抢在袁石风前头问："海里是不是去你那儿了？"

袁石风立在窗前，一只手插在裤子口袋里："对，接到她了。"

"那……那……那……"李爸一时之间不知道该说什么了。

电话那头又传来李妈窸窸窣窣的说话声，又是在商量托词呢。

王冬在电话那头喊了声："我现在就过去。"

不知道是谁紧接着说："你现在过去没用。"

又是窸窸窣窣的讨论声，似是有许多人在。

袁石风静静地等着他们讨论完，抬起眼皮，却发现窗户上映出了海里的影子。

海里站在了他的身后。

袁石风回头，皱眉。

海里上前，把他的手机拿了过来，面色很平静，未看他，对着手机唤了一声："爸……"

语气也平静。

海里半敛下眼皮："你们放心，我明天就回来。"

李爸还在电话那头说着什么，海里没听了，挂掉电话，把手机还给袁石风。

袁石风皱眉："海里。"

每次他叫出她的名字，海里心头都会恍惚一下。

海里无辜地耸耸肩，说："我跟你说过啊，我跟他们闹脾气，离家出走了，你得收留我一天。"一顿，她嘴角微微发紫，"别急着送我离开，袁石风。"

干净洁白的地板上，倒映出他们双双对立的影子。

袁石风察觉出了她的难过，她的一句"别急着送我离开"让袁石风毫无办法。

他解释："我是给他们报个平安，免得他们着急。你不想回去，我不会逼你。"他的手掌又抵在了她的背上，带着她往办公室走。

合上办公室的门，又只剩下他们两个人了。他们面对面吃饭，吃得极慢。

海里问袁石风是怎么找到她的。

袁石风一边把肉挑到海里的碗里，一边说他是在收费站等着的。

海里笑了，夸他老聪明了。

海里吃着袁石风夹给她的肉，腮帮子鼓鼓的，但仍说着许多说不完的话。她跟袁石风讲自己现在在做翻译，帮别人翻译文章、论文、著作，又跟袁石风讲后面三年在伦敦发生的顶有趣的事儿。

讲了那么多，终于提到了王冬，提到了一星期后的婚礼。

海里眼尖，早就看到了放在办公桌上的她的喜帖。

她和王冬的婚纱照就印在上面。

婚纱照就是在涌炀岛拍的，以火红的落日和宽阔的大海为背景。她立在礁石上，婚纱裙摆飘在空中，王冬拉着她的手。

197

再往下看，是一行滚金字。

新娘：李海里；新郎：王冬。

这份喜帖，是她亲手寄的，上面"袁石风收"四个字，也是她亲手写的。一笔一画，端端正正。

海里笑着问："袁石风，我要结婚了，你要送我什么呀？"语气像孩子般撒娇，遮掩得无懈可击。

袁石风坐在她对面，依旧穿着白色衬衫，现在的天气还有点凉意，他又在外面套了件灰色的毛线背心，倒是把身材绷得结实。不论什么天气，他都喜欢把衬衫袖子往上捋到胳膊处，做起事来方便，也显得他干练。

"你想要什么？"袁石风笑了。

海里不说话，维持着笑容，站起来，走到办公桌前，拿起了自己亲手发出去的喜帖，却发现下面压着红包。她拿起红包，回头看了一眼袁石风。袁石风没阻止，默许了，海里低头把红包打开。

里头是一张支票，抽出来一看——六十六万。

六六大顺。

海里低着头，闭了一下眼，努力把涌上来的情绪压制下去。

为她的婚礼，他准备了六十六万的礼金。

这般慷慨……

08

海里把支票重新放回红包里，转过头，身子抵在办公桌上，窗外的阳光为她镀了一层金边。袁石风处在背光里，海里只能瞧出他的一个轮廓。

海里歪了歪头，似是回忆起了什么事，说："你记不记得在我上小学之前，可喜欢跟别人玩过家家了，我当妈妈，找人做我的小孩。你和海深总是嫌弃我，说一堆女孩子坐在沙滩上，把沙子堆成一座座城堡，把贝壳当作碗，特别像疯子。而你和海深就喜欢跟一群男孩子玩打仗的游戏，你当司令，海深把树枝当枪，那时我也觉得你们一群人像疯子。"

袁石风听着笑了。

海里也跟着笑："再大点，我还是玩过家家，不喜欢当妈妈了，喜欢当新娘子，用家里的床单当婚纱，一个人在房间里转圈，觉得自己特别美。你和海深也不玩打仗的游戏了，骑着自行车满山乱跑，跟猴子似的。

"有一次你来我家找海深，正好瞧着我披着床单转圈的模样，你问我在干什么，我挺难为情的，说是在扮新娘子，你看着我笑，说我披着白床单简直像幽灵。"

袁石风笑出了声："有吗？"

"有啊，"海里正经地点头，"我都记得。你走后我难过了很久，特别受打击，再也没有披床单假装新娘过了。"海里笑了起来。

袁石风低头笑，一边笑，一边把茶几上吃剩的盒饭装起来。

海里看着他弯腰收拾桌子的背脊，是宽厚的，身子晃动，在背光中朦朦胧胧。

他一定不知道，还有过很长一段时间，她会在心里计划自己的婚礼，要穿上有大大裙摆的婚纱，要有长长的头纱，一身洁白，手里捧着扎着蓝色绸带的捧花，袁石风要穿上笔挺的西装，他肩宽，穿西装好看，她从礼堂那头走向他，微笑，他也微笑。

这是她能想到最幸福的场景。

现在，海里靠在他的办公桌上，笑着清清脆脆地叫他："袁石风。"

"嗯？"袁石风没有回头看她，把塑料袋扎紧。

海里问："你怎么都不问我为什么会和我爸妈闹脾气啊？"

袁石风把扎紧的塑料袋提起来，朦朦胧胧的背光中，他直起了身子："想说你自然会告诉我。"他转身，把塑料袋丢进垃圾桶里。

"袁石风。"海里又喊道。

"嗯？"袁石风永远这般好脾气地应着她。

海里笑："我就想叫叫你。"

袁石风无奈地瞟了她一眼，却丝毫没有生气，走到海里旁边，看了看手机上显示的时间："下午我还要开会，你自己在这儿？"

询问的语气。

海里点头。

一旦海里在，袁石风就是闲不下来的，从旁边放东西的柜子里拿来了毯子。

海里挑眉："你这儿怎么还有毯子啊？"

199

袁石风把毯子递给她:"有段时间忙,不回家睡,直接在这儿睡了。如果等会儿你要睡觉的话,记得盖上。"

海里接过毯子,不说话。

袁石风环顾了一下办公室,没找到枕头,就把自己的外套一卷,做成了一个小枕头的样子放在沙发上,想了想,又把空调打开,开到适宜的温度。

海里拿着毯子坐在沙发上,看着他绕着她转,不说话了,也笑不出来了。她躺在沙发上,头枕在他的外套上,把他的毯子盖在身上。

袁石风转头,看着躺在沙发上的海里:"困了吧?"

他早就发现她的眼袋了,也没忘记这丫头从小吃饱了饭就犯困的习惯,方才在车上时,她的眼皮就一搭一搭的了,硬撑着才没睡过去。

他还是这般知她的性子。

海里睁着眼看他,在他背过身去的时候,她就悲伤地看他,在他转过身来的时候,她就冲他微笑。

"睡吧。"袁石风把窗帘也拉上了。

"那你呢?"海里问。

袁石风坐回了办公桌前:"等会儿开会。你睡吧。"

办公室昏暗,他点亮了办公桌前的台灯,坐在了办公桌前。海里躺在沙发上,看着他的侧影,用毯子遮住半张脸,偷偷流眼泪。

她记得,沈炎在电话那头说:"袁石风性子有多闷你不是不知道。他妈妈走后,他很长一段时间没回过家,就睡在办公室里。"

——她问,你这儿怎么还有毯子啊?

——他答,有段时间忙,不回家睡。

从涌炀岛到他身边,她用了很长时间来思考,见到他,她该说什么,做什么?

最后决定,微笑吧,不再提其他。

什么都不知道,就冲你微笑。

海里闭着眼,侧着身子,脸贴着沙发,盖着毯子。袁石风走过来,把一杯水放在茶几上,怕她醒来口渴。

外头的助理推开一条门缝,轻轻地叩了叩门提醒袁石风去开会。

袁石风朝他挥挥手,示意他安静,随即轻轻地走出去,合上了门。

他出去后，海里睁开眼，坐起身。

办公桌上的灯还开着，是袁石风担心她醒来怕黑留着的。

一点点的细节，他都做好了。

海里掀开毯子，走到办公桌前，坐在袁石风的椅子上。办公桌共六个抽屉，海里拉开办公桌右手边第二个抽屉，果然……瞧见了抽屉里许多的白字条。

这些白字条都是她当年写下的，写好了，藏在他的衣服口袋里，藏在他的裤子口袋里，想着他的手不经意间放进口袋里的时候就会发现她写给他的话。

还是不想让他忘了她，还是想制造一些浪漫。

一共写了三十二张，一张都未少，全都存放在右手边的第二个抽屉里。

以前，海里趴在他的书房里看书，他在阳台打电话，走进来，让海里帮他拿文件。

海里问："在哪儿？"

袁石风说："右手边从上往下数第二个抽屉里。"

海里把抽屉打开，瞧见了里面有许多合同和文件，全是重要的东西。

袁石风说右手边第二个抽屉拿东西方便，所以他会把重要的和常常拿取的东西放在里面。

现在，她写给他的全部字条，就放在这个他认为重要的、方便拿取的右手边的第二个抽屉里……

海里把那些字条拿出来，展开。

她写着：袁石风，我吃过的所有的玻璃糖都是你给我的。糖吃下去是甜的，糖纸留下，变成了我的书签。

这是她曾经写过的话，当时这张字条放在他的黑色大衣里。

在这句话的下面，空白的地方，有袁石风的笔迹，他的字特别有张力，大气，着墨深。

海里看了一眼，鼻子就酸了。

他写：二月十一日，在大衣右边的口袋里发现字条。伦敦多云，8℃—14℃。望平安。

海里拾起另一张字条，她写着：袁石风，如果我忘不了你……该怎么办啊？

他写：二月十五日，在裤子右边的口袋里发现字条。伦敦晴，5℃—11℃。望快乐。

海里抹着眼泪，再展开一张字条。

她写：袁石风，其实九年后我们第一次相见，我在服务站的洗手间里站了很久，想不好该用什么模样来见你，我绑了两条麻花辫又拆了。

他写：一月二十八日，在衬衫口袋里发现字条。伦敦阵雨，0℃—10℃。望幸福安康。

海里哭着，把一张张字条拆开来看，每张字条上他都回复了话。

唯独一张字条有些不同——

她写：袁石风，其实海深走了之后，好像我的世界就是你撑起来的。

他在下面写：一月七日，在大衣口袋里发现字条。伦敦阵雨，-3℃—5℃。望开心。

但在这句话下面，还有一句话，是后面加上去的。

他写着：海里，这辈子，我没有亲人了。

海里拿着这张字条，想起沈炎说的事情，哭出声来。

袁石风妈妈走了，是她自己从五楼的窗户口跳下去的，那天袁石风带她去买衣服，一个回头就没看到她了，寻到人的时候，人已经砸在地上，围满了人。

他站在医院走廊一整晚，就站着，真是一整晚，天亮的时候，平静地吩咐人安排火化。

——海里，这辈子，我没有亲人了。

海里拿着这张字条，捂住嘴哭出声。

——袁石风，你还需要我吗？

09

袁石风回到办公室的时候，窗帘已经拉开了。海里睡醒了，坐在沙发上玩手机，瞧着他进来，站起来笑："袁石风，我饿了。"

袁石风看了眼时间："想吃什么？"

她笑："带我回家吧，想吃你给我做的。"

袁石风微微皱眉，觉得这不妥。

海里似乎明白他的顾虑，偏着脑袋，继续微笑："我都快结婚了，说不定以后很少有机会再来麻烦你了。"

那么明快的语气，却又那么忧伤。

袁石风看着她，妥协了，开车，载着海里回家。

还是那个家，一切都未改变，海里离开时是怎样，现在还是怎样。海里跟在他的后面，踏进这间屋子，脱掉鞋子，换上拖鞋。连拖鞋也未曾改变，还是大许多，她往前一走，五个脚指头就从前面滑了出来。

海里一直觉得袁石风的家里有一股味道，什么味道又说不上来，但一闻到，她就安心，就挂念，就不舍。

袁石风脱了外套放在沙发背上，去厨房，打开冰箱，有些犹豫："只有挂面。"想了想，"给你做番茄鸡蛋面？"

后头没有声响，袁石风走出厨房，没在客厅里看见海里，原先她住的客房门开着，他走进去，看见海里站在窗前。两边的窗帘上还系着红色蝴蝶结，海里站在窗前，手托着蝴蝶结，低垂着脑袋。

听见动静，海里回过头，看着袁石风，笑着说："蝴蝶结还在哦。"

袁石风的目光从蝴蝶结上落回到她的脸上，平静地解释："挺好看的，就留着了。"

海里笑了，也没说什么："你刚才问我什么？"

袁石风重新走向厨房："给你做番茄鸡蛋面。"

"好。"海里回答，随着他一起走进厨房，站在他旁边，帮他洗番茄。在她洗番茄的时候，袁石风把鸡蛋敲在碗里，用两根筷子搅着。

她还是那么喜欢这个厨房，还是那么喜欢在他做饭的时候帮他打下手，他做饭的时候特别专注，特别精细，每勺调料都像是经过精确配比计算的。海里站在他的身侧，看着他用筷子慢慢地搅着锅里的面，水在锅里沸腾，蒸汽把厨房都湿润了。

她又问："有没有酒啊？"

袁石风皱眉："别喝。"

海里"喊"了一声："小时候你不让我喝就算了，可是我都这么大了，而且要结婚了，到时候席上得敬很多酒呢。"她一边说着，一边踮着脚尖在厨房的柜子里寻找起来。依照他以前的习惯，红酒会放在碗柜的旁边，海里把柜门打开，果然就瞧见里面放着三瓶红酒。

她把一瓶红酒拿出来，晃了晃："对你这个家，我一点都没忘，你的习惯，我都了如指掌。"

这些话不经意说出来，让两人都有些失神。

袁石风转过头，将面捞进碗里，浇上汤又倒了些海里喜欢的醋和一点辣椒。

袁石风用布垫着碗，端着面放到餐桌上。

海里在一旁打开红酒，拿出两个杯子，各倒了半杯，把其中一杯递给袁石风。

杯中红酒流光闪闪，两人各坐一边，面对面，竟是沉默了。

海里拿起酒杯，朝袁石风举了举："敬我还能再吃一次你给我做的面！"

明明是这般俏皮的语气，不知怎的，却又是那么让人难受……

袁石风举杯，盯着她："少喝一点。"

海里笑着点头，喝了一口，把酒杯放下，拿起筷子，夹了一筷子面塞进嘴里，咀嚼。袁石风让她少喝一点，自己却喝下去一大半，抿紧嘴，看着她。

海里低着脑袋，大口大口地吃面，似乎饿坏了，狼吞虎咽的。

吃了好大一半后，她举起酒杯，准备一饮而尽。袁石风要拦已经拦不住了，眼睁睁看着她把剩下的红酒都灌进了喉咙。

红酒混着面，是酸酸涩涩、咸咸苦苦的味道。

袁石风有些恼，把她的杯子夺过来："行了，吃面，不准喝了。"

海里鼓着腮帮子看着他。

他穿一件灰色的老气毛线背心，皱着眉，大约是因为她喝酒而不满，而他的手一直拿着红酒杯，手腕处的手表泛着光。

喜欢他什么呢？

当真是什么都喜欢。

厨房的灯是暖黄色的，盐是咸的，醋是酸的，锅子是热腾腾的。

海里把嘴里的面条吞下去，用手背擦擦嘴，盯着他，眼睛晶莹剔透："袁石风，我要结婚了，你有没有什么想跟我说的啊？"

袁石风看着她，目光平静，说："希望你能一直幸福。"

海里想，这是真心话吗？是吗？于是，她说："会的呢。"

204

袁石风笑了，举杯喝了一口酒。他仰起头的时候，喉结越发凸出，喉结上下一滑，杯中酒就尽了。

海里低头继续吃面条，一边吃一边说："王冬是在伦敦眼上跟我告白的，他很好，在我难过的时候一直陪着我。在告白的时候他都说了，会等到我喜欢上他为止。

"平淡的感情真是水到渠成的事情，在一起，没吵没闹，有一天发现，他的家人已经把我当儿媳妇了，我爸妈也把他当女婿了，我爸妈和他爸妈是那么熟悉，根本不用正式见面，结婚办喜酒好像是顺理成章的事情。

"有时候我独自安静下来，都不敢相信我就要当新娘子了，我会和他结婚，生孩子，我也要成为一个妻子，一个母亲……"

海里低头说着这些。

袁石风安静地听着，往酒杯里添着酒，又一饮而尽了。

"袁石风……"她抬起头，静静地看着他，"我一直在抗争，在铆足力气想让你喜欢我。在给你寄喜帖的时候我都憋着一股气，猜想着你收到喜帖的时候会不会难受。如果你难受了，我就会开心。我一直觉得我喜欢你喜欢得苦，喜欢得感天动地，我喜欢你啊，所以我毫无畏惧。我一直怨你，怨你没我有勇气，怨你铁石心肠，怨你心狠。"

她说着这些话，声音低，却掷地有声。

袁石风闭了闭眼，又睁开："海里……"

海里打断他："袁石风，我要和别的男人结婚了。我不知道怎样的结局对我们两个来说是最好的，但是，如果你难受，我结婚的时候你就别来了，你别看我成为别人的新娘子，别看着我穿着婚纱。你别来了……"

袁石风闭起了眼。

海里看着窗外，天空到底是暗了，对面楼房又亮起了灯。

这个世界充满了有家可归的人。

海里看着蹙紧眉头，闭紧眼睛的袁石风，说："我爸妈跟你说的那些话……你不要介意。"

袁石风猛地睁开眼！

海里说："谢谢你喜欢我。"她抿紧了嘴角，"在来的路上，我想啊想啊想啊，想不出关于我们能有什么样的结局。

"对不起，这四年，我好像也不具备以前的勇气了……"

袁石风，我们怎么办呀？原以为我逃到你这儿是想要和你狠狠地在一起，现在发现，我们竟然是在做一场浩大的别离。

巨大的沉默，巨大沉默中的痛彻心扉。

万般的无可奈何，没有什么比"曾经"两个字更沉重、更锥心。

忽然，门铃响了起来。

两人坐着未动，久久没有缓过神来。

门铃声持续地响起，一声又一声，袁石风的两只手撑在桌子上，站起来时身子显得特别沉重。

经过海里身边，他抬起手，轻轻地摸了摸海里的头，像从前一样，是安慰的、温柔的。

他说："你坐这儿，等会儿再跟你说。"

但恐怕，连他也未曾想到，他要说的话就断在这个时刻。

袁石风把门打开，王冬站在门外，怒目圆睁："我来带海里离开！"

第十章：幸福
袁石风：一直希望你好，
一直竭尽所能地希望你好。

01

袁石风回头看了眼厨房，不想让海里听到，挡在门口："把你的情绪收拾好了再来问我要人。"

王冬一下子就抓住了门框，一只脚踏进来，抵住大门，压低声音："她都是我未婚妻了，你没办法了！"

到底是相差了半轮年纪的两个男人，一个性子还冲动，一个老到沉敛，两两相对，剑拔弩张。

袁石风看着他，突然就沉了气，脸上虽不见一点怒色，但出手倒是干脆利落，一把就将他推到门外。王冬多大的个头，硬是被袁石风推得向后连退好几步，扶住墙才稳住身形。袁石风跟着出来，虚掩住门，不想让屋里的海里听见，走到王冬面前，一把揪住他的领子把他抵在墙上。

袁石风手劲儿大，衬衫的袖子挽到胳膊处，手劲儿一使，肌肉就把衬衫袖口给绷紧了。

王冬不由得想起小时候，袁石风也是这般一声不吭地上来就捏住他的肩膀让他不得动弹。袁石风发起火来跟海深不一样，海深是什么情绪都放在脸上，上来就是要飞扬跋扈地揍他，而袁石风是面无表情，冷冷静静地跟你说事的，有一说一，不动手，却着实让你怕他。

可王冬现在都这般岁数了，哪儿还会怕他呢！透过门缝看到海里的鞋，他的怒火就往脑门上蹿！

袁石风开口："她要走，自然会走，轮不到你过来把她带走。"

王冬被袁石风勒着领子抵在墙上，比袁石风矮了半个头。他特别受不了袁石风说这样的话。

袁石风有什么立场说呢？他才是要成为海里丈夫的人！喜帖都送出去了，所有人都知道他们两个要结婚了！而现在自己的老婆居然跑到别的男人的家里来！是个男人都受不了！

"最没有资格跟我说这话的就是你！"王冬瞪着袁石风，"现在我是她老公！"他两只手伸上去，狠狠地推了一把袁石风，转身就准备打开门进屋。刚一转身，王冬就愣住了。

袁石风回头，看到站在门口的海里，敛下眼皮，松开王冬，立在那儿，也不说话了。

海里打开门，站在门口，鞋已经穿上了。

她走到王冬身边，碰了碰王冬的胳膊，说："走吧。"

王冬看着她，抿了抿嘴，揽着她的肩膀，去按电梯。

待在王冬身边的海里显得那么乖顺，两个人站在一起，一下子就区别开了袁石风。

袁石风穿着拖鞋，皱紧眉头，想听海里会说什么，但她什么也没说。

电梯一层一层地上来，被王冬揽着肩膀的海里回过头，对袁石风笑，笑得很苦："我要说的都说完了。谢谢你。"

海里一顿，最后说："再见，袁石风。"

她说了什么呢？

哦，她说了，袁石风，我要和别的男人结婚了。

她说，我结婚的时候你就别来了，你别看着我成为别人的新娘子，别看着我穿着婚纱。

然后，她冲他笑着说，再见，袁石风。

电梯上来，叮的一声打开了门，王冬揽着海里的肩膀走进去。

海里和王冬站在一起，抬起头，看着袁石风，眼睛一眨不眨的。

王冬的手指狠狠地收紧，终是怕海里离开的，终是怕的啊。

电梯门渐渐合上，快要合上了，也终于合上了。从门缝里看着一个人离开是特别难过的事情,看着她的脸慢慢地被门遮挡住,但她的目光啊,像仍然徘徊在身边似的。

电梯门关上了,倒影出袁石风的影子,楼层的数字慢慢地往下落,一层一层的,最后变成了"1",定格不动了。

莫大的沉静,离了她,他的身边就是莫大的沉静。

这沉静跟李爸李妈找到他时是极像的。

他坐在茶馆里桌子的这一头,李爸李妈坐在桌子的那一头。

李妈说:"我们海里还小,不懂事儿,麻烦你了。"

他给他们添茶:"她很懂事。"

李妈的手伸上来,遮着杯口,示意不用再倒了,那半杯茶就杵在李妈面前没再消下去。

"昨天我们想过来看看海里,发现她已经不住学校的寝室了。"李妈的两只手端着水杯,她不知道该用怎样的语气说话,显得有些犹豫,又有些严肃,"这事儿,你们也没跟我们说。"

袁石风说:"这事儿是我不对。"

"我知道你也是为海里好,但石风……海里毕竟是大姑娘了。她从小被我们宠大的,是任性。你知道,海深没了之后,我们也就海里一个女儿了,我失去过海深,你明白看着自己的孩子在自己面前冷冰冰地躺着,怎么也叫不回来的感受吗?我们就她这么一个孩子了,还是一个女孩子,当真是从小捧在手里护着的女孩子啊。其实她一个人来这里读书我们都是很不放心的,就希望她在跟前,有什么事儿我们还能帮帮她,就连她晚上出去我们都得千叮咛万嘱咐,让她早点回来。你不明白当爹妈的感受,尤其是我们,也不指望她这辈子有多出息,嫁多好的人,就希望她平平安安的,平安,就是我们对她最好的要求了。"

李妈一点一点说着,李爸在一旁沉默地抽烟。

袁石风沉默地听着。

李妈的声音越来越抖:"我没想到有一天我们连自己女儿的事还要从别人嘴里知道。"李妈说这话时还有些生气,"如果不是王冬告诉我们,我们也不知道她现在居然和你住在一起。她不明白,你难道不懂?她一个女孩子,跟你住在一起算什么?这事儿就是你做得不对了!"

李妈气得掉眼泪:"我们是让你帮忙照顾海里的,因为她上学离我

们远,她出什么事儿,我们也不可能尽快赶过来,想着有你在,还能帮忙处理一下,可没让你跟她住在一起!"

李妈越说越气了,一气,嗓子也哑了。

李爸皱着眉,拉了拉李妈,示意她别这么激动。李妈背过脸,不说话了,拿出纸巾擦眼泪。

李爸叹了口气,把香烟掐到烟灰缸里,说:"王冬是王家的儿子,我们跟他爸妈也熟,他从小跟海里长大的,海里有什么话也会跟他说,他是个挺老实的孩子。如果不是他告诉我们,我们也不知道海里喜欢你,也不知道海里现在跟你住在一起。"

袁石风听着。

李爸说:"不是不同意海里喜欢你,只是……她小,她这么小分不清什么是爱情的,对吧?我们总希望她能待在我们身边,平平安安的,你跟她一块儿长大,把她当妹妹,也希望她好……"

那时的氛围也是这般沉静。袁石风的目光锁在茶面上,李妈的哭声晃动了茶面,杯子里的茶叶起起伏伏。

他还记得,海里躺在书房的地板上,绿色的毛毯衬着她的珊瑚绒睡衣。她懒洋洋地躺着,装模作样地看着书,只要他低头,她的目光就会从书上移开,落到他的脸上,他故意把头抬起来,她就慌慌张张地把头低下去,把书翻到下一页,似乎看得很认真的模样。而她低头的时候,就轮到他盯着她看。

到底也是胆大的丫头,拿着书,在毛毯上滚啊滚啊,就滚到了他的身边,挨近他……

那时,袁石风就在想,海里啊,如果你永远不长大,该多好。

02

海里和王冬回去的路上天都黑了,开回涌炀岛得十二点了。在路上,王冬就给李爸李妈打了个电话,说:"接到海里了,现在就回来。"

他对着电话"嗯"着声,也不知道李爸李妈说了什么,他回头看了一眼海里,说:"她还好。我叫了人把车跟在我们后面开回来。爸妈,你们放心吧。"

已经叫李爸李妈为爸妈了。

挂了电话，王冬不说话了，车开得很快，车轮子碾过减速带，一阵颠簸。

王冬转头看了海里一眼，面色还是绷紧的。他特别恼怒，又特别无奈地说："海里，你转头看看我。"

海里转头，看他，眼神是悲伤的。她悲伤，王冬又何尝不是。

他咬了咬牙："明明要结婚的是我们，为什么让我觉得我是棒打鸳鸯的那一个？"

一道道路灯从窗外闪过，光线从他们的脸上快速掠过，夜晚来得安静，来得压抑。车里没开任何广播，唯一打破安静的就是王冬的声音。

王冬想明白了："你说你要先结婚，后领证，是不是也是因为袁石风？"说完，他冷笑，又觉得苦涩，"李海里，我说过我会等你，即使你没忘了他也没关系，可不代表我会大度到让你把我们的婚姻当作儿戏。你还想在婚礼上跟他跑是不是？婚礼请他来，也是想见见他，对不对？你到底把我当什么呢？"

海里说不出话，也无话可说，垂着脑袋，拿着手机。

是真的，王冬说的都是真的，她就是这般自私和心机地考虑着的。但特别奇怪的是，知道袁石风也喜欢她的时候，她突然就不抗争了，忽然释然了，也忽然明白了，自己的步步紧逼会让他多么无奈和委屈。

海里不说话，就这般低着脑袋。

王冬冷笑，摇头，然后一边摇头，一边冷笑："李海里，我真是太容忍你了。我绝对不会让袁石风出现在我们的婚礼上！也休想让我取消婚礼！所有人都知道我们要结婚了！休想让我取消！"

海里依旧不说话。

"说话！李海里！"王冬当真是气急了，拍着方向盘大声呵斥。

海里闭了闭眼："对不起，王冬，我觉得我过得特别糊涂。"

王冬咬紧了牙关，不说话。他明明那么气啊，可听到她的这句话，又硬是发不出一下火了。

"我疼你、宠你，一点也不比他差。"

末了，他又说："别辜负我，李海里。"

这个晚上，他一直叫着海里的全名。

好像这样用力地叫着，就像掌控了她，拴住了她似的。

而海里一直不说话，闷声不响地随着王冬的车回到了涌炀岛。

夜很深了，李家的灯全亮着，李爸李妈还焦急不安地等着。王冬把海里带回来的时候，站在门口，李爸李妈赶紧把海里拉进屋，不停地跟他说谢谢，说麻烦他了，海里不懂事儿，让他别计较。

知道王冬为了带回海里，一天都没吃饭，李妈就留王冬坐在客厅里，要去厨房里烧夜宵。

海里径直回了自己的房间，关上门，没动静了。

王冬看着海里紧闭的房门，抿紧了嘴，说："我还是不留了，太晚了，我先回家，明天再来看海里。"

李爸和李妈特别不好意思，李爸拍着王冬的肩膀，把他送出门："真是对不住了，海里的脾气就是这样，一直被我们宠坏了。你爸妈那边也替我们道道歉，别把实话告诉他们，我们真是特别不好意思。"

王冬点头："没关系的。安全回来就行，我明天再来看看她。爸妈，你们回去吧。"

王冬走了，李爸李妈一直站在门口看着他离开。待王冬走远后，李爸李妈面面相觑，考虑良久，去敲了敲海里的房间。敲了两下，没听见动静，他们轻轻把门打开，屋子里一片昏暗，海里躺在床上，盖着被子。

李妈走上去，把灯打开，屋子里充满了暖黄的灯光。海里躺在枕头上，无声地流眼泪。

李妈看得难受，坐在床旁，摸了摸她的额头，把她的碎发捋到一边："海里，别怪我们，石风这孩子真的不适合你。我们就希望你好，我们这辈子把最好的都给你了，我们就你一个孩子了，就希望你好好的。"

海里不说话，李妈也不说话了，李爸沉默地站在旁边。

末了，海里问："你们为什么就不希望我跟他在一起呀？这辈子，除了你们，就他对我最好了，从小到大都是，你们为什么不答应啊？如果你们答应，我早就能跟他在一起了，我们之间就不用别离这么长时间了，我怎么就不能跟他在一起啊……"

李妈给她抹眼泪，自己也抹眼泪，特别无奈地说："你怎么现在还在问这种问题呢？你和王冬都要结婚了。"

"因为要结婚，所以才要问啊……你得让我死心啊，你得让我明白，我和袁石风究竟败在了哪里……"海里一边平静地说着，一边平静地流泪。

03

李妈说:"海里,你真别怨我们,我们都是过来人,过来人的经验比你们年轻人多。你当初那么小,哪儿懂什么是爱啊?你和袁石风一起长大,你以为自己这样的感情就是爱了?"

海里不说话,李爸依旧站在旁边抽烟。

李妈也说不下去了,也是觉得自己理亏,给海里掖了掖被子就要起身出去。

这时候海里说话了:"那时候袁石风也跟我说过这样的话,说我还小……你们总以为我不懂爱情,可是爱情是我自己的,只有我懂。

李妈点头:"你是还小,你到现在也还小。送你出去读了四年书,你也还是小。王冬比袁石风好,王冬是我们看着长大的,人老实,他爸妈我们也都认识,你嫁给他,我和你爸就是放心。"

"袁石风也是你们看着长大的。"海里处处为袁石风说话。

想不通,就是想不通……最想不通的是我们以为我们离得远,却突然发现我们曾经离得那么近,那么近,中间就只隔着一堵墙,她把手按在墙上,哭着吼着说,袁石风,你推吧!我们一起把墙推倒啊!袁石风在那头叹气,说,海里,你还小。

那时她可伤心了,可难过了,转身离去,然后发现,在她不知道的时候,他也在悄然用力,可就是推不倒那堵墙。

海里 步步紧逼,答案就从李妈喉咙口慢慢地冒出来:"袁石风是我们小时候看着长大的,可是他离开后,我们就看不到了啊。送你开学报到那会儿,我们第一次瞧见他,就觉得他跟以前不一样了,他高中读完就没读了,跟着他舅舅在工地里摸爬滚打出来的。是的,他有钱了,可又怎样?人站在那儿,对我们来说是陌生的。海里,我们就希望你好。王冬就好,我们是看着他跟你一起长大的,跟你一起去外头念书,跟你一道儿回来,你们什么都合适。"

海里又想到了在以前的旧家里,房子是用砖头砌成的,外头包着石灰,她调皮,从灶台上拿来锅铲,把锅铲往墙上凿,石灰就剥落了,露出了里头红色的砖。一到晚上,李妈就在院子里架起大圆桌,烧好了大锅菜,请袁家一道儿来,李爸李妈在那会儿明明可喜欢袁石风了,夸他乖,夸

他懂事儿,好像比谁都喜欢他。

海里皱紧了眉头:"合不合适,我自己最知道。"

李妈特别无奈:"结婚,真不是两个人的事,而是两个家庭。王冬家,他爸妈都在,他们也就王冬这么一个儿子,你们结婚后,他们也会待你好,有什么事可以照应着。"

李妈的这句话说得轻,她站在海里床旁,离了灯,整个人就有些看不清楚。

李爸的烟头在一旁忽明忽暗。以前李爸在家里抽烟,李妈总唠叨,可这回,李爸抽多少根烟,李妈也不会来管了。

海里有点不敢相信,她从床上慢慢地坐起来:"妈……你说什么呢……"海里的声音在颤抖,睁大眼睛看着李妈。

小时候啊,一到夜晚,天上就是满天繁星,月亮从弯的变成了圆的,夏天的时候,不知名的虫子躲在草丛里叫唤,袁家开着灯,袁石风的身影在窗前晃动,李妈把切好的西瓜装着让海里端过去:"海里,送西瓜给袁娘他们去。"

一切都变了。

李妈继续说:"可是现在你也要和王冬结婚了!王冬爸爸妈妈都在,也都是我们这儿的人,你们以后遇着什么事儿,他爸爸的关系也可以帮你们,反正就是比你嫁给袁石风强!你说他虽然有钱,可万一他出什么事儿,他有什么亲戚可以依靠?"

"听不下去了!"海里哭,"不要听了!

"希望你们没有把这些话说给袁石风听!"

这人啊,怎么就这么奇怪呢?

以前日子过得也就那样的时候,街坊邻居互帮互助的,谁都不野心勃勃,谁都自己家过一份想着别人家再过一份,可日子过得越来越好了,反倒越来越计较了,越来越现实,越来越……没有良心了。

海里想啊,这些话,希望妈妈没有对袁石风说。

不然他得多伤心……多伤心啊……

04

在英国的时候,英国老头让海里他们研究《哈姆雷特》和《剑齿虎

复仇记》。

海里买了后面那本书，看了一遍，明白了，都是讲复仇的故事。《哈姆雷特》是悲剧，而《剑齿虎复仇记》讲的是一只袋狮在亲情、友情的帮助下，终于夺回王位的故事。

一个复仇失败，成为了莎士比亚四大悲剧之一，一个复仇成功，成为了小孩儿喜欢的科普童话书。

海里拿着两本书做了课题，课题就是讲悲剧的意义。

作为孩子的科普读物，《剑齿虎复仇记》以皆大欢喜的喜剧作为结局，让孩子们忽略了结局的意义，更能将注意力集中到过程中体现的亲情和友情上，更能津津乐道里头出现的剑齿虎、双齿兽、恐鸟等史前生物的形象，孩子们欢欢喜喜谈论着，脸上有着本真的笑容。

但如若把结局改成了像《哈姆雷特》一样的悲剧，《剑齿虎复仇记》恐怕就不会被列为童话书的行列。孩子的世界，不应有这样的悲伤。

《哈姆雷特》的意义正是在于它的悲剧，悲剧的意义在于批判，对有价值的东西进行崩塌式的、痛苦的毁灭，人就会在痛苦中越发感悟到价值的存在。

这样的痛苦，即是悲剧的意义，但这样的触目惊心，必将不适合纯真的孩子，孩子的心里本没有仇恨和悲痛，这一切情绪是在成长过程中才慢慢感知起来的，所有的感知变成了他们的思想，而思想，需要成年人去扼腕叹息才是。

英国老头在黑板上写下了"悲剧"这两个字，问："如果要在后面填一个字，浮现在你们脑海中的会是哪个动词？"

过半的人说："宽恕。"

英国老头笑了。"你们看啊，复仇、仇恨真是不变的题材，不只是名著里、剧本里、电影里，连我们孩子的童话书里也出现了。

"动画片《汤姆和杰克》里的那只猫和那只老鼠，一开始也是充满仇恨的一对宿敌。我们这个世界，仿佛没有仇恨就是过不下去的，我们总是有个仇人，或者是我们的前男友，或者是你绝交的朋友，或者是你的父母，是社会，是生活，是命运……我们穷尽一生，围绕着仇恨而生活，于是为了解决这样的恨，我们谈新的男友来疗伤，我们远走他乡来抗衡父母过多的管制，我们服从社会来化解这种恨意，我们肆意挥霍来逃避

对生活的恨意，我们用语言来抨击对不平等的恨意，我们每个人都是复仇的哈姆雷特，是复仇的剑齿虎。

"我们在燃烧恨意和解决恨意中推动自己的生活，使生活变化多端，使生活曲折和精彩，赋予了人生经历的意义和深度。但孩子们，今天我在黑板上写下'悲剧'这两个字，你们大多数人都告诉我'宽恕'两个字。"

英国老头转身，用粉笔在悲剧后写下"宽恕"这个词，画了一个圈，停住，粉笔头抵在圆圈旁边。他穿着格子衬衫，注视着教室里的每一个人："宽恕，理想化的词。孩子们，我那么希望，以后你们悲伤、怀恨的时候，能想到宽恕这个词，不是让你去宽恕谁和谁，而是让你宽恕自己也是仇恨和悲伤的制造者。"

他低下头，放下手中的粉笔。

整个教室里的人都屏住了呼吸。

开春的伦敦，总是那么热闹又寂寞，那时海里已经和王冬在一起了。她坐在教室里，转头看着玻璃窗外那棵孤零零的梧桐树，梧桐树的枝干已经延伸到窗口。她仍旧会那么轻易地想起袁石风。

——假若我们都是仇恨的制造者，是不是我仇恨着他不爱我，于是制造着仇恨让我自己无法再喜欢上别人？

这一轮一轮的结果却附加给了王冬，他在海里的悲伤中，承受着最大的压力和伤害。

第二天中午，王冬把海里带去他们的新房，新房建在海边。

王冬想着，海里喜欢海，从小就喜欢坐在礁石上，礁石上有许多的海螺蛳，她心情好的时候就会叫上他一起去捡。把新房建在离礁石近的地方，等他们结婚了，吃完晚饭后，他便可以拉着她的手一起在海边散步，脱了鞋子，坐在礁石上看海鸟滑翔而过，甚至可以钓鱼，举办篝火晚会。他设想得都很幸福，家具也挑了，装修都已经完成了，办完婚礼就可以入住了……

王冬把海里带进新房里，客厅里还没有安装电视，沙发倒是早就定制好了，沙发旁边铺上了厚厚的地毯，雍容华贵。

女人天生就喜欢打扮，打扮自己，打扮屋子，可海里似乎对这些并不感兴趣。

王冬问过:"海里,房子你想装修成什么样的?"

海里想了想:"你决定吧。"

婚礼,婚服,婚房,家具……她就只认真地亲手写了喜帖,寄给了袁石风。王冬默默地看着,什么也不说,但终究也是忍不下去了。

海里坐在新家的沙发上,王冬站在她的对面:"你情绪好点儿了吗?"

"嗯。"海里点头。

王冬久久地看着她:"海里,你抬起头看我,你看着我,跟我说,你不会辜负我。"

海里抬起头的刹那,便察觉出了王冬神情的异样。

05

李爸李妈想准备点什么给王冬赔礼道歉,更担心王冬回家把海里逃去袁石风那儿的事跟王家二老说,他们想啊想啊,想着要不要去跟王家人见见面,探探口风,或者找个理由解释解释。

李妈想马上就去,但李爸想着,海里和王冬都去新家了,等王冬带海里回来了,再一道儿去见亲家也不迟。

他们刚决定好,门铃突然响了起来。

李爸起身去开门,门一打开,就看到了站在门外西装笔挺的袁石风。

袁石风立在那儿,看着李爸:"李伯父。"他面无表情,眼神倒还是一样的利。

李爸愣在原地,半张着嘴:"石风啊……你来了……"

袁石风坐在客厅里,对面坐着李爸李妈。李爸把电视打开,放着广告,有点儿声音,好像才不会那么尴尬。

李妈给袁石风倒茶,袁石风接过杯子放在旁边,环顾四周,看到了一旁架子上摆着的全家福。应该是海里上高中时拍的,那时她头发还长。只要她不说话,便让人觉得她是个文气的姑娘。

袁石风问:"海里呢?"

李妈说:"跟王冬去新房了。"

袁石风垂下眼皮点点头,转头又瞟了全家福一眼,从沙发上站起来,站到窗前望出去,全是一幢一幢独立的房子了,每家每户都有院子,情调也有,几乎每户人家都在院子里种了花花草草,正值春天,桃树都绽

了花儿，一个个花骨朵冒出来，随着枝干延伸出去。谁家的院子都静得很，不知哪家人养的猫溜了出来，沿着篱笆慢悠悠地走着。

袁石风说："我有好些年头没回来过了，全变样了，真不认识了。"

李爸说："毕竟这么多年过去了。"

气氛真是极尴尬，李爸李妈不知道袁石风来干什么，也生怕他来做些什么。

没话题聊，自然不能聊海里。李妈在沙发上坐了一会儿，两只手放在膝头上搓了搓："石风啊，留在这儿吃中饭？想吃什么？哦……"李妈从沙发上站起来，"冰箱里还有些面皮，我包些饺子去。"

袁石风挽起袖子："我来帮忙。"

以前过年，李家和袁家也会在一起包饺子，袁石风小时候就懂得帮忙的，把菜剁碎和肉末混在一起，他在帮忙的时候，海里和海深就在院子里玩，李妈总是要骂的，说自家两个孩子跟泼猴似的，还是石风好，懂事儿。

两家人一起包好饺子，放到灶台上煮，那会儿还没有天然气，连煤气瓶也是没有的，还得去拾柴火，或者用稻草，点燃了，放进柴灶里，里头燃着火，上头就架着大锅子，往里头倒水，等水开后把饺子一只一只地放进去。

过年啊，有习俗的，会在饺子里放硬币，谁吃到就预示着来年会有好运。谁都知道这习俗就是添个喜气的，但像海里这般小的孩子就会信以为真，虎视眈眈地坐在桌前，吃了一个又一个，吃得很饱了，还在吃，就是想吃到那一个预示着好运的饺子。

袁石风坐在她旁边，看着她一只手摸着鼓出来的肚子，一只手捏着筷子，张着油腻腻的嘴，打了个嗝，又去咬碗里的饺子，咬一口，剥开馅儿看看，没瞧见里面有硬币，十足失望。

袁石风瞟了她一眼，不说话。包着硬币的饺子还是很容易分辨的，个头比其他的饺子大些，放到水里一煮，饺肚子不会圆润，比其他饺子要奇形怪状一些。

海里伸出筷子又要夹饺子。

袁石风替她夹了两个放在她碗里。

海里已经撑得说不出谢谢了，异常麻木地开始吃，吃一个，没有，失望，

再吃第二个,咬一口,用筷子拨了拨里头的馅儿……嗯?

有了!

"有硬币哎!"海里把硬币拿出来大喊!

"哈哈哈,居然被你吃到了!"所有的大人都笑了,"好好好,今年的好运气属于海里的。"

海里拿着硬币笑弯了眸子。袁石风看着她,也跟着微微勾起了笑。

现在已经不用灶台煮东西了,有了天然气、电磁炉,但做出来的东西好像没以前的香了。

站在宽敞的厨房里望出去,就是别人家的后院,晒着衣服,一排一排的,风一吹,衣摆就跟海浪似的。

李妈一个一个地包着饺子,说:"石风……你别怨我们。"

袁石风不说话,挽了袖子,撕开面皮,用筷子夹了馅放在里头,包好了,把饺子一个个整齐地放在砧板上,摆正。

"把海里还给我吧。"

他这句话说得犹为轻,在安静的厨房里却足够震撼。

李妈动作一顿,抿了抿嘴:"你不说这话,我们家还是欢迎你的。"

袁石风说:"今天我专程过来,就是为了海里。"他一顿,"把她交给我来照顾吧。"

他目光沉寂,却又凛冽。

与此同时,王冬真的爆发了,将一切都摊开了讲。越是受委屈和压抑的感情,爆发得就越惨烈,通常都以两败俱伤为结局,谁也别想好好抽身出去。

海浪从远处袭来,一阵一阵地扑打在礁石上,海螺蛳吸得牢,任凭海浪怎么打也不会掉。从二楼的窗口望过去,能看见一片海,以及越来越远的船。

王冬站在海里面前,说:"海里,你抬起头看我,看着我跟我说,你不会辜负我。"

海里抬起头看他。

王冬皱眉:"你说啊!"

海里流泪。

王冬背过身,抿紧嘴,看着窗外打过来的白色浪花。忽然,他一下子就把墙上挂着的装饰品全部扫落了,花瓶砸在地上,哗的一声,支离破碎,瓷片满地都是。

"我也是个男人啊,李海里!我也是个男人啊!有谁受得了你这样呢?谁能受得了你对别的男人朝思暮想?谁受得了呢!我要和你结婚了,和你结婚的人是我。

"你觉得你和袁石风可怜,那我呢?我等你这么多年了,我就对着你一个人死心塌地,我做什么都是为了你。在伦敦怕你害怕,怕你吃得不习惯,我每天坐两个小时的车去看你。你哭,我就在你旁边递纸巾!你在我面前永远是死气沉沉的你知不知道?你都不愿意勉强朝我露个微笑!我总以为慢慢等你,你就会信赖我,依靠我。

"但海里,我们都要结婚了!你为什么还要跑去找那个男人?你甚至出现在他家里!你含着眼泪望着他,你当我都没有看到吗?明明要结婚的是我们啊,你有没有清楚地认识到,要结婚的是我们?"

王冬站在那儿大声咆哮:"李海里!你摸着自己的良心问问,我对你怎样?我对你一点儿也不差,我就是这么犯贱啊!在伦敦有次我发烧,你来看我,我感动得一塌糊涂。我对你万般好,但你对我只要一般好,我就那么犯贱地感动到现在!你呢?你对我有这样过吗?"

海里在哭,他又何尝不是?长大后他什么时候流过眼泪?但这些话他一声一声地喊出来,心里得有多痛啊!

他走上去,看着海里:"李海里!你看着我,跟我说,你不会辜负我,你说啊!"

海里抬眼看他,皱紧了眉头,说:"对不起……王冬……对不起!"

王冬闭了闭眼,突然睁开,一把抓住海里的头发往卧室拖!

"王冬!"海里整个人躺在地上,头皮被他狠狠扯住,整个人的重量全部集中到头皮上。

王冬抓着海里的头发,咬着牙:"你得明白,李海里,你得明白!我!王冬,才是你的老公!"

——我对你如此卑贱,你得明白,我绝对不想到最后一刻,落得被别人耻笑的境地!

窗外的风大了起来,远处的海不平静,船开始颠簸,浪花开始凋零。

哗啦哗啦的海浪声从远处而来，又在近处消散。

海边的新房，透过玻璃传出尖叫声。

尖叫声，最后变成了含着痛苦的呻吟声、哭声，最后……什么声音也没了。

二十多年前，涌炀岛的李家多了个老幺，明明是秋天，但那天天气格外热，拿李妈的话说，这老幺命大得很，如果不是她眼疾手快地抓住脐带，这老幺肯定就掉进粪坑闷死了。

那是物质匮乏，景色却美的时代。

李家人说，就给老幺取名为"海里"吧，这名字多美，海里海里，囊括了海底的一切。

珊瑚，鱼群，海底埋葬的沉船，秘密……

那个时代，还有细细长长的田埂，田埂旁会有许多小水坑，一到春天，蝌蚪就会出现在水坑里，黑溜溜的一群，呆头呆脑地晃着尾巴。

海深拿着白色的渔网雄赳赳气昂昂地走在前头，中间跟着穿着花裙子的海里，后头跟着提着水桶的袁石风。

他们一路都唱着歌……

厨房里，安静得很，有谁家的孩子骑着童车从窗口经过，咿咿呀呀地哼着歌，顽皮地打着铃铛。

阳光散进来，落进厨房的橱窗上。

袁石风皱紧了眉头，眼睛里布满了血丝："李妈，我爱海里。"

06

婚姻是极慎重的事情，因为尤为慎重，所以各方面都得细细去考究、权衡。

一无所知的年纪真好啊，过了那个年纪，也就不知道自己到底是爱一个人还是爱一场婚姻。有着一腔热血说着"我爱你"，却没有一腔热情来爱人。

爱，变成了占有欲的一种，充斥着占有欲的爱情是凶神恶煞的。

安静狼狈的卧室，王冬跪在床旁哄着海里："对不起，海里，对不起，

你原谅我,我太爱你,我不能失去你,是我太爱你了啊……"

海里浮肿着眼皮看他,那样的眼神,着实是剜人心窝的。她起身,穿上衣服,去浴室整理自己。

王冬跟在她身后:"海里,对不起,你骂我好了,打我也成,是我气糊涂了。"

他这般哄着,已经哄了一个小时了。而明明一个小时之前,他还咆哮着,嘶吼着,狰狞着,带着一股狠决。

海里穿好衣裳,打开浴室门。

王冬还站在门外,看见海里出来,又急忙道歉:"原谅我好不好,海里?原谅我?"他慌慌忙忙抚摸她的脸。

海里看着他:"王冬,你还觉不觉得我欠你了?"

王冬说不出一句话。

李妈看了袁石风半晌,亦是一句话也说不出。她转头继续去包饺子,一个一个包好,放在砧板上。

"这些话,你别跟我们说,海里的婚礼,你要来,我们欢迎,如果不来,也没关系。"

李妈这般说话,袁石风也不恼。

所以像袁石风这样的男人,他们的身上有绝对的气度和理智,面对难题,不会死乞白赖,不会穷凶恶极,不会恼羞成怒。狗急跳墙不属于他们。

他们优雅着谨言慎行,这样的男人外看有条不紊,云淡风轻,内里却又有剑拔弩张的气焰和野心勃勃的态度。这般的表里不一,不属于年轻人,年轻人是爱憎分明,是飞扬跋扈,是张狂和迷茫。

袁石风说:"只要你们同意我和海里在一起,我能做出承诺,你们担心的所有事情都不是问题。"

李妈转头看袁石风,她头一次见袁石风这般的冷静又强硬。以前,面对他们,袁石风是敬,是孝,此时,是凌然,是毋庸置疑。

李妈无奈又烦恼,刚想说话,李爸走了进来。

他看看袁石风,又看看李妈:"刚刚海里打电话来,说今天不回来了,就住在新家里了。"

李爸话音一落,李妈回头瞟了一眼袁石风,故意说:"好的呢,反

正小两口就快结婚了。"

袁石风眼睛一眯。

末了,他撂下一句:"我绝对是要见到她的。"

——以前,她怪他心狠,他的确是心狠的。

07

李妈总觉得袁石风不一样了。她得承认,她对袁石风并不了解,她了解的是小时候的他,是最懂事的孩子了,也是最惹人心疼的了,每天打开门就能看到对家的他。朝夕相处,感情自然是有的,但自打他离开了涌炀岛,从无尽的记挂到现在强烈的反对,真不能怪她心狠,人就是这样,因为朝夕相处而情感深厚,但再怎么深厚亦会因为渐渐疏远而变得相交浅薄。人就是这么寡淡,会逐渐淘汰与己无关的人。

李妈李爸就是觉得袁石风是他们无法接受的,重话不知说了多少遍,借口也不知道找过多少种。

那时应是海里去伦敦后,李爸李妈从王冬那儿听说了袁石风去伦敦和海里见面的事情,着实是担心的,也着实是担心好不容易平息的感情,他们一见面,又得发生什么。

王冬在电话那头说:"袁石风和海里见面之后就带海里走了,海里三天没回住的公寓。"

李爸李妈心头就开始蹿火了。

王冬又说:"袁石风离开以后,海里又挺难过的。"

李爸李妈在电话这头,隔着七个小时的时差,是干着急啊。

但让他们没料到的是,第二天晚上袁石风就打来了电话,这一次,倒是特别让人意外,他是这般直白,直白到再也没考虑那么多,对他们开门见山:"允许我和海里在一起吧。"

太突然了,李爸李妈震惊得许久未开口说话。

电话那头很吵,袁石风的语调不对劲儿。

李爸把电话拿过来:"喝酒了?"

袁石风的声音却很镇定:"我很清醒,我明白我在说什么。我忍不下去了,请你们答应吧。"

李爸和李妈相视一眼。

怎么办呢?能怎么办呢?

前头与他说的话,能说出的理由都说了,说是海里还小,说是希望海里快乐,说是想让海里待在身边,理由都找了,他都沉默地听着了。他们明白,这两人的感情哪儿是说断就能断的呢,总以为相隔两地就会慢慢忘记,怎么就越来越长情了呢?

还能找什么理由呢?哪些理由最狠最有效?

短短思考片刻,不知怎的,李爸就说:"不行,袁石风,不行……你和海深一般大,你和海里在一起,瞧见了你啊,我们总是忍不住想起海深。"

真是一听就让人沉默的名字,所有的记忆和悲伤都尖锐地往心坎上一刺。

李爸当真不知道这个理由是怎么说出来的,或许是随口一编,或许真是他们潜藏在心口的伤痛。

真是有效和厉害的刀刃,说出这句话,让彼此都是血淋淋的。

但现在,连这样血淋淋的借口也堵不住袁石风了。

袁石风立在厨房里,微微眯起眼睛看着李爸李妈。他微眯的眼睛里是闪着光的,像他这样的男人,已经足够谦和和忍耐了,也是无法再退让了。他特别无奈地笑,面色上又非常严肃,这般矛盾的表情真是让人看一眼就揪心。他说:"曾经我也考虑了很多,你们说的,我都考虑了。你们说她小,我也觉得她小,怕她只是心血来潮,是三分热度,是年少不经事,于是她叫着我的名字,跟我说,袁石风,我喜欢你啊,我告诉她,海里,你还小。

"她走了,一走就是固执地退了学,去了伦敦。你们跟我说,王冬就在那儿,会照顾海里,王冬是岛上的人,他们的父母你们也都熟,你们劝我先照顾我妈。你们的话,我仍旧考虑。那会儿我的确忙,工程误工,得按合同赔偿,连我也不确定之后是走上坡路还是下坡路,如果我变成了一个穷光蛋,是不是有一天她需要我的时候我什么也不能做。想着这些,我抓紧时间把暂时还能动用的关系和钱全部动用起来,希望她去伦敦住的地方好,去的学校好。

"她走了,我倒好像清闲了,也好像更忙了。在伦敦,就是那么巧,又见着她了,她让我看着她离开,眼睛里都是泪,倒是硬脾气得很,睁着眼就是不肯落泪,一转身,就是倔强的背影。我花了多大的力气才没上去拉住她,花了多大的力气才没冲她喊,李海里,你过来!忍住了。我回来,继续夜以继日地忙碌,但这小丫头心眼儿多坏,在我带去的每件衣裳里都塞了字条。我每换上一件衣裳,都能从口袋里掏出她写给我的话,多有心眼的丫头,就是活生生让我拿她没法子啊。

"那次,我喝了酒,却是从未有过的清醒,我第一次开口,希望你们能允许我和海里在一起。你们说,瞧见我就会想起海深。你们说的,我仍旧考虑。

"我向来觉得,婚姻是关系到两个家庭的事情,必须是慎重的。不被亲人祝福的婚姻,会是痛苦的。你们是海里的父母,你们不祝福海里,海里也不会快乐,所以你们跟我说的每一个理由,我都慎重权衡和考虑。"

他笔直地立在李爸李妈面前,有条不紊地说着这些。

这个时代,爱的形式也不过两种,一种飞扬跋扈,一种严于律己。前者身上是一股子的冲劲和勇气,是热情,是霸道,是炽热,是欲望,是野心勃勃,也是凶神恶煞,火急火燎,是浪漫,是暧昧,是跨年时夜空中绽放的烟花,是跃出海面的鲸鱼,是亮满了红灯排起长队的高架。后者,便太平庸了,也是太容易让局中人觉得平凡乏味的了,是海里的眼泪,觉得袁石风为何如此心狠,是沈炎的人情味,在伦敦恰巧拍到海里时,偷偷将照片删除。

爱一个人,到底该讨巧地爱呢,还是该恰当地爱呢?

是飞扬跋扈,还是严于律己呢?

这样的问题本身便是揪心的。

厨房里一片水蒸气,饺子在沸水锅里上下翻腾,有些皮儿都滚烂了。

袁石风说:"你们是长辈,能算是我亲戚的人也没几个了,所以我对你们是敬,想着理应要孝上三分。但是现在,这样的孝,不要也罢了。"

李爸李妈没有说话。

"所以这次来见海里,一切就只顺着她的意思。如果她眼泪汪汪地看着我,我就直接带她走。如果……"袁石风眯了眯眼,勾了勾嘴角,笑了,"她选择成婚,我便等。我下决心的时间的确是晚了,就等吧,等的时间,

最长也不过是这辈子罢了。"

——最长,也不过是这辈子罢了。

究竟什么是孝呢?好像,好多感情都败在了如此礼貌的一个字上。

多无奈啊。

袁石风从李家离开的时候,李爸李妈好久没有回过神来,等他们出去看的时候,袁石风已经走远了。

李爸推了一把不知所措的李妈:"打海里电话啊!"

话一说出口,他自己也是一愣,打海里电话做什么呢?

李妈说:"不想打了,随他们去吧。到最后反倒把我们变成恶人……"

好像,该见的还是得见,该了的还是得了。硬生生阻止这么多年了,结果还不是这样?

李妈关了火,从厨房里出来,坐在沙发上,沙发软,人一坐就陷了下去。李妈想起袁娘,倒也觉得对袁石风亏欠得很,他们良心也是有的,但是比起良心,让自己的孩子能够美满更重要。

当爹妈的心思真的挺简单,真的,想把最好的都给孩子,但似乎那些个孩子总是无法理解,倒把爹妈变成了恶人。

恐怕这辈子他们接受过最恨的话就是袁石风的这句话——"这样的孝,不要也罢。"

王冬跪在海里面前,白色瓷砖的冰凉从两块膝盖上透出来。海里坐在沙发上,正对着他。王冬去拉她的手,这么一个大男人,说跪就跪了。他后悔、难堪、自责,只要海里说一句话,他刮自己一耳光也成,往自己心坎上捅一刀也成,只是他真的没办法了啊,他真的气糊涂了。那股火压在心口也不是一两天了,豁然爆发,人就变得面目可憎了。

海里看着他,别过头,想说"你起来",可又没说。

客厅里就挂着他们的结婚照,是王冬钉的钉子,亲手挂上去的。那套婚纱有着长长的裙摆,风一吹,就扬了起来。

拍婚纱的时候,摄影师说:"新娘子,笑起来,对,笑起来。

"新郎啊,别害羞嘛,靠近点,亲密点!"

王冬靠近海里,将手揽在她的腰上,特别巧,此时浪花袭来,海鸟

从他们身后哗然飞过,这一幕,就这样被定格了下来。

拍婚纱照的时候,王冬一直帮海里拎着大裙摆,一直帮她擦汗。王冬说:"海里,你会跟我结婚真是我不敢想的事儿,你就是我的梦想啊,我梦想成真了。"

她看着他憨憨地笑,心头挺难过的。

他一直在赋予着她感动,想想,她一直对他愧疚。

看着王冬的时候,她认了,真认了。

王冬跪在她面前,堂堂一个男人啊,王家也就他这么一个孩子啊,自小也是被宠大的,他从来就不欠她⋯⋯

"我不怪你。"海里说,"你不欠我的。"

海里看着墙上的巨幅婚纱照,王冬的手揽在她的腰上,她的裙摆在身后飞扬,心想,多奇怪,我们这样的平静⋯⋯

王冬咬了咬牙,站起来,握住海里的手。

她的手已经凉了,他用力地和她十指紧扣,她却丝毫没有用力回握住他。他慢慢地坐到沙发上,和她并排而坐。

海里这般冷静,面色毫无端倪,只有她脖子上的吻痕和瘀青在显示着他丧失理智的暴行。

王冬皱紧了眉头,将海里的头发往前拨,盖住了些许瘀青。

王冬说:"对不起。海里,以后我一定待你好,绝对不会像今天这般禽兽了!"

海里听着,点头,没说话。

这样的海里,让王冬想起他们的小时候,海深走了,走的那晚正逢红月亮。流言蜚语传得很盛,学校的小孩儿一下子都不跟海里玩了,海里常常坐在阶梯上,他远远地看着她,蹭过去,她转过头,平静地看了他一眼,不说话,他就死皮赖脸地和她说话。

只要跟她说到海深,面无表情的她就是有情绪的,是会哭的,是会想念的。长大了,她的情绪又是属于袁石风的,为袁石风哭,为袁石风笑。现在呢,就算他这般伤了她,她也是能平静地坐在这儿,跟他说,王冬,我不怪你,你不欠我的。

——你的冷静、理智,让我一次又一次地失望和狼狈。

王冬握紧了她的手,垂下了头。

这时候，海里说："我们都快结婚了，这也没什么……"
她说得轻，语气也沉。
王冬心口一疼，连呼吸都顿了一下。
——倒宁愿你疼，你恨，你哭。

08
要找到王冬和海里的新房是顶简单的事情。
袁石风把车开到路口，摇下车窗问路。
陈家女儿抱着儿子，指路："你往前开，沿着海的那条公路一直往西面开，沙滩上就一座新造的房子，那就是海里和王冬的新房了。"
"谢谢。"袁石风转头，打着方向盘，转弯。
陈家女儿站在原地，把儿子往上抱了抱，看着袁石风的车开远，心想，这人怎么这么眼熟，眉眼有几分像……
她有些愣神。
怀中的儿子扯了扯她的衣襟，她回过神来，抱着他回家："好好好，该回家睡午觉了。"
孩子在她肩膀上趴着，眼睛眯了眯。他这是困了，她拍着他的背，慢慢地往家走。

袁石风按响门铃的时候，王冬和海里正各坐在桌子两头吃饭，谁都没讲一句话。
门铃响起，王冬站起来冲外头看了一眼，看到站在大院门外的袁石风，抿紧了嘴。他想了半天，走回去，坐回位子上，端起饭碗，埋头舀了一大口饭："是袁石风，你去吧。"
海里的筷子一顿，头低着，两侧的头发遮住了脸，瞧不清她的神情。保持着这样的姿势好半天，她站起来，回到卧室，寻了一条小围巾系在脖子上，将外衣的拉链拉到顶，走到门口，换下拖鞋，打开门出去了。
袁石风就站在外头。
海里走向他，打开了大院的铁门。雕花的铁门从她用力的双臂间向外敞去，没了铁门的阻隔，他们近在咫尺。
湛蓝的天空，湛蓝的海洋，浪头伴着海风一阵一阵扑面而来。

小时候，他们曾并肩躺在这一片沙滩上，身下铺着稻草，袁石风用手背遮着眼，避光休息。

那时海里觉得天空离她很近，袁石风离她很远。

海里说："袁石风，你高中考到外面去的话……就只有我一个人了。"说完，她又后悔了，闭上眼睛，不敢看袁石风的反应。

过了半晌，他把手伸过来，遮住她的眼："吵，安静点儿。"

他的手粗糙，有力，比她大。

现在，袁石风的手就伸了上来，五指蜷曲，蹭在她脸颊上，轻轻的，示意她抬起头看他。

海里抬起头，袁石风的眼睛是狭长的，在她任性的时候，这双眼睛是愠怒的，是无可奈何的，在她说着俏皮话的时候，这双眼睛是宠溺的，是宽和的，不知道什么时候起，彼此都悲伤了。

袁石风从头到脚把海里看了一个遍，观察着她的神情，他张开手想要碰触她的脸时，她扬起头，看着他："袁石风，我要和王冬结婚。"

她总是以这样的姿态，先发制人，对他，从来都是。她那么了解他，把他要说的话都猛然截住。

袁石风的手最终没有触到她的脸上，他把手缩回，垂在身侧。

他还未开口，她就已经说完了，眼睛瞟向别处，双手插在卫衣的口袋里，把衣服往前绷紧。彼此对立，彼此都未说话。

王冬站在窗口，看着他们。

沙滩上的沙子都是苍白的，阳光一照，一点一点地发着光。小孩子常说，沙子跟金子一般，是会发光的，但发光的哪儿是沙子呀，而是海水被阳光蒸发后剩下的盐一粒一粒地混在沙子里，是这些结晶体在砂砾里一点一点地闪着光。

袁石风看着海里头顶上的两个旋，她便是老话里聪明的孩子。他抬手上去，把她凌乱的头发拨了拨："我的错，是我来得晚了。"

海里微微皱了下眉，声音就哽在了嗓子里。

倒好像，他们相识了这么多年，这个男人是头一次说了真话，真话一说，便是要负责的。

海里拉了拉围巾，拉到下巴，又将手插在衣服口袋里："不怪你，怪不了谁。"她抬起头，"袁石风，婚礼你别来了吧……你照旧上班下班，

你也别想起我。不想,就是会过去的。你也别祝福我,也别记挂我,别悔,也别心疼。"

这些……其实就是她对他的祝福了。

袁石风怎会听不出呢?他皱眉,别过头,不忍再听。海里还要说什么,他不忍她再说下去,头一次,什么也不管了,拽过她的胳膊,蛮横地将她拉了过来。他的手掌从来都只停留在她的头顶上,像个长辈安慰小辈似的轻拍额头,这回,却是五指张开,托住了她的后脑勺,牢牢地把她扣在了肩膀上。这般高度,他一低头,便能将鼻子埋进她的发间。

来的路上他便想好了,一切都依着她来办吧。她若还伤怀,便立即带她走,她若要留下,留下……

袁石风叹了一口气。

"我做不到了。"他宽大的手掌紧紧地托住她的后脑勺,咬紧牙,突然扣住海里的胳膊转身,径直打开车门,将海里推进去,关上车门。他快步进入驾驶座,发动车子,带着海里扬长而去。

09

引擎声一响,王冬就从屋子里追了出来。他跑到院中,攥紧了拳头,又跑到路上,站在路边,看着袁石风的车尾渐渐消失。

"李海里……

他看着消失的车子大喊。

不会有人回应他,海浪随着风往岸上一扑,他的声音也被冲散了。他张大嘴,大口地呼吸,颓然地立在那儿,许久才慢慢转过身,慢慢地走回新房。他总觉得自己又要等待了,等待着她回来,抑或是,不回来。

海里坐在袁石风的车上,看着前方,唤他:"袁石风。"

车辆疾驰,海边的风景是一模一样的,但再往前开便会出现楼房,会出现海港,海港前面,便是跨海大桥。

袁石风握紧了方向盘,他以为自己过了三十岁,脾气已经很沉了,哪知还是这般冲,恨不得一下子就飞到桥上去,过了桥,外边就是他们的一辈子。

开上桥要二十多分钟,过桥要四十多分钟,若过了这一个小时,他和海里便真是一辈子都不分开的了。

"昨天你来寻我,我最后是有话想和你说的。以前我想着你还小,还分不清什么是感情,以后你念的书多了,走的路多了,遇见的人多了,说不准就不会喜欢我这样的人了。我闷,无趣,古板,你年轻,思想也年轻,古灵精怪的,怎么可能死心塌地喜欢我,对不对?"袁石风舔了舔发干的嘴唇,微微勾着笑,笑容着实是发苦的。

沈炎常常说他是个智商高,情商低的人,他承认,就是这样的。

情商低,不会说话,便常常惹她流眼泪。现在她倒不流泪了,只是悲伤地坐在他的旁边。

一路疾驰,再快点,再快点,离开这里,去过他们的一辈子。

袁石风微微张开嘴,深深地吸了一口气:"海里,你比我厉害……"他又深吸一口气。

人一悲伤,满心都装满了眼泪,一开口说话,气息便会混乱,语不成调。袁石风狠狠咽了一下口水,把沙哑的声音截在嗓子里,他要说的这句话便断在了这里。

海里一动不动地看着前方,柏油路面上,中间一条条白色的分道线像传送带似的滑行着。

海里想,袁石风,你多善良啊,多好心啊,到最后,你仍旧把责任担着,你怎么不跟我抱怨抱怨我爸妈,怎么不跟我讲讲你的委屈,怎么不跟我说说你那么多忍着的考虑?

"你曾经问过我许多许多的问题。"他轻轻咳嗽一声,清了清沙哑的嗓子,前挡风玻璃上透着阳光,在他的脸上附上了一层光芒,"你说你跟我九年未见了,对我有许多的不了解,你问我喜欢什么颜色,问我喜欢吃什么,问我有没有想过涌炀岛,问我有没有女朋友。后来,我们又别离了四年,我以为我能大度,能安安稳稳地为你送上祝福,以为看着你和别人结婚我也是高兴的,是能平静的,但昨晚上你坐在我的跟前……海里,我是有许多话没有和你说的。

"我没有特别喜欢吃的菜,但你坐在我的对面,跟我聊天,冲我笑,和你一起吃的饭菜就是可口。我没有想涌炀岛,我在想与你的记忆,有时候又在想小时候的记忆。我没有女朋友。"他一顿,真是难开口的。

他当真不善于说情话。

喝醉的时候，他也闹过，丢碎了酒瓶，拧着沈炎的领子喊。现在，他足足沉默了许久，终于说了："我想你。"

车辆疾驰，开上了跨海大桥。大桥下，便是波光粼粼的海面。

听得这句话，海里咬紧了嘴唇，掩面流泪。她想，袁石风，可怎么办呀……你一直想把最好的给我，我也想把最好的给你。从前，她充满无畏和勇气，现在，她能理解他当初有那么多的东西要背负，要承载，要考究，怎么能任性得起来呢？

波光粼粼的海面，让海水变得一层深蓝，一层浅蓝，船一过，把海水拨动了，留下两条波光粼粼的褶皱。天上的飞机飞过，也在帷幕上留下一条白色的折痕。

所有的东西过去之后仍会留有痕迹，但是时间一久，也像船一般，航行远了，波光粼粼的褶皱也就不见了，飞机飞远了，白色的折痕也就褪去了。但这么多万物遵循的规律，在他们之间怎么就无效呢？

"送我回去吧……"海里说，"不能逃的，要逃，我昨天就不会跟王冬回来了，我就会像从前一样，死皮赖脸地抓住你的衣服说，袁石风，你还爱不爱我啊？你爱我，我就留下，我们逃，逃到没人管我们的地方去。如果我要这么做，就是会这么做的。你被动，我就主动，你一直被动，我就会一直主动，这就是我的性子啊。可是……袁石风，我懂了，懂当初你懂的东西了。我们有好好多多要考虑的东西。"

海里没哭，就是流着眼泪："王冬怎么办呢？他不欠我们两个的啊，是我，是我答应他结婚的。我走了，留下他怎么办？所有人都知道我要和他结婚了，我走了，全岛上的人会怎么看王家的笑话？会怎么笑话我爸妈？我爸妈也还要在这里住下去的啊，我……"

海里终于哭了："我知道他们对你说了一些很过分的话，但是海深已经没了，他们就我一个女儿了，我不原谅他们，不对他们好，还会有谁对他们好呢？我以前任性，他们都是宠着我，尤其是这次从伦敦回来，我发现他们都变老了，我妈眼睛也不好使了，好多东西都瞧不清楚，当他们戴着老花镜的时候，我瞧着也好难受。

"海深死的时候是红月亮，现在我们知道了，那是月食，可那时候哪儿有人知道啊，都说月亮红了是不好的征兆，是要出事儿的。海深死后，好多人都说我们家晦气，不肯跟我们家的人说话。流言蜚语多可怕啊，多厉害啊,我爸妈那时候就是熬过来的。我跟你一起走了,我爸妈要经受多少流言蜚语啊,岛就这么点儿大,该多少人指着我爸妈说他们生了个不检点的女儿……"

"不要说这些话!"袁石风打断她。

"可就是这样的。"海里哭着说。

她懂了,真的懂了,跟曾经的袁石风一样懂这些道理了。人一旦懂道理了,便是畏首畏尾的,所以哪儿会有缘分这一说呢?就只是懂事早晚的区别而已。

"把他们接出去住,海里。"袁石风这般明确地给了答案。

海里摇头,李爸李妈怎么会愿意呢,他们不接受袁石风,又怎么会愿意住他买的房子呢?

海里说:"袁石风,你送我回去吧,不送我回去也成,你就停下,把我放下。"

曾经,他拒绝了她那么多回,这回便轮到她拒绝他了……

车辆快速地从宽敞的大桥这头跨到那头。袁石风无声中握紧了方向盘,没说一句话。从桥的这头到那头,统共四十分钟的车程,在这四十分钟里,他们坦白一切,却又无力挽回一切,究竟是哪里出现了问题呢?桥两旁是宽敞无垠的海,两头是绿茸茸的山。春天,山上的映山红成片成片地开,风一吹,便又到了夏天。在曾经那个有火烧云的夏季傍晚,袁石风扛着大包小包,坐在拖拉机上,海里站在院子里。火烧云烧着眼泪,烧着哭泣。

那时,他们眼睁睁地看着彼此,一个哭泣,一个沉默,离去。

多少岁月后的他们,一个哭泣,一个沉默,行驶在长长的跨海大桥上,经历了四十分钟的相依为命。

在快要下跨海大桥的时候,海里摇头:"袁石风!没办法了!你送我回去!"

她的哭声,让他心头一拧,在收费站前一打方向盘,转弯,开回桥上。

他把手伸过去,捏住她的手,捏着,握着,包裹着,一握,便没松开,直到把她送回新房。

袁石风说:"海里,别哭。"

没关系,便等吧,等着,也不过是这辈子罢了。

又是一个四十分钟,袁石风将车停在新房前,已是傍晚了,太阳将落未落。袁石风松开海里的手,海里下车,站在路边。她朝袁石风摆了摆手,抿了抿嘴:"路上小心。"

作为别离的话,最后却是挑了这么平常的一句。

袁石风坐在驾驶座上,微微侧头,透过车窗看她,仔细地看她,倒是怕以后再也看不到了。

他的海里长大了,是大姑娘了,马上就要结婚了,懂事了。

他笑,总觉得是要留下微笑的,说:"海里,不管什么时候,有需要,找不到人的时候,就来找我。"

一直希望你好,一直竭尽所能地希望你好。

海里点头,还是冲他摆手:"再见,袁石风,一路小心。"

该谁先转头呢?该谁先离开呢?

海里咬了咬牙,转身,推开院门,走进屋子。

袁石风的车一直停在外面,他看着她进去,看着她打开大门,看着她进了屋,看着她合上了门。

袁石风闭紧了眼睛,睁开,没忍住,眼睛刹那红了,忽然就落泪了。

海里站在窗前偷偷看着袁石风的车,许久,他最终离开了。

她心口疼得跟刀剜似的。

王冬走了下来,看到她,眼圈也红了,说:"我以为你走了,没想着你还会再回来。"

海里说:"王冬,以后我们好好地过日子吧。"

这样,对得起……所有人吧?

10

海里和王冬的婚礼如期举行。

洁白的婚纱挂在海里自己的房间里,婚礼摄影师专门对着婚纱拍了一张照片,为海里和王冬留下纪念。

李爸李妈松了一口气,想着终于是平安无事了,王冬和海里最终顺利地成婚了。结婚证是上午去办理的,下午就是自助婚宴,请岛上的人免费吃喝,晚上是正式的婚宴,只请两家的宾客。

晚宴是在岛上最大的酒店办的,五十桌,晚上,浪头大得很,几点

星星挂在天上。

王家儿子要结婚了，岛上都是喜气洋洋的。酒店内外灯火通明，成为岛上独特的一角，酒店外铺满了红色的地毯，显示屏上挂着海里和王冬的结婚照，打着红色的字——新郎：王冬；新娘：李海里。

晚宴已经开始了，所有的宾客都入座了。

最前一桌坐着双方直系亲人，李爸李妈，王家父母，但有一个位置是空着的，位子前头的名台上写着"袁石风"。

李爸李妈看着空座位想，袁石风没来也好。

七点，新娘入场。

整个宴会厅暗了下来，所有的主灯一暗，装饰小灯就亮了起来，藏在粉色的玫瑰里，上千朵用粉色玫瑰装饰的主宴会厅亮起了淡紫色的光芒。门开了，新娘缓缓入场，今天的海里格外美，长长的裙摆拖在后面，由两个小花童拉着，其中一个花童就是陈家女儿的儿子。陈家女儿也来了，坐在宾客之中，看着海里缓缓入场，看着自己的儿子穿着小西装，像一个绅士，拉着海里的裙摆一起走了进来。

《婚礼进行曲》奏响了。

在花门前，海里走向李爸。李爸穿着西装，抬起自己的胳膊。海里戴着白色的蕾丝手套，挽住了李爸的胳膊。李爸看着海里，仔仔细细地看着，这一刻，忽然就盈起了眼泪。

海里说："爸，走吧。"

李爸愣愣地点头，一只手被海里挽着，还有一只手便覆在海里的手背上。

前面是一条被粉色玫瑰花装饰的道路，在道路的尽头是等候的王冬。今天的王冬也格外精神，穿着西装，背挺得笔直。

在《婚礼进行曲》中，李爸用手遮了遮眼睛，把头覆在海里耳边，悄悄地说："你看你妈又在哭。"

海里笑了笑。

李爸说："海里……我们两个老人就希望你幸福，你别怨我们。"

海里没说话。她在走的这条路是亮着光的，两旁都是暗的。她将目光投向右边，一下子就找到了李妈。李妈仰头看着她，捂着嘴，泪光盈盈。那张桌子，唯有袁石风的位子空着。

235

她对他说过，袁石风，我的婚礼你别来了，别祝福我，别记挂我。

他便真的没有来。

海里将目光移回来，上抬，王冬站在前方等她，一束追光打在他的身上，他微笑着迎接她。

婚纱宽大的裙摆在身后蔓延开来，像是一片泛着白色泡沫的浪花，浪花随着拖地的裙摆开出了花，从她的腿部向上绽放，开遍了全身。她的思绪一下子就回到了小时候，她披着白色的碎花床单在房间里转着圈儿，一圈一圈地转，白色的碎花床单也跟着旋转。

她从小便想着做最美的新娘子嫁给最喜欢的人，悄悄地打扮自己，悄悄地对着镜子梳理自己，趴在窗台上，看着袁石风推着自行车出去。

她还会从教室里捡来碎短的粉笔头，蹲在水泥地上画穿裙子的女孩，画一个王冠，画上大大的眼睛，再在旁边画一个男孩儿，穿着短袖，裤腿长长的。

倘若别人问她，海里，这是谁啊？

她就说，这是新娘和新郎啊。

水泥地脆弱得很，经过一晚上，画在上面的画儿就会变得不清不楚。

海里低头看着自己一身洁白的婚纱，她再也不用把白色床单当作婚纱了，也再也不会在水泥地上用粉笔画着新娘和新郎了，此刻，她手握着捧花，接受着祝福，一步一步走向她的丈夫。她的丈夫站在前面等她，站得笔直，庄重而神圣。

婚礼，便是一定要走这一段路的。将大门打开，从大门处慢慢地走，一步一步，真真实实地走到丈夫的面前，这短短几步路，刹那间便会想起许多，又会舍弃许多，又会豁然许多，当真是什么滋味都有。

海里走向王冬，又瞟了一眼空落落的座位。

他没来。

那个，她曾经心目中的新郎，没有来。

——袁石风，关于我们的结局，谁都猜错了……

11

袁石风的车就停在酒店外面，他坐在后座上，不说话，司机也就老老实实地坐在前头。袁石风目睹酒店门口从热闹到清冷，想来宾客都已

经落座了吧，婚宴也已经开始了。

LED 的显示屏上仍旧循环播放着海里和王冬的结婚照片，红色的字喜气得很，照在车窗玻璃上，透过车窗，又照在了袁石风的脸上。

沈炎说，袁石风啊，何必呢，别去了。

但他还是来了。

她眼泪汪汪说过的，袁石风，婚礼你别来了，别祝福我，别记挂我。

怎么能做到呢？

想祝福，也仍旧记挂。

袁石风闭了闭眼，问："几点了？"

"七点半了。"司机回答。

袁石风点头，终于下车了，合上车门，一个人，拿着喜帖，迈开步子进入了宴会厅。里头已经很热闹了，海里已经换上了第二套礼服，中式的旗袍装，和王冬一起，挨桌敬酒。袁石风进去的时候，海里和王冬已经敬完了第三桌，最亲的亲属都敬完了，海里的眼眶泛红，也不知是谁同她说了哪些话，把她惹哭了。

或许是感动的，或许……又是悲伤的。

她一身红色的旗袍，衬得身材越发曼妙，举着酒杯，从这一桌周旋到那一桌。有些酒伴娘替她喝了，有些酒她自己仰头喝净了，他从未知晓，她的酒量这般好，一仰头，滴酒未留。

有人起哄，拍着王冬的肩膀说："新郎官，你娶的新娘酒量比你还好嘞！"

一杯酒又抵在王冬面前。

"喝！喝！喝！"又是一阵起哄。

王冬喝光一杯酒，宾客鼓掌，许声叫好。

这般的热闹中，海里拿着空酒杯，抿了抿嘴，嘴唇上都是酒香味。她下意识地去看袁石风的位置，还是空着。

他真的没有来。

她也不知自己是盼着他来，还是不希望他来。

目光回收的时候，站在旁边的王冬忽然挺直了身体，海里疑惑，抬起头，发现王冬的目光直直地盯着前方。海里随着他的目光望去，一下子就看到西装笔挺的袁石风。

袁石风一步一步地走过来，站在他们面前，他还是这般高啊，比王冬都高，无论他站在哪儿，便总会有一股气势，使得旁人不由自主地朝他看来。

他到底是来了，目光轻抚着海里的无措。

他出现了，她便是害怕的，更是难过的。

所以啊，他犹豫了这么久，也不知道该不该踏进她的婚礼。可总得要来的，是想说，海里啊，我从未真的离开你。

谁都未说话，王冬的手牢牢地搂住了海里的腰。

袁石风从旁边拿了个酒杯，添满酒，朝海里和王冬举杯，把杯子举到与鼻尖一般高，总得是要说些什么话的，他却什么都未说，杯子一举，一笑，便是仰头喝净。

整整一杯白酒，他一下子就灌了下去，然后将杯子放回桌上，目光牢牢锁住海里："幸福。"

嘴唇一启，简简单单，就是这两个字。

不是"祝你幸福"，不是"希望你幸福"，就是两个字，"幸福"。

他笑着，一笑，眼角都是褶皱。

"谢谢。"王冬举杯，还他一杯酒，亦是干干脆脆地喝尽，不再看他，强硬地搂着海里转身就走，去往下一桌了。

袁石风站在原地，将白酒的辛辣味咽到心口。

海里一身红妆，转头看他一眼，那一眼，好像是最后一眼似的，包含着千般无奈和悲伤。她又一转头，就只剩下她挽起的发髻上那红色的纱在对着他。

她的背影，一转身，便是多少牵绊。

袁石风慢慢地环视了一圈宴会厅，瞧见了紧紧盯着他的李爸李妈。恐怕最不愿意他来的，除了王冬，便是这二老了。

硕大的宴会厅，舞台上布满了粉色玫瑰，每一个角落里都摆着海里和王冬的结婚照片，喜气洋洋，和乐美满。

他终究是来了，终究是舍不得不再见的。

怎会不记挂、不祝福呢？

他是如此知她，倘若他真的不来，她定是不安，会四处寻找，会焦虑地左顾右盼，所以他到底是来了，不舍她左顾右盼，不舍她再等、再寻找。

在你婚礼上，敬一杯酒，说一个词，幸福。

她着一身红色旗袍，受尽宾客的祝福。

袁石风静静地看着她，未扰，转身离开。吵嚷声越来越远，他推开了宴会厅的大门，独自离开，门一关，里头的幸福也就与他无关了。

涌炀岛的夏季，夜色寂寥，从前能看到许多的繁星，如今只有寥寥几颗了。

袁石风将西装的扣子一颗一颗解开，从台阶上一步一步地走下来。

时间仿佛回到了中考时，他还是年轻气盛的少年，考场上悬着的吊扇有气无力地旋转，他拿着笔，看着考卷。

海里说："袁石风，你考到外面去的话，就只剩下我一个人了。"

白色的海浪，黄色的稻田，她乌黑的麻花辫。

吊扇无力地旋转，监考老师开始提示时间，还有最后十五分钟。

袁石风拿出橡皮，将部分选择题答案擦掉，满纸的橡皮屑一捧，落了满地，他起身，直接交卷。

不顾一切又热情洋溢的青春年少，都是爱情的记忆符号。如果我们仍旧是那时的少年，自行车铃铛一打，承载着彼此，驶向炊烟袅袅的家。

和风细雨的海，柔情的稻田，孤零零的火烧云，落满灰烬的田埂小路。

记忆中的马尾辫，绑在窗帘上的红色蝴蝶结。

她在叫："袁石风，你等等我。"

一晃，便是那时的青春年少。

袁石风走下台阶，回望酒店的 LED 显示屏。

  新娘 李海里
  新郎 王冬

- 正文完结 -

番外：沈炎篇
敬我们和我们的爱人

01

我是沈炎。我的老婆叫陈心。我的哥们是袁石风，他的老婆是李海里。

我能追到陈心，说到底，要归功于袁石风和海里。陈心喜欢八卦袁石风和海里的事儿，于是我一边请她吃饭，一边跟她讲这两人的爱情纠葛，于是，我就这么追到她了。

要说起袁石风和海里，这两人也着实让我头疼，也是在他们身上，我头一次信了"信念"这个词。

有一种爱情，明明两人之间距离就是一条线，离得很近，可这条线上有很多的阻挠，要躲过阻挠，便得花好大的力气，花好多的时间，去寻找一条新的路，绕上一个圈，才得以相逢。

值得开心的是，最终还是圆满了。

海里和王冬结婚一年后，王冬的脾气越来越差，时常动手打海里，闹得海里爸妈和袁石风都知道了。袁石风直接将海里带走，拟了离婚协议，王冬不肯签，打官司，一打就是半年。那时恰逢食品安全的严打期，许多民办企业出了问题，王家的海鲜食品加工厂也出了事儿，官司就是在那会儿给赢下来的。海里和王冬最终离婚，才和袁石风在一起的。

其实说说他们的事儿，三言两语就说完了，但其中的曲折只有他们两个知道。

这两人是好不容易在一起的,所以在一起后的他们也格外珍惜彼此。

袁石风的公司也不是一帆风顺,房产这东西跟政策是直接挂钩的,有些政策一下来,房产圈都得勒一下裤腰带;但不论什么时候,海里一定是陪在袁石风身边的。

我常骂这两人腻歪,袁石风出个差,李海里也会屁颠屁颠地跟着,开完会出来也不过一个多小时,这两个人像经历了生离死别似的开始拥抱。

拥抱啊!

我看不惯他们这恶心劲儿啊!

我骂:"只不过分开两个小时,要不要这样!"

袁石风搂着海里的腰,一脸"老子不在乎"的表情。

海里这女人就是嘴坏:"你可以回去抱陈心啊!"

出差的时候,我经常打电话给我老婆:"老婆啊,你在干吗呢?"

我老婆说:"逛街呢。你干吗呢?"

我说:"想你啊。"

她大声骂我有病,下一秒就把电话给挂了。

没办法,陈心很喜欢李海里,跟李海里的感情好,每天都要打个电话聊天。

我也不知道我老婆跟袁石风老婆有什么好聊的,她们聊着聊着就哈哈大笑,我总觉得阴森森的。

我问袁石风:"你说,你老婆跟我老婆每天都在聊什么啊?"

袁石风想了想:"海里今天告诉我,你喜欢在洗澡时唱《好汉歌》。"

我一怔,不由得说:"今天陈心也笑得前仰后合地告诉我,说你喜欢边看书边摸海里的小腿。"

袁石风愣住了。

这两个女人每天晚上聊天聊什么能笑成那样啊?原来是在交换情报啊!

袁石风:"不能再让她们聊下去了。"

我深表赞同!

02

日子慢慢都会好起来的。我喜欢我现在的日子,也喜欢过去的日子。我是无神论者,我谁也不信,连我自己有时候都不信,我只信每天睁开眼时一翻身,胳膊就碰到陈心的踏实感,信存款,信跟袁石风和海里坐在一起聊天时的轻松感,我信陈心给我的吻,信袁石风跟我说,他现在一天看不到海里就会很落不下心的话。

陈心是中学的文综老师,我追了她三年。第一年,她把我当蓝颜,路上遇见她的朋友,人家问:"陈心,你男朋友啊?"

她耸耸肩:"我哥们儿。"

我硬是一句话也没说。

第二年,我无意中跟她提起了袁石风和海里,于是之后两年,我便是她的故事会,出去吃饭的话题永远离不开那两个人。点好菜,她就像个小学生似的,双手上下交叠放在桌上,睁大眼看着我:"欸,最近袁石风和海里怎么样了?"

我跟她讲,海里要去伦敦了。

她"啊"的一声,拍了一下桌子,可激动了:"不能让她走啊!"

我跟她讲,袁石风在伦敦碰见了海里,后来袁石风回国,从口袋里发现许多海里写给他的字条。

她攥紧了拳头,瘪起了嘴:"海里是个好姑娘。"

我跟她说,前两天袁石风喝酒了,打电话给海里父母,希望他们同意他和海里在一起,他们拒绝了。

她大骂:"有病啊!"

然后,她哭了,一边哭一边说:"怎么能这样啊,明明两个人都喜欢对方,怎么就不能在一起啊……"

她那回哭得是伤心的。袁石风和海里的事儿我总共跟她讲了两年了,现在听到这里的她哭得稀里哗啦的,我看着她说:"陈心,别哭了。"

她拿出纸巾擤鼻涕,说:"沈炎,你说人怎么会这样呢,怎么会有这么多明明相爱的两个人会因为双方家庭、经济,甚至过往的一些事儿而没能在一起呢?明明相爱是两个人的事儿啊,为什么最后变成了与这么多人有关系的事儿呢?"

我咬了咬牙,伸手上去,给她抹眼泪。

我想，我真是挺爱她的，我对谁都没正经过，可偏偏对她就正经得一塌糊涂。追她三年，我连她的脸都没碰一下，就怕让她觉得唐突，觉得我随便。这回是我第一次自说自话伸手上去，碰了她的脸，用拇指刮去她的眼泪。

我说："陈心，有好多感情都充满遗憾，都虎头蛇尾的，都言不由衷的，你跟我之间不缺任何阻碍，我喜欢你，就缺你一个真心了。你问问自己，你喜欢我吗？"

我说："我总叫你小傻瓜，你总骂我肉麻，可是，你问问自己，你喜不喜欢我。你不喜欢我的话，那行，从此以后我就不叫你小傻瓜了，开始叫你'喂'，你能接受吗？"

她一愣，便愣了许久。

我以为完蛋了，追一个人算是到尽头了。结果，她抹了抹眼泪，说："好，沈炎，我们在一起吧。"

所以，我常常说，我跟陈心能在一起，还得归功于袁石风和海里。

我追了陈心三个年头啊，第三个年头我们在一起了，我常带陈心和袁石风去吃饭。她也乖，跟袁石风吃饭的时候从来不过问他和海里的事儿，就好像她从来不知道有海里这个人存在似的，跟袁石风聊天也是客客气气、礼礼貌貌的。

有次我送她回家的路上，她才跟我说，她觉得袁石风的模样比实际年龄要大，人稳重深沉，她说她看着袁石风的时候就想哭。

不是每个人的爱情都能水到渠成和一帆风顺的，所以，我那么珍惜和陈心在一起的日子。

我和陈心在一起的第四个年头，袁石风的妈妈走了。

走得特别突然，特别触目惊心。

这事儿是有预兆的，出事的前两个星期，袁石风让我帮他找个护工照看袁娘。

我奇怪地问："袁娘不是一直住在疗养院吗？疗养院不是有专业的护工，每天也有例行身体检查吗？怎么突然不住了？"

袁石风整个人显得特别累，说："有一个家属来探望自己的亲人，我妈把他认成了年轻时候的袁爸，抱着他不肯撒手，一直抱着，哭着问他为什么才来，别人都安慰不了。那家属一走，我妈整个人又不行了，

整夜整夜不睡，就哭啊哭啊。得把她带回家，晚上我守着照顾。"

那几个星期，袁石风一天的睡眠加起来恐怕连三个小时都没有。就在两个星期之后，袁石风带袁娘去买衣裳，袁娘自己跑开，从商场五楼跳了下去。

下面是一片冰凉的水泥地。

袁石风和袁娘说的最后一句话是："妈，天气要凉了，给你买一件长点儿的大衣好吗？"

袁娘说："也给你爸买一件吧。"

袁石风说："好，先挑你的。"

他挑完衣服回头的时候，就没瞧见袁娘了。

袁娘的最后一句话，仍是记挂着袁爸的。

监控不是袁石风去看的，他自然是不能看的，我代他去，想看看是不是袁娘自己跳下去的。

监控里，袁娘走到电梯旁，打开窗户，看了一会儿外面，一点儿犹豫也没有，直接跳了出去。

袁娘当场便不行了，但袁石风仍旧把她送进医院，拽着医生的领子让他们救人。医生检查了一下生命体征，象征性地做了些抢救措施，但没用的，白布依旧遮住了袁娘的脸。

我陪着袁石风守在外面，他笔直笔直地站在走廊里，太平静了，太冷静了，我倒希望他哭出来。

最后，他说："沈炎，帮我安排一下我妈的丧事和墓地吧。"

我说："好。"

他走进手术室，合上门，我站在门口等他，等了一会儿，放心不下，开了条门缝看他。

我看到他跪在地上。

我想，再艰难的日子也过来了。

纵使我是无神论者，但人啊，总要相信一句话：日子慢慢都会好起来的。我不信佛不信耶稣，但认同一句话：老天爷是公平的，现在欠你的，以后都会慢慢还给你。

03

　　我的脾气历来就爆，脾气上来的时候爱谁谁，把车往大马路上一停，爱怎么停就怎么停。陈心说不行，说危险，我立马改。

　　我抽烟，饭局上跟人应酬时抽，私下没事儿也抽。陈心说不喜欢烟味，我立马戒。

　　我粗鲁，随口爆粗口。陈心说不喜欢，说我跟地痞似的，我立马谨言慎行。

　　陈心不在的时候，我独处时悲天悯人，人声鼎沸时耀武扬威，心情在最高值和最低值来回颠簸。陈心在我身旁的时候，我心如止水、和风细雨。

　　海里常常看到我的样子就笑我。

　　她笑起来真好看，到底是比我们都小那么几岁的，就算张大嘴，露出她的智齿，也觉得好看。我觉得现在的海里真好，闲来时给别人做做翻译，翻译一些儿童绘本，正职是大学讲师，把她在伦敦念的那套带回了国。我和陈心听过她的课，听不懂，但她在课上讲的有趣的闲话我却记住了。

　　台下的大学生时常听得哈哈大笑。

　　听闻海里的文学课是学校出勤率最高的。

　　我看着讲台上泰然自若、受人喜爱的她，觉得真好。

　　陈心把脑袋靠在我的肩上，挽着我的胳膊，说："爱恨纠葛不能成为女人一生的主题。"

　　虽然我是个男人，说这话的人是我的老婆，并且我希望她的生活里我是她的全部，但是，我不得不认同她的这句话。

　　所以，对陈心，我的期盼是，你爱我吧，但是有多爱我也请有多爱你自己吧。

　　男人嘛，天生的侵略者，天生带着一股子的蛮横和粗鲁，总会以爱之名去伤害人，所以假若伤害了你，这时候就请你用力地爱自己吧。

　　这部分，我觉得海里做得就不行。

　　王冬和海里结婚后，王冬打海里不是一两次。袁石风赶去涌炀岛强行把海里带回来的时候，海里的嘴角都还有瘀血，我气得骂她："你为什么不说？"

她说:"说了没用。"

我冷笑,气得连骂人的话也说不出来了。

我说:"有哪个男人这么孬打自己老婆的啊!李海里你不是这样的人啊,当初别人不小心泼你一杯咖啡,你二话不说回敬别人一杯,你现在挨揍你自己忍着?"

她说:"王冬事后都会跪着道歉,求我原谅。"

我气得一脚踢翻茶几:"李海里,你脑子有病啊!"

如果不是陈心拦着,或者袁石风抬起眼皮朝我警告一眼,我想我还会继续骂下去。

气愤,特别恨铁不成钢,还……心疼。

海里哭,那次哭得特别凶,我想,没人比袁石风更心疼了。

我和陈心离开,留他们两个人独处。我合上门出去的时候,看见海里埋着头哭,袁石风蹲在她面前,把她掩着脸的手拉下来。

陈心在电梯里跟我说:"海里的心思就是这么简单,她觉得自己一定要过得好,不能让袁石风记挂,不能让他担心,倘若她过得不好,袁石风也一定会过得不好,所以她忍着,就这么简单的心思。"

幸好……一切都过去了。

就像那次听海里讲课,课末,她微笑着看着全场的学生:"祝愿你们每个人,蓦然回首的时候,心怀感激,感激过去,再转身继续往前走,发现那人就在你的身边,跟你一起灯火阑珊。"

下课铃响了,陈心拽拽我的袖子,指了指教室外面。我转头,看到窗外走廊上刚刚掐点而来接海里下课的袁石风。

04

海里和袁石风仍旧住在袁石风最先的那套公寓里。

我想着,这两个人都是恋旧的人,都是特别重感情的人,袁石风再挣多少钱,日子依旧过得平平稳稳。

陈心评价他们,说他俩是把日子过得不露马脚的人。

在袁石风和海里的婚礼上,袁石风拉着海里的手说了这样一句话——

"年轻的时候喜欢一个人,是一阵风,但慢慢地爱着,就是密不透风。"

他们的婚礼很简单,简单地包了个宴会厅,请来的也就是最好的朋友,

海里的爸妈也到场了。海里说她不想穿婚纱嫁给袁石风了,穿过的就不想再穿了,他们穿着最平常的衣裳立在红色的台上——

海里穿着平常的连衣裙,袁石风穿着平常的衬衫西装裤。

平平常常挺好,平平常常,不离不弃。

陈心对他们俩的爱情有过叹气,觉得海里最美好的年纪没有献给袁石风,有些为海里和王冬在一起的时日感到惋惜。

我倒不觉得。

任何人都没有最美好的年纪之说。最美好的年纪跟年龄无关,我偏向于认为最美好的年纪跟所遇之人有关,你遇到的人适合你,善待你,你爱他,他让你快乐舒适,你的脸上常带微笑,这段时日,便能用"最美好"来形容。

所以,幸福不分早晚。年龄,各阶段有各阶段的美,没有最美之说。

今年圣诞的时候,我和陈心去袁石风家扎堆吃火锅。

我们按门铃进去时,海里和袁石风都穿着家居服,海里的头发又长了,随意挽了个髻,捋着袖子,在厨房里洗着菜,然后一盘一盘地装好。袁石风把菜一盘一盘地端到桌上,摆好,插好电磁炉。

火锅热腾腾地冒着蒸汽,把菜和丸子丢在锅里沸腾。

我们围坐在一桌,聊天,喝酒,蒸汽扑腾,每个人的脸都是红扑扑的。

对面,袁石风夹起平菇咬了一口,熟了,再从锅里捞出一些平菇,放进海里的碗里。

海里冲他笑。

吃完火锅,我和袁石风在厨房里洗碗,海里和陈心坐在客厅里一边聊天,一边切水果,时而传来她们的笑声。客厅里铺了大大的地毯,她们盘着腿坐在地毯上。

袁石风洗碗也是极细心的,想来家务活这方面,他被海里调教得很好。我从橱柜里拿来葡萄酒,打开,倒了小半杯,也给他倒了小半杯。

他甩甩手,把手擦干,举起酒杯。

我和他碰杯,眨眨眼:"敬我们和我们的爱人。"

袁石风笑,靠着门,看着客厅里笑谈的海里。

我们拿着酒和酒杯走出去,我揽着陈心坐着,袁石风坐在海里旁边。

海里举起切好的橙子递到袁石风的嘴边,袁石风低头吃掉。

凌晨，我们喝得微醺，忽然窗外开始绽放起烟花。我们四人站在阳台上，璀璨的烟花之下，一起举杯："圣诞快乐！"

陈心在我怀里仰头吻我，袁石风搂紧了海里的腰。

红酒入口，甜得不得了。

再也不是喝苦酒的年纪了。

袁石风再也不会深更半夜把我拉出去喝酒，一言不发地喝醉。

有次他喝醉之时，终于开了那句口："我忘不掉她的啊。"然后拿起手机，跟海里的父母打电话，"请允许我们在一起吧。"

——想你，想告诉你的父母我想你。

电话听了良久，挂断，袁石风摇头，苦笑。

一言不发地买醉。

烟花璀璨，在头顶盛开，整座城市沉浸在圣诞节的绚烂之中。

现在——

敬爱人，珍惜每一个节日。

每一天，都想与你度过。

番外：袁石风篇
已婚男人这个名词，比我的社会身份更具有价值。

01

早上醒来的时候，胳膊有些沉，我一动，下意识地又停止了，睁开眼，看着海里毛茸茸的脑袋枕在我的手上。

她的头发长，我时常压到她的头发，她若一翻身，便会捂着脑袋嗷嗷地叫："袁石风！你压着我的头发了！"

"压着就压着了，就别翻身背对我了。"说着，我把她往回拨，翻过来，和我面对面，我方便搂着。

她吃了教训，后来上床睡觉的时候就会把头发扎成个丸子，顶在头顶上，一根头发都不往外流，我也再不会压着她的头发了。

所以早上醒来的时候，我不会先看到她的脸，而是先看到她头顶上的一颗丸子，毛茸茸地抵着我的下巴。

许是刚才胳膊动了一下，吵醒了她，她微微睁开眼："几点了啊？"

我说："还早，你再睡会儿。"

她的眼睛已经半睁开来了，看了看我的胳膊，立马把脑袋移开了："我怎么又压着你手了？"说完，责怪我，"袁石风，你睡觉越来越霸道了，把手伸到我这边来做什么？你看，这么大张床你占了一大半。"

她彻底醒了，把我的胳膊往回移。

我咬牙:"你别动,麻了!"

她立刻不动了,白了我一眼,小心翼翼给我揉胳膊。

我没让她揉,拉了拉被子,把她裹住,另一只手压到她身上,把她压下来,搂着她:"还早,再躺一会儿。"

她不敢再躺在我的手上了,自己挨着枕头,玩我的手指。

我发觉她真是很爱玩我的手指,只要我和她面对面,她就开始掰着我的手指玩,从大拇指一直玩到小拇指,摸,揉,捏,最爱玩的是我戴婚戒的无名指,她转着婚戒,和自己的无名指比对。

我开她玩笑,说:"我的手指不能轻易玩的。"

她疑惑地看着我。

我压低声音:"你这么玩,晚上回去你就危险了。"

她咬牙,大叫:"袁石风!能不能不要一本正经地说这些话?"

我笑了,看着她甩开我的手开始暴走。

有时候我和海里腻歪的模样也会被沈炎瞧见。

沈炎会感叹:"到底是你有办法把她'变'回来的。"

他用了"变",这词用得没错。

把海里强行带回来的时候,她的性子不像现在这般,就算对我,也是小心翼翼的。大多时候,我不说话,她就沉默,就算我说话,她也只是听着。原以为是她变得沉默寡言了,后来发现是我还没习惯她沉默寡言的一面。

上回,海里学校请我去演讲。

礼堂里挤满了人,到了提问环节,有些学生起哄,让我讲讲爱情观。

海里坐在下面一脸看好戏地看着我。

看着下面起哄的年轻气盛的学生,我问:"恋爱需要以结婚为目的吗?"

台上的学生们突然沉默了。

我说:"恋爱不应该抱有目的性,你追一个姑娘,需要目的吗?追一个姑娘,爱一个姑娘,结婚,就是目的吗?

"年轻气盛的男士们,爱一个人,不需要有目的。爱情不是工作,不需要业绩;不是教育,不需要成绩;不是政治,不需要权力。这个社会总是教年轻人'有付出就会有回报',我希望你们在爱一个人的道路上,不会急功近利，不会目的明确，不会穷凶恶极。你们总会把成功人说的话当作真理，缺乏反对精神。今天我以三句疑问作为我的爱情观的结尾。疑问一，恋爱的目的是结婚吗？疑问二，结婚的目的又是什么呢？疑问三，假设你觉得爱一个人是要有目的的，那目的又是什么呢？

"年轻气盛的男士们，去思考这三个问题吧。我弄明白了这三个问题，于是才拥有了你们的李老师。"

说完，台下的孩子们一下子闹腾开了，起哄，吹口哨。

海里的同事笑着拍拍她的肩，她臊红了脸，责怪似的白了我一眼。

02

海里买了一块小黑板，挂在厨房外头，有时候她比我早些回家，会顺道儿把菜买了。

有一天，我进家门的时候就看到她在厨房里忙活，外头的小黑板上写着"今日菜单"——西红柿炒鸡蛋，青椒鱿鱼，青菜鱼丸汤。

她还买了粉笔，字是用白色粉笔写的，吃完后让我用红色粉笔打分。

以前她压根儿不会下厨，是嫁给王冬后学起来的。她做的饭菜是普通的家常口味，我看着她在厨房里熟练地切菜，下锅热油。

她转头的时候看到了我，吓了一大跳，说："你回来了怎么也不叫我一声啊？吓死我了。"

我走上去，给她打下手。

她还买了一方小木桌，在阳台上放着，天气好的时候会沏茶，搬了躺椅过去，躺在上头看书。有时候我会快她一步，比她早一步躺在躺椅上。她站在旁边无奈地抗议，我伸出一只胳膊，往旁边挪了挪，腾出一小块位置，拍了拍，示意她躺下来。她没办法，只能躺一下，顺理成章就躺在我怀里。我搂着她，一只手空出来帮她翻书，她的脑袋靠在我的肩膀上，我能闻出洗发水的香味。

她仍旧是小心翼翼的。

我们第一次的时候，她的两只手扶着我的肩膀，轻声问我，"袁石风，你真的不嫌弃我吗？"

她问出这句，我当真是心疼的。

我摸着她的额头，告诉她："我这般珍视你，怎么会嫌弃呢？"

她的眼睛里到底是泛着眼泪的。

她说:"袁石风,谢谢你。"说完,眼泪就滑落了。

我只跟她说了一次"我爱你",之后就不再说了。我总觉得这句话,告诉了她一遍,她就是知道的了,再说,就显得随便了。

海里和王冬结婚后,我一点儿也不急,真不急,觉得就等吧。沈炎和陈心订婚的时候来问我,问我是不是这辈子就打算打光棍了。

我笑着说:"也许是吧。"

他们不说话了。

我从未抱着失去她的念头度日,我从未万念俱灰,这是我的品行。再苦的日子我都拼过来了,何况是爱一个女人呢?

海里的事儿还是李爸李妈告诉我的,他们打电话给我,说王冬打海里,要离婚,王冬不肯,离不掉。

那次,我便是铁了心地将海里带走,请了律师,收集了证据,直接向法院诉讼。王冬被判决离婚的时候,站在法庭的门外,狠狠地瞪了我们一眼。

对王冬来说,他总认为海里跟他在一起是冷淡的,于是他耿耿于怀,但是他从未发现,海里和我在一起的时候与跟他在一起是一样的,不是她冷淡,而是我们知道她以前是飞扬跋扈的,所以我们习惯了那样的她,就无法再习惯一个安静下来的她。

我想着,海里在我面前永远是小性子的,是撒娇野蛮的,但是在王冬那儿,她学会了安静,学会了怎样去做一个普通的妻子。我错失了一个朝气蓬勃的她,让她在别的男人那儿学会了妥协和平凡。

这个,是我最为后悔的。

海里会向我提起王冬,开始提起王冬的时候,她还是会流眼泪,说她和王冬结婚后是打算好好过的,可他总还是猜疑。

她颤抖着声音说:"袁石风,好像一经历过事儿,一过了年纪,女人就是会变,很难再像十八九岁那样了。"

她自嘲,说她现在连撒娇都不会了。

王冬站在法院门口,指着我的鼻子骂:"袁石风,都是因为你!"

我义正词严地告诉他,不是因为我。

我曾经是失败的一方,海里选择了和他结婚,论失败,绝对是我。

但他无法接受一个褪去了激情的海里,他的猜疑,他的不自信,产生了暴力的后果,这些都可以归结为一个男人品行的问题。

所以,不要责怪爱情,不要把任何人和事的坎坷都归为爱情的无奈,这些跟爱情无关,你得到了机会,又亲手毁灭了,不关乎任何,有些纯粹是关乎自己的品行。

我和海里结婚后,大多时间她更愿意待在书房,以前为她买的绿色的地毯早就脏了,破了,我给她买了新的,仍旧是绿色的,材质更软,更大。当我发现她不再会看着看着书,就随便躺在地上打滚的时候,我才反应过来,我和她已经经历了许多年。

我,在这些年中,越来越坚定,越来越膨胀。

她,在这些年中,褪去了一股热情和冲劲儿,变得安静、文气。

所以有时候,男人和女人的轨迹,当真是反着来的。

有时候我出差,她正逢放假,我便带着她。我跟人谈事的时候,她就坐在车里等我,等我谈好事就带她去周围的景点逛逛。

她是顶乐意的,性子似乎也就是在那时候慢慢开朗起来了。

所以有些男人,让一个女人学会如何做妻子,有些男人,又会让一个女人知道怎样做孩子。

那回带着她逛街,她的斜挎包挤在我们中间,一走路动作大起来,包就挪到身后去了,等她拿手机的时候,突然发现包的拉链开了,再一看,手机和钱包都没了。

多热闹的商业街啊,她拿着包,大叫一声:"袁石风!"

我吓了一跳。

她说:"我东西被偷了!"

我一看,还真是。我看了看我手中的公文包,拉链还拉着的,但上衣身侧两个口袋的拉链都拉开了,估计是摸完我的口袋没偷着什么才偷海里的。

她的泪水已经在眼眶里打转:"怎么办?"

我叹了口气,说:"没事儿,证件回去补,银行卡我帮你挂失。"

她不乐意,人来人往的大街上,捏着拳头就咆哮:"都是你啊!"

我想不明白,怎么怪我了?

她愤恨:"我就说我不想逛街了,都是你拉我来的!你干吗要搂着

我走啊,挨我这么近我的包都被你挤到后面去了!"

说到这只包,她又怒了,还哭出来了:"我原先那个包背得好好的,背了三年了都没人来偷我,就是你给我换这个包的,你自己还拎着这么贵的包,不偷我们偷谁啊!"

说完,她蹲下来继续哭。

大街上啊,她蹲在我旁边,哭得惨绝人寰的,路过的人纷纷朝我们看。

我把她拉起来:"别哭了,不是大事儿,哭得我闹心。"

她抬手就捶了我一拳,倒是说了真话:"皮包里还有身份证的啊,身份证是我新换的,上面的证件照……我难得拍那么漂亮!"

我硬是不知道该怎么哄她了。

03

与她在一起后,我们的日子是平平和和的。婚姻的建立,让我们彼此安心。有时候我在做饭,她站在厨房门口看我,过了一会儿,走过来,从后头抱住我,脑袋抵在我的肩上。

我一愣。

她说:"袁石风,这时候的你最帅了。"

被夸,我总是开心的。

她问:"我这样夸你,你开心吗?"

我瞟她一眼,想着她的心里肯定在打小九九了。

果然,她又说:"那这星期的饭都由你来做吧。"

我曾问过她,要不要买大点的房子。

她说不要,她喜欢这里,在这幢房子里,有许多关于我和她的回忆。

说这些话的时候,我搂着她坐在沙发上,在电视机旁边的架子上,还有当初我为她买的玻璃糖。糖差不多吃完了,还剩下一只玻璃罐。

她犯懒,看着电视,看着看着,就枕在了我的腿上。躺了一会儿,她站起来噔噔噔跑开了,拿着挖耳勺又跑回来,继续躺在我的大腿上,把挖耳勺递给我:"袁石风!帮我掏耳朵。"

我放下书,把灯打亮,对着她的耳朵小心翼翼地挖:"别乱动。"

她说:"你好好挖,看看我的耳屎有多大,都是被你舌头舔出来的!"

我愣住了。

所以当海里语出惊人的时候,沈炎就会欣慰地拍拍我的肩:"当初海里和王冬离婚的时候,还跟受气小媳妇似的,我还挺担心你俩。现在好了,还是你有办法,她又'进化'回来了。"

沈炎用词当真是精确。

前几天我在外地出差,正逢李妈生病了,海里打算回去照顾几天。

我打电话给她,问李妈的情况。

海里说:"没什么事儿,去医院检查了一下,就是血压有点儿高。"

我想了想:"你再劝劝二老,搬过来跟我们住到一块儿吧。"

海里说:"行,我再劝劝。"

我从外地出差回来的时候,海里还没回来,卧室里空空的。海里是在我出差后走的,家里都收拾过了,被子折好了,拖鞋也一一摆好了。几天没人,地上落了灰,我站在屋子里忽然有点恍惚。

许是习惯在开门的时候有她出现在视线里了,忽然发现屋子空了,心头倒是真不踏实的。

有年轻人跑来询问我,说这男人啊,什么时候才是适合结婚的年纪。

我告诉他,就是生活中突然出现了另一个女人对你甜言蜜语的,你也不会心动了,你的心态就是准备好结婚的了。你的野心和欲望一切基于她而出发的,那你的潜在未来规划也是为结婚做好了铺垫的。

他"啊"了一声,不说话了。

我是个已婚男人了,这个名词真是极有魅力的,比我的社会身份更具有价值。

我走到卧室里,发现玻璃窗还开着。我笑了一下,海里到底是马虎的,我走上去,将玻璃窗关上,窗帘被拉在窗户两边,各用一根红绳子系着,蝴蝶结打得歪歪扭扭。她的习惯到底没变,蝴蝶结打得还是这般丑,就像她球鞋上绑的蝴蝶结。小时候,她总是系着这样歪歪扭扭的鞋带跟在我后面跑啊跑啊,跑着跑着鞋带就散了,她蹲下来,着急地绑着鞋带,仰头冲我喊:"袁石风!你等等我!"

气急败坏的声音被身旁的海浪声冲散。

虽然现在我的妻子是她了,但我仍旧会想起白色的海浪、黄色的稻田,还有她乌黑的麻花辫,这些都是我难以割舍的记忆符号。虽然我和海里以夫妻的身份同床共枕,但在梦中,有时候我仍旧会回到我们的年少。

每次梦到过往,胸口都会被挖出一个洞,日日夜夜在里头刮着穿堂风。

风声呼啸,打着浪头而过。

她蹲在沙滩上系着鞋带,叫着:"袁石风!你等等我!"

我从梦中醒来,总会缓缓神。胳膊沉,庆幸的是,海里就躺在我身边。这般,让我越发珍惜现在的光景。

忽然没在家里看到她了,我到底是不踏实的,于是我准备收拾下行李去找她。我转身把窗户关严实,把系着窗帘的红绳子紧了紧,手还未放下,房间的门"咯噔"一声响,把手转动,门从外被推开。我一转头,就瞧见了站在外头的她。

她拖着行李箱,半张着嘴,站在门外愣愣地看着我:"哎?你怎么在家啊?回来了?"

我瞧着她,笑:"我刚还打算过去找你,你怎么回来了?"

她抿着嘴笑,不说话,把行李箱拖进来,靠墙放着。

我瞧着她神秘的表情:"妈的身体好了?"

"吃了药,没什么事儿了。"她低着头,似乎有话要说。

我走近她,将她耳边的碎发别到耳后去。

她顺势搂住我的脖子,把脸埋在我的肩上,问:"袁石风,你有没有想我啊?"

"想。"我的真心话。

她的头依旧埋在我的肩膀上,轻轻地说:"我怀孕了。"

终有一天,你会发现,你会历经悲伤,悲伤是让人不会忘记的疼痛,疼痛就是一席奔赴刻骨的红毯,你从红毯上走过,红毯的那头是你在疼痛的时候仍旧坚持走过的回报成果。

番外：李海里篇
他是我哪怕在最悲伤的时刻，也不愿回头错过的人。

01
  我和袁石风结婚的那天，没为他穿婚纱，而是穿着请裁缝做的连衣裙。这连衣裙我有三件，第一件，是袁娘亲手做的，第二件，是请了其他裁缝照着袁娘做的样子做的，还有一件是现在这身，再放大一码的。我穿着这样的连衣裙和袁石风领证，办了酒席。
  我问他："袁石风，我没为你穿上婚纱，你会不会遗憾？"
  他说："不会。"
  我们穿着最寻常的衣裳在亲朋好友面前互换了戒指。
  他将婚戒套在我的手上时，抬头看我，冲我笑，笑着笑着，眼眶就湿了，眨眼，眼泪就要落下来了。他背过身去，当着这么多人的面，就这般哭了。
  这场景自然是被录下来的，结婚后，他但凡惹我生气了，我就会在客厅里若无其事地播放这段录像，效果甚好，他立即就道歉了。
  但他也是坏的，有一次我又寻他开心，在客厅里放他哭泣的录像时，他也不着急了，特别冷静地从书房搬来他的笔记本电脑，播放我在阳台上睡觉时张大嘴的模样，还是三百六十度无死角的拍摄，连我鼻子上有多少黑头都拍了出来。
  我怒道："你什么时候拍的？"

他特别正经地回答:"上个星期。"

我和陈心抱怨:"这男人,结婚前和结婚后差距真的是大。结婚前,还挺人模人样的,结婚后就显得特别幼稚。"

陈心叹口气,说:"你家袁石风算好的,沈炎结婚后,和我睡一被窝,睡着睡着放了个连环响屁,放完后特别自然地掀开被子扇了扇,继续躺下去搂着我睡。"

陈心说完,我乐得不行。

结婚后,袁石风的确显得幼稚了。

晚上,我难免会接到好学的学生的电话,问问题来的。我在书房接电话,他装模作样地进来找书。我打完电话,他把书合上,假装随口问问的样子:"学生啊?这个点还在学习啊?"

我说:"他们认真嘛。"

他点点头,把书放回书架上:"学生都挺喜欢你的吧?"

我瞧着他的表情,存心逗他:"是啊,男学生女学生都特喜欢我。"

他点点头:"挺好的。"就没说话了。

我就奇怪了,他的反应未免也太平静了,但隔天,着实是把我吓了一大跳。我上课上到一半,他西装笔挺地走了进来,我们结婚的时候他都没穿这么正式,他这回还在领带上夹了领带夹,头发明显就打理过了,肯定抹了发蜡,要不然也不会走进来的时候头发都不带飘一下的。

学生都好奇地看着他。

他说:"不好意思,打扰了。"然后昂首挺胸大阔步走,在教室后面寻了个空位坐下。

一下课,学生都在收拾东西,还没离开,他第一个站起来,微笑着问:"今晚出去吃?"

看着他标准的商务型微笑我就打了个寒战。

学生瞧见他这样,都起哄:"李老师,快介绍介绍啊!"

我还没开口呢,他径直走来,站在我旁边,一爪子搂到我的腰上,和善地冲学生微笑:"我是你们李老师的老公。"他一边说着,一边和我十指紧扣,抬起我们的手,向学生炫耀我们的婚戒。

他微笑着露出的牙齿,锃光瓦亮的。

我说这三十多岁的男人幼不幼稚啊!

02

袁石风在外头挺正经的，特别有原则，跟我在一起的时候，哪怕有一个旁人在场，他也是一本正经的，但是一旦只剩下我俩了，他就开始没正经起来了。

沈炎笑着说："袁石风以前孤家寡人的时候是闷，有了你后，就开始骚起来了。"

我想，最开心看到我能和袁石风走到一块儿的还是沈炎。我和袁石风的喜宴上，沈炎喝得烂醉如泥。袁石风这个当新郎官的哭了是合情合理的，但是沈炎也紧跟着哭了。

他跟我敬酒，说："李海里，我是个很有原则的人，我觉得一个大男人不能八婆，不能嘴碎，但是我这辈子做的最不后悔的一件八婆事情，就是把袁石风也喜欢你的事情透露给你。"

他跟我碰杯，酒水四溅，继续说："别说你跟袁石风爱得苦了，我在你们中间也苦得很。

"一方面觉得你们俩不在一起的话，我也不能瞎掺和，不爱嘛，就不要纠缠，所以有段时间你跟袁石风之间的事儿我也干脆撒手不管。他在伦敦和你相遇的时候，鸽子广场，我拍照片的时候不小心拍到你了，袁石风没发现，我赶紧删了。

"我当时怕得要死，怕你们俩抱着'不在一起'的心继续纠葛不清，谁都痛苦。可是……就是这么矛盾，你打电话来问我袁石风的情况，我多矛盾你知道吗？犹豫来犹豫去，狠狠心，决定八婆一次，把我知道的事情都告诉你，告诉你了呢，结果你还是要和别人结婚。"

沈炎仰头，一杯白酒下肚，抹抹嘴："你知道你和王冬结婚的时候我为什么不来吗？因为袁石风说要等你，我抠门的，红包钱就只给你和袁石风的，你和别人的婚礼，我绝不给你们份子钱！"

啪的一声，他把酒杯放到桌子上，抹了一把脸："今天我给你们的红包，我心甘情愿！"说完，他开始呜咽，然后捂着脸就哭了，"你们在一起了，老子欣慰！"

他喝醉了，号啕大哭。

自然，他这模样也被录到了录像里，陈心特地来我这儿把这段视频

拷贝了过去,于是这段视频,也成为了沈炎最想毁掉的东西。

我和袁石风结婚后,仍旧住在原来的家里。

袁石风提出要换大点的房子,我拒绝了。

我觉得这里挺好,这里是袁石风的起点,也是我和他的起点,有好多好多的回忆。

吃完晚饭,我拉他去散步,在小区的公园里溜一圈,若吃得太饱了,就会绕圈绕得多一点。他拉着我的手,走在铺着鹅卵石的小道上。

我还是会问他:"袁石风,你怎么会喜欢我?"

他说:"我怎么知道呢?"

我笑,说:"我也是。"

怎么知道呢?反正,就是喜欢你了,总之,也都结婚了。

我还是问他:"你什么时候喜欢我的啊?小时候?在我那么小的时候?"

他想了想,叹口气:"不知道啊……"

我点头,说:"我也是。"

——不知道为什么会喜欢你,也真说不出是什么时候开始喜欢你的。

但是,我们经历了分分合合,从当初的年少步入成年,迈向中年,我们比谁都走得悠久,我们看着彼此,心里比谁都澄明。

在袁娘忌日的时候,我会折好纸钱,准备好香,陪他一道去扫墓。

袁石风蹲在墓前,一点儿一点儿地烧纸钱,祭拜,他不会说任何话,低着头,慢慢地,仔细地把纸钱烧完,我站在旁边陪着他,看着他,心里还是难受心疼。

袁石风一直很内疚,觉得在袁娘在世的日子里,他忙着工作,很少陪她,抽不出时间,才把她送进了疗养院。

他说:"当孩子的把父母送进疗养院是最不孝的,我就是不孝的。"

纸钱被点燃,被火化为灰烬,细细小小的灰被风吹得扬起来,粘在了他的黑色大衣上,我替他掸去。

所以袁石风对我爸妈是极孝顺的,纵使我爸妈当初强硬地反对我和他在一起,但是他也不计较。

袁石风一直想让我爸妈搬来和我们住,但是二老到底还是不好意思,觉得自己当初那般反对袁石风,到最后还得他来给他们养老,特别愧疚。

他们不愿搬来，我们就尽量多回去看他们。

每次我们回去的时候，他们都会准备一大桌的菜，我们走后，他们一连三天就只吃剩下来的菜。

和袁石风结婚后，王冬来找过我一次。

我和他约在咖啡店里见面，袁石风坐在外头的车里等我。

我走到他对面，坐下，说："我老公在外头等着，要和朋友聚餐，不能聊很久的。"

他看着我说："就是来看看你过得好不好。"

我说："我挺好，很幸福。"

他就没说什么了，喝了一口茶，抬起头，跟我说："抱歉，当初不应该那么对你。"

我觉得没必要听下去了，于是站起来："王冬，我们离婚，就是对你打了我的最好的弥补了。"

说完，我就离开了。

袁石风从车上下来，我走到他面前。

他皱眉，仔细地看我："没事儿吧？"

我笑着抱住他："我爱你。"

他一愣，回抱住我，轻轻地拍着我的背。

我想，这个世界上，不论我变成什么样，什么性子，什么脾气，除了我爸妈之外，只有袁石风一个人还能依旧喜欢我。

善待细水长流、乏味平庸的日子吧，因为珍贵往往就是在这样的日子里头。

初秋，枫叶正红，梧桐渐黄，我站在讲台上给年轻气盛的孩子们讲莎士比亚，让他们分析《罗密欧与朱丽叶》和《梁山伯与祝英台》的异同。

课末，我说："孩子们，愿你们此生拥有个不受世俗侵扰的爱情，也愿你们无岁月可回头。"

我转头，看到教室外面走廊上等我下课的袁石风。

我想，他就是我的岁月，是我哪怕在最悲伤的时刻，也不愿回头的岁月。

番外：陈梓蓝篇

经历过的所有人都会将你慢慢地推向最终那个对的人。

我是陈梓蓝。

那天很恰巧在西点店碰见了李海里。我坐着等我丈夫，李海里坐在我旁边的位置，我一眼就认出了她，朝她看的时候她也向我看了过来。理应是特别尴尬，但是我们对视一眼，便点点头，打了声招呼。

她还是老样子啊，和那会儿没变多少，但是身上的气质实属平和了。以前她还在上大学那会儿，我的确是不待见她的，小姑娘阴阳怪气，骄纵得厉害，好像全天下的人都欠她似的。

没礼貌，所以极讨厌。

讨厌她，也和袁石风有关。

女人的心思女人最懂。

喜欢一个人是最容易看穿的秘密，何况还是像那会儿李海里的年纪，不懂掩饰的眼神、神态，显而易见的情愫。

她那会儿觉得自己成熟，但哪儿是呢？脾气刁的，嘴也是刁的，她会觉得这是自己的直性子，是率真不做作的，可任性并不代表着是率真。

那会儿的她，是小孩子的代表，以自我为中心，看不得其他人。

所以那会儿看着她的时候，我也自觉不再年轻。

这次遇见她，倒是舒服多了，或许也是因为我们之间没有隔着袁石风。

西点店里都是奶油的甜腻味道,我隔着一张桌子看着她,相视一笑,却没有任何的对话。

她的手上戴着戒指,我听人说,她和袁石风结婚了。听到这个消息的时候,我到底是冷笑一声的,气不过,但万般无奈。现在瞧着她,忽然觉得,没关系了,也挺好吧。

我现在很幸福,所以我很宽容,并且善良。幸福和善良是因果关系。

以前我喜欢袁石风,觉得他踏实,沉稳,有拼劲儿。喜欢真是一个特别感性的词,也许就是因为他的一个动作,比如转动手表,解开衬衫的第二颗纽扣,就会猛然焊住我的眼球,心里噼里啪啦地闪着火花。

所以我才说啊,不再年轻,是好事儿。

李海里从大学退学后,我松了一口气,觉得我和袁石风之间没什么障碍了,但她彻底退出了我们的生活,我才觉得我和袁石风之间还有许多的问题。

我总觉得我是爱他的,爱他沉稳的性子,但与他相处下来后,便觉得乏了。我仍旧希望我的男人能为我带来些惊喜、浪漫。他待我周全,可就是少了些什么。

我问他:"袁石风,你跟我直说吧,你喜欢的是李海里吧?"

过了许久,他才说:"是。"

我笑:"那你当初为什么会和我在一起啊?"

问完,我就觉得这问题特别傻。

后来我们和平分手,我从此再也没过问他的事。

我想我到底是气的,但是特别奇怪,分手并没有想象中的伤心。也许我和他之间平平淡淡相处着,相处得已经乏了,乏到分手都没有感觉了。

以前喜欢他的时候,特别感动自己,他的事找在我得不得了,三天两头去照看他的母亲,而分手后,一个转身离开,便再也没见他一面。

从别人那儿听说他的公司有困难了,听得他度过了困难期,听得他的母亲去世了,听得他和海里结婚了。

我们像是陌生人,静静地听着他的消息,心里会起一丝波澜,但终不会是波澜壮阔的。我开始会幸灾乐祸,觉得他过得不好是罪有应得,但慢慢地,这种感觉也没有了。

阳光正好,我看了一眼手机,下午两点。

李海里坐在我旁边一桌。

服务员端来了打包好的蛋糕,上面系着绸缎,递给她:"不好意思,久等了。"

"没关系。"她站起身,提着蛋糕,微笑,"谢谢。"

我这才发现,她的腹部微微隆起。

提着蛋糕的她也朝我摆摆手,转过身,推开玻璃门,走远了。

我坐在位置上,看着她的背影,想起今天是袁石风的生日。

视线一晃,我的丈夫也推门进来了。

他是个粗枝大叶的男人,但是待我好。

我举起手朝他挥了挥:"这里。"

他看到我,向我走来。

没关系,经历的所有人都会将你慢慢地推向最终那个对的人。

番外：王冬篇
我爱她，但爱极必伤！

海里和袁石风结婚的那天，我坐在我和海里结婚时的家里，一遍一遍地看着结婚当天我们的结婚录像。录像里，我拉着她的手，说："海里，娶到你是我这辈子的梦想，以后我就是你的丈夫，我一定会待你好，我爱你。"

我真不会说甜言蜜语，我觉得"我爱你"就是至高的情话了。

她点头，抿着嘴笑，眸子里有眼泪。

我将戒指戴在她的手指上，搂她，吻她。

录像里，响起了掌声。

我坐在地上喝酒，看着电视里幸福的我们，转头，家里就剩我一个人了，门窗开着，还能听到海浪声。

我真是好不容易得到她的，我爱她，最舍不得伤害的就是她。

但爱极必伤！她离开我，从我这儿逃到袁石风那儿去了，我曾亲手把她夺过来，可最终她还是和那个人在一起了。

我守着我和她的家，睡在我和她曾经同床共枕的床上，每一处都有她的气息。

袁石风来找过我，我跟他见面的时候，结结实实打了一架。

他的车就横在我面前。

他把我从车里拖出来,说:"离婚协议你签吧。"

我说:"我绝对不签。"

他笑,说:"我有的是办法对付你。"

我先动手的,一拳揍过去。

那一架打得特别凶,周围的人上来把我们分开。我冲他咆哮:"我和海里之间好好的,就是你插脚进来!"

袁石风立在那儿,说:"三岁看到老这句话没错!你当初是什么德行现在仍旧是!还打女人了!你打海里的那几下老子连本带息还给你!念小学的时候你欺负海里我教训过你,现在老子照样能把你揍死!不管离婚协议你签不签,她都得跟我!"

我和海里的爱情出现问题了,问题出在她的心思一直是在袁石风那儿的……就是这个问题。

她负的我!

我有时候应酬后回家,觉得海边的公路特别冷清,想着到家开门进去的时候,海里能对我嘘寒问暖一下。我也不奢求她对我怎么着,就是希望她能关心关心我,对我撒撒娇,主动对我示软,靠近我,温柔点儿,别有事没事就闷在书房里做自己的事。

外头冷,我的手都冻红了,她仍旧坐在书房里,看我进来,说:"你回来了。"然后就不说话了,继续翻译她的文章。

我说:"海里,家里也不缺你这几个钱,你跟我聊会儿天。"

我就想跟她一起上床睡觉,睡在床上,聊会儿天,搂着她,跟她说说话,别我睡下的时候她还在书房里忙。

我对她是真的好,她生病了,我仔仔细细地照顾。我生病了,她也照顾我,递药、做饭。可是,不一样的,感觉是不一样的!

她何时主动亲吻过我、搂过我?

那次,借着酒劲,我把她桌上的书全扔地上了,大吼:"李海里,你性冷淡吧!"

她不可置信地瞪着我,没说话,起身去把书拾起来。我站着,她蹲着,不知怎的,我心里就是火急火燎的。

我拿起一本硬壳书,甩在她脸上:"你对袁石风是不是也这样啊?"

第一次,我打了她。

打完她，我就后悔了。她睡在客房，哭。

她哭，我心里也很苦。

我和她之间的爱情出现了问题，因为袁石风。

我一直以为是的，就是这个原因。

海里以家暴的理由向法院起诉离婚，法院判决我和她离婚的那天，我一个人站在台阶上。她由袁石风陪同着来的，我想最后拉住她，跟她说会儿话，袁石风把她护到身后了。

我说："袁石风啊，都是因为你！"

他说："不是因为我，你和海里曾经为合法夫妻，我是失败的这一方。她为你妥协，这份感情比在我身上来得大，是你做人有问题，自己的问题，就不要说你和她之前的感情败给了其他，别用感情来做自己人品败坏的挡箭牌。"

他拉着海里走了，车门一关，离开了。

我拿着宣判书，伫立在台阶上，法院大门上的国徽沉甸甸地压在我的头顶。

我曾为她在海边造了一幢房，我们的新房，现在我独守这幢房子，冰冷得要死。

我喝醉，日日夜夜看着我们结婚时候的录像带。

我爸妈来房子里找过我，他们为我丢尽了脸。

他们说："你怎么会打海里呢？"

我哭道："我爱她啊。"

我真的爱她啊，我一直苦巴巴地守着她，甚至一直权衡着该怎样得到她啊。

我陪着她，守着她，我给她的父母打电话，说海里打电话找我哭，她喜欢袁石风，她住在袁石风的家里。

我告诉她父母，袁石风有女朋友了，海里过得不好；我告诉她父母，我喜欢海里，海里来伦敦后我会照顾她的；我告诉她父母，袁石风来伦敦找海里了，海里三天没回家，都跟袁石风住在酒店里……

对她，我从来不是个坏人。我也不想做王子，我只想做她的马啊，带着她闯，带着她飞奔，前提是……她得选中我，紧握住我的缰绳，哪怕前面是悬崖，她要闯过去，我也竭尽全力，载着她，纵身一跳！

我还是失去她了。

曾经海里的爸妈喜欢我,觉得我就是好女婿,我失去海里了,海里的爸爸亲手揍了我,我任命地挨了。

他们年纪大了,哭着骂:"王冬,你王八蛋,你怎么下得去手啊!我们把女儿交给你,你怎么能这样对她啊!"

我失去海里了,我失去了好多好多东西。

整个岛上的人都知道我对海里做的事儿了,我为她造了一幢房,现在成了我的坎儿。

我日日夜夜在客厅里买醉,听着窗外哗哗的海浪声。

忽然,门铃响了,我起身,走出去打开大院的门。

外头停着挖土机,工人从卡车上下来,拿着许多的锤头。

他们说:"老板,拆喽?"

我点头。

他们说:"那么多家具不要了?"

我说:"你们要你们搬走吧,房子拆掉。"

他们特别高兴,进屋去抢东西了。

我站在一旁,看着这幢房子,在造它的时候,我以为我会和海里在这里住上一辈子,会有孩子承欢膝下,在院子里跑来跑去,我买了最好的钢筋、最精美的地砖去建造它,从未想过……它被遗弃了,我失去了她,失去了它。

工人们在拆房子的时候,锤头高高举起,重重落下,墙体一下一下地剥落。

海浪声像是哭声。

我发现了,我听到了……

番外：李家父母篇
感情一干预，错过了就是错过了。

我们是苦出来的一代人。

真苦。

小时候就是过得苦的，那会儿条件哪有现在这么好，就这么大点儿的岛，没人愿意进来，也少有人出去。印象深的，是有人进来过收一些破碗和瓶子，喂猪的食槽都要了去，给了点儿钱，一麻袋一麻袋地背走。后来就知道了，那些破碗啊都是老早的东西，都得称为文物了，想想就追悔莫及，居然当作破烂几块钱就卖掉了！

所以，那会儿就是穷的。

海深出生的时候我们的日子才慢慢好起来，这孩子从小就皮，男孩子嘛，也是第一个娃，宠的，他爸整天把他扛在脖子上溜出去玩，从小就被惯得一副泼猴相。那会儿独生子女的政策已经下来了，每家只生一个孩子就能奖励五块钱，但是在咱们这里还是希望多生的，于是再有了海里。

海深，海里。

我们夫妻俩没什么文化，但也觉得这两个名字取得好。

大海深啊，深得无人探知，都是秘密，好听得很。

海里这名字也好听的，海里有鱼、海草、贝壳，多好。

海深没当哥哥的样,整天和海里打打闹闹。海里小时候爱哭,经常被欺负得哇哇大哭。海里年纪小,我们就总是护着她,什么事儿都是责备海深的,所以海深总是埋怨我们偏心,说我们就疼妹妹,有一次还气呼呼地跑去袁家蹭饭吃了,气得孩子爸拎着他的耳朵把他拎回来。

但哪能呢,这两个孩子我们都是手心手背疼着的。

我跟孩子爸常常坐在院子里看着这对兄妹打打闹闹,想着要多攒些钱,等海深大了,就给他盖个新房娶老婆,等海里长大了,也要让她嫁得好。

所以想想啊,天下父母都是一样的,到了后半辈子,自己也没什么梦想了,就是在为儿女操持着,为儿女忧,为儿女乐。

看着他们一天天长大,会爬了,会走了,会开口说话了,换牙了,哭着的时候抱着你的腿爸爸妈妈地叫,再大点,有脾气了,不再对你撒娇了,跟你杠着走了,你为他生气,为他伤心……

我们恨啊,恨他皮啊,海深你大半夜地溜出去干什么呀,你溜出去也得安安全全地给我回来啊,就那么冷冰冰地躺在我们面前,多让人害怕啊,多不孝啊!

我们一天一天地把你拉扯大,忽然一天早上,你就直直地躺在院子里,怎么叫也叫不醒了。

才十几岁,还没成年……真短!跟你做母子的时日真短!

海深死了,两个孩子忽然就只剩一个了。做饭的时候,做着做着,忽然就能落泪,看着锅里的菜,想着是他生前爱吃的,但那时候日子还是苦的,不能时常做他爱吃的肉。哭啊,伤心啊,想着以前怎么没多做些给他吃,想着以前为什么要打他骂他呢?

你喜欢玩,你就出去玩,爸妈再也不拦你了,再也不责骂你了……学习不好没关系,至少你平平安安的。

悔啊,坐在他的坟前,摸着冷冰冰的墓碑,叫他,海深,海深,没人应答了。

所以,我们只剩下海里了。

我和孩子爸从来不苛责她,把没来得及给海深的爱都给她了。不求她去闯世界,女孩子嘛,需要闯什么世界,闯到一个好男人心里去就行了。

她要什么,我们就给什么。

她也懂事,日子好起来后,也不见她向我们要什么。给她的零花钱

她都用去买书，虽不是跟学习有关的书，而是杂书闲书，但跟其他孩子比起来，她也算是很懂事儿了。

她唯一向我们提要求的就是她的裙子。

袁娘以前给她做的裙子穿不下了，她喜欢得紧，又没得买，有些裙子我们看着挺好，她却看不上，她就喜欢那种裁缝亲手做出来的。我们就请裁缝给她打板做衣裳，布料她亲自挑、亲自买，裁缝给她量身，按着以前袁娘做的裙子的样式再放大。她穿上，摸着裙子说，还是袁娘做得好。

失落得很。

我们就知道，我们这个女儿，看似不挑什么，其实是最挑的一个，心里认定的就不会改变了，固执，敏感。

我们还是怕的，怕她受海深的影响，她的成长，比别人波折了许多，海深的死，袁家的破碎，都烙印在她童年里了。所以有时候看着海里安安静静地坐在房间里看书，我们宁可她闹腾一些。

我们这个家跟别家不一样。

她原先还有个哥哥跟她闹，尝过有兄长的滋味，忽然没了，就剩她一个了，我们想着，最无法适应的或许就是她了，所以我们竭力把最好的都给她，她要什么我们就给什么。

她去外头读大学了，在袁石风在的城市。我们原先一直以为她是怨着袁石风突然离别的，但是她毅然选择了去袁石风在的城市读书，我们还是留了个心眼。

我跟孩子爸说："海里不会是记挂石风，故意跑他那儿去念书的吧？"

孩子爸笑了，说："当然了，小时候一起长大的，哪儿不会记挂？"

我说："海里……不会是喜欢石风的吧？"

孩子爸笑我："你多疑了，海里还小，哪懂情啊爱啊，凑巧嘛，那所大学毕竟是重点，顶好的。再说了，石风在那儿，也能照顾海里，不是挺好的吗？"

被孩子爸这么一说，我也就稍稍放了心，把海里送了过去。

我们并未从一开始就反对海里和袁石风在一起。

海里出去上学后，很少主动打电话给我们，都是我们主动打过去，问她过得好不好，她都说挺好的。

所以孩子大了，越来越不爱跟我们交流了。她以前难过了伤心了，都会跑来和我们说，我们给她擦眼泪，安慰她。但是大了之后，她什么事情都憋在心里，孩子和父母的距离越来越远了。

海里不会和我们说，倒是会和王冬说。

从王冬那儿，我们才知道海里和石风的事儿。

我们埋怨石风就埋怨在这里。

他毕竟比海里大啊，理应更明事理，但怎么海里的事也不跟我们商量呢？

不论什么原因，我们女儿住他那儿他也得跟我们说啊！海里有什么事儿，他也得跟我们说啊！何况他都有女朋友了，还让海里住到他家里，他女朋友便责难海里。我们当父母的，从别人那儿听得这些事，心里怎么会好受？

袁石风，就是做得不对！

所以埋怨，就埋怨在这里。

因为有这些事在了，我们对他就是抵触的，就是不愿意把海里交给他的。

对比起来，王冬就是懂事多了，也瞧得出他是真心为海里着想的。

后来王冬打来电话说："李妈，你最近有跟海里联系吗？"

我说："没有啊，这孩子一出去读书了就把我们两个忘了，打电话给她吧，她也只是说自己过得好，在外头啥事儿我们也不知道。"

王冬在电话那头沉默了一会儿，说："我也很久没和海里联系了，只是知道她和袁石风住在一起。"

我一愣，心里冒出两个念头，第一个念头是也许海里在学校发生了什么事，袁石风暂时让她搬到他家住；第二个念头就是心口一紧的，毕竟海里已经是大姑娘了，袁石风也这般大了，小时候感情再好，但这样跟我们招呼也不打，到底是不妥的啊！

王冬在电话那头支支吾吾的。

我急了："海里那丫头有事都不和我们说的，我们担心得要死，什么也不知道。你还知道什么，说吧。"

王冬说："李妈，其实海里喜欢袁石风，她考去那所大学就是因为

袁石风在那儿。可是袁石风有女朋友了呀,她挺受伤的。她这回搬去袁石风那儿和他同居,他女朋友……"

我连忙打断王冬:"同居这个词你不能瞎说啊!"

王冬连忙道歉。

我挂断那通电话之后就慌了,也急了。

我埋怨孩子爸:"你为什么同意让海里去外头读书呀?这样好了,在外面发生这么大的事儿我们也不知道!"

王冬说的"同居"两个字让我脑袋里一阵一阵地疼!

孩子爸说:"给袁石风打个电话吧。"

我说:"别打了,咱们现在就去找他当面聊聊。他怎么能这样呢?"

我们直接开车去见袁石风,在他公司附近的一个茶馆见的。我们站在他公司楼下看了看,是一幢大楼,大楼里每一层都拥挤着不同公司的人,袁石风的公司在第三层。

孩子爸说:"石风这孩子没什么门路,一个人闯到现在这样,不容易的。"

许是看出我生气得很,他一个劲儿地为袁石风说好话。

我说:"那又怎样呢?这人到底是会变的,以前小时候他多乖啊,多懂事儿啊,但到底他出去后经历了什么我都不知道。每个人的成功后面肯定要付出很多东西的,眼神最不会骗人,你记得当初我们送海里来报到那天吗?在饭桌上他喝酒、敬酒的那种老练,还是当初小时候的他吗?人心难测的。你说海里跟他住在一块儿,一间屋子里,你说……"

我说不下去了,哭了。

你得懂当妈的心态。如果是男孩子还好,在外头也不用太担心什么,就担心他会学坏。但是闺女就不同了,怕她被欺负,怕她有危险,她下晚自习从教学楼走回寝室那段时间我都恨不得打电话陪着她。

这个社会对女孩子来说就是这般危险!

我看到新闻说哪个小姑娘失联了,我就打电话给海里,叮嘱她早点回寝室,别在外头玩到太晚;看到新闻里说公交车上那些变态的男人,我也记挂着海里;看到有小姑娘晚上坐出租车出事儿的,我也担心。

我是失去过一个孩子的母亲,就只有海里一个孩子了,我比谁都战战兢兢!

我心眼儿不坏,也不是没有良心,就是担心我的孩子!

所以第一次找到袁石风,我就骂他了:"你没经过我们的同意怎么能让海里搬去和你住呢?你得征求我们的意见啊!"

头一次,我是明确地责骂了他。

他也没解释什么,向我们道歉。

我在旁边抹眼泪,最后孩子爸问袁石风:"海里为什么不在寝室住了?"

他说:"我的问题。"

孩子爸也有些气了:"既然是你的问题,终归是你做得不妥的。你有女朋友了啊,袁石风,你女朋友心里不舒服,对海里也不好。你怎么能这般糊里糊涂呢?如果海里回学校住最好,如果她不想住了,我们给她在外面找房子。"

我们提出了解决的办法,就是不同意海里和袁石风住在一块儿。

这像什么话呢?

见完袁石风后,我们想着去看看海里,把车停在海里的学校门口,正巧就看到了海里从校门口出来。

她穿着碎花裙子,这碎花裙子是我特地请了裁缝照着袁娘以前给她做的连衣裙的样式做的。她穿着好看,我就觉得我家闺女是最漂亮的。

她背着书包从校门口出来,过马路的时候低头看着手机。

我在车上骂她:"过马路玩什么手机,怎么不看路?"

孩子爸问:"咱们要下去吗?"

我在车里看着她,她看着手机笑,把手机又放进口袋里,穿过马路,去公交车站等车了。

我说:"还是别叫她了,现在让她见到我,我是要哭的。"

我还是伤心的,伤心自己的闺女拉扯到这般大,什么事儿也不跟我们说了。

所以不是子女离不开父母,而是父母更离不开子女。

我让孩子爸直接开车回家,路上打电话给海里,探她的口气,问她学校里住得怎样。

她在电话那头特别轻松地说:"住得很好。"

我问:"最近过得开心吗?"

她说:"很开心啊。"

我就想着,海里啊,我们是你的父母,更希望听到你的真心话……

跟袁石风见过面的事儿,我们是瞒着海里的。袁石风也允诺我们会妥当处理他和海里的关系,我们想着这事儿也不能急,妥当是需要缓冲的,那我们也就等。

等……

倒真是寒心,我们等到了海里突然回家,哭着说要退学。

她自己拖着行李回来的,躺在床上,一个劲儿地流眼泪。

她仰着脸跟我说:"我待不下去了,我要退学。"

那一刻,我们是多么痛心啊!

好好的一个闺女,送出去的时候还挺好的,回来的时候居然这么狼狈!

不是袁石风折腾的还会是谁呢!

我打电话给袁石风,劈头盖脸把他骂了一顿:"袁石风,你别再跟我女儿见面了!"

我们就这么一个女儿,不希望她出息,就希望她平平安安的,能待在我们身边,嫁给待她好的人。

海里决定出国,我们舍不得,伦敦的事儿我们又不懂,袁石风说他帮忙办,也算是弥补海里了。海里准备去伦敦,我们和王冬的父母便经常见面,想着王冬在那儿也算是混熟了,就向他们询问伦敦的事宜。海里去了伦敦后,我们两家也时常见面、视频,我们两家在手机的这头,隔着七个小时的时差,看着手机那头的两个孩子。

王冬的父母开玩笑说:"王冬从小像跟屁虫似的跟在海里后头,说不准我们以后能成亲家呢。"

我们想着,这样也好。对比袁石风,王冬我们是从小看到大的,知根知底,王冬也在咱们岛上,海里如果能跟王冬在一起,自然是最好不过的了!

王冬的父母健在,且跟我们的关系都好,以后两个孩子有什么问题,他们也会帮着。而袁娘……我们心疼她的,不是说我们没良心,而是希望海里有更好的选择。

什么是更好的选择?就是不会拖累她的!

总之，我们就觉得王冬更好些。

有这样的想法在了，突然又听王冬说袁石风去伦敦了，找了海里，海里三天没回住的地方，又和他住在一块儿去了。

我们听着气啊，觉得袁石风实在是太不识相了！

所以袁石风打电话想让我们答应他和海里在一起，我们明确拒绝了。

袁石风比海里大六岁，一次一次地做得这般不妥当，让海里退学，让海里去了伦敦，现在她好不容易开心些，又去折腾她，我们怎么会允许他和海里在一起呢？

在我们的期望下，海里和王冬终于结婚了。我们觉得王冬这孩子老实，对我们孝顺，对海里好。我们看准的人不会差的，但是……我们从没想过，有一天我们去海里家看海里的时候，会看到她脸上的乌青。

我们是活了半辈子的人了，自以为见的人多了，经历过的事多了，看人会是准的，我们的决定总归是比年轻人准确的。我们用自己的岁数作为说话的分量，但回首看看，便觉得特对不起海里和袁石风。

海里和袁石风结婚的那天，我们坐在台下，我握着孩子爸的手。

孩子爸说："海里第一次结婚的时候，我回家哭得凶，这回不哭了。"说着，他还是流了眼泪，"是我们糊涂，把两个孩子折腾成这样。"

兜兜转转，经历这么多挫折和苦难，他们也终究是在一起了。

小孩子的爱情，老一辈真的不能插手，爱情是他俩的事儿，旁人都不懂。你能干预孩子的前途，前途这事是还能扭转的，但是感情一干预，错过了就是错过了。

错过，多么揪心的词儿。

海里和石风在一起了。石风从未跟我们计较，但面对他，我们是顶不好意思的。他让我们搬去和他们一起住，我们想了想，没答应，依旧住在原来的家里。

逢年过节他们会回来，我们提前两天张罗。

两个孩子手牵手走进家门，看着他们，我们仍旧轻易就会落泪。

幸亏他们没错过。

孩子的爱情真不能干预，我们做父母的观念陈旧，还用合适的人和不合适的人来划分爱情，但是，爱情哪儿有分合不合适呢？

番外：李海深篇

送给你一颗落在地上的星星，
但没想到今天月亮抢了我的风头。

　　海深是什么时候注意到陈冰清的呢？

　　应该是注意到她总是孤孤单单一个人抱着铁饭盒站在操场边，一边用铁勺舀着饭送进嘴里，一边沿着操场边上的草地转悠。女孩子的班级上体育课时，海深开小差，从教室窗户望出去，也能看到这个女孩子一个人沿着操场慢慢转悠。她有时候就坐在升国旗的台子上，若是午后，阳光倾斜下来，她像是水泥台子上落下的一个逗号。

　　海深咬着笔杆想，女孩子是奇怪的生物，好像特别怕孤独，他们班的女孩子连上个厕所都要三三两两一起去。

　　成群结队，是女孩了友情的外在形式。

　　连家里的海里也是，个人玩着玩着，若是发现四下无人了，准会来找他，把玩具拖到他的脚边，坐在他脚边玩。

　　他没怎么见过这么孤单的女孩子，所以发现陈冰清的时候就好像发现了世界上突兀的一个逗号，看到了就会想再多看几眼。

　　那天也是如此。

　　海深从楼梯上下来，陈冰清从楼梯下上去，脸蛋白皙。海深知道她白，但没想到近看仿佛都能在她的脸上看到血管。擦肩而过时，他听到女孩班上的人叫她："陈冰清，把你座位周围打扫一下。"

陈冰清比他低一个年级,就在隔壁班。她是初二最后一个班,他是初三打头的一个班,位置紧挨着。

海深抱着球回头瞟了一眼,站在楼梯口说话的女生态度冷淡,抱着手臂,居高临下地看着陈冰清。

陈冰清没有说话,往教室走去。

海深知道她的名字后,注意到她的机会就更多了。比如打球的时候,打着打着,他的余光会不自觉注意到她从教学楼走出来;比如和袁石风放学回家,一跨上自行车,她甩着马尾从他旁边经过;比如他和同学拿着拖把在包干区打打闹闹,楼上的台阶上,她一个人拿着扫把扫地……

她好像是世界给他落下的一场捉迷藏的游戏。久而久之,若是这一天太久没"找到"她,海深就会故意去找,恍若不经意间从隔壁班经过,眼睛就会匆匆忙忙在教室里寻找,找到了,她一个人坐在座位上看书。

这一天上课,任课老师想起作业本没有抱过来,叫课代表去办公室拿。海深刚好无聊,想要站起来活动活动,连忙举着手蹦起来:"老师,我也去我也去!"

"有你什么事儿!"老师不耐烦。

海深嬉皮笑脸,指着课代表:"他瘦胳膊瘦腿儿的,哪儿抱得动!"说着,他就站了起来,"我去帮他啊!"

老师拦不住,海深就和课代表勾肩搭背一起出来了。

出来的时候,海深伸了一个大大的懒腰,跟课代表说:"真好,能出来晃一圈。"他一边说着,一边挠着肚皮,突然就发现陈冰清在教室门口罚站。

他一愣,继续挠着肚皮从她面前经过。

陈冰清半阖着眼皮,看都没看他一眼。

海深抱着本子回来的时候,陈冰清还在门口站着,眼观鼻鼻观心。

海深抱着作业本走进教室,坐在位子上咬了一会儿笔杆,上了一会儿课,百爪挠心,目光总是往她站的门口扫。

同桌二胖嫌海深左摇右晃太吵,瞪了一眼海深。海深把嘴里的笔松开,拿在手里,跟投飞镖似的往二胖身上投去。

"啊,老师,李海深扎我!"二胖说道。

"李海深！你给我出去站着！"

李海深唰地站起来，眉飞色舞："好嘞！"然后就特别开心地蹦出去了。

他出门贴着墙站好，跟陈冰清有五步路的距离。陈冰清看了他一眼，又把脑袋低下，看自己的鞋尖。

李海深像驴打滚一样让自己滚向陈冰清两步："嘿，你也罚站呢。"

陈冰清不说话。

李海深继续笑："挺好的，咱俩搭个伴。"

陈冰清又转头看他一眼，离他远了一步。李海深又像驴打滚似的滚向她一步，陈冰清又离远一步。李海深这回不滚了："行行行，我不来了，我再过去就到你们班那儿了，该被发现了。"

两个人就保持距离站着，站着站着，李海深就蹲下了，蹲下的视角能看到外面飘过的云，飞过的鸟。李海深撑着下巴说："你也蹲下吧，站着多累呀，老师讲课讲得激情着呢，顾不上咱。"

陈冰清还是没有应声，仍旧靠墙站着。

陈冰清不说话，李海深也就不继续搭话了，继续看他的云、鸟。他觉得今天的风景格外好看，空气被陈冰清过滤了一下显得特别清新。

不一会儿下课铃就响了，他这辈子都没觉得一节课过得这么快，恨不得老师再多讲一会儿。

李海深起身，问陈冰清："你下节课还站这里吗？"

陈冰清还是不说话。

李海深说："你站我也站！"

这回陈冰清的脸红了，她的皮肤白，脸红起来特别明显。

看到陈冰清粉色的脸颊，李海深心跳加速起来。他摸了摸自己的心口，觉得自己的脸也开始发热。

还好这时候老师在教室里面宣布下课，紧接着喊："李海深进来写作业！"

李海深连忙转身去教室。

老师站在讲台上准备发怒："李海深，你上课为什么拿笔戳人家？"

李海深点头认错。

第二节课上到一半，二胖又举起胖手哭喊："老师！李海深又拿铅

笔扎我！"

老师用手指着李海深，还没来得及咆哮，李海深快活地站起来："好嘞，我出去站着！"

陈冰清还站在外面。李海深快活地出来罚站的时候，陈冰清转过头看了他一眼。

李海深挠着头："嘿嘿，你还在啊，咱俩正好又做个伴。"

陈冰清的脸又红了。

两个人靠墙站着，站了一会儿李海深又蹲下去了，撑着手看外面的天。一群鸟叽叽喳喳飞过时，陈冰清也蹲下来了，跟他一起撑着下巴看外面的天空。

她的侧脸也好看，眉骨到鼻尖，鼻尖到嘴唇，像连绵起伏的心电图。

李海深不自觉地笑了，他想，真好，她跟他一起蹲下来看天了。

从那时候开始，陈冰清经常不再是一个人了。

她中午拿着饭盒一边在操场上转悠，一边往嘴里舀饭的时候，身边会突然蹿出一个李海深，跟着她一起走一起吃。他全然不顾她的沉默，自说自话，大笑的时候会把米饭给喷出来。

她一个人从教学楼走出来的时候，操场上正在打球的李海深会大声地冲她喊："嘿！"然后大幅度地摆手。

她放学回家的时候，若是李海深骑车经过她旁边，他会快活地打铃："嘿！要载你吗？"

她摇头，他也不纠缠，跟着旁边的袁石风继续往前骑。

袁石风看了陈冰清一眼，对旁边自带笑意的李海深说："你以后没空去接你妹妹的话，我帮你去接。"

李海深："啊，我有空的啊。"

袁石风看着前方，轻声嘀咕："难说。"

不止一个人跟李海深说过，让李海深离陈冰清远一点。尤其是女生，会非常直接地跟李海深说："你不要跟陈冰清走得太近，他们班的人都不喜欢她。"

"哦？"李海深挑挑眉毛，"别人不喜欢她那是别人的事，我要跟她走得近也是我自己的事儿，你以为你就很招人待见？"

女生被他气得脸涨得通红。

李海深抱着球,把她往旁边拨了拨:"让让,你挡着我去打球了。"

这一天,陈冰清一个人端着饭盒沿着操场慢悠悠走,她走了半圈,饭吃了两口,忍不住回头望了望,没有看到李海深。好像不知道从什么时候开始,她总是会在一些时刻去寻找李海深,有时候是在球场找到他,有时候是他经过他们班门口的时候找到他,有时候是出校门口的时候找到他。

若是他也看到了她,他一定会立马笑开跟她打招呼:"嗨,陈冰清。"他像是世界送给她的感叹号。

今天他好像不会端着饭盒陪她吃饭了……

她刚这样想着,身后忽然出现了李海深的声音:"嗨,陈冰清。"

陈冰清立马回头。李海深端着铁饭盒满头大汗地朝她跑来,气喘吁吁地在她面前停下,将饭盒里的炸带鱼往她饭盒里放:"我妈今天给我带了炸带鱼,哎呀,被人围在教室里抢,一帮狼崽子,我好不容易突破重围出来的。还好我留住了最肥美的三段给你,这几段可好吃了,肉可嫩了。"

三截带鱼炸得金黄,带鱼肉多刺少,一咬进嘴里,鱼皮咔嚓响,但牙齿很快又陷入了嫩嫩的鱼肉里。

"好吃吧?"李海深看着陈冰清笑,自己吃带鱼尾巴。

陈冰清咬着带鱼点点头,忽然开口:"你为什么总是来找我?"

"啊?"突如其来的问题让李海深猝不及防,他嘴里叼着带鱼尾巴,不知道怎么回答。

陈冰清看着他,又把问题问了一遍:"你为什么总是来找我?"

李海深把带鱼尾巴从嘴里拿出来,放回饭盒,舔了舔嘴唇。一向嬉皮笑脸的他突然变得不会说话了,他想插科打诨的,有无数的玩笑话涌到嗓子口,但今天的陈冰清不一样,眼睛跟冰锥似的瞧着他,竟然让他笑不起来。

"你猜?"他用了好大的力气才摆出惯有的笑容。

以往他这样笑的时候,李妈和李爸都会觉得他很欠揍,他希望自己现在看起来就很欠揍。

陈冰清没有被他逗笑，仍旧那么认真："你人缘好像很好。"

"嗯……还行吧。"李海深挠挠头，"你今天怎么了？"

"但我不受人待见。"陈冰清仍旧那么认真地看着他。

李海深一愣，看着半抬起头，那么平静地说出这句话的陈冰清，心里一阵难过，难过到他忍不住皱紧了眉头。

女孩子是什么生物呢？

就是李海里这样的，屋子里黑黑的她就不敢一个人写作业，一定要大声地喊他来陪着；女孩子是怕孤独的，连上厕所都要成群结队地去；女孩子是容易哭的，李海里就经常哭；女孩子是脆弱敏感的，他有一次想到了什么事，轻轻"嗨"了一声，李海里就暴跳如雷，跑去爸妈那里告状说他凶她，被爸妈训斥一顿的他无比冤枉……

但是陈冰清那么冷静地说出"我不受人待见"。

"那又怎样？我待见你。"李海深脱口而出。他胸口闷着一股气，他也不知道自己现在为什么有点愤怒和激动。

陈冰清的表情一点变化也没有，只是脸蛋微微发红，倒是李海深胸口一起一伏的，显得特别激动。陈冰清红着脸，低头咬了一口带鱼，说："好吃。"然后端着饭盒往前慢悠悠走。

李海深仍旧很激动，陪在她旁边走。

走了两步，陈冰清问："跟我一起玩，你会不会也不受人待见？"

"哈？我的哥们儿不会啊。"李海深挠挠头，他觉得这个问题根本不会成立。

陈冰清一边往前走，一边往嘴里送了一口饭："那以后我们一起吃饭，一起回家，你打球我在旁边看，行吗？"

她走了几步，没有得到回应，停住脚步回头。

李海深站在原地，脸蛋通红，眼睛无比闪耀，笑得特别开心："行！太行了！"

陈冰清不再是一个人了，李海深的自行车后座上会出现她，李海深打球的时候她会出现。两个人也经常去海边抓小螃蟹、看火烧云，去麦田里抓蚂蚱。

载她回家的时候，经过麦田道，有时候会碰到袁石风载着海里，李海深就会故意往另一条路骑，但是他还是会跟陈冰清介绍："前面那个，袁石风驮着的是我妹妹。"

陈冰清看过去，海里扎着麻花辫，穿着白色的碎花裙，长得跟洋娃娃似的。

"真可爱！"陈冰清夸。

"可爱个头，最烦的就是她了。"李海深翻白眼。

陈冰清能从李海深的语气里听出他说的是假话。

陈冰清慢慢地会跟李海深讲起一些自己的事儿，比如她也不知道为什么班上的人不喜欢她，最先是有人嘲笑她的名字，用嘲讽的语气说她"冰清玉洁"，再之后是女生们觉得她装清高、装傲慢，没人愿意跟她玩。

开始她也不在乎，没人玩就没人玩呗，她一个人也乐得清静。但随着时间的推移，一切都成了定律一样，孤立她成了共识。

她说这些话的时候语速很均匀，声音也清亮，像今天平缓的海风。

李海深说："你很好。"他蹲下来，捡起一块石头，咚的一声扔进海里，"是那些人无聊。"

陈冰清转回头冲他笑。跟他在一起后，她笑的次数越来越多。

"你很好，你知道没啊？"李海深又有点气恼，但他知道，他绝不是在跟陈冰清置气。

"知道了。"

李海深从裤子口袋里把刚刚捡到的贝壳拿出来，贝壳都是小小的，红色、粉色的、红棕色的……都是红色系的，只是颜色明度不一样，能瞧出他收集了很久。

"送你。"他把一颗颗颜色深深浅浅的红色贝壳放在陈冰清的掌心里。

陈冰清用手指拨弄着贝壳，笑得很开心："像火烧云。"

看着陈冰清的笑，李海深的脸又开始发烫："嗯，就是想送你沙滩上的火烧云。"

风忽然大起来，把李海深宽大的衬衫吹得掀起来一些，露出他的半截腰背。他背上有许多的瘀青，有些发紫发红，像被什么抽打过似的。

虽然李海深迅速把衣服遮下去，但陈冰清还是一眼就瞟见了。见李海深把衣服遮下去，她就假装没看见，把吹进嘴里的碎发捻出来。李海深不主动告诉她的事，她就不会去追问。

只是在李海深骑着自行车送她回家的时候，她说："你如果遇到了什么事儿也要和我说。"

李海深笑得满不在乎："我能遇到什么事儿？"

如果时间能停留在这一刻就好了，长大后的陈冰清无数次在梦里挣扎，想回到那一刻——安静的麦田，热闹的海滩，骑车载她回家的李海深。

长大后的陈冰清也无数次在想，到底是哪个环节出错了呢？是不是她一开始就不应该搭理这个大大咧咧的男孩？不搭理他，他的生命就不会停留在短暂的十五岁。

认识他是她黑暗年少时光中最璀璨和光辉的一刻，可她不舍得不去搭理这个跟太阳似的李海深啊，到底是哪个环节出错了呢？是不是那场红歌比赛，她就应该小心小心再小心，不被人绊下台子摔断腿？

是的，合唱比赛的时候，她从三级台子上摔了下去。

冲突爆发之前是有预兆的，她的生活因为李海深渐渐变得明朗，尽管她在自己班不受待见，可是李海深的同学、朋友都很喜欢她，有人跟她打招呼了，有人跟她说话了，有人来找她玩了。

但她莫名其妙丢失的东西也越来越多了，有时她写作业写着写着，桌子忽然被人故意推开，钢笔在本子上画出一条线。

她抬头，姚桃笑着看她："哎呀，不好意思啊。"

姚桃是班上最不待见她的。

陈冰清面无表情，把桌子移回来，打算继续写。

姚桃斜睨着她："你装什么呀？"

这是陈冰清初中两年最常听到的话。

陈冰清不想搭理，想躲过这阵吵闹，于是把钢笔盖上，站起来想去外面躲清静。

姚桃在她背后笑："你怎么让李海深对你这么好的？"

话还没说完，陈冰清拔开钢笔的笔帽，尖锐的笔尖朝着女生的脸就刺过去。她动作太快，谁都没有反应过来，姚桃吓得只来得及闭眼尖叫。

笔尖快要刺到姚桃的时候稳稳停住，只有手速的风吹乱了她额前的刘海。

姚桃微微颤抖，睁开眼，陈冰清的脸近在咫尺。

"下次你再这样，我会用笔尖刺破你的舌头。"陈冰清的语气那么平缓，那么轻柔，说完，又把钢笔的笔盖盖上，放回口袋里，在大家的错愕中走出教室。

这是她第一次反击，第一次反击就如此直接和狠厉。

大家以前一直觉得陈冰清像一块不声不响的海绵，你给她多少臭水，她都能吸下，但现在她不仅不愿意吸这些臭水了，还把这些污秽通通挤了出来。

她走出教室，走到李海深的班级门口。李海深正抱着作业本问袁石风数学题，他最近学习变得特别努力，看到陈冰清，他立马笑着跑出来。他跑过来的时候，陈冰清觉得身上特别温暖，他像她的太阳，他一来，她身上就春暖花开。

"怎么了？"李海深跑过来，仔细瞅她的表情，好像在观察她是不是被人欺负了。

陈冰清笑了："没怎么，就来看看你。"

李海深挠着自己的后脑勺傻呵呵地笑。

一周后的班级合唱比赛。

女生穿着白色连衣裙，白色袜子，白色松紧鞋，男生穿着白衬衫，黑色五分裤，黑色皮鞋，每个人都拿着一面小小的五星红旗。

当所有人都专心歌唱的时候，意外发生了。

陈冰清他们班唱完了，四排队伍退场。

台上设置了三个台阶，按照顺序，第一排先走，第二排再走，随后是第三排，接着是站在三级台阶上的第四排，第三排刚刚转身退场，人才走到一半，台子上忽然传来了尖叫。还没等众人反应过来，只见第四排向后翻下去了四个人。

陈冰清就是其中一个。

但是从陈冰清的视角看是那么清楚，自己好端端站着等第三排退场，第三排的人中有一个就是姚桃，她经过陈冰清面前时假装没站稳，身体

摇晃了一下，推了一下陈冰清的小腿，陈冰清向后退了一点，但还能稳住身形。可没想到，同一时间，站在陈冰清旁边的女生猛然拉住陈冰清的裙子往后撤，陈冰清再也稳不住身子，向后翻下去。但翻下去的同时，陈冰清慌乱地抓住了旁边的女生，旁边的女生本能地抓住了旁边的人，就这样一拖二，二拖三，四个人就这样摔了下去。

陈冰清身体落地时扬起后脑勺，保护脑袋不受伤，但旁边的女生摔在了她的右脚上，把她的脚踝压在身下，脚踝一阵钻心地疼。

据说当时礼堂里尖叫一片，老师和学校领导一窝蜂拥上台，台下的人吓得不轻，嘈杂声能把屋顶掀翻。

但在陈冰清的世界里，一切那么安静，她就这样死死揪着旁边女生的衣服，也不知道自己为什么揪得那么紧。世界那么安静，她紧闭着眼，只听得到自己急促的喘息。

有人在着急地叫她："陈冰清！陈冰清！"

她睁开眼，是第一时间冲上来的李海深。他跑得很快，穿过混乱的人群冲上台，甚至把老师都扒开了，把坐在陈冰清腿上的女生掀飞。

看到陈冰清的腿折出奇怪的弧度，他狠狠吸了一口气，对跑过来的老师喊："陈冰清的腿折了。"

舞台上闹成一片，旁边摔下来的几个女生在呻吟，舞台上的人在逃下台，下面的人往上挤。老师都被挤在了人群外，大声叫喊让同学们冷静，可根本抵不上人们的嘈杂声。

李海深实在害怕混乱的人会让陈冰清二次受伤，但又不敢去抬陈冰清，干脆把自己的身体弓起，变成了小小的屏障，像一个蔬菜棚，像一个结界，像一个罩子，把陈冰清罩在自己的保护之下。

舞台上好混乱啊，但陈冰清觉得世界特别安静，她只听得到李海深跟她说："别怕啊，没事，你别怕。"

混在人群中的袁石风身手敏捷，冲上舞台，抢过主持人手里的话筒大声指挥台上的人："不要拥挤！想上来的人先别上来，等台上的人下去！"

李海深把自己变成一座坚硬的山，不让人踩着陈冰清一点。

"我不怕。"陈冰清看着满头大汗的李海深笑。

如果她的腿没有骨折就好了……这样他的生命是不是就不会停留在短暂的十五岁？

长大后的陈冰清有时候还是会做梦，梦里李海深像一个蔬菜大棚一样罩着她，外面的世界是喧嚣的，他们的世界是安静的，只有李海深微微急促的呼吸和他的声音："别怕啊，没事。"

腿骨折后的陈冰清不能去上学，陈冰清的爸爸妈妈也终于知道陈冰清曾经回家说的"我被孤立了"是怎样的"孤立"，去学校大骂一通要说法。

老师带着同学来家里道歉，陈冰清打着石膏躺在床上，说不想让他们进来。

陈妈说："人家老师来都来了，怎么说这个面子我们得给。"

老师带着同学们进来了。那些被陈冰清拽下来的人也挺惨，但好在台子没这么高，都是身子上的磕碰，就陈冰清最惨，被人一屁股坐到了腿，骨折了。

那些脸上青青紫紫的女生唯唯诺诺地站在那里，姚桃站在队伍的最后面。姚桃最后站在台子上笑嘻嘻地看着陈冰清摔下去时的那张脸，陈冰清不会忘，她有时候会无奈地想起这一幕。

此时姚桃跟在队伍里进来，鼻子包了纱布，脸颊肿得老高，站在那里不敢瞅陈冰清。

她们低着头道歉了。

陈冰清躺在那儿冷漠地说："哦，知道了。"

她心里清楚，她们哪儿是真的觉得错了啊，只是怕了，只是觉得事情麻烦了，道歉是解决麻烦最省事儿的途径而已。

陈妈打圆场，请老师和同学出去坐会儿。

一行人出去的时候，姚桃在队伍的最后面。快出门的时候，她停住了，回头，不敢看陈冰清："我今天道歉了，以后也不会针对你了。"

陈冰清一愣，没回话。

姚桃等了一会儿没等到陈冰清说话，就出去了。

陈冰清摔断腿的这几天上不了学，李海深都是深更半夜打着手电筒来的。从他家过来要走一条长长的田埂路，每次来的时候，他的额头上都沁着一层汗。

陈冰清开始不让他来，可是李海深每天晚上还是会笑嘻嘻轻轻叩响

她的窗户,他会直接说,就是想来溜达一下。

两人聊上一会儿天后李海深就会离开,每次他离开的时候陈冰清都要嘱咐:"路上小心。"

李海深说:"知道的,放心。"然后从台阶上跳下去,猫着身子溜出院子,怕被陈爸陈妈发现,走了好远才敢打开手电筒。

手电筒的一点亮光越来越小,一抖一抖的。

一个又一个夜晚,陈冰清目送李海深离开,李海深变成了远去的萤火虫。

那天,李海深也是如同往常一样轻轻叩响她的窗户,站在外面傻笑。陈冰清看到他的时候也会笑,笑起来的时候抿着嘴,眼睛和嘴巴都变成了讨喜的弧度。她的床就在窗边,她用双手支撑着身体把窗户打开。

李海深每次来都会给她带礼物,有时候是路上摘的花,走一段路摘一朵,等到她的窗户前就攒了一大束;有时候是路上抓的蚂蚱,陈冰清不怕虫,李海深拿给她看,给她玩,玩了一会儿就把它放了;有时候是玻璃糖,是袁石风给他的;有时候是好看的本子,说今天放学的时候,海里吵着要买,他顺便给她买了一本……

有了他之后,陈冰清书桌的抽屉里越来越丰富。

陈冰清说:"姚桃她们今天来道歉了,我没回应她们。"

李海深从窗户外把手伸进来,在她脑袋上拍了拍:"以后被欺负了别忍着。"

"知道了。"她笑了。

她还想说,没有他的时候,她对一切都无所谓、不在乎,被欺负被孤立的时候心里也难受,但她非常清楚地知道她以后跟班上的人不会有任何交际。

两三年后毕业,各走各的阳关道和独木桥,她不在乎是否被人喜欢还是惹人讨厌。

可是李海深出现了,他像驴打滚一样贴着墙滚到她旁边和她一起罚站,他是整个灰扑扑世界里的感叹号,是灰扑扑世界里的春暖花开和绽放的太阳。

陈冰清记得很清楚,那一天是月全食,又恰逢是月圆之日,月亮老大了,像要掉下来。村子里很多人都睡下了,李海深叩响她的窗户的时候满眼兴奋,示意她看窗外。他的头顶上就是硕大的红色月亮,红得仿佛被血染了似的,连天空上的云都被染成了暗红色。

李海深对着月亮轻轻地学了一声狼叫,逗笑了陈冰清。

陈冰清看他一直捂着双手:"你手里藏着什么?"

李海深趴在她的窗户前,胳膊抵在窗栏上,把一直捂着的双手开启了一条小缝,凑到陈冰清跟前。他的掌心湿热,里面藏了一只萤火虫,萤火虫的肚子一鼓一鼓的,微弱的光一闪一闪。

李海深说:"今天晚上真好,我看到了萤火虫就想抓一只送给你看,说是送给你一颗落在地上的星星,但没想到今天月亮抢了我的风头。"

说这些话的时候,他总是老实巴交的,却把陈冰清心里搅得七零八落。

她的脸又红了,李海深没发现,把手打开,萤火虫飞了出去。

"李海深,你再学一下狼叫,轻点声儿。"陈冰清说。

李海深觉得奇怪,还是照做了:"嗷呜——"

陈冰清起身跪着,上半身探向他。

"欸,你的脚⋯⋯"李海深第一反应就是担心伤着她受伤的腿,赶紧上前用手扶住她的肩膀,支撑着她的重量。

李海深愣在外面许久没说话,能看得出他的瞳孔都放大了。

陈冰清拿手在他眼前挥了挥,李海深眨眨眼,回过神来,他现在唯一关心的是陈冰清的腿:"你的腿没事了吗?"

"嗯,拆了石膏后一直没怎么敢下地走路,今天试了一下能走几步了,但还不能太用力。"陈冰清说,"其实我可以去上学了,但我不怎么想去。"

"不想去就不去,我每天晚上都能来看你,但之后你要回去上课也别怕,没人再敢针对你。"李海深柔声说着这些话。

陈冰清点点头。

李海深话音刚落,陈冰清的房门就被敲响,陈妈在外面喊:"女儿!快看窗外!"

李海深飞快跳下台阶,与此同时,陈冰清迅速躺回到床上。窗外轻轻咚了一声,好像掉落了什么东西。

陈妈把门打开,兴奋地指着窗外:"快看窗外,今天的月亮特别大,还是红色的!"

陈冰清的窗户开着，窗帘被风吹得一掀一掀的，陈冰清为了不让妈妈往窗户外瞅，故意显得没兴趣似的说："早看到了，不就是月全食嘛，大惊小怪的。"

"这么大还这么红，真是稀奇呢。"陈妈笑着说，"你把窗户关上，招蚊子。你想去外面看跟我说，我扶你出去。"

"不想去看，困了。"陈冰清把毯子盖在自己身上，假装瞌睡打了个哈欠，打发妈妈离开。

陈妈阖门出去后，陈冰清等了一会儿，确定陈妈回房间了，立马把窗户开了一条小缝，轻轻叫了一声李海深。没有回应，他已经走了。陈冰清又把脑袋微微探出去张望了一下，她刚刚听到了咚的一声，果然，李海深放在裤子口袋里的手电筒落在了地上。

今天没来得及和他说一声"路上小心"。陈冰清想，明天一大早她要假装散步把手电筒捡回来，等晚上李海深来的时候给他。

她躺在床上微笑着望向窗外，红色的月亮让他想起李海深红了的脸。他们都不知道村里的人传言血月亮是凶兆。

对李海深来说，这个晚上，有他抓到的落在地上的星星，陈冰清的腿也慢慢好了起来，今天是个好日子，特别好的日子。

他摸黑开心地往家跑去的时候，是这样想的。

番外：陈冰清篇

我是陈冰清，每年清明我都要回一次涌炀岛，但有两年我每年回了两次，因为那两年都有血月，我坐在李海深的坟边发了半宿呆。

那两年的血月都没有李海深走的那一晚大，也没有那一晚红。我跟坟里的李海深吐槽："这月亮红得真不带劲儿，这岛上的人都说血月是凶兆，但是这几次血月怎么岛上的人都没出什么岔子，就那一晚把你收走了呢？"

他的坟自然不能说话。

时间大把大把地过，岛的变化很大，李海深的坟变化也很大。二十年前我离开岛的时候，他的坟还只是一个灰色的石碑，后来我回来了一趟，能瞧得出李爸李妈赚钱了，把海深的坟又修了一回，还雕上了花边，他的黑白照片被化边围着，样貌停留在了十五岁。

我时常想，真可惜，小时候我们都没有拍照功能齐全的手机，都没有留下一张合照。我摸摸他的照片，说："李海深，还好你没有长大，长大的话可能也不怎么好看。"

说完，我哈哈地笑，他没有笑。

我举起手机说："来，我们拍一张合照吧。"

我和他坟上的照片照了一张像，这就是我们的合照。

十四岁的时候我觉得我的人生完了，这个世界再也没有了李海深，

我一度觉得我活不下去了，什么也没意思，睡觉没意思，吃饭没意思。我天天躺在床上看着窗外，我希望有一天能再听到轻轻敲窗户的声音，希望李海深能站在窗口对我笑，但我一直等不到。

血月的时候村子里出意外死了一个男孩，这种消息是很容易闹得满城风雨的。一大早我出去捡李海深落下的手电筒的时候，就听到隔壁邻居们站在门口议论这件事儿，说昨晚血月，村子里死了一个男孩，是李家老大李海深。

以至于我爸妈跟我讲起我们学校死了一个男孩子的时候，我都显得毫不意外。

我说："是的，他是我的朋友，他天天晚上敲响我的窗户来找我。"

我爸妈无比震惊。

好像那段时间我经常哭，动不动就哭，我爸妈也哭，他们一遍又一遍叮嘱我，让我不要往外说，让我不要告诉任何人李海深每晚都来找我，尤其是血月的那一晚。

我不知道为什么不能说，但我也不想知道。

他下葬的那一天我去了，远远地看着，平地上隆起了小小的一座坟，那就是他以后的床。

袁石风在送葬的队伍里，手臂上别着黑布和红布，队伍里还有小小的海里，那么悲伤。

我哭着走过去找袁石风，说："那一晚他在我这里落下了手电筒，摸黑回去的……对不起，对不起。"

袁石风平静地看着我，说："陈冰清，李海深的死不关你的事儿，不用对不起。

"陈冰清，你以后的路长着呢，你要好好地走完。如果想起他会难受，就忘掉他，你就想着，他已经毕业去远方了，他要去过自己的人生了，你也是。"

往后好多年好多年我都会想着这句话，就当李海深已经毕业了，他本就比我高一个年级，就当毕业各奔东西了。这样自欺欺人一想，心里好像才会好受一点，但只是一点。

我爸妈很快让我离开了涌汤岛，他们怕我再这样躺在床上守着窗户会出事儿。离开岛之前，我回了一趟学校，一个人走了一圈操场，一个人坐在球场上看了看，一个人站在教室外头，把曾经我们一起走过的路都走了一遍，我想把这些地方和记忆刻进脑海里，我想在脑海里为他立一座坟。

回到学校我才从同学嘴里知道，合唱比赛我从台阶上被人推下去后他是怎么跑来我们班替我出气的。

袁石风跑来我们班，不说一句话，就守在班级门口，不让人进也不让人出，有人跳起来质问，袁石风上去就按着对方的肩膀，语气平缓地让对方坐下。他的目光狠，愣是没一个人敢再反抗。

李海深走进教室，当着所有人的面问姚桃："这样做有意思吗？"

姚桃涨红着脸没说话。

李海深转身问班上所有人："你们这样做有意思吗？你们就这么享受欺凌别人吗？你们也希望自己有一天被莫名其妙欺负吗？"

他大声吼着，班上没一个人敢说话。

同学跟我讲完后，我说"谢谢"，站起来离开。我知道这些人并不是好心把这些事情告诉我的，他们告诉我，无非是想看我难过，所以我不能难过。

我走出学校，想起海深做那些事的时候痞痞的样子，忍不住笑了，笑着笑着就哭了。

十四岁的我，认定这辈子再也遇不上像李海深这样好的人了。

离开岛后，我爸妈在外面给我报了一所初中继续上初三，那所学校也有人看不惯我，觉得我装，觉得我不说话，觉得我不合群。

女生就是这么麻烦，你活跃了，别人看不惯你，你不活跃，别人也看不惯你；你太优秀，会被人忌妒，你不优秀，别人又会嘲笑你愚笨。遇到李海深之前，我对这些无所谓，没了李海深之后，别人欺负我一下我都会加倍欺负回来，慢慢到后来，许多女生都怕我。

毕业后我去文了文身，在臂弯文了一个岛，岛上立了一座坟。我本来画了一个记忆里的李海深想文的，但觉得不能让他跟我一辈子，最后还是在我身上为他立了一座坟。

李海深，我好想你啊，你送我的像火烧云一样的小贝壳、漂亮的笔记本，还有你落在我窗口的手电筒我都没有扔，我把它们锁在了我的抽

293

屉里，旁边是我的遗嘱，我怕有一天我出了意外，这些东西会被丢掉，所以我在遗嘱上表明了你送我的这些东西都是我的随葬品。

我高中毕业读了专科，读到一半就读不下去了，每天都心慌，于是出来找工作折腾自己。

我觉得还是出来工作适合我，我当过便利店收营员，当过美甲师，还考了咖啡师证在咖啡店做过咖啡，去花店卖过花。后来我发现我还是喜欢在花店里干活，花很纯粹，你对它好，它就会开花，你疏忽它，它就会凋谢。

鲜花还能染色，我尝试把玫瑰花染出火烧云的颜色，像小时候我和李海深在海岛上看过的火烧云。

我在花店打工的时候，老板做不下去，要把花店卖了，我接手盘了下来，变成了我的花店。我卖的花包装都很小众，染的颜色也很特别，拍照传到网上有了很多粉丝，做到后面，花店挺受人喜欢的。

情人节、七夕节这种节日时是我最忙的时候，光卡片就能写出上千张，客户在网上下单，留言的话我帮他手写好。

所以近几年，我写了好多好多情话，把情话放在花里，送给无数的女孩子和少数男孩子。

大概是与花打交道多，和人打交道少了，好多人说我变了，变得温柔了，拿茶杯的时候都像是拿花儿，怕在手里折了似的。我想我会越来越好的，但我还是不怎么能面对"月亮"这两个字。

有时候接到订单，要写"花好月圆""无边风月""守得云开见月明"这种带"月"字的祝福卡片时，我都喊店员来写。走夜路的时候，我也绝对不会看天，我怕看到月亮，看到月亮的时候我心里还是会很疼，心里疼的时候就想，李海深只是在那一年毕业了，离开了涌汤岛，去过他的人生了。

靠着这句话，我活到了现在。

我没怎么喜欢过其他男人，会有男人喜欢我，他们说喜欢我的时候，我说我丧过偶，他们都很震惊。

我接触过几个男人，他们问我手弯处的文身代表什么，我说这是为我丧去的这个偶立起来的一座坟。

我和这几个男人有过短暂地交际，之后分别，各过各的生活。

有一天晚上我睡不着，坐在阳台上翻看明天的订单，翻到了一条预定299朵火烧云玫瑰的订单，客户要求帮忙写卡片，卡片备注是——人攀明月不可得，月行却与人相随，祝君生日愉快。

我抬头看天，天空上一轮弯月，一如既往，看到月亮的时候还是这般想哭。我决定把花店搬回涌汤岛。

少时离开是想逃，人是逃了，但关于月亮的悲伤追随了我半辈子，如果怎样都会悲伤，那就回去面对吧，认得去守着那座坟吧。

于是，我把火烧云的花店搬回了涌汤岛。

搬回涌汤岛后不知道为什么，我内心平静了些许，能自己写带有"月"字的祝福卡片了，抬头看月亮的次数也越来越多了。

有时候我在想，是不是我就是离不开他啊，离他的坟越近，我就反而越能平静。我安安静静地开着花店，安安静静地守着他的坟，觉得自己这辈子就是他的守墓人。

但最近我遇到一个男人很有意思，他说他喜欢我，我说我丧过偶，他耸耸肩："谁没沉痛地丧过几个偶呢？"

他是岛上土生土长的人，比我小八岁，活力无限，每次蹦到花店门口的时候都会朝我招手："嘿，陈冰清。"

每当这时，我就会有些恍惚。

我跟这个男人说："你长得像一个人。"

他笑嘻嘻地说："嗯，是有很多人说我长得像刘德华。"

我没应声，低头包花。

他追上来问："像谁？"

我说，"你像我丧的那个偶。"

他一愣，指了指我的文身："他躺在你臂弯处的这个坟里吗？"

见我点头，他随即笑了："多好啊，我们注定会有牵绊。"

我看着他的笑容沉默。

那一晚我做了一个梦，我好久好久没有梦到李海深了，但这一晚，李海深在我的梦里爬上了梯子，梯子好长好长，连接了天上和地下，他拿着我染玫瑰的喷枪，站在梯子上，将夜幕中血红的月亮一点一点喷成白色，白色的月光洒在我的床头，晶莹剔透。梦里十五岁的李海深站在

天梯上冲我笑,大声说:"你看啊,陈冰清,多美的白月光。"

梦醒了,仍是凌晨,夜色正深,我转头看着窗外,月牙正对着我的窗前。我不想哭的,但还是对着月亮哭了起来:"李海深啊,你好久没有入我的梦了。"

我觉得他入我的梦大抵是要对我说些什么的,第二天一大早我就去了他的坟。走向墓地的路上遇到了那个小我八岁的男人,他停下车朝我跑来:"这么早去哪儿?"

我没回话。

他朝我的前方看了看,好像能猜出我的心思:"我刚好也送完了货,你去哪儿我陪你。"

我说:"不用。"

他伸了个懒腰,两只手枕着后脑勺,笑嘻嘻地说:"那你走你的,我走我的。"

我没搭理他,继续往前走。他在我身后安安静静地跟着,走一段路碰上野花他就弯腰摘一朵,等我走到李海深的墓前,他已经存好了一束。

我在李海深的墓旁边坐下,他走上来,大抵是想要把花送我的,但他看着墓上的照片,伫立了一会儿,把这束花放在墓前,说:"兄弟,就当是见面礼了。"

我瞟了眼那束野花,忽然想到以前李海深来窗前看我的时候也送过我一束,是他在路上一朵一朵攒的。

清晨,天气清清爽爽的,能看到赶来上班的太阳和还没彻底下班的月亮。

安静了一会儿,他看着远方,忽然问了我一个奇怪的问题:"你说,孤独是什么形状啊?"

我说:"墓的形状。"

他转头看看李海深的墓,点点头:"哦,我觉得是三角形。三角形是最稳定的形状,孤独也是最稳定的情感。"

清晨的鸟叫婉转,我觉得有几分意思。

我问他:"那悲伤是什么形状?"

他坐在草坪上,把双腿伸直,晃了晃脚尖:"毛线球的样子吧,两

头有线,一双手扯着两头的线。"

我表示有兴趣,示意他继续说下去。

他没说了,反而问我:"你觉得怎么才能不悲伤?"

我看了一眼李海深的墓,又抬头看着逐渐淡去的月亮:"我不知道啊……"

"嗯,因为你还是时常悲伤。"他转头看看我,"但我觉得不悲伤的唯一方法就是等待时间。"

我笑了,大抵觉得这话老套,"时间能抚平一切"真的很老套,而且时间对我没有用。

他看我笑了,说:"你别不信,真的就是时间。悲伤就像一个噎在我们心里的巨大的毛线球,有时候想着要解开它,有时候又会忘记它。想解开它的时候,我们拽着两头的线慢慢理,能梳理通几个缠绕的结,烦躁的时候,我们的手牵着两头的线反而把毛线球越勒越紧。可能当下看,这个毛线球还在,也可能这辈子它都会在,可是把时间的跨度放长了来看,毛线球却是越变越小的。"

他慢慢地说着这些话,回头看我,笑了:"嗐,不要担心,我们的毛线球都会慢慢变小的。"他转回头,继续晃着脚。

我有些愣神,鼻子有些发酸。我抬头看天,白天的月亮彻底隐去了形状和光芒,山里的鸟鸣越来越高亢。

我起身,摸了摸李海深的坟。

李海深啊,我以为没了你我活不下去了,但我依旧一步一步活到现在,但我现在才明白一个道理。我曾经靠袁石风教我的方法逃避了半辈子,他跟我说如果想起你会难受,就忘掉你,就想着你已经毕业去远方了,要去过自己的人生了。

我离开了涌汤岛,试图忘记李海深,但我越想忘越想逃我就越悲伤。原来逃避和遗忘不是应对悲伤的办法啊,应对悲伤的方法就是知道悲伤永远会在。

我站起来,把手伸向这个男人:"走,下山吧,我请你吃早饭。"

他一愣,抬头看向我,把手覆在我的掌心。

我拉他起来。

他冲我笑,我也对他笑:"以后有事儿没事儿,我们常聊聊不重要

的天。"

他笑得爽朗:"行。"

李海深啊,我不会忘了你,也不会永远这样悲伤,我们未来相见。